KB060066

시인은
숲으로
가지 못한다

도정일
문학선
3

시인은
숲으로
가지 못한다

도정일
문학에세이

문학동네

개정판 서문

　"시적 담론이 독자에게 요구하는 것은 에로스의 독법이고 발견의 해석학이다. 시의 담론은 그것이 말하고자 하는 것을 '다 말하지 않기 때문에' 특별히 시적 담론이며 말하고자 하는 바를 엉뚱한 것으로 '뒤바꾸어 말하기 때문에' 특별히 시적 담론이다." 1992년 평론 「에로스의 독법과 포용의 시학」에 내가 써넣었던 한 대목이다. 시는 노출을 싫어한다. 감춤, 은닉, 변형은 시의 수사학이며 은유라는 이름의 에둘러 말하기도 시의 특징적 어법이다. 시에는 힌트만 있고 해답은 없다. 그러나 이렇게만 말하는 것으로 독자가 물러설까? 시의 비밀스러운 숲의 미로를 꿰뚫을 시원한 안내 화살표는 없는 것일까? 그런 화살표 같은 것을 만들어보기 위해 (같은 글에서) 내놓은 것이 "시란 '나는 너를 사랑한다'라는 모태 명제의 끝없는 변형"일 것이라는 가설이었다. 그리고 이렇게 썼다. "시에는 결국 '나는 너를 그리워한다'라는 단 하나의 이야기만이 감추어져 있는 것인지도 모른다. 그렇다면 시적 변환은 이 하나의 이야기를 감추기 위한 은유적·환유적 위장의 기술이고 포장의 책략이며, 시 읽기란 그 위장된 그리움의 이야기를 찾아내는 발견의 해석학일 것이다."

지금 돌이켜보면, 시에는 단 하나의 이야기만이 감추어져 있는 것인지 모른다라든가 이 단 하나의 이야기를 부단히 변형시켜내는 것이 시라고 말한 대목은 상당히 과감하다. 문학작품은 하나의 이야기 아닌 복수의 이야기를 담고 있을 때가 더 많다. 이야기는 작품의 비밀 속에서 발견되는 것인가 아니면 독자가, 그리고 시대가, 만들어넣는 것인가? 양쪽 모두일 것이다. 그러나 이런 양보들에도 불구하고 나는 그 가설의 유용성을 지금도 인정하고 있다. 문학은 인간의 갈망을 담은 언어구조물이다. 그 갈망은 개인의 꿈과 사회의 꿈을 함께 담고 있고, 시대 안에 있으면서 시대 바깥에 있다. 그것은 공시적인 것이면서 통시적인 것이다. 읽기의 경험들을 들어보면, 독자가 어떤 문학작품과 친해지는 것은 '옳아, 네가 지금 내게 이런 이야기를 하고 있는 거지?'라면서 앞뒤 문맥을 해석하고 의미를 정리하는 일, 곧 갈망의 존재와 그 모습을 파악하는 순간이다. 그 순간이 오기까지 작품은 독자에게 '이해'된 것이 아니다. 이때의 이해는 '완벽한 이해'를 의미하지 않는다. 이해는 늘 부분적인 것이거나 잠정적인 것이다. 중요한 것은 어떤 방식으로든 '여기 감추어진 이야기는 이거야'라거나 '내가 이 작품을 이해했어'라고 말할 만한 순간을, 말하자면 '잠정적 종결'의 한 순간을 경험하는 일이다. 그런 순간을 가능하게 하는 것이 가설이고 가설의 유용성이다. 작품 읽기의 이상은 최종적 읽기를 지향하는 것이 아니라 의미의 술래잡기를 계속하고, 수정과 재시도와 또다른 잠정적 결론의 순간에 도달해보는 일이다.

내가 비평 작업을 시작했던 90년대 초 내게는 문학비평의 문학적·사회적 과제에 관한 어떤 인식 같은 것이 있었다. 당시 내가 중요하다고 생각한 과제는 크게 세 가지다. 그 세 가지는 첫째, 비평의 대중성 또는 비평의 대중적 친숙화를 도모하는 일, 둘째는 비평의 사회적 공공성을 더 깊게 인식하고 실천하는 일, 셋째는 문학예술과 사회와 삶에 제기되는 당대적 위기 국면들에 대한 비평의 사유와 성찰을 제시하는 일 등이었다. 비평의 대중적 친숙화를 위해서는 비평의 어휘와 언어와 문체에 한차례 쇄신의 기회를 도입하고 비평의 화두를 당대적 삶의 일상으로부터 끌어내거나 거기 연결시키는 일이 필요하다고 나는 생각했다. 그 작업을 내 딴에 진행한다고 한 것이 「낙동강 물난리, 국제화, 지상의 아름다움」「사람아, 사람아!」「풀잎, 갱생, 역사」 등 당시 계간 『문예중앙』을 통해 시도해본 좀 색다른 형식의 '문학시평'들(이 평론집의 앞부분에 수록)과 「시인은 숲으로 가지 못한다」 같은 글이었다. 비평의 사회적 공공성 문제와 관련해서는 문학비평이 문학 그 자체에 대한 문예비평적 차원을 넘어 사회비평과 문화 성찰의 차원으로도 확장되게 하는 것이 비평의 공적 기능에 속하는 일이라고 나는 생각했다. 여기 수록된 글들 중에서는 「문화의 몰락과 비평의 위기」「망각의 시학, 기억의 시학」「정신대, 역사, 문학」「압구정의 유토피아/디스토피아」「시뮬레이션 미학, 또는 조립문학의 문제와 전망」 같은 글들이 그런 관심을 반영하고 있다.

　　문학비평은 문학이라는 형태의 예술적 창조행위와 수용행위에 대한 성찰행위이다. 그러나 문학에 대한 비평의 성찰은 불가피하게 사회적 성찰을 포함한다. 이것은 문학 생산과 유통의 사회적 차원 때문에만 그런 것이 아니라 더 근본적으로 한 사회가 지키고 발전시켜야 할 '근본적 가치'들을 비평이 부단히 정의하고 확인하고 옹호해야 하기 때문이다. 비평이 옹호해야 하는 사회적 가치들은 공동체적 삶의 토대이다. 그 가치들 중에서 비평이 가장 소중하게 생각해야 할 것은 무엇보다도 인간성 파괴에 맞서서 인간의 품위와 자유를 지켜낼 '인문문화적 가치들'이다. 그 가치들을 옹호하는 비평적 작업을 나는 '비평의 인문학'이라 부르고 싶다. 세계적으로나 국지적으로, 현대의 시장유일주의 사회는 특정적으로 반인간적이고 야만적인 작동 원리에 지배되고 있다. "이것이 인간인가"라는 것은 나치 절멸수용소에서 살아 돌아왔던 프리모 레비가 나치 수용소라는 야만의 체제를 향해 던졌던 질문이다. 레비의 시대보다도 더 엄혹하게, 지금은 사람들이 "이것이 인간의 세계인가"라고 묻는 상황에 빠져 있다. 비평은 사회가 유지해야 하는 인문문화적 가치들 모두에 고르게 민감하며 가치의 위기 국면을 가장 잘 감지한다. 가치에 대한 이 균형 있는 민감성이야말로 문학비평의 가장 큰 힘이며, 이 힘은 사회적으로 사용될 필요가 있다. 비평의 인문문화적 가치의 옹호에 대한 나의 관심이 90년대 초부터 나의 평론들에 작동하고 있었다는 것을 나는 이 평론집 개정판을 준비하면서 알게 되었다. 지금은 그 관심이 더 확장되고 심화되어야 할 때라고 나는 생각한다.

2016년 2월
도정일

초판 서문

    내가 한 시절 몸담았던 언론계의 선배들 중에 심연섭 선생은 잊히지 않는 분의 하나이다. '국제국장' 시절의 그가 아침 출근과 동시에 국장석에 앉아 맨 먼저 하는 일은 맥주병 마개부터 따는 일이었다. 수습기자들에게 통행금지 시간까지 술을 퍼먹인 다음 이튿날 아침 비실대며 늦게 나오는 올챙이들을 혼내는 것은 그의 유명한 훈련법이었다. 가끔 그는 여름날 부하들을 몰아 산에 가자 해놓고 막상 산자락에 당도하면 "양반이 땀 뻘뻘 흘리며 올라갈 수 있나? 그건 하인들이나 시키지"라며 계곡에 어죽솥을 걸어 우리더러 불 때게 해놓고 자기는 웅덩이 물속으로 들어가곤 했는데, 물에 둡실 적의 심연섭 행색 보소, 머리에는 '도리우찌' 쓰고 입에는 '청자' 담배 피워 물고 볼록한 술배를 웅덩이에 담근 다음 치느니 개헤엄이라. 영락없이 그것은 양반이 개헤엄을 친다는 순수한 모순의 풍경이었다. 그러나 개헤엄에도 위엄이 있다는 것을 나는 처음으로 그에게서 보았다. 도리우찌 쓰고 담배 연기 뿜으며 개헤엄을 치면서도 그 담뱃불이 물에 젖어 꺼질세라 온갖 정성을 다하는 그의 수중 운신법은 보통 품위 있는 것이 아니었다. 어쩌면 그는 그 담뱃불을 지키기 위해 물속에서 은근히 필사적이었는지 모른다. 양반이 땀흘릴 수 있나, 하인들이나 시키지, 하던 그 심선배는 세상 뜰 때까지도 자기 집 한 채가 없었다. 선비였고 정신의 귀족이었을지언정 결코 '재물과 권세의 양반'이 아니었던 그는 비록 개헤엄으로라도 불을 꺼트리지 않는 법이 있다는 것을 보여주기 위해 여름날 우리를 북한산 골짜기로 몰아갔던 것일까? 아니면 개헤엄을 쳐서라도 지킬 불은 지키는 것이 이 시대 선비의 도리임을 보여주기 위해서? 그 불이 고작해야 가난한 담뱃불일 때에도?

지금 내가 사는 동네에서는 그 북한산 골짜기가 바로 지척인데, 선배에의 추억이 담긴 그 가까운 골짜기로 나는 자주 가지 못한다. 새벽에 일어나 남들처럼 우이동 계곡의 약수터에 갔다 오는 일 같은 건 내겐 아예 혐오스러움 그 자체이고, 하다못해 주말에 백운대까지는 아니더라도 대동문까지 올라갔다 오는 일조차 내게는 몇 달에 한 번쯤 큰맘 먹었을 때나, 누군가의 채근질에 밀리고 밀린 다음이 아니면 엄두도 못 낼 대사이다. 민주화를 위한 긴 투쟁의 시대에도 나는 민주화의 명분으로는 산에 오른 적이 없고 이 사실을 아주 부끄럽게 생각한다. 심선배는 최소한 골짜기까지는 갔는데, 나는 그것마저도 하지 않는다. 산그늘 동네에 살면서 내가 산엘 가지 못하는 까닭은 순전히 게으름 때문이다. 나의 확고한 믿음에 따르면, 배부른 자와 게으름뱅이는 적어도 산행에 관한 한 공통점을 갖고 있다. 그들은 산에 가지 않는다. 졸부는 고속 엘리베이터도 없는 산을 땀흘리며 올라갈 이유가 없고 게으름뱅이는 제비가 업어다준대도 올라갈 의사가 없다. 우리 시대의 졸부에게는 한 발 한 발 오르면서 산길에 흘려야 하는 그 땀방울의 낭비야말로 용서할 수 없는 미련스러움이며, 우리 시대의 잉여인 나 같은 게으름뱅이에게는 땀의 분비를 도모하는 일 자체가 일상을 흔드는 두려운 모반이거나 생각조차 하기 귀찮은 무의미한 번사이다. 그에게는 심연섭의 개헤엄조차도 두렵기 그지없는 열정이 아닌가!

1983년 봄학기부터 대학 강단에 선 뒤로 10년 남짓 나는 나의 '태골'(게으른 뼈다귀)을 닦달질하면서 '문학교육', 특히 우리의 문학교육에서 몹시도 취약한 부분인 대학원 '이론교육'이란 걸 실시해보느라 무용의 열정을 쏟아온 듯하다. 그 83년 봄학기 무렵의 나에게는 적어도 몇 권의 '저술' 계획이 있었다. 그러나 그 저술의 어느 것도 아직 세상에 나오지 않았다. 물론 게으름 때문이다. 1980년대 말 1990년대 초에 문단의 몇몇 인사들과 잡지 편집장들이 나를 세상으로 끌어내지 않았더라면 나는 지금도 대학 한구석에 처박혀 소리 없이 게으른 뼈다귀나 추스르고 있었을 것이다. 본의 아니게 끌려나와 등을 떠밀리고 채근질당하면서 이런저런 글들을 쓰는 사이에 내게는 '문학평론가'니 '비평이론가'니 하는 딱지들도 붙게 되었다. 여기 수록된 글들은 이 태골의 세상 나들이가 시작된 지난 3~4년간 『문예중앙』『창작과비평』『세계의문학』『작가세계』『문학사상』 『녹색평론』『문화과학』 등등에 발표된 것들의 일부이다. 민음사 이영준 주간이 나도 모르는 사이에 내 글들을 모아놓고 "조판합니다"를 통보한 것이 벌써 작년이고, 초교가 내게 넘어온 것이 지난 1월의 일이었다. 초교를 받고 이 서문을 쓰는 데 거의 1년이 걸렸으니 이만하면 태골의 게으름이 어느 정도인가 알 만하다. 이 책의 편집을 맡은 민음사 박숙희씨에게도 나는 서문 빨리 써준다는 약속을 십여 차례 어겼는데, 그러다보니 '도덕적 위기' 같은 것이 슬며시 대두하고, 별수없이 부랴부랴 이 서문을 쓰게 되었다. 다시 해를 넘기지 않았으니 그것만으로도 다행한 일이다. 이 시원찮은 개헤엄 같은 글들을 모아 세상에 낼 생각을 해준 민음사에 감사한 마음이다.

이 책은 하나의 주제를 탐색하는 저술이 아니지만 가능한 한 문학, 문화, 문학교육에 관한 것들만 묶었다. 포스트모더니즘에 대한 기왕의 글들이나 현대 문학이론/사상에 관한 글들은 차후 별도의 논저가 나올 때 따로 묶을 생각이어서 이 평론집에는 넣지 않았다. 지금은 나라 안팎이 사상과 가치의 극심한 혼돈 시대를 맞고 있고 그래서 나 같은 태골에게도 해야 할 일이 다소 있을 것 같아 1995년부터는 단단히 마음먹고 이런저런 '저술'들을 세상에 내놓을 계획이다. 친구여, 내 글을 읽어주는 독자여, 원컨대 내가 다시 게으름에 빠지지 않도록 채찍질해주게나. 1980년대 우리의 속담은 '친구 따라 강남 간다'가 아니라 '친구 따라 감방 간다'라는 것이었다. 나는 뒤늦게, 이 1990년대에, 친구 따라 글쓰기의 감방에 갈 생각을 거듭거듭 해보고 있다. 나는 우선 이번 주말에, 심선배의 추억이 담겨 있는 그 북한산 골짜기부터 찾아볼까 한다.

1994년 12월
도정일

시인은
숲으로
가지 못한다
차례

개정판 서문 **5**
초판 서문 **9**

1부

시대의
시

사람아, 사람아!
— 균열, 피해 면적, 그리고 환생 **17**

풀잎, 갱생, 역사
— 순환의 노래와 역사적 상상력 **26**

「우울한 거울」의 화자에게
— 시와 역사, 또는 맹목에 대해 실언하기 **38**

여신의 가위 소리
— 시와 테러리즘 **51**

나오너라 봉구야, 부끄러워 말고
— 심호택의 유년에 대한 명상의 시들 **62**

낙동강 물난리, 국제화, 지상의 아름다움
— 신경림 시집 『쓰러진 자의 꿈』을 읽으며 **75**

내 노래의 붓을 꺾을 것인가
— 데릭 월컷, 강은교, 이진명: 시 또는 구슬에 대한 믿음 **90**

2부

기억을
위하여

문학적 신비주의의 두 형태
— 역설의 신비주의와 은유의 신비주의 **105**

다시 우화의 길에 선 시인을 위하여
— 최승호 시인의 10년 **122**

에로스의 독법과 포용의 시학
— 시의 이야기와 시의 수사성 **151**

망각의 시학, 기억의 시학
— 후기 산업사회에 대한 시적 대응 **168**

정신대, 역사, 문학 **184**

3부

**혼돈
시대의
소설**

90년대 소설의 영화적 관심과 형식 문제 195

시뮬레이션 미학, 또는 조립문학의 문제와 전망
— 이인화의 '혼성 기법'이 제기하는 문제들 214

형식, 패러디, 영상 기법
— 지상 토론 4제 229

이 시대에 전위예술은 가능한가 238

한국문학의 국제 위상
— 경쟁을 위한 조건의 점검 255

다섯 가지 오해 263

4부

**왜
문학인가**

압구정의 유토피아/디스토피아 269

문화의 몰락과 비평의 위기
— 이 시대의 문학비평은 무엇인가 279

문화, 이데올로기, 일상의 삶
— 비판적 문화론의 현대적 전개: 루이 알튀세와 앙리 르페브르 303

고슴도치와 여우, 그리고 두더지
— 비평적 문학교육의 필요성에 대하여 335

시인은 숲으로 가지 못한다 369

1부

시대의
시

사람아, 사람아!
— 균열, 피해 면적, 그리고 환생

1

시인이 세상을 향해 뭔가 보여주고 싶을 때, 이를테면 나무라든가 구름, 당나귀 같은 것들을 보여주고 싶을 때, 그 보여주기의 가장 좋은 방법은 그가 그냥 한 사람의 시인으로 사는 것이다. 그는 나무이고 구름이고 당나귀이다. 나무는 말하지 않고 구름은 노래하지 않으며 당나귀는 문자를 쓰지 않는다. 말 없음, 노래 없음, 문자 없음이 그들의 존재방식이다. 그러므로 시인이 전에는 나무였다가 사람이 된 사람, 전에는 구름이었다가 사람이 된 사람, 당나귀였다가 사람이 된 사람임을 세상에 보여주자면, 그는 말, 노래, 문자 없음의 방식으로 살아야 한다. 그래야 그는 세상 사람들 사이에서 나무, 구름, 당나귀—아니, 시인으로 살 수 있다.

그런데 그는 그럴 수 없다. 나무는 봄에 잎사귀 내고 가을에 그 잎새 떨구어 나무임을 말하고, 구름은 비 내리고 다시 끌어울리면서 뭉게구름, 실구름, 먹구름의 노래로 구름임을 말하고, 옛날에는 소금 짐 지다가 지금은 아무 짐이나 등짝에 얹히는 대로 지고 다니는 당나귀는 짐 짐으로써 당나귀임을 말한다. 그러나 시인으로 환생한 나무, 구름, 당나귀는 사람 꼴로 살아야 하는 그 꼴값 때문에 잎을 내지도, 비를 뿌리지도, 소금 짐을 지지도 못한다. 그는 말로 말하고 소리로 노래하고 문자로 써야 한다. 그가 전에는 나무, 구름, 당나귀였다가 사람이 된 사람, 지금은 사람이지만 또 한 바퀴 돌아 필시 소쩍새, 은초롱, 돌고래로 다시 태어나야 할 목숨임을 세상 사람들에게 알리기 위해서.

그는 그래서 시를 쓰고 시집을 낸다. 그는 『한 꽃송이』를 내고 『게 눈 속의 연꽃』을 내고 『달맞이꽃에 대한 명상』을, 『썩지 않는 슬픔』을, 『하늘밥도둑』을 낸다. 이것들이 그의 잎새, 꽃, 비, 개울, 당나귀 눈이다. 사람들아, 이 당나귀, 구름, 나무를 보아라라고 말하는.

시인이 환생의 굴레를 깨고 그 바깥으로 튕겨나가기보다는 환생의 지극한 욕망 속에서 다시 지렁이로 달맞이꽃으로 청둥오리로 태어나고 사람으로 다시 태어나기를 발원해야 하는 시대─지금은 그런 시대이다. 시인에게 이것은 짐이다. 그러나 이 당나귀 짐을 져야 하는 것이 이 시대 시인의 '카르마'이다. 그가 그래야 하는 이유는 세상의 목숨 붙은 것들이 지금 모두 그 목숨을 위협받는 불모의 땅에 살고 있기 때문이다. '사는' 것이 아니라 약 풀린 연못의 붕어새끼들처럼 물위로 주둥이 내밀고 간신히 할딱인다고 해야 옳다. 가이아 여신의 대지에 몰려온 이 죽음의 예고는 땅속에 있는 것들에게서 부활의 가능성을 박탈하고, 잠깐 잠든 것들의 소생을 부정하며 환생을 기다리는 중음中陰 중생들을 정신 아뜩하게 한다. 그것은 환생이 없는 땅, 생명의 순환이 영원히 정지하고, 소생의 기대가 없으매 죽음조차도 마침내 의미를 상실해버리는 최종적 침묵, 색성향미촉이 모두 말라비틀어져 허허로운 바람만이 빈 땅과 하늘 사이로 우짖는 장엄한 고갈을 예고한다. 시인은 그러므로 살아 있는 것들의 있음의 지속을 위해 그 자신 환생의 지극한 욕망에 붙들리고 거듭거듭 태어나기를 발원하지 않으면 안 된다. 그는 지금까지 꿈꾸어온 자신의 모든 해탈을, 모든 해방을 무기 연기해야 한다. 이것이 이 시대 시인의 보살도이다.

2

이른바 생태계 위기라는 말로 표현되는 '땅의 수난'이 점점 많은 수의 우리 시인들에게 첨예한 아픔을 주고 있는 것은 놀라운 일이 아니다. 최근 발간된 시집들을 훑어보면 땅에 뿌리박거나 기어다니는 것들, 물속을 헤엄치고 하늘을 나는 것들, 기타의 자연 대상들에 대한 시가 전에 없이 많아진 것을 알 수 있다. (엊그제 나온 최승호의 『달맞이꽃에 대한 명상』(세계사, 1993)은 '존재에 대한 사색'을 담은 140편의 짧은 산문체 명상시들을 수록하고 있는데, 이들은 거의 전부가 지상에 있는 것들의 '있음'에 대한 묘사, 이야기, 명상이다. 이 시인의 관심이 딱히 생태적 문제에 있다고 말해서는 안 되겠지만, 사실 시인에게는 '생태계의 시'라는 것이 따로 있지 않다. 그는 자연 속에 있는 것들의 존재방식으로부터 한시도 눈을 떼지 않기 때문에 시인인 것이다.) 이처럼 시인들의 시선이 자연으로 쏠리고 있는 이유는 그들이 그동안 딴 데서 노날다가 갑자기 자연으로 돌아왔기 때문이 아니라 자연의 신음 소리, 세상 가장 낮은 곳에 있는 것들의 아픈 신음이 시인들의 귀를 밤낮으로 쟁쟁 울리기 때문이다.

시인에게 생태계의 시랄 것이 따로 없으되, 자연 존재물들의 '소리' 속에서 고난을 읽어내고 그 고난의 기원을 생각해보는 것은 이 시대 시인들의 감성에 발생한 큰 변화가 아닐 수 없다. 시인에게 지금의 매미 울음소리는 그가 어려서 듣던 긴 여름날 오후의 숲의 오케스트라가 아니다. 그가 지금 듣는 그 소리는 매미의 절규이고 신음이다. 그뿐인가. 겨울밤의 함박눈에서 시인은 더이상 세상에 내리는 흰색의 평화를 보지 못한다. 그 눈은 축복이 아니라 재앙이며 평화가 아니라 숲을 위협하는 죽음의 사자이다. 그 산성눈을 피하기 위해 우산을 쓰고 나가는 시인—그 '우산 속의 시인'이 느끼는 눈의 정서란 이미 옛날의 정서일 수가 없다.

이것이 현대 시인의 정서 체계에 일어난 일대 변화이고 혼란이며 감성의 분열이다. 이 변화는 작은 일이 아니다. 시인은 더이상 눈과 비, 나무와 숲을 옛날의 눈으로 바라볼 수 없고 옛날의 정서로 그것들을 노래할 수 없다. 자연의 수난, 자연에 일어난 궁핍이 시인에게 동일한 형태의 박탈과 궁핍을 강요하고 있는 것이다. 지금은 가장 '둔감한' 사람만이 함박눈에서 축복을 발견하고 빗소리에서 생명의 순환음을 듣는다. 귀 밝고 마음 여리고 아픔에 민감한 자의 감성은 그런 둔감증을 견딜 수 없다. 그는 빗소리를 들으며 생명의 거대한 순환이라는 안정된 정서에만 매달릴 수 없는 것이다. 그러나 시인은 그러면서도 동시에 자연에서 여전히 생명의 긍정을 찾지 않으면 안 된다. 그의 감성은 분열되고 정서 체계는 깨어진다. 김지하의 근작시

「빗소리」(『창작과비평』 1993년 봄호)는 그런 분열을 보여주는 대표적 경우이다.

눈 감고
빗소리 듣네

하늘에서 내려와
땅을 돌아 다시 하늘로
비 솟는 소리
듣네

내 마음속 파초 잎에
듣네

귀 열리어
삼라만상
숨쉬는 소리 듣네

—「빗소리」 전반부

이 시의 전반부 4연에서 시의 화자가 듣는 것은 비 내리는 소리, 비 솟는 소리, 삼라만상의 숨쉬는 소리이다. 이 세 가지 소리들 사이에 균열은 없다. 비는 하늘에서 내려와 땅을 돌고 다시 하늘로 솟는다. 이 거대한 순환 속에서, 그 순환 때문에, 세계는 숨쉬고 화자의 귀는 그 숨소리에 열리어 생명의 큰 체계를 확인한다. 그러나 시의 후반 4연에서 화자의 귀는 이 긍정의 소리와는 전혀 다른 종류의 소리를 향해 열린다.

추위를 끌고 오는
초겨울의 저 비
산성비에 시드는
먼 숲속 나무들 저 한숨 소리

내 마음속 파초잎에
귀 열리어
모든 생명들
신음 소리 듣네

신음 소리들 모여
하늘로 비 솟는 소리
굿치는 소리 영산 소리 듣네

사람아
사람아
외쳐 부르는 소리
듣네.

—「빗소리」 후반부

    이 후반부에서 화자가 듣는 소리는 먼 숲속 나무들의 한숨 소리, 생명의 신음 소리, 굿 치는 소리, 사람을 외쳐 부르는 소리이다. 이 소리들은 화자가 전반부에서 들었던 소리들이 아니다. 비 내리고 솟는 순환의 소리, 생명의 숨소리들에 열려 있었던 화자의 감성은 이 감성을 불가능하게 하는 또다른 소리들, 한숨 소리, 신음 소리, 굿 치는 소리들로 열린다. 이것들은 전반의 소리들과 다를 뿐 아니라 그것들과는 모순, 반대, 불일치의 관계에 있는 소리들이다. 빗소리 속에서 생명의 순환과 긍정의 소리를 듣던 화자는 다음 순간 그 긍정을 뒤집는 한숨 소리, 신음 소리를 들어야 한다. 그것은 숲의 나무들이 빗속에서, 그 비 때문에 내는 두려움의 한숨 소리이고, 비 없이 살 수 없는 나무들이 동시에 그 비 때문에 죽어가는 기이한 모순의 소리이다. 그 모순을 풀기라도 하려는 듯이 신음 소리들은 모여 영산굿을 치고, 그 굿판은 '사람아!'라고 외쳐 부른다. 그 모순을 일으킨 자는 비, 나무, 숲이 아니라 '사람'이다. 그러므로 굿판은 막힌 순환을 뚫기 위해 모순의 주인을 호출하지 않으면 안 된다.

하나의 감성이 그것을 불가능하게 하는, 또는 그것과 모순되는 이질 감성과 동시적으로 존재하고 그 균열을 통해 제시되어야 한다는 것이 이 시대 시의 한 양상이며, 시인의 감성과 상상력에 발생한 재난이다. 그러나 정확히 이 재난, 이 균열을 통해서 시는 인간에게 인간이 제 손으로 만든 모순을 드러낸다. 인간이 비, 나무, 숲에 일으킨 재난의 면적은 시적 감성의 균열이라는 방식으로 문학에 확대되고 그 피해 면적의 한복판에 서 있는 인간 자신을 보게 한다.

3

신음하는 나무, 숲, 파초의 영산굿 소리는 '사람아, 사람아'를 외쳐 불러 사람을 그 굿판에 오게 함으로써 사람을 사람되게 하려는 소리이기도 하다. 사람은 그 굿판으로 가야 한다.

그는 그 굿판으로 가야만 거기 모인 "신음 소리들"에서 그 자신의 신음 소리를 들을 수 있다. 그는 나무, 숲, 파초가 되어야 한다. 그는 나무가 되고 파초가 됨으로써만 사람이 된다. 오늘날 환생, 순환, 윤회의 상상력이 우리 시인들에게 특별한 매혹이 되고 있는 까닭은 이 때문이다. 그 상상력은 시인들이 전에 없이 인도 신비주의에, 불교적 세계관에, 또는 피타고라스적 윤회관에 함몰된 데서 나오는 것이라고 말할 수 없다. 그런 경우도 없지 않겠지만, 오히려 그것은 시인들이 '사람아, 나무 없이는 너도 없다'라는 아주 간단한 생명의 진리를 말하기 위한, 그리고 그 너무도 간단한 진리가 철저히 망각되고 냉대받는 세계의 우둔함을 보이기 위한 시대적 패러다임의 하나로 등장한다. 시인들이 복잡한 시적 변환의 기술을 부리지 않고 아주 단순한 언어로, 지나치리만큼 단순한 직설법의 언어로 그 진리를 표현하는 것도 그런 이유에서일 것이다. 이를테면 정현종이 「구름의 씨앗」(『창작과비평』 1992년 겨울호)에서

> 땅 위의 산 것들,
> 한때는 기체이다가
> 또 고체이다가
> 액체이기도 한 우리들,
> 저 밑도 끝도 없는 시간 속에서
> 우리는 플랑크톤 아니에요?
> 풀 아니에요?
> 구름 아니에요?
> 에밀리 양 없이 구름 없듯이
> 구름 없이 내가 있어요?

구름을 죽이지 마세요

—「구름의 씨앗」부분

라고 노래하는 것이 그런 경우이다. 우리는 풀 아닌가? 구름 아닌가? 플랑크톤 아닌가?—이 물음들은 정상적 문학의 규약 속에서라면 고도의 은유적 상상력과 변환을 통해 제시되어야 할 것들이지만 이 시대 시인들에게는 은유도 직설법의 방식으로 던져져야 한다는 다급함이 있다. 이 다급함도 시인의 고통 가운데 하나이며 피해 면적의 일부이다. 그 고통 때문에 그는 그 자신 환생의 욕망에 사로잡히지 않으면 안 된다. 시적 언어는 예외 없이 어떤 것의 끝없는 환생이지만 지금의 시인은 자기 은유와 환유들을 살아 있는 것들에 대한 환생의 욕망으로 충전하고 그 자신까지도 그 욕망에 가두어야 한다. 이것이 그의 당나귀 짐이며 이 모순의 역사시대에 그가 시인으로 존재하는 한 방식이다.

문예중앙 1993. 여름

풀잎, 갱생, 역사
— 순환의 노래와 역사적 상상력

1

다시 겨울이 오고 있다.

그러나 이것은 아무 뉴스도 아니다. 지금 누가 겨울을 두려워하랴? 한때 우리를 떨게 하던 겨울, 가난의 무게 때문에 더욱더 무섭고 겁나던 겨울, 외투 하나 장만하는 일이라든가 연탄가스 새는 방으로부터의 해방을 생애의 꿈처럼 보듬고 다니게 하던 그 겨울은 지금 어디론가 가고 없다. 1970년대 중반 이후 우리의 도시적 삶의 양식을 규정하기 시작한 아파트와 온수溫水문화와 온실 환경은 도시 중산층의 삶으로부터 겨울을 삭제한다. 아파트의 아이들은 살얼음 서걱거리는 아침의 세숫대야, 저녁의 문풍지 울음소리, 화톳불의 기억을 가질 이유가 없다. 주부들은 김장을 담글 필요가 없고 무/호박 말랭이, 배추 시래기를 준비하지 않아도 된다. 아파트에서는 화분의 식물들도 겨울을 잊어버려 잎새 떨구는 방법을 알지 못한다. 그뿐인가. 도시의 슈퍼마켓에서는 한겨울에도 겨울을 볼 수 없다. 겨울철의 슈퍼는 겨울이라는 이유로 더 가난하지 않기 때문이다. 거기서는 한겨울에도 시금치, 달래, 상추를 바구니에 담아올 수 있고, 여기가 겨울일 때 봄이고 여름인 나라들에서 실려온 황록색 과일들이 "우루과 우루과"(박노해의 표현)를 외치며 '없어진 겨울'의 알리바이를 제공한다. 누가 겨울을 두려워하랴?

'없어진 겨울'은 분명 물질적 풍요의 한 지수임에 틀림없다. 그러나 이 시대의 시인에게 그것은 시적 상상력을 파탄시키는 대재난이며 그의 상징체계를 거덜내는 대궁핍의 지수이다. 겨울이 삭제된 시대의 사람들은 봄을 기다리지 않는다. 기다릴 이유가 없기 때문이다. 그들에게는 겨울이 오고 있다라는 것이 아무 뉴스도 아니듯 그 겨울의 끝에 봄이 오리라는 기대 또한 아무런 즐거움이 아니다. 그러므로 봄을 기다릴 이유가 없는 사람들에게 이를테면 "겨울이 오면, 봄이 어이 멀었으리오" 같은 시적 언술이 아직도 유효한 정서적 소구력訴求力을 가질 수 있을까? 아파트의 감성에는 그런 진술이 이제 한순간의 짧은 감동도 주기 어려운 지나간 시대의 잠꼬대, 개구리에게나 던져줄 허사로 들릴지 모른다. 겨울이 삭제된 시대의 감성구조 속에서는 겨울만이 그 위력을 잃는 것이 아니라 봄의 영광이 없어지고 순환의 질서 자체가 의미를 상실한다. '봄'이 시적 상상력의 중요한 조직 원리가 되어온 이유는 그것이 그리움과 기다림의 문법이고 갱생, 부활, 환희의 장르이기 때문이다. 그러나 겨울이 없어지고 봄이 시큰둥해진 시대의 대중적 감성 속에서 봄은 더이상 그리움의 문법도 갱생의 장르도 아니다. 봄이 갱생과 부활의 장르가 될 수 없다는 것은 분명 현대 시인의 상징체계에 들이닥친 일대 재난이다. 겨울과 봄의 순환질서로부터 쇠퇴와 갱생, 죽음과 부활, 침체와 환희의 대위법을 이끌어내던 문학의 상상력은 도시적 삶의 풍요 속에서 마치 흥부네 집의 가난한 새앙쥐들처럼 전대미문의 궁핍에 직면하는 것이다.

봄의 가장 구체적인 시적 이미지는 '풀잎'이다. 봄의 장르로부터 도출되는 풀/풀잎/새잎의 이미지는 우리 현대시에서 여러 층위의 문맥에 연결되는 극히 중요한 시적 의미 단위의 하나가 되어왔다. 그러나 봄이 부활과 갱생의 상징성을 지니기 어렵게 된 시대에 '풀잎'의 이미지는 무사한가? 도시 대중의 삶과 감성에 발생한 변화에도 불구하고 우리 시인들은 여전히, 마치 아무 사건도 없었다는 듯이, 풀잎 이미지의 활용에 매달릴 수 있을까? 계속 매달려야 한다면 그 매달리기의 시적 비전들은 무엇이며 그 비전들은 풀잎 이미지의 상징성이 약화된 시대에 어떤 중요성을 가질 수 있을까?

2

'시적 비전'이란 용어는 다소 돌발적이어서 독자를 애매하게 할 우려가 있다. 이렇게 말을 바꾸자. 풀잎의 이미지가 제시하는 갱생, 부활, 구원의 의미론적 상징체계가 우리 현대시에서 중요해지는 것은 주로 시문학의 두 가지 경향과 관계된다. 하나는 풀잎의 이미지로부터 '생명의 힘'을 부단히 확인하는 이른바 생명문학 또는 생태문학의 시적 경향이고 또하나는 역사의 질곡을 이겨내는 '민중' 이미지의 전이를 '풀잎'에서 발견하는 시의 경향이다. 이들 두 경향은 서로 겹치는 혼융의 부분을 가질 수도 있을 것 같아 보이고 '민초民草'라는 우리의 전통적 은유는

'생명'과 '민중'의 용이한 결합 이미지를 풀잎에서 찾을 수 있게 한다. 그러나 생명의 풀잎 이미지와 역사적 민중의 풀잎 이미지는 서로 판이하게 다른 상상력의 산물이며 근본적으로 다른 두 개의 비전에 의해 매개된다. 생명의 풀잎 이미지를 촉발하는 것은 '순환의 상상력'이고 민중의 풀잎 이미지를 매개하는 것은 '역사적 상상력'이다. 순환과 역사의 두 비전은 성질상 혼융되기 어려운 이질적 상상력이고 비전이다. 그러므로 일단 이들 두 비전의 이질성에 주목하는 일은 길게는 김수영의 「풀」에서부터, 짧게는 최근 박노해의 「강철 새잎」(『참된 시작』, 창비, 1993)에 이르기까지 풀/풀잎/새잎의 이미지에 대한 비평적 이해를 정밀화하는 데 매우 긴요하다.

생명문학적 시들이 활용하는 풀잎 이미지의 상징성은 '해마다 죽고 해마다 다시 살아나는 생명의 순환적 소생'―겨울의 감옥에 유폐되었다가 봄이면 그 감옥을 깨고 나오는 죽음과 부활, 유폐와 해방, 감금과 구원의 순환성에 있다. 이 순환의 질서 속에서 죽음은 죽음이 아니며 소생은 일회적 사건이 아니다. 봄에 기적처럼 소생하는 새잎의 부활은 기적처럼 보일지라도 기적 이상의 확실성을 가지고 있다. 그 확실성은 역사의 진행에 관계없이, 역사의 변덕을 비웃으며 역사 너머로부터 던져지는 약속이다. 그 약속은 어김이 없다. 모든 예측이 불안해지고 추문이 되어버린 역사시대에도 순환의 질서가 던지는 부활의 약속만은 불안하지 않다. 봄이라는 장르가 기적처럼 보이는 것은 죽음 다음에 오는 부활의 약속이 한 번도 부도를 내지 않기 때문이다. 그러므로 순환질서 속에서의 부활은 역사의 먼 미래, 혹은 '어떤 미래'에 투사되는 구원적 사건이 아니라 '해마다 약속된 부활'이며 '해마다 일어나는 일'이다. 이것을 '순환의 비전'이라 한다면, 생명문학적 시가 활용하는 풀잎 이미지는 이 순환의 비전에서 나오고 그 비전을 제시한다.

순환의 비전은 역사적 비전과 같지 않다. 역사적 비전은 인간의 해방과 구원, 인간 되찾기의 약속을 '해마다 찾아오는 봄'의 순환성에서 발견하는 것이 아니라 역사의 어떤 미래 시점에서 찾는다. 구원은 역사의 먼 미래에 투사되어 있다. 역사적 비전의 '봄'은 '연기된 봄'이고 아직 '오지 않은 봄'이며 그 연기된 봄이 올 때까지는 모든 춘삼월이 '봄 같지 않은 불사춘의 봄'이다. 역사적 비전에서의 부활과 구원은 해마다 일어나는 일이 아니라 미래의 사건, 올 것 같기도 하고 올 둥 말 둥 해 보이기도 한, 그러므로 발생의 시점을 정할 수 없는 불특정 미래 시제의 사건이다. 순환의 상상력에서 풀잎의 부활은 죽음('나 죽으리')을 전제한다. 그러나 역사적 상상력의 풀잎은 해방의 순간까지 죽음을 연기('죽지 않으리')한다. 두 비전이 계절을 계산하는 방법은 근본적으로 다르고 봄을 기다리는 꿈의 길이도 다르다. 봄을 향한 역사적 비전의 꿈은 길다. 역사시대의 겨울이 무척 길기 때문이다. 하지만 역사적 비전은 그 올 둥 말 둥 해 보이는 봄의 도래를 확실하게 하기 위해 역사의 겨울을 단축하려 하며 그 겨울에도 죽지 않고 버티면서 봄을 끌어당기는, 혹은 봄을 향해 항진하는 질긴 인내와 저항의 힘을 '인간'에게서 확인한다. 그 힘이 확인되는 한 해방과 구원의 약속은 확실하다. '민중'이란 이 기다리는 긴 꿈의 인간, 기다리기만 하는 것이 아니라 봄을 끌어당기고 겨울을 단축하려는 인간에게 붙여진 이름이며 이 이름의 전이가 역사적 상상력 속에서의 '풀잎'의 이미지이다. 이처럼 순환의 상상력이 풀잎으로부터 끌어오는 상징과 역사적 비전이 풀잎에서 발동시키는 상징은 근본적 차원에서 서로 구별되고 또 구별되어야 할 성질의 것들이다.

겨울이 없어진 시대에도 겨울이 아직 확실하게 겨울로 남아 있는 물리적 공간의 하나가 감방이다. 그 감방에서 이른 봄 눈더미를 뚫고 고개 내미는 새잎의 생명력을 본다는 것은 분명 작은 감동이 아닐 것이다. 정치적 겨울에 유폐되어 많은 겨울들을 감방에서 지내야 했던 우리의 몇몇 시인들의 시에서 새잎/새싹의 시적 이미지가 자주 등장하는 것은 그러므로 놀라운 일이 아니다. 김지하의 시편들이 이른 봄 움터나오는 새싹들에 감동적 시선을 던지기 시작한 것도 긴 유폐 기간의 일이었고 최근 박노해가 감방에서 써 보낸 「강철 새잎」의 '새잎'도 그가 감방에서 발견한 새잎이다. (시인은 아니지만 부당한 옥살이의 고통에서 우러나온 감동적 산문을 이 시대에 남긴 신영복의 글(『감옥으로부터의 사색』)들이 새잎/새싹의 소식을 수없이 담고 있다는 것도 여기 상기해두자.) 그러나 감방의 시들이 흔히 새잎의 이미지를 쓴다고 해서 그 이미지가 모두 동일한 비전과 상징체계에 속하는 것은 아니다. 이를테면 김지하의 새잎/풀잎은 역사적 비전보다는 어느 순간 순환의 비전 쪽으로 방향을 바꾼 것이고 박노해의 '새잎'은, 아직 어떤 속단도 내리기 어렵지만 적어도 그의 다른 감방 시들을 준거로 삼을 때, 여전히 역사적 비전 속에 있다.

하 연둣빛 새 이파리
네가 바로 강철이다
엄혹한 겨울도 두터운 껍질도
제 힘으로 뚫었으니 보드라움으로 이겼으니

썩어가는 것들 크게 썩은 위에서
분노처럼 불끈불끈 새싹 돋는구나
부드러운 만큼 강하고 여린 만큼 우람하게
오 눈부신 강철 새잎
—「강철 새잎」 부분

반면, 명상 시집『달맞이꽃에 대한 명상』이후 시세계의 변
모를 모색하고 있는 듯한 최승호가 순환의 주제 쪽으로 이동하
고 있는 것은 흥미로운 변화이다. 최근에 나온 그의 다섯번째
시집『회저의 밤』(세계사, 1993)에 실린「발효」의 한 대목은 그
런 변화의 일단을 보여주고 있어 주목할 만하다.

물왕저수지라는 팻말이 내 마음의 한 변두리에 꽂혀 있다
나는 그 저수지를 본 적이 없다
긴 가문 날 흙먼지투성이의 버스 유리창을 통해
물왕저수지로 가는 길가의 팻말을 얼핏 보았을 뿐이다
그 저수지에
물의 법이 물왕의 도가
아직도 순환하고 있기를 바란다
그 저수지에 왕골을 헤치며 다니는 물뱀들이
춤처럼 살아 있기를 바란다
그리고 물과 진흙의 거대한 반죽에서 흰 갈대꽃이 피고
잉어들은 쩝쩝거리고 물오리떼는 날아올라
발효하는 숨결이 힘차게 움직이고 있음을
내 마음에도 전해주기 바란다
—「발효」 부분

3

도시적 삶의 현실에 발생한 겨울의 삭제 현상은 순환의 상상력이건 역사적 비전이건 간에 시인의 풀잎 이미지가 제공할 수 있는 암시성을 크게 위협한다. 이들 두 종류의 시적 상상력은 말하자면 문명의 현단계가 성취해놓은 일상적 풍요 앞에서 어떤 비슷한 형태의 딜레마에 봉착하는 것이다. 순환의 시적 상상력에서 그 딜레마는 '부활의 제거'이고 역사적 상상력이 당면하는 문제는 '기다림의 제거'이다. 봄이 따로 없으므로 부활이 의미 없고 겨울이 겨울이 아니므로 엎드려 봄을 기다릴 필요도 없다. 아주 잔인하게도, 소생과 기다림은 감방에서나 의미 있을 뿐 도시 대중의 삶 속에서 그것들은 거의 무의미하다. "풀잎? 풀잎이 뭐 그리 대단해?"라고 온실문화는 묻는다. "부활이 뭐 하는 것이여?"라고 온실문화는 질문한다. "기다리자고? 뭘 기다려?"라고 풍요의 문화가 말한다.

풍요의 문화는 축제가 따로 없고 일상의 삶이 곧 축제인 삶의 형태이다. 농업시대에서 발원하는 인간의 축제문화는 대체로 파종(봄)과 수확(가을)의 두 시기에 국한되는 것이었다. 봄의 축제는 소생과 부활의 축제이고 가을의 축제는 부활의 약속이 지켜진 데 대한 감사와 다음해 봄의 부활을 기원하는 축제이다. 기록에 남아 있는 인간의 가장 오래된 축제 의식은 고대 이집트에서 행해진 옥수수의 신 '오시리스Osiris의 축제'이다. 슬픔으로 시작되는 축제를 생각해본 일이 있는가? 우리를 숙연하게 하는 것은 오시리스 축제가 처음부터 방자하게 먹고 마시고 떠드는 행사가 아니라 슬픔과 비탄에서 시작하여 환희로 끝나는 부활 기원의 의식이었다는 점이다. 옥수수 걷이에

나간 사람들은 옥수수를 베기 전 가슴을 치며 슬픔에 잠긴다. 생존을 위해 인간은 오시리스 신의 화신인 옥수수의 목을 따고 밑동을 자르는 불경을 행해야 하기 때문이다. 걷이가 끝나면 사람들은 수숫대로 오시리스 신의 형상을 만든 다음 그 형상의 지체肢體를 갈기갈기 찢어 들판에 흩어놓고 다시 비탄에 잠긴다. 그것은 인간의 생존을 위해 해마다 다시 살아나고 다시 죽어 삶을 지탱하게 하는 그 신의 또 한 차례의 죽음, 인간에 의한 신의 해체를 슬퍼하는 절차이다. 의식은 거기서 끝나지 않는다. 사람들은 찢어진 신의 지체들을 다시 모아 원상으로 복구한다. 그 복구가 끝나면서 사람들의 슬픔은 기쁨으로 바뀌고, 전체성을 되찾은 신의 형상은 들판에 묻힌다. 신은 죽었으나 죽은 것이 아니다. 땅에 묻힘으로써 그의 소생과 부활은 다시 확실한 약속이 된다. 그는 들판에서 죽어 들판에서 소생한다. 죽음과 부활은 순환이라는 하나의 긴 호흡, 그 끊어지지 않는 숨결 속에 있다. 그 숨결을 믿는 부활 기원의 의식이 끝나고 나서야 사람들은 먹고 마시고 노래하는 환희의 축제에 들어간다.

김지하의 최근 연작시 「일산시첩一山詩帖」(『현대문학』 1993년 11월호)의 한 대목은 오시리스 축제가 보여주는 순환 의식과 기묘할 정도의 친연성을 갖고 있다. 물론 순환의 상상력이라는 관점에서 보면 그 친연성은 결코 기묘하지 않다.

　　어둠 속 붉었던
　　살
　　자취 없다

　　먼 강물

핏속에 흐르나
나 이제 벌판에서 죽으리

흩어져
한줌
흙으로 붉은 빛.

—「일산시첩」 부분

　슬픔과 기쁨, 해체와 복원, 죽음과 소생의 상징적 순환 의
식은 서양의 카니발에 부분적으로 남아 있을 뿐 오늘날 도시의
삶, 도시의 축제와는 먼 거리의 것이다. 도시적 삶은 죽음과 부
활의 순환 의식을 치를 이유가 없다. 오시리스 축제가 지닌 슬
픔의 절차는 인간이 자기 생존을 위해 자연에 가해야 했던 폭
력에의 상징적 속죄 의식이다. 그러나 지금의 도시적 삶에서는
매일매일의 삶이 축제처럼 풍성해졌지만 그 축제문화는 어떤
대상에 대해서도 속죄 의식을 갖지 않는다. 이 변화는 어디서
온 것인가? 그것은 모종의 어벙벙한 문학적 상상만으로는 이해
되지 않는 변화이다. 왜냐면 그 변화의 밑바닥에는 생산의 변
화라는 역사적 사건이 있기 때문이다. 상징적 순환 의식의 축
제는 인간의 생산행위가 자연의 순환질서에 의존하지 않으면
안 되었던 시대의 농업 생산양식과 직결되어 있다. 지금은 농
업 생산의 시대가 아니며 농업시대의 질서였던 순환의 문법이
사실상 무의미해진 시대이다. 슈퍼마켓에서 겨울이 없어진 것
은 봄철 채소가 자연 아닌 공장(온실)의 제조품으로 공급되기
때문이다. 제조업의 한 하위 형태가 된 농업공장의 문법 속에
오시리스적 죽음과 부활은 없고, 사시장철 공급되는 제조품으

로 일상적 축제를 벌일 수 있는 도시의 삶은 그 어떤 대상에 대해서도 부활을 기원할 이유가 없다.

그 가장 근본적인 차원에서, 순환의 비전은 농업시대적 삶과 관계있고 역사적 비전은 근대적 생산양식과 관계된다. 그러나 이 말은 순환의 시적 상상력 자체가 이 시대에 전적으로 무의미해졌다거나 역사적 상상력이 더 중요해졌다는 얘기가 아니다. 순환질서가 인간의 '생산'을 지배하던 시대는 지나갔지만 그 질서는 여전히 지상에서의 '삶의 전체적 환경'을 규정하고 지배한다. 그 질서는 다만 간접화되고 인간의 눈에 띄지 않는 곳으로 물러나 있을 뿐이다. 근대적 생산이 산출한 현대 문명의 가장 거대한 오만은, 순환질서가 눈에 띄지 않고 생산의 직접적 조건이 아니라는 이유로 그것을 능멸하고 무시하는 데 있다. 이 오만은 지상에서의 모든 삶을 가능하게 하는 순환의 법칙 자체를 파괴하여 생명의 전면적 절멸을 가져올 수 있는 단계에까지 이르고 있다. 현대인의 축제는 썩어가는 것 속의 구더기의 삶처럼 극히 짧은 한순간의 포식문화로 끝날 가능성이 있다. 순환의 시적 상상력은 이 구더기문화에 개입하는 문학의 대응양식 가운데 하나이다. 그러나 그것이 에피소드 이상의 유효한 대응이 되자면 순환의 상상력은 순환질서를 위협하는 역사적 삶의 형태와 생산/소비 양식에 부단히 주목해야 한다. 생명 위협세력에 무관심하면서 생명 그 자체만을 노래하는 시의 효과를 우리는 상상할 수 없다. (그러나 이것은 시인의 작시법에 영향을 주기 위한 처방전적 발언이 아니다. 시인은 그의 방식으로, 그가 유효하다고 판단한 스타일과 언어와 비유법으로 시를 쓸 자유를 가지고 있다. 다만, 그는 그의 숨통이 어떻게 역사의 바람을 호흡하고 있는가를 알고 있어야 한다.)

근대적 생산양식의 최대 성취는 순환의 자연질서를 파탄시킴으로써 인간과 자연 사이에 일찍이 없었던 적대관계를 형성해놓았다는 점이다. 이것은 시의 역사적 상상력이 주목해야 할 새로운 모순, 아니 주요 모순의 이동 지점이다. 분배의 문제는 여전히 중요하고 계급적 적대성의 문제도 여전히 중요하다. 그러나 이미 현실사회주의의 파산에서 보듯 동구식 생산관계도 기본적으로는 근대적 생산의 한 형식일 뿐 생산과 자연 사이의 적대성을 해소하지 못한다. 이 적대성은 문명의 현 단계가 대면하고 있는 전 지구적 위기이고 딜레마이다. 물론 그 위기의 해소에 발 벗고 나서는 것이 문학의 과제는 아니다. 그러나 역사적 비전에 매개되는 시의 상상력은 민중 풀잎의 최종적 구원이 계급 적대성의 해소 이상의 것이라는 점에도 주목할 필요가 있다. 역사는 아직도 겨울(혹은 봄으로 착각된 겨울)이지만 봄이 오기도 전에 역사의 집 자체가 무너져내릴지 모른다. 이 붕괴의 위기 앞에서 순환의 상상력과 역사적 상상력은 두 비전의 이질성에도 불구하고 서로 맞물려 있다.

문예중앙 1993. 겨울

「우울한 거울」의 화자에게
— 시와 역사, 또는 맹목에 대해 실언하기

1

1960년대를 냉전의 절정기라고 한다면, 이 시기의 대중문화는 소설과 영화에서 스파이 스릴러물을 유행시킴으로써 국제정치 현실과 긴밀한 관계를 맺는다. 냉전이 국제적인 것이었듯이 첩보원을 영웅으로 하는 1960년대의 대중문화도 국제적인 것이었다. 우리의 1960년대 독자들 가운데 이언 플레밍이나 존 르 카레의 이름을 아직도 기억하고 있는 사람은 많지 않을 테지만 슈퍼 스파이 제임스 본드를 모르는 사람은 없다. 1960년대 독자치고 제임스 본드가 나오는 스파이 소설을 한 편쯤 읽지 않은 사람이 없고, 숀 코너리가 거의 도맡아 출연했던 '본드 영화'나 이른바 '007 시리즈' 스파이 영화를 한두 번 보지 않은 사람이 없기 때문이다. 작가 플레밍과 르 카레는 제임스 본드와 '스파이 007'의 창조자들이다. 이 첩보물 작가들은 모험과 섹스를 배합한 스파이 이야기를 냉전 시대의 로맨스 공식으로 유행시킴으로써 1960년대의 대중문화 산업을 먹여 살렸을 뿐 아니라, '막강한 러시아를 반드시 이겨내는' 슈퍼 스파이의 이미지 창출을 통해 대중의 무의식 속에 '서방불패西方不敗'라는 신화를 착근시키는 데에도 크게 기여했다. 이 같은 신화 조작은 대중문화가 냉전 체제 유지에 어떻게 기여했는가를 보여주는 퍽 좋은 사례이다. 그 슈퍼 스파이들은 냉전 시대의 서방이 필요로 했던 문화영웅들이었고 600만불의 사나이, 바이오닉 우먼, 맥가이버, 람보의 직계 조상이었다. 1960년대 후반 서울 바닥의 젊은이들치고 '007가방' 같은 걸 하나 갖고 싶어하지 않은 사람이 있었던가. 소련 정보원들을 놀라 자빠지게 하는 기상천외의 오만 가지 장치며 기구들을 장착한 그 도깨비 가방, 서방의 기술 천재를 과시하던 그 마술의 가방을.

냉전 체제가 거의 와해되고 대중문화 영역에서도 스파이 스릴러물의 열기가 식어버린 지금 그 스파이 창조자들은 어디서 무슨 생각을 하고 있을까. 그중의 한 사람, 한때 영국 첩보기관에서 일한 적이 있는 그 존 르 카레에게 최근 어떤 외지는 이런 질문을 던지고 있다. "냉전 시대 서방 정보전의 큰 실패 가운데 하나는 소련의 능력을 과대평가했다는 것이다. 어째서 그런 실패가 일어나게 되었는가?" 이 질문의 내용은 질문자의 독창이 아니다. 소연방의 소멸 이후, 소련 땅 구석구석을 점검해본 서방 관찰자들의 한결같은 견해는 냉전 기간 동안 서방이 소련을 '턱없이' 높게 평가했다는 것이었다. 수완을 자랑하던 서방 정보기관들은 어째서 소련의 실상을 그토록 몰랐던가? 존 르 카레 가로되—"갑옷 속의 기사는 죽어가고 있었으나 이 인간적 진실이 정보 분석에는 감지되지 않았기 때문이다." 서방 정보기관들은 소련의 위풍당당한 갑주에만 눈이 팔려 정작 그 속의 죽어가고 있는 인간은 보지 못했다는 얘기다. "이미 브레즈네프 말년의 모스크바에 살아본 똑똑한 신문기자라면 거기선 아무것도 되는 일이 없다는 걸 알았을" 터인데, 정보기관이란 많은 양의 정보를 취급해야 하고 그러다보니 "암소 머리를 두 번씩 세어 보태는 꼴"의 착오가 일어났던 것이라고 그는 말한다. 결국 소련을 그 실세의 몇 갑절로 과대평가한 것은 서방 "정보의 실패이자 상식의 실패"였다고 그는 진단한다. "정보 요원이 사는 비밀의 방에는 상식이라는 이름의 바람이 불지 않는다."

르 카레의 이 진단에는 그러나 한 가지 중요한 사실의 지적이 빠져 있다. 서방이 소련을 과대평가한 것은 그 과대평가를 통해서만 냉전 체제의 유지가 가능했기 때문이라는 사실이 그것이다. 서방, 특히 미국이 자기 자신을 가르강튀아로 유지하기 위해선 무엇보다 소련을 거대한 골리앗으로 그려내지 않으면 안 되었다. 이 점에서 서방 정보기관들은 냉전 시대의 서방이 필요로 했던 '오보'와 '잘못된 그림'을 충실히 제공했다고 말할 수 있다. 그러므로 그것은 정보전의 실패라기보다는 성공이었다고 말할 수 있다. 르 카레의 말과는 달리 모스크바에 오래 체류했던 서방 기자들이 '소련에서의 삶'에 관해 써보낸 허다한 보고들은 '갑옷 속의 죽어가는 기사'를 이미 오래전부터 정확히 묘사해주고 있었다. 얼마 전 작고한 뉴욕타임스의 해리슨 솔즈베리가 소련 멸망 이전에 쓴 일련의 러시아 리포트들은 그 좋은 예이다. 문자 그대로 '발_足로 쓴' 듯한(일본 언론사들이 기자를 훈련시킬 때 써먹는 말—"아시데 가쿠(발로 써라)"에서) 그의 리포트들은 "더이상 아무것도 유효하게 작동하지 않는" 구소련의 모습을 생생히 전달하고 있었다. 그러나 이런 종류의 실상 보고들은 서방 정책 당국들이 필요로 했던 정보와는 그 용도가 다른 차원의 것이었다.

1991년 세계지도에서 소연방이 사라졌을 무렵, 갑자기 일이 많아져 눈코 뜰 새 없게 된 사람들로는 우선 지도 제작업자를 꼽을 수 있다. 동유럽과 소련의 국명, 도시명, 마을과 거리 이름 등이 바뀌면서 1991년 연말께에는 세계지도를 새로 만들어야 할 이유가 자그마치 1900가지에 달했다. 한꺼번에 이처럼 많은 지도상의 변화가 발생한 것은 아담이 밭 갈고 이브가 베짜던 태초 이후 처음 있는 일이었다. 지도 제작업자들 못지않게 바빴던 것은 어째서 그토록 짧은 기간에 그토록 많은 나라들이 사라지게 되었는가를 분석해 보이느라 동분서주한 일단의 해설가 무리들이다. 이들 중에는 정치적 변화가 있을 때마다 죽통에 쉬파리 엉기듯 달려들어 세상의 소음을 늘리는 데 공헌하는 3류 정치학자들을 위시해서 사이비 역사가들(대표적으로 프랜시스 후쿠야마―그에 의하면 소련의 멸망과 함께 세계는 역사가 끝나버린 자본주의적 "역사 이후 시대"로 돌입했다)도 있었고, 점쟁이 제자(대표적으로 로널드 레이건―그가 "악의 제국" 소련을 쳐부수는 데는 백악관 점성술사의 공이 컸다고 한다), 섭리론자(대표적으로 교황 요한 바오로 2세―그는 소련의 소멸이 "성모 마리아의 개입" 결과라고 지금도 굳게 믿고 있다), 예언가(대표적으로 프리드리히 하이에크―이미 40년 전에 소련의 멸망을 예견했다 해서 인생 말년에 예언자적 권위를 얻게 되었다)도 있었다.

그러나 이들에 대한 희화를 그리자는 것이 지금 우리의 관심사는 아니다. 1990년 이후 이 땅의 지식인, 특히 비판적 지식인들이 정직하게 반성해봤어야 할 사항들 중의 하나는 르 카레가 말한 그 '갑옷 속의 죽어가는 기사'의 진실에 대한 정보가 우리 지식인들에게는 없었던가라는 문제이다. 소련과 동유럽

은 우리에게 철저히 가려진 금단의 땅이었고 그쪽에 관한 정보
는 거의 서방 언론이나 선전기관을 거쳐서야 우리에게 전달되
었던 것이 사실이다. 서방 언론의 객관성에 충분한 신뢰를 둘
수가 없었기 때문에 그 보도의 정확성 자체도 많은 경우 평가
절하되었다. 그러나 스탈린 시대에 관한 솔즈베리 리포트를 위
시해서 믿을 만한 보도들이 없었던 것이 아니며 이런 보도들의
객관성과 정확성에 대한 신뢰가 아주 없었던 것도 아니다. 또
서구의 비판적 지식인들이 1950년대 이후 소련에 대해 취하기
시작한 태도 변화도 우리에게는 중요한 정보 판단의 자료가 될
수 있었다. 이를테면 사르트르가 스탈린주의의 광기를 못 본 체
하던 그 순간부터 파리 바닥의 지식인들이 좌파의 맹목성에 등
돌리기 시작하고 이것이 프랑스 좌파의 몰락을 초래하는 배경
요인의 하나가 되었다는 사정을 이 땅의 지식인들 가운데 알 만
한 사람은 다 알고 있다. 동구식 사회주의 현실에 대한 실망과
'대안에 대한 좌절'이 유럽 지식인들의 진정한 고민이었다는 것
도 우리에게 결코 낯선 정보가 아니었다. "독일과 불가리아의
차이는 천국과 지옥의 차이와도 같다"라는 것은 최근 동유럽에
서 서유럽으로 몰려드는 난민 아닌 난민들의 말이다. 이 '보통
사람들'의 말은 이미 30년 전부터 들려오던 것이기도 하다.

그런데도 1980년대를 거치면서 이 땅의 젊은 세대 투사들
사이에 스탈린을 본뜬 김강철, 이강철, 박강철이 속출하고 소
련-동구의 현실에 대한 진실보다는 오판, 왜곡, 미화가 뿌리내
리기 시작했을 때 지식인들은 대체로 함구하고 침묵했다. 여러
가지 고려사항이 이 침묵의 스펙트럼 속에 들어 있었다는 사실
을 간과할 수는 없다. (썩은 사회, 희망이라고는 없어 보이는 사회
를 변개시켜보겠다고 뛰어다니던 젊은 사자獅子들의 그 불꽃같은 눈

동자를 마주 바라보며 "그러나 여보게, 모스크바로 가는 길이 천국의 길은 아니야"라고 말한다는 것이 얼마나 어려운 일이었던가도 우리는 안다. 그 '사자의 시대' 1980년대를, 정의감과 열정의 그 연대를, 지금 누가 눈물과 감동 없이 기억할 수 있으랴.) 그러나 결과적으로 그 침묵은 비판적 지식인들 자신의 위선과 조잡한 믿음이라는 문제 말고도 한 세대의 젊은이들을 '어떤 한 측면'에서 오도하기에 이르렀다는 책임을 면탈받기 어렵다. 이 책임의 문제는 누가 누구를 비난하기 위해서가 아니라 한 세대의 희망이 어떤 형태의 '맹목'에 근거하고 있었다는 사실을 정직하게 직시하자는 의미에서 제기되는 것이다. 이 맹목은 소련의 소멸에 대한 터무니없는 영탄에서부터 절망, 허무적 제스처에 이르기까지 여러 모습으로 우리의 젊은 시인들, 혹은 중견 시인들의 시에 나타난다. 내가 지금 쓰고 있는 이 저널리즘은 그중의 하나에 관한 것이다.

2

「우울한 거울」이라는 연작 제목이 붙은 황지우의 몇몇 근작 시편들(『세계의문학』 1993년 여름호)은 바로 그 맹목성의 문제를 생각해보게 하는 우울한 노래들이다. 아니, 그것들은 노래라기보다는 고백에 가깝고, 고백이라기보다는 마치 무대 위의 1인극 배우처럼 화자가 자신의 정신적 자화상을 노출시키는 독백극의 대사에 더 가깝다. 누구의 자화상? 시인 자신의? 아니면 시인으로부터 따로 떼어놓을 만한 어떤 시적 화자의?

"거울 보는 것을 두려워하면서도/ 거울에 자주 나타난다./

내가"로 시작되는 「우울한 거울 1」의 화자는 극히 자의식적인 인물이다. 그는 "턱밑 털을 밀기 위해 추어올린 내 얼굴"을 거울에 비춰 보면서 "비누 거품을 허옇게 쓴 나의 헛것./ 이것, 아무것도 아닌데!"라고 말한다. 그는 거울 속의 자기 얼굴을 본다는 점에서 자의식적인 것이 아니라 그 얼굴을 "헛것"으로 파악하고 "이것, 아무것도 아닌데!"(이 시의 마지막 행)라는 해석을 가하기 때문에 자의식적이다. 그러므로 이 경우의 "거울"은 화자가 자기를 자기에게 되비추면서 자기를 해석하는 자의식의 거울이다. 둘째 연의 "재떨이를 찾아 책상까지 갔다가 오면서도/ 아, 내가 책상까지 갔다 오는구나, 생각한다/ 책상 모서리에 몸이 스칠 때/ 아, 내가 아직 여기 있구나 하는 생각./ 물로 채워진 어떤 덩어리에 대한 생각"은 그런 거울로서의 자의식을 보여준다. 화자는 자신의 행동 하나하나를 '나는 지금 책상까지 갔다 온다'라거나 '나는 아직 여기 있다'라는 식의 진술로 명제화하여 의식의 거울에 되비추는 것이다. "물로 채워진 어떤 덩어리에 대한 생각"은 거울 속의 얼굴을 보며 "이것, 아무것도 아닌데!"라고 말하는 종련의 마지막 행과 메아리 관계를 이룬다. "물로 채워진 어떤 덩어리"—맹물로 된 몸뚱어리에 대한 이 진술은 화자가 자기 얼굴을 "헛것"이라 파악하는 것과 동일한 자의식의 산물이다.

이 시의 화자는 어떤 인물인가? 그를 자의식의 화자라고 규정하는 것만으로는 이 화자의 독백이 드러내면서 감추고 있는 그 자의식의 성질을 알 수 없다. 의식의 거울에 끊임없이 자기를 되비춘다는 점에서 이 시의 화자는 자기 반영을 특징으로 하는 근대적 의식의 화자이다. 그러나 그는 의식의 거울에 비친 자기 또는 자아를 부단히 "헛것"이라 파악하며, 이 점에서 그의 자의식은 근대적 자의식이 아니다. 데카르트나 헤겔적 의미의 자의식을 근대적 자의식이라 한다면, 그 자의식의 주체가 확인하는 나/자아는 "헛것"이 아니다. 데카르트에게 그 자의식 주체는 "의심할 바 없는 존재의 정초"이고 헤겔에게도 이 정초는 "표류하던 배가 마침내 닻을 내릴 수 있게 된 견고한 땅"이었다. 그러나 「우울한 거울 1」의 화자에게 그 자의식 주체는 "이것, 아무것도 아닌데!"의 주체, "헛것"이자 "물로 채워진 어떤 덩어리"이다. 그것은 이미 주체가 될 수 없는 주체, 정초도 견고한 땅도 아닌 환영幻影으로서의 주체이다.

스스로 "헛것"이라 말하는 이 자의식 화자는 「우울한 거울 2」의 경우에도 일정한 연속성을 지니며 나타난다. 이 시의 마지막 4행은 "내 수첩에는 알아볼 수 없게 볼펜으로 여러 번/ 지워진 이름들이 있어/ 부재로 만드는 것; 그게 별것 아닌 내 힘이야/ 용서한다는 말도 필요 없는"으로 되어 있다. 데리다의 '지우기'처럼 수첩 속의 타인들의 이름을 지워 부재로 만들 수 있는 화자란 자기 자신도 지울 수 있는 화자이다. 그러므로 그는 부재하는 자, 헛것, 스스로 존재성을 지워 없애는 존재이다. "비누 거품을 허옇게 쓴" 「우울한 거울 1」의 화자의 얼굴이 비누 거품으로 지워진 얼굴이라면 「우울한 거울 2」의 화자는 지움표(×) 밑에 지워진 이름으로만 존재하며, "이것, 아무것도 아닌데!"라던 먼젓번 화자처럼 이 화자도 자기(또는 타자의) 존재, 이름, 얼굴 지우기를 "별것 아닌 내 힘이야"라고 말한다. 따라서 이 자의식의 화자 역시 근대적 자아와는 상당한 거리에 있다. 먼젓번 화자처럼 그 역시 자기 존재를 확인하는 것이 아니라 부재를 확인한다. 그에게 확실한 것은 아무것도 없다.

그런데 기묘한 것은 「우울한 거울 2」의 그 탈근대적 자의식 화자가 보이는 분열상이다. 적어도 이 화자의 자의식적 지우기의 놀이라는 규칙 속에는 그가 매달릴 수 있는 어떤 확실하고 견고한 것, 헛것 아닌 것은 없다. 그러나 「우울한 거울 2」에서 그의 독백은 이렇게 시작된다.

> 소비에트가 무너지던 날 난, 난
> 광주光州 공항空港에서 스포츠지를 고르고 있었어
> 세계지도에서 내가 귀순하고 싶은 나라들이
> 일시에 없어져버린 느낌이었다고 할까
> 내가 마흔 살이 되니까
> "개좆 같은 세기"가 되어버린 거 있지
> 나더러 평양 가서 살라 하면 못 살지
> 그렇지만 국토통일원에다가
> 나는 개마고원에 가서 살고 싶다는 신청서를 내볼까
> 하는 생각은 해봤는데, 단 어느 쪽도 간섭하지 않는다
> 는 조건으로, 나더러 또라이라 할 것 같아 안 했어
> 광주 공항에서 바로 오끼나와로 갈 순 없어
> 19세기에 태어날 걸 그랬어, 이런 미래를 몰랐을 거 아냐
> 옐친은 기분 나쁘게 생겼어, 내가 싫어하는 그 새끼 비슷해
> 개좆 같은 새끼야
>
> —「우울한 거울 2」 부분

"소비에트가 무너지던 날" 화자는 "세계지도에서 내가 귀순하고 싶은 나라들이/ 일시에 없어져버린" 듯한 느낌 속에서 "개좆 같은 새끼" 옐친이 나대는 "개좆 같은 세기"를 발견한다. 그런데 귀순하고 싶은 나라들 속에 소비에트를 포함시키는

그 화자가 "나더러 평양 가서 살라면 못 살지"라고 말한다. 그는 또 "어느 쪽도 간섭하지 않는다는 조건"으로라면 개마고원에 가서 살고 싶다고도 말한다. 흥미로운 것은 이 화자의 의식적 독백 속에서 소비에트와 평양이 아주 다른 두 개의 장소, 한쪽은 귀순하고 싶은 곳인 반면 다른 한쪽은 "가서 살라 하면 못 살" 곳으로 제시된다는 점이다. 모스크바/평양 사이에 설정된 이 대조적 차이는 화자가 스스로 의식하지 못하는 허위—그의 맹목이다. 그 맹목은 평양 가서 살라면 못 살 사람이 소비에트에서는 문제없이 살 수 있을 것으로 생각한다는 데 있다. 화자는 자기가 무슨 말을 하고 있는지 모른다. 그는 자기의 의식적 발언들이 어떤 허위와 맹목에 근거하고 있는가를 의식하지 못하는 것이다. 그의 독백은 그가 의식하는 것과 의식하지 못하는 것 사이의 균열로 찢어져 있다.

제 스스로 무슨 말을 하고 있는지 모르는 것—이것이 「우울한 거울 2」의 화자의 특징이다. 모든 것을 부재로 만드는 재주를 가진 그 화자는 동시에, 그리고 부단히, 어떤 확실하고 견고한 것에 대한 향수와 미련을 토로한다. 그가 "19세기에 태어날 걸 그랬어, 이런 미래를 몰랐을 거 아냐"라고 말할 때의 "이런 미래"란 소비에트가 무너짐으로써 모든 미래가 일시에 나자빠진 듯한 지금의 "개좆 같은 세기"이다. 나자빠진 미래, 혹은 미래의 소멸에 대한 이 문제의식은 화자에게 미래에 대한 19세기적 희망이 없었다면 불가능했을 의식이다. 그러므로 이 화자는 자기를 부단히 "헛것" 또는 부재하는 존재로 파악하는 탈근대적 화자임과 동시에 헛것 아닌 것을 추구해왔거나 적어도 그런 것에 대한 미련을 지녀온 근대적 화자이다. 그는 찢어져 있고 분열되어 있다. 어쩌면 이 분열 때문에

지난 여름에 정신감정받았어

웃지 마, 병명을 듣는 순간 기쁘대

(…)

그러니까 19세기가 여기까지 오는 동안

우회하고 우회해서 내 정신연령은 어떻게 된 줄 알아?

내 머리는 불타버린 회로 같애. 휴즈 나간 사상; 야튼 난, 난

도마 위의 그 스테인리스 식칼을 두 눈 찔끔 감고 지나왔어

때로 나는 내가 두려워! 내가 나를 어떻게 믿어?

—「우울한 거울 2」부분

라고 말하는 건지도 모른다. 그러나 동시에 그는 "미치지 않으면 진실에 다가갈 수 없는 시대가 있잖어"라고 말한다. "미치지 않으면 진실에 다가갈 수 없는 시대"라는 공식(20세기에 들어와 가장 흔해빠진 아우성의 하나가 된)은 이 화자가 자신을 미치게 하는 시대에 자기를 추슬러 거기 대응하려는 전략이며 그가 미친 척하면서도 사실은 미치지 않았다는 내밀한 확신의 진술이기도 하다. "미치지 않으면"이라는 단서는 적어도 미치광이의 것은 아니기 때문이다. "진실에 다가"가려는 의지도 그런 확신의 표현이다. 그러나 그는 미쳐 있다. 그가 다가가려는 그 "진실"에 대한 믿음은 부재의 주체 또는 헛것으로서의 화자에게는 애당초 불가능한 믿음이기 때문이다. 그는 어떤 진실도 가질 수 없으면서 어떤 진실에 다가가려 한다. 그러므로 이 고도의 자의식적 화자는 그 자의식에도 불구하고 자신이 무슨 말을 하고 있는지 제 스스로 모른다.

만약 우리가 어떤 존재론적 관점을 일부러 취택하기로 한

다면, 황지우의 화자가 보이는 이 균열과 모순은 가장 좋은 의미에 있어서는 존재론적인 것이라 말할 수 있다. '모순성의 공존'은 신의 성질이면서 인간의 존재론적 조건이다. 그러나 신에게 그 모순성의 공존은 갈등을 일으키지 않는 반면 인간에게 그것은 갈등과 번민의 조건이다. 그런데 황지우의 화자가 보이는 갈등과 번민은 존재론적 조건의 산물이 아니라 어떤 역사적 사건("소비에트가 무너지던 날")에서 오는 것으로 되어 있다. 존재론과 역사는 혼동될 필요가 없는 두 개의 다른 차원이다. 그러나 화자는 그 두 차원을 범벅하고 혼동하며, 역사적 사건 때문에 존재론적 문제가 발생하는 것처럼 생각한다. 이것이 화자의 균열, 그의 허위, 그의 맹목을 말할 수 있게 하는 마지막 항목이다. 그는 역사적 사건을 가지고, 그리고 그로부터, 자신의 존재론적 번민을 끌어낸다. 마치 소비에트가 망하지 않았더라면 아무런 문제도 번민도 갈등도 생겨나지 않았을 것이라는 듯이. 아니, 소비에트가 소멸함으로써 모든 믿을 만한 것들은 다 사라지고 그 순간부터 그에게 존재론적 번민의 화두가 던져졌다는 듯이.

이것은 '유희'이다. 「우울한 거울 3」의 화자는 제정신 든 듯이 이 유희에 대해 언급한다. "이렇게 미친 척 마음 가지고 놀다/ 병 깊어지면 이 어두운 심통心筒,/ 다시 빠져나갈 수 있을지 아슬아슬하다"라고. 그러나 유희라는 말은 이 화자를 무대에 세워 독백을 전개하게 한 시인 자신의 유희를 지칭하는 것은 아니다. 왜냐면 황지우의 화자는 지금 이 시대에 있을 수 있는 어떤 유형의 인물을 보여주기 때문이다. 그것이 「우울한 거울」의 연작 시편들을 '독백극처럼' 읽기로 한 이유이며 이 글에 사용된 시적 화자라는 개념 역시 텍스트상의 모든 발언의 책임을 시인 그 자신으로부터 면탈시키기 위한 장치이다. 그 화자와 시인의 관계는? 불행히도 나는 그것에 대해 아는 척할 수 없고, 이 모르는 척하기는 나의 선택이다.

문예중앙 1993. 가을

여신의 가위 소리
— 시와 테러리즘

1 「한 꽃송이」의 시를 생각하기

정현종의 근작 시집 『한 꽃송이』(문학과지성사, 1992) 속에는 세계 시문학사에 유례를 찾기 어려운 파격이 하나 들어 있다. 시는 항용 예측할 수 없는 방향에서 우리를 자빠뜨리고 놀라게 하지만 정현종이 이 시집에서 사용해 보이고 있는 그 파격은, 비록 단 한 번에 불과하지만, 시가 시이기 위해 '결코' 파기하지 않기로 한 어떤 오래된 계약의 파기이고 위반이란 점에서 매우 충격적이다. 그 계약이란 무엇인가? 그것은 '전이轉移의 계약'이다. 시는 A를 A라 말하지 않고 B라고 옮겨 말하는 에둘러가기의 언어이고 전이의 언어이다. 이 전이가 만들어내는 넓은 변용의 공간, 우리가 결코 그 경계를 확정지을 수 없는 상상의 공화국―그것이 시의 상상력이고 시의 나라이다. 예컨대 시인은 "님은 갔습니다"라고 말하지만 그 "님"이 무엇인가는 결코 말하지 않는다. 그가 "님"이라 말하는 순간 그 "님"은 이미

님이 아니다. 그것은 어떤 다른 것의 '옮겨 적음'이고 어떤 다른 것의 변신이며 그 다른 것의 언어적 환생이다. 시를 읽는다는 것은 그러므로 전이와 변신과 환생의 세계로 들어간다는 계약이다. 이 때문에, 시의 공화국을 여행하는 사람은 먼저 전이의 계약서에 서명하지 않으면 안 된다. 그 계약서에는 이렇게 씌어 있다. "이 나라의 언어는 괴리의 언어이다. 여기서는 누구도 사랑을 사랑이라 하지 않고 장미를 장미라 하지 않는다. 이 나라에서 당신은 무한한 의심의 해석학에 종사할 자유를 가진다."

정현종의 이번 시집에 제목을 제공하고 문제의 파격을 안고 있는 시편 「한 꽃송이」는 모두 15행으로 되어 있는데, 이중 전반 10행은 후반 5행에서의 시적 회돌이치기를 위한 일종의 멍석 깔이 또는 경치 보여주기에 해당한다. 시 「한 꽃송이」는 말하자면 2부로 구성되어 있는 셈이다. 첫 10행까지가 1부이고 11행부터 결미까지가 2부이다.

1부에 해당하는 10행은 이렇게 되어 있다.

복도에서
기막히게 이쁜 여자 다리를 보고
비탈길을 내려가면서 골똘히
그 다리 생각을 하고 있는데
마주 오던 동료 하나가 확신의
근육질의 목소리로 내게 말한다
시상詩想에 잠기셔서…
나는 웃으며 지나치며
또 생각에 잠긴다

하, 쪽집게로구나!

—「한 꽃송이」 전반부

우리를 오랫동안 생각에 잠기게 하는 그 문제의 파격은 이
10행 속에는 들어 있지 않다. 그러나 후미 5행을 보라.

우리의 고향 저 원시原始가 보이는
걸어다니는 창槍인 저 살들의 번쩍임이
풀무질해 키우는 한 기운의
소용돌이가 결국 피워내는 생살
한 꽃송이(시)를 예감하노니…

—「한 꽃송이」 후반부

여기 사용된 "풀무질"의 은유는 탁월하고, 그것이 만들어
내는 혼합의 상상력도 흥미롭다. 그러나 이 상상력 자체는 그리
새롭다고 할 수 없다. 생물학적 생산과 시적 생산을 '만들어내
기'(창조)의 두 형태로 보고 진정하고 영원한 에로스의 힘을 후
자에게 부여한 오래된 상상의 예를 우리는 플라톤의 『향연』에서
도 발견하기 때문이다. 우리를 놀라게 하는 것은 마지막 행, "한
꽃송이(시)를 예감하노니…"에 시도된 '괄호 치고 말하기'의 파
격이다. "한 꽃송이"의 은유 다음에 시인이 손수 괄호를 치고
"시"라고 써놓음으로써 시의 텍스트가 제 스스로 은유의 테너
를 밝히고 기표의 기의를 지시하게 한 이 기상천외의 기법! 우
리의 짧은 능력으로는 시인의 이 같은 정보 과다 공급의 예를
상상하기 어렵다. 만해가 "님은 갔습니다"라고 쓰면서 "님" 다
음에 괄호를 열고 '님은 무엇이다'라고 지시하는 장면을 상상할

수 없듯이.

이것이 정 시인의 「한 꽃송이」에서 일어나고 있는 전이 계약의 위반이며 우리를 한동안 어떤 생각에 잠기게 하는 기묘한 일탈의 효과이다. 전이의 계약은 시가 비유어를 쓰되 그 비유가 무엇의 전이인가를 제 손으로는 밝히지 않는다는 약속이다. 이 약속이 파기될 때 독자는 읽기의 재미와 상상의 즐거움을 탕감당한다. 의심의 해석학을 실행할 그의 자유는 박탈되고 그의 상상력은 시의 텍스트가 쳐놓은 울타리 안에 감금된다. 시는 정보의 과소 공급을 통해 오히려 많은 것을 얘기하는 언술 형식이다. 그러므로 시의 텍스트 자체가 스스로 과다 정보를 공급할 때 그 시는 많이 말함으로써 오히려 빈곤해지는 산문적 범속으로 떨어진다. 그렇다면 "한 꽃송이"는 '시이다'라고 말하는 이 대목의 느닷없는 과다 정보, 이 수다스러움, 이 잉여의 범속성은 어찌된 일인가? "한 꽃송이"라는 표현으로 '꽃 한 송이'의 범속을 격파하고 "풀무질"이라는 빼어난 은유로 우리의 언어세계를 풍요롭게 해준 이 시인이 무슨 연유로 다시 범속성의 산문적 질서를 향해 곤두박질하는가? 관능주의의 혐의를 차단하기 위해서?

이것이 이 시의 생각할 거리이다. (한 편의 시를 놓고 생각하는 버릇 기르기, 그것이 지금 우리가 종사해야 할 문화적 실천의 하나이다.) 시인이 굳이 한 꽃송이의 은유적 내용을 '시'에 두려고 했다면 제목을 '시'라고 달아주는 정도의 친절에서 끝낼 수도 있었을 것이다. 그 정도만으로도 이 시는 "풀무질"의 끝에 태어나는 초롱한 눈망울의 별 아이와 애기똥풀꽃 아기가 바로 시라는 이름의 에로스임을 충분히 암시할 수 있었을 것이다. 그런데도 시인은 그런 우회를 마다하고 곧장 '그 꽃은 시이다'라고 수다스럽게 말하는 지름길을 제시한다. (시에서는 지름길이 정보의 과다 공급이 된다는 것을 이 시인은 너무도 잘 알고 있다.) 에둘러가기를 포기할 때 시는 궁핍이 되고 그 존재의 광휘와 넉넉한 까다로움을 상실한다. 모든 것들이 지름길로 뛰는 세계에서 시가 떠맡는 임무의 하나는 지름길을 거부하는 넉넉한 우회의 모델로 남아 있는 일이다. 그렇다면 에둘러가기를 포기하고 전이의 계약을 파기함으로써 스스로 궁핍한 존재이기를 지향하고 있는 이 시를 우리는 어떻게 읽어낼 것인가.

그런데 지금 참 이상한 일이 벌어지고 있다. '풀무질의 끝에 태어나는 한 송이 꽃은 시이다'라고 다 말해버린 듯한 시, 그럼으로써 어떤 의심의 해석학적 가능성도 모두 봉쇄해버린 듯한 시를 앞에 놓고 '이건 어찌된 영문인가'라거나 '어떻게 읽어낼 것인가'라는 질문을 우리는 계속 던지고 있는 것이다. 이건 정말 어찌된 일인가? 이 시는 다 말해버린 듯하면서도 사실은 다 말하지 않은 것인가? 그렇다면 그것은 스스로를 종결하고 있는 시가 아니지 않은가? 아직도 거기에는 '감춤'이 남아 있다는 것인가? 무언가가 감추어져 있다면 "한 꽃송이(시)"의 괄호 기법은 은유의 해제가 아니라 그 자체가 또다른 어떤 것의 은유이고 전이란 말인가?

그렇다. '한 꽃송이는 시이다'라고 말하는 이 시의 진술은 파격적으로 자기 종결을 선언하면서도 이 종결은 다른 어떤 것을 어렴풋이, 자기도 모르게 지시하는 또다른 은유이고 전이이다. 전이의 계약은 파기된 것이 아니라 기이한 방법으로 거기 되살아나고 있다. 이 시는 수다떨기의 방법으로 자기를 궁핍화함으로써 시를 궁핍의 존재로 있게 하는 또다른 궁핍의 세계를 은유적으로 드러낸다. 궁핍한 세계란 은유를 불가능하게 하는 세계, 은유적 상상력을 고갈시키는 세계, '이것은 무엇이다'라고 직접 말해주지 않으면 아무것도 알아듣지 못하는 세계이다. 그것은 시에 대하여, 시적 상상력에 대하여 끊임없이 테러를 가하는 세계, 과잉 정보의 세계, 텔레비전 앞에서 뇌세포가 마비되고 단 한 줄의 메타언어적 진술도 생산해내지 못하는 궁핍의 세대가 거주하는 세계이다. 그러므로 "한 꽃송이(시)"라는 괄호 치고 말하기의 파격은 은유적 상상력이 죽어버린 세계의 궁핍성을 시가 저 자신을 궁핍화하는 방법으로 드러내고 지시하는 또다른 은유이자 전이가 된다. 그것은 궁핍한 세계가 시에 가하는 테러의 지수이고 폭격의 흔적이다. 「한 꽃송이」는 시를 노래하지만 그것이 보여주는 시는 테러에 폭격당한 시, 세상이 알아듣게 '쉽게 써야 한다'는 명령과 '그래선 안 된다'는 명령 사이의 분열의 상처를 보여주는 시이다. 괄호 치고 "시"라고 써넣은 부분을 가위로 잘라내지 못한 시인은 그것을 잘라내줄 여신의 가위 소리를 기다리고, 그동안 그의 시는 시의 궁핍을 세계의 궁핍에 대한 증언으로 읽고자 하는 통합적 독법의 사슬에 매인다. 또다른 독법이 그 사슬을 끊어놓을 때까지.

2 김지하의 '가위 소리'

가위 소리란 무엇인가? 우리는 왜 이 '무엇인가'라는 질문 던지기에서 놓여나지 못하는가? 그것은 존재론적 질문이 아니라 역사와 테러리즘에 관한 질문이며 그 때문에 우리는 그 질문양식에서 벗어나지 못한다. 김지하의 시 「쉰」(『세계의문학』 1992년 봄호)은 이런 문제를 다시 생각하게 하는 무겁고도 아폰 시이다. 그 시는 아픔에 대하여, 상처에 대하여, 역사의 폭력에 대하여 아무런 명시적 언어도 사용하지 않는다. '상처'라는 말을 수없이 바람결에 흔들지 않고서는 이 시대의 아픔을 노래할 수 없다는 듯이 그 말의 사용 빈도를 높이고 있는 요즘의 많은 시들과는 달리, 김지하의 시는 단 한 번도 '상처'를 말하지 않으면서 상처를 말한다. 그것은 비명을 지르지 않고 신음을 토하지 않는 깊은 상처이다. 이 침묵의 상처가 우리를 더욱 아프게 한다.

> 나이 탓인가
> 눈 침침하다
> 눈물 넋그물
> 넋 컴컴하다
> 새벽마저 저물녘
> 어둑한 방안 늘 시장하고
> 기다리는 가위 소리 더디고
> 바퀴가 곁에 와
> 잠잠하다
>
> —「쉰」전반부

여기까지는 모두 18행으로 된 이 시의 분할되지 않은 전반 9행이다. 제목 '쉰'을 하나의 지표로 삼을 때, 이 시는 쉰의 나이에 이른 화자의 '어느 잠들지 않은 밤과 새벽'의 형상화라는 일차적 읽기가 나올 수 있다. 나이, 침침한 눈과 어두운 방 등의 현실 정보들은 그런 읽기를 부추긴다. 특히 8~9행에서의 "바퀴가 곁에 와/ 잠잠하다"는 쉰 살의 나이에 대한 시적 간접화로서는 빼어난 대목이다. 쉰 살의 나이는 이미 바퀴와 활극을 벌일 연륜이 아니다. 그것은 바퀴를 때려잡는 정열보다는 그 미물의 삶과 존재방식을 포용하는 나이이고 바퀴도 그것을 아는 듯 도망칠 생각 없이 잠자코 옆에 와 있다. 공존과 평화, 허용과 여유의 공간에. 그러나 '쉰'을 지표로 한 이 일차적 표층 차원의 읽기는 7행에 나오는 "기다리는 가위 소리 더디고"에 와서 장애에 봉착한다. 이 구절을 유효하게 통합해 들일 방법이 없기 때문이다. "기다리는 가위 소리"라니? 이 가위 소리의 미스터리는 후반 9행 말미에 다시 등장한다.

밖에
서리 내리나
실 끊는 이 끝 시리다
단추 없는 작년 저고리
아직 남은 온기 밟고
밖에
눈 밝은 아내
돌아온다
가위 소린가.

—「쉰」 후반부

이 후반부에서도 "가위 소리"는 여전히 미스터리이고 거기다 "눈 밝은 아내"라는 또하나의 쉽지 않은 의미 단위가 "가위 소리"에 추가된다. 시 전편을 통해 이 가위 소리의 은유를 해결해줄 마땅한 암시는 제공되어 있지 않다. 그러므로 "가위 소리"는 '쉰 살 남자의 어느 날 밤'이라는 손쉬운 읽기를 중단하게 하는 장애물임과 동시에 '다른 방식'으로 이 시를 처음부터 다시 읽지 않으면 안 되게 하는 독법 전환의 포인트이고 결핍의 구멍이다. 이 같은 장애와 결핍을 설치할 수 있는 것이 시의 힘, 문자예술의 힘이다. 그것은 우리에게 일회의 독서 아닌 반복적 읽기를 요구하고 그 반복의 회로 속에서 생각하게 한다. 한 번의 읽기만으로는 가위 소리의 의미가 통합되지 않기 때문에 그것은 우리에게 '의미 구성을 향한 강렬한 욕망'을 촉발하는 장치가 된다. 그것은 충족을 향한 긴 항로에 나서도록 하는 욕망의 뇌관과도 같다. 우리는 알고 있다. 그 항로의 끝에 우리가 드디어 도달하게 될 어떤 종결점이 결코 최종의 지점도, 단 하나의 빛나는 일의적 확실성을 지닌 세계도 아니라는 것을. 그러나 우리는 그 지점을 향해, 충족을 향해, 항해를 계속한다. 그 항해는 필요하다. 그것이 끝나는 곳, 의미 항로의 막다른 골목에서 다시 생각해보며 되돌아나올 수 있기 위해서도. 우리의 읽기는 마치 환유 추구의 역사처럼 시작되고 끝나고 또다시 시작된다.

문제의 시 「쉰」을 반복해서 읽어보면 이 시의 결절 하나하나가 '테러의 체계'와 관계있고 '테러의 기억'을 반복하고 있다는 것이 드러난다. "눈 침침"하고 "넋 컴컴하다"에서부터 "새벽마저 저물녘/ 어둑한 방안 늘 시장하고" "바퀴가 곁에 와/ 잠잠"하고 "밖에/ 서리 내리나/ 실 끊는 이 끝 시리다/ 단추 없는 작년 저고리/ 아직 남은 온기 밟고" 등 시의 모든 마디가 일상적 삶의 방 아닌 '감방'의 이미지들인 것이다. 침침한 눈과 컴컴한 넋을 "나이 탓인가"라고 말하는 것은 붙잡힌 혼의 침체를 나이 탓으로 슬쩍 옮겨 쓴 전이의 경우에 해당한다. 아니, 쉰의 나이에 이른 화자는 지금은 감방에 있지 않지만 그는 여전히 감방의 기억을 반복하고 있다. 고통의 기억을 반복하는 것이 그 고통을 극복하는 한 방법이라는 듯이 그는 테러의 기억을 반복한다. 지금 그의 곁에는 아내가 잠들어 있고 방안은 따뜻하고 방에 바퀴는 없을지 모른다. 그러나 그는 마치 감방에서처럼 누군가를 기다리고 있고 방안은 어둡고 늘 시장하다. 바퀴조차도 쉰 살의 나이가 허용하는 바퀴라기보다는 그와 함께 감방의 일부가 되어 있는 감방살이의 동료이다. 그 바퀴가 옆에 와 가만히 웅크리고 있는 것을 그는 본다. 그는 작년에 아내가 주고 간 저고리, 단추는 떨어졌지만 아직 아내의 온기가 남은 그 저고리에 단추를 달고 있다. 문 열고 나가볼 수 없는 "밖에"는 서리가 내리고 있는 것 같고 누군가의 발자국 소리가 들리는 듯하다.

왜 그는 잊어버리지 못하는가? 왜 그는 기억을 붙들고 그것을 반복하는가? 테러의 기억을 반복하는 것은 그 기억이 즐거워서가 아니라 그것이 상실의 고통을 견디어내는 한 가지 방법이기 때문이다. 그러므로 기억은 그가 상실한 젊은 세월들을 회복하고 그에게 금지되었던 젊은 날의 모든 통과의례들을 뒤늦게 치러보는 한 가지 방법이다. 그는 기억의 리허설을 통해 그의 잃어버린 시간을 되찾고 있다. 그는 그 기억에서 놓여날 수 없다. 그 기억을 버리는 순간 그는 삶의 상당 부분을 상실할 것이기 때문이다. 그는 반복하고, 우리는 그 반복을 반복의 읽기를 통해 반복한다. 그는 그 반복 속에서 말없이 자신의 상처를 어루만지고 우리는 그 상처의 근원, 테러의 역사를 생각해보는 아픔에 빠진다.

운명의 여신 아트로포스는 한 인간에게 주어진 생명의 실을 가위로 끊어 삶과 죽음의 반복 회로 속으로 그를 다시 밀어넣는 반전의 여신이다. 그녀는 누구를 데려갈 것인지를 잘 아는

'눈 밝은 여자'이다. 가위는 실을 끊는 가위일 테지만 테러의 체계 속에서 가위 소리는 '놓여남'의 은유일 것이다. 그 가위 소리는 동시에 우리가 테러의 역사에서 최종적으로 풀려나고 고통의 기억에서조차도 놓여날 수 있게 하는 해방의 가위 소리이기도 하다. 이것이 김지하의 시에서 "가위 소리"가 갖는 이중의 의미이다.

문예중앙 1992. 가을

나오너라 봉구야, 부끄러워 말고

— 심호택의 유년에 대한 명상의 시들

1

1992년 말에 나온 몇 권의 시집들 중에 심호택의 『하늘밥도둑』(창비)이 있다. 심호택이 누구인가? 나는 모른다. 『창작과비평』겨울호(1992년)에 실린 그의 시 몇 편(「봉구」「옥구선(沃溝線)」「호밀밭 모퉁이」)을 읽은 것이 내가 심호택이란 이름을 만나게 된 사연의 전부이다. 처음 그 이름을 대했을 때, 역시 내가 만나본 일은 없지만 들어서 알고 있는 유명한 심재택 형제들 중의 하나일까 하는 생각이 뜬구름 심산 넘듯 내 머리를 스친 일은 있다. 그러나 시집에 나와 있는 그의 약력과 고은 시인이 쓴 발문 속의 정보를 종합해보매 재택 형제들과 호택 사이에는 '심'자 인연만 있는 듯하다. 인연이란 말이 나왔으니 조금 더 집착해보기로 한다면, 심호택과의 절묘한 인연을 적어놓은 고은 시인의 발문은 이미 그 자체의 광채 때문에 이 시집의 뗄 수 없는 일부가 되고 있다. 언제부터인가 우리네 시집 간행의 관행이 되어버린, 대부분 지저분하기 짝이 없는 권말 '해설'들에 한참 식상해 있는 사람들에게는 고은의 발문이 소나기처럼 신선하고 소나기 끝의 파초처럼 빛난다. "호택이 자네 첫 시집이 어찌 이다지도 서투른 데 없이 폭삭 익어버렸는가. 첫 시집의 운명으로서는 여간 불운이 아닐세, 바로 이 점이"로 시작된 이 발문은 "지난해더냐, 지지난해더냐 자네와 자네의 시 원고를 만나고 나서 이제까지 생각한 적도 없는 근친을 만난 것인 양 왠지 사사로운 느낌도 들고 외손잡이끼리 만난 그런 은밀한 느낌도 들었던 것이 사실이었네"로 이어진다. 내가 지금 쓰고 있는 이 글의 목적을 위해서는 그 발문으로부터의 인용은 이 정도로 충분하다. 그 두 대목 인용 속에 무당 사설처럼 불쑥불쑥 던져져 있는 말 몇 마디에 긴 사족을 달아 그것들의 광채를 부질없이 훼손하면서 심호택의 시를 얘기해보려는 것이 지금 이 글의 운명이다.

운명? 인간의, 또는 글의 운명이 어느 때 결정되는 것인지 하느님은 모른다. 나는 이 말이 하느님을 감동시키기에 충분하다고 믿는다. 인간의 삶이 어떤 모양새로 전개될 것인지에 대한 사전 지식의 완벽한 부재야말로 하느님을 하느님답게 하는 조건이기 때문이다. 그가 인간의 삶과 죽음을 주재하는 듯이 보이는 것은 바로 그 무지의 조건이 만들어내는 효과이다. 그는 아무것도 모르고, 자기가 모른다는 사실조차 모르기 때문에 모든 것을 아는 존재 같아 보인다. 그러므로 운명이라든가 인연이라든가를 말할 수 있는 자는 인간뿐이다. 도척이 공자에게 깨우쳐주었듯이 들판의 황소는 아비를 확인하지 않고 제 고향을 연연해하지 않는다. 아비와 어미, 고향, 동시대의 경험과 기억과 언어는 인간들을 묶어주는 동일성의 패러다임들이고 인연이니 운명이니 하는 것은 이 패러다임에 붙여지는 다른 이름들이다. 인간은 다른 인간과의 '차이 짓기'를 위해 몸부림치지만 그 버둥거림 속에서도 닮은 것, 친숙한 것, 같은 것의 발견 앞에서 몸을 떨며 즐거워한다. 유사성 또는 동일성의 인지에 몸을 떨며 즐거워하고 눈을 반짝이며 건배하는 동물이 인간 말고 또 어디 있는가. 그러므로 그 즐거움 역시 인간의 운명이다. 문학은 그 즐거움의 공급자이자 부단한 확인자의 하나이다. 심미적 즐거움이 인지와 깊은 관계를 갖는 것도, 차이의 철학이 문학의 즐거움 앞에서 무너져버리는 것도 이 때문이다.

고은이 발문에 쓴 "외손잡이끼리 만난 그런 은밀한 느낌"의 의미는 일단 동향인의 인지에서 오는 정서적 은밀성일 것이다. 고향이 같은 사람들은 그들만이 아는 그 고장의 정서와 느낌, 사투리와 추억을 갖고 있다. 그것들은 타향인이 끼어들 수 없는 동향인들만의 사사롭고도 내밀한 풍경을 이룬다. 고향이란 무엇인가? 그것은 '내'가 아무리 변해도 여전히 '나'임을 확인하는 장소이다. 심호택의 시에는 "고리고리한 황새기젓 냄새", 곤쟁이젓거리, 육자배기 가락으로 내뿜는 "허이구우, 나 죽것네", 고래실과 까침바우, 하제 앞바다의 알뫼섬 등 그의 고장 사람들만이 가장 잘 해독해낼 상형문자 같은 기호들이 싱싱한 남도 사투리들과 어울려 어떤 기교로도 부활시키지 못할 질박한 고향의 가락을 만들어내고 있다. 고은이 발문에서 "이제까지 생각한 적도 없는 근친"을 만난 것 같은 "사사로운 느낌"을 얘기하는 것은 그가 심호택과 서로 '아귀를 맞추어본' 끝에 알게 된 인연(고은은 어려서 심호택의 할아버지 서당엘 다녔다) 말고도 이 같은 동향의 정서와 가락 때문일 것이다. 시집에 수록된 「뒷동산 쑥대밭」은 그런 남도 풍경과 정서의 일단을 다시 만나게 한다.

어쩌다 이 꼴이냐

더벅머리 못 깎은 내 고향 뒷동산

쑥대밭에 앉아서

풀잎이나 씹으면

이 동네 아직 사는 흰옷 입은 목소리들이

밥 먹고 심심해서 올라오는구나

진지 잡수셨어유—

어디 갔다 오세유—

낯익은 언사들 그대로 늘쩡하고

톱 좀 빌려주세유—

배아픈 약 주세유—

혀짜른 소리들도 여전하구나

귀뚜라미야

풀여치야

이 말씀들 괄세 말아라

내 고향 뒷동산 쑥대밭에서

느그들 오래오래 살면서

　　　　　　　　　　　—「뒷동산 쑥대밭」 전문

　그러나 군이 동향인이 아니더라도 심호택의 시편들에서 독
자는 1950년대에 유년기를 보낸 전후 세대 특유의 추억들을 만
난다. '풀떼죽'과 '개떡', 똥바가지가 된 미제 철모 등은 그런
추억의 편린들이며 그것들은 그 시절 누구도 어쩔 수 없었던
전쟁과 굶주림의 공통 기억에 연결되어 있다. 『창작과비평』 겨
울호에 실리고 『하늘밥도둑』에 수록된 「옥구선」도 특이한 공기
억의 호출 부호를 담고 있다. 이 시의 첫 3행 "군산놈들밥만먹

고똥만싼다!/ 군산놈들밥만먹고똥만싼다!/ 꽥—"은 독자를 킬킬거리고 웃게 한다. 시인이 소년 시절 옥구선 기차('열차'가 아니라 '기차'이다)로 군산 중학에 다닐 때의 한 풍경으로 보이는 이 대목은 석탄 퍼먹고 검은 연기똥 날리며 아침저녁 내달리던 1960년대 기차의 꽥 하는 기적 소리에 대한 당대 중학생들의 해석학을 옮겨놓은 것이다. 필시 그 해석학은 군산의 외곽 지역에서 학교 다니느라 군산엘 드나들지 않으면 안 되었던 아이들, 그래서 "군산놈들"로부터 늘상 '촌놈' 소리를 들어야 했던 아이들의 소년다운 보복이 만들어낸 것이리라. 그러나 이 대목에 특별한 즐거움을 느끼는 독자가 있다면 그의 즐거움은 그 해석학의 특이성보다는 그것의 이상한 공통성에 연유한 것일지 모른다. 예컨대 1950년대나 1960년대의 울산 주변에서 소년기를 보낸 사람들은 동해남부선 기차의 꽥 소리를 '울산놈들 밥만 먹고 똥만 싼다'로 풀어내는 것이 거기 아이들의 즐거운 해석학이었음을 기억할 것이다. 그 동해남부선 기차로 부산엘 통학하던 아이들에게는 '부산놈들 밥만 먹고 똥만 싼다'가 있었다. 기적 소리에 대한 이런 동일한 번역이 어떤 연유로 여기저기서 발견되는 것인지 우리로선 알 바 없다. 그러나 그것이 불러일으키는 공통의 기억은 심호택의 「옥구선沃溝線」 첫 3행을 킬킬대며 읽게 하는 즐거운 반응의 인연을 낳는다. 검은 화통의 기차가 디젤기관차로 대체되고 기적 소리 자체가 변질해버린 지금도 아이들은 그런 해석학을 유통시키고 있을까? 모를 일이다. 그 유통이 끊겼다면 그 해석학은 한 시대의 기적 소리를 먼 유년의 기억 속에 간직하고 있는 사람들을 은밀하게 묶어주는 운명의 끈이 된다. 심호택의 옥구선 철길이 "고향으로 곧게" 가듯 그 운명의 끈은 공통의 기억을 지닌 사람들로 하여금 잊혀진 유년을 향해 곧장 내달리게 한다.

2

그렇다. 심호택의 시들을 읽으며 독자가 이상한 친밀성을 느끼게 되는 한층 본질적인 사유는 그 시들이 우리 모두의 가슴 가장 깊은 곳에 꽁꽁 봉인되어 있는 저 비밀의 성채—'우리의 유년'을 일깨우기 때문이다. 유년은 '우리 모두'의 아름답고 찬란한 고향, 역사의 바깥에 역사의 향수로 남아 있는 존재의 푸른 별자리이다. 심호택은 시집 말미에 붙인 '후기'에서 자신의 유년을 "그 쓸쓸하던 날의 갈피"라는 말로 표현하고 있다. 그러나 쓸쓸함과 고독, 굶주림과 공포조차도 유년의 찬란함, 가스통 바슐라르가 생애 "최대의 풍경"이라 부른 그 찬란한 유년의 일부가 아닐 것인가! 이 최대의 풍경은 심호택의 시편들에서 "생애의 절정이던 그때"(「봉구」), 또는 다시는 없을 "행복한 날"(「그만큼 행복한 날이」) 등으로 표현된다.

> 자네를 생각하면
> 마음의 형제라는 게 있거니 싶다
> 그 잘난 서당에도 못 다닌 자네
> (⋯)
> 자네 집 있던 자리 유심히 보니
> 해바라기 몇 줄기 서 있더라만
> 나는 잊지 않는단다
> 그 쓸쓸하던 산야

찬바람 속에 우리들의 가오리연이 치솟던
생애의 절정이던 그때를

―「봉구」 부분

그만큼 행복한 날이
다시는 없으리
싸리빗자루 둘러메고
살금살금 잠자리 쫓다가
얼굴이 발갛게 익어 들어오던 날
여기저기 찾아보아도
먹을 것 없던 날

―「그만큼 행복한 날이」 전문

　"여기저기 찾아보아도/ 먹을 것 없던 날"을 가장 "행복한 날"이 되게 하고 "쓸쓸하던 산야"의 찬바람 속에서 "생애의 절정"을 느끼게 하는 것은, 그리고 독자가 이 모순을 모순으로 생각하지 않는 까닭은, 잠자리 쫓고 가오리연 날리는 유년의 지순한 풍경 때문이다. 시집 『하늘밥도둑』은 존재의 초년을 그린 영상 화첩처럼 이런 아름다운 풍경들로 가득하다. 이 때문에 이 시집의 시편들에는 은유라든가 환유, 상징 같은 것은 거의 찾아볼 수 없다. 그것들은 풍경의 시이고 이미지의 시이다. 유년이 순정한 것은 그것이 은유라는 이름의 오염과 간통을 모르기 때문이다. 그것은 "연두색 잉크로 동그란 필기체를 연습하"는 "즐거운 개똥벌레들"(「옥구선」) 같은 심상들의 우주이다. 그 심상들은 청명하다. "송사리떼 들여다보며/ 갈잎배 만들어 띄"우고 "달아난 참게를 기다려/ 저물도록 지켜" 앉았던 "우리들 아무것도 모를 때"(「아무것도 모를 때」)의 심상이 그렇고 "달 아오른 알몸처럼" 아직도 환한 "그 아궁이의 불빛"이 그러하다. 풍경도 그렇다. 비행기를 굳이 비행거飛行車라고 부르던 할아버지, 과외 공부하다가 "변소 가기 겁난 친구/ 일보자고 대두병에 집어넣은 것이 그만/ 퉁퉁해져 빠지지를 않"던 6학년 때 추운 밤(「석유 장수」), "우리나라 지도"를 그리면서 "영일만 토끼 꼬리를 원산 앞바다까지 확 치켜올리"던 이마에 사마귀 난 국사 선생님(「아름다운 과장법」)—이것들은 그 특수한 인물들과 장소에도 불구하고 우리들 누구에게도 낯설지 않은 유년의 순정한 외부 풍경들이며

> 쪼그만 가시내 하나 때문에
> 예배당 종소리 한 번도 안 놓쳤다
> 만날 수 있을까
> 새벽잠 떨치고
> 눈구렁 헤치며 달려갔다
>
> —「이십년 후」 전반부

는 그 은밀성 때문에 우리들 모두의 비밀이 되어 있는, 그러나 비밀이면서도 지순한 유년의 내부 풍경이다. 지순하기 때문에 그 풍경에는 욕망의 정신분석이 끼어들 자리가 없다. 이 시집에서는 빠졌지만 『창작과비평』 인용호에 실린 「호밀밭 모퉁이」도 그런 내부 풍경의 수채화이다.

> 나 먼저 집에 돌아온 날은
> 서둘러 밥 먹고 호밀밭가에 나가 서서

그애 지나가는 것 지켜보았습니다

먼 철둑길 아지랑이 속에
나비 하나 가물거리다 마을로 들어오면서
점점 황홀하게 그애가 되는 것입니다

그애의 하얀 교복을 에워싸고
까닭 모를 행복의 치장으로 차려입던
그 푸르른 우주에 가득하던 밀 익는 향내!

취하여 뛰노는 맥박을 감당하느라
밀모가지 물결치는 밭고랑 저편
쓰라린 내일의 발자국 소리도 놓쳤습니다
—「호밀밭 모퉁이」 전문

유년의 느린 시간 속에 진행되어 기억의 화첩에 보존된 이
비밀스럽고 사사롭고 친숙한 이미지와 풍경들은 독자의 가슴
을 뛰게 한다. 그는 그 자신의 고향, 그의 유년으로 돌아가, 잊
은 지 오랜 아궁이의, 혹은 가슴의 알몸 같은 불꽃을 다시 지피
는 것이다. 고향은 바뀌어 이미 고향이 아닐지라도 경험과 역
사의 바깥("쓰라린 내일의 발자국 소리"도 들리지 않고 "우리들
아무것도 모를 때")에서 그가 "푸르른 우주"의 아이였던 그 유
년의 시간은, 아니 그 시간만은, 그의 고향이다. 그러므로 심호
택의 시에서 독자가 만나는 고향은 지리상의 어떤 지점이 아니
라 유년의 심상 그 자체이다. 이 유년의 심상이 인간의 삶에 그
토록 중요한 까닭은 그것이야말로 어떤 역사도 지우지 못하는

불변의 원초성이기 때문이다. 그 심상은 자연과 우주에 연결되어 있다. 삶은 변하되 푸른 별자리는 변하지 않고 그 별자리에 연결된 유년의 심상도 변하지 않는다.

> 즐거운 개똥벌레들
> 연두색 잉크로 동그란 필기체를 연습하고
> 차운 하늘 속 방위를 일러주던
> 별자리 그대로 푸르러
> 삶은 잇따른 탈선에 지나지 않아도
> 그 별빛 아랜 언제나
> 철길 하나 고향으로 곧게 갑니다
> ―「옥구선」후반부

불변성의 모델인 고향, 그 유년의 심상은 기억 속에 변하지 않는 모습과 색채로 객관화되어 있다. 예컨대「그만큼 행복한 날이」의 한 구절인 "얼굴이 발갛게 익어 들어오던 날"을 보라. 얼굴이 발갛게 익었는지 어떤지는 당자가 보는 자기 이미지가 아니라 시의 화자가 기억 속에서 보는 소년의 이미지인 것이다. 그 이미지가 심호택의 소년이고 그 소년에게서 독자는 외손잡이끼리 만나듯 자신의 유년을 만난다.

3

이 객관화된 유년의 심상은 심호택의 시를 또다른 차원에서 읽게 한다. 그의 시는 유년을 노래하되 유년의 목소리로 노래하는 것은 아니다. 그의 시에는 아이와 어른이 함께 있다. 아니, 어떤 시에는 유년의 화자만이 있기도 하지만 대부분의 시에는 그 유년의 목소리를 통제하는 다른 목소리가 있다. 이 다른 목소리는 유년으로부터 "긴 한세월을 건너"(「하늘밥도둑」) 역사에 부대끼며 세상을 살아본 끝에 유년의 보석을 재발견하는 성숙한 경험의 목소리, 곧 어른 화자의 것이다. 이 어른 화자의 목소리는 유년의 심상과 풍경에 부단히 끼어들어 그것들을 경험과 역사의 조망 속에 끌어들인다. 이것이 심호택의 시가 아주 유년으로 달아나지 않고 유년의 심상과 성년의 역사를, 어린 날의 풍경과 어른의 경험을 결합하는 방식이다. 예컨대 「호밀밭 모퉁이」의 마지막 행 "쓰라린 내일의 발자국 소리도 놓쳤습니다"는 한편으로는 유년의 황홀한 맥박이 역사의 바깥에 있었음을 보는 발화임과 동시에, 역사의 경험 이후에야 그 '바깥'이 바깥이었음을 알게 된 어른 화자가 한세월 건너 자신의 유년을 '돌아보며' 내놓는 명상의 목소리이다. "삶은 잇따른 탈선에 지나지 않아도"라는 「옥구선」의 한 구절이라든가 「봉구」에서 화자가 어린 날의 착한 친구 "봉구"를 생각하고 그 봉구를 본받으라던 어머니의 말씀을 기억하면서 "그런데 끝내 본받지 못하였지/ 내멋대로 살았지"라고 말하는 대목도 그런 명상의 소리이다. 그것은 소년 화자의 목소리가 아니라 유년을 역사에 연결 짓는 어른의 목소리이고 역사와 경험을 통해 유년의 찬란함을 '생각해보는' 자의 시선이다. 구태여 바슐라르의 표현을 빌리자면 그것은 '유년에 대한 명상'이며 이 점에서 심호택의 시는 명상의 시이다.

유년에 '대한' 명상이 유년의 명상(아무것도 모를 때의 축복)과 다른 점은 전자가 경험을 매개로 하여 유년의 심상과 풍경을 역사의 지평 속으로 통합한다는 데 있다. 그러므로 경험자의 경험의 성질과 그가 살아본 역사의 질적 차이는 유년에 대한 명상 자체에도 차이를 낸다. 유년에 대한 명상이라 해서 모든 명상이 동일한 것이 되지 않는 이유는 이 때문이다. 바슐라르의 명상과 심호택의 명상의 차이도 여기 있다. 예를 들어 심호택의 「똥지게」는 "우리 어머니 나를 가르치며/ 잘못 가르친 것 한 가지/ 일꾼에게 궂은일 시켜놓고/ 봐라/ 공부 안 하면 어떻게 되나/ 저렇게 된다/ 똥지게 진다"(전문)로 되어 있는데, 이 명상은 화자의 세상 경험이라는 특별한 매개의 개입 때문에 가능하다. 「뒷동산 쑥대밭」의 화자가 귀뚜라미와 풀여치를 불러놓고 마을의 "흰옷 입은 목소리들"을 "괄세 말아라/ 내 고향 뒷동산 쑥대밭에서/ 느그들 오래오래 살면서"라고 말하는 대목도 그저 아무 화자에게서나 나올 수 있는 명상이 아니다.

　시집의 표제시 「하늘밥도둑」은 시적 화자의 명상이 어떻게 그의 역사적 경험에 의해 운명지어지는가를 보여주는 좋은 예이다. "하늘밥도둑"이란 "공연히 남의 집 곡식 줄기나 분지르고 다니"던 "우리들 한뜨락의 작은 벗" 땅강아지를 가리킨 것이고 이 시는 그 유년의 땅강아지에 대한 명상이다.

　　땅강아지, 만나면 예처럼 불러주련만
　　너는 도대체 어디 있는 거냐?
　　살아보자고, 우리들 타고난 대로
　　살아갈 희망이 있다고
　　그 막막한 아침 모래밭 네가 헤쳐갔듯이
　　나 또한 긴 한세월을 건너왔다만
　　너는 왜 아무데도 보이지 않는 거냐?

하늘밥도둑아 얼굴 좀 보자
세상에 벼라별 도적놈 각종으로 생겨나서
너는 이제 이름도 꺼내지 못하리
나와보면 안단다
부끄러워 말고 나오너라

—「하늘밥도둑」 부분

"호택이 자네 첫 시집이 어찌 이다지도 서투른 데 없이 폭
삭 익어버렸는가." 사실 심호택의 운필법은 능란하고 정서의
주체와 객관 사이를 넘나드는 월담술 또한 탁월해서 쿵 나동그
라지기도 하는 모양을 보기 어렵다. 그러나 심호택의 시가 폭
삭 익어 있다면 그 익음의 비결은 그가 유년을 바라보는 그 시
선의 역사적 단련과 성숙에 있다고 말해야 하지 않을까? 그 시
선이 마침내, 궁극적으로, "외손잡이끼리 만난 그런 은밀한 느
낌"의 비밀이 아닐까? 우리 모두의 고향, 그 유년의 심상에서
시는 싹튼다. 그러나 유년의 아름다움은 결국 무엇일 것인가,
그게 역사의 지표가 아니라면? 우리네 삶의 아름다움을 위한
것이 아니라면?

문예중앙 1993. 봄

낙동강 물난리, 국제화, 지상의 아름다움
— 신경림 시집 『쓰러진 자의 꿈』을 읽으며

1 낙동강, 오호 낙동강!

　지난 연말(1993년)에 나온 여러 좋은 시집들 중에서도 신경림의 『쓰러진 자의 꿈』(창비)은 단연 좋은 시집이다. 세상에 할 일이 허구많은데 왜 하필 시를 써야 하는지 알 수 없게 하는 시들, 언어와 감성의 타락을 절감케 하는 시들, '닌텐도'판 전자오락 게임만도 못한 손장난으로 독자를 구역질나게 하는 시들이 양산되고 있는 시절에 '시다운 시'를 만나본다는 것은 즐거운 일임에 틀림없다. 『쓰러진 자의 꿈』에 수록된 시들은 매양 '즐거운 노래'는 아니다. 그런데도 그 시들은 읽는 이를 즐겁게 한다. 쓰러진 것들을 노래하면서 독자를 즐겁게 하는 시—신경림의 시들이 지닌 이 출중한 자질은 그의 시에 들어 있는 하강과 상승의 미묘한 동시적 이중 운동이 일으키는 효과이면서 동시에 탁월한 작시술의 성취이기도 하다.

　그러나 나는 지금 신경림의 시가 왜 사람을 즐겁게 하는

가를 먼저 말하고자 하지 않는다. 『문예중앙』 '이 계절의 시'란을 맡아 벌써 여러 차례 도깨비 실개천 건너듯 이런저런 얘기를 써오는 동안 나를 지배한 관심의 하나는 '시와 삶'의 문제로 물꼬를 트는 일, 더 정확히 말하면 시에 대한 비평적 반응과 읽기가 대중 독자의 삶에 연결되게 하는 일이었다. 시에 관한 우리의 평문들은 대체로 시의 사회적 유통에 별로 기여하지 못하고 있다는 것이 내 생각이다. 조밀하고 전문적인 비평적 읽기가 수행되는 차원은 그 차원대로 중요하지만 시의 사회적 의미와 효용이라는 부분에 눈 돌리는 읽기의 차원도 중요하다. 젊은 날 시를 즐겨 읽던 사람들도 삼십대 중반을 거치고 사십대에 들어가면 거의 대부분 시의 나라를 떠난다. 삶에서의 시의 중요성은 잊혀지고 시를 찾아 읽는다는 것 자체가 마치 미성숙의 지수처럼 여겨지는 것이다. 여기엔 비평의 책임이 없지 않다. 시를 읽지 않는 성인들의 사회, 시인의 발언에 귀기울일 줄 모르는 나라—그것은 신경림이 「거인의 나라」에서

> 모두들 큰 소리로만 말하고
> 큰 소리만 듣는다
> 큰 것만 보고 큰 것만이 보인다
> 모두들 큰 것만 바라고
> 큰 소리만 좇는다
> (…)
> 작은 소리는 하나도 들리지 않고
> 아무도 듣지를 않는
> 작은 것은 하나도 보이지 않고
> 아무도 보지를 않는

그래서 작은 것 작은 소리는
싹 쓸어 없어져버린 아아
우리들의 나라 거인의 나라

—「거인의 나라」 부분

라고 말한 나라이다. 그러나 이 시를 뒤집어 읽으면 "거인의 나라"란 사실은 거인국 아닌 귀머거리, 장님, 난쟁이의 나라임을 말하는 반어적 간접화임이 드러난다. "모두들 큰 소리로만 말하고/ 큰 소리만 듣는" 나라는 '귀머거리의 나라' 아닌가. 또 "작은 것은 하나도 보이지 않고/ 아무도 보지를 않는" 나라는 '장님의 나라' 아닌가. 이 귀머거리 장님의 나라는 큰 것만 듣고 보고 좇다가 오히려 한없이 왜소해진 난쟁이의 땅이다. 그러므로 사회여, 나라여, 큰 것만 좇는 우리의 거인 친구들이여, 시인의 말을 경청하라! 시의 언어를 삶의 모든 문맥에 참조하라! 신문 사설에, 칼럼에, 대화에 시인의 말을 인용하라! 왜소해지지 않기 위하여, 부황기에 허영까지 덮친 귀머거리 장님이 되지 않기 위하여.

썩은 똥물 냄새가 낙동강 700리를 진동하고 그 원성이 삼천리를 뒤흔들고 있는 1994년 벽두 우리가 진정으로 반성하고 되짚어보아야 할 것은 우리 자신이 큰 것만 보고 듣고 좇다가 강물 죽이고 똥물 퍼마시게 되었다는 사실이다. 낙동강 오호애재哀哉라, 누가 지금 '700리 굽이쳐 흐르는 민족의 강, 겨레의 강'을 노래할 수 있으랴. '강? 늬가 시인이냐? 강만 쳐다보면 먹을 것이 나오냐?'라고 우리는 큰 것 좇는 거인의 어법으로 말해오지 않았던가? 시인에게서 강을 뺏는 순간 그 제1의 희생자는 시인이 아니라 우리 자신이다. 우리 시인들은 우리가 똥물 퍼마시기 훨씬 전에, 이미 지극한 애정을 담은 걱정스러운 목소리로 강의 죽음, 인간의 죽음을 경고해오지 않았던가. 그러나 우리네 거인들은 그 목소리에 귀기울이지 않았다. 그것은 시집 속에나 잠자코 처박혀 있어야 할, 그러므로 경청할 값어치는 '눈꼽재기'만큼도 없는 지극히 '작은 목소리'로 여겨졌기 때문이다. 『쓰러진 자의 꿈』에서 신경림이 노래한 「낙동강 밤마리 나루」를 보라.

> 기름과 폐수로 거멓게 변색된 모래밭에
> 고기떼가 허옇게 배를 내놓고 널브러져 있다
> 이른 아침부터 풀들이 거무죽죽 죽어가고
> 빨래하는 아낙네도 고기 잡는 늙은이도 없다
> 동력선 한 척이 유령선처럼 강 복판에 떠 있다
> 오광대가 덧뵈기춤으로 신명을 돋우었다는
> 옛 장터에는 올해도 복사꽃이 피지 않았다
>
> 등뼈 굽은 잉어를 낳는 꿈에서 놀라 깬
> 가겟집 맏며느리가 수돗가에서 구역질을 한다
> 봄날이라 강 안개는 꾸역꾸역 기어올라와
> 죽음의 잿빛 한 색깔로 마을에 칠한다
> ──「낙동강 밤마리 나루」전문

춘래불사춘, 봄이 왔는데도 낙동강 밤마리의 봄은 만물 되살아나는 소생의 철이 아니라 죽음의 계절이다. "봄날이라" 복사꽃 피고 새순 돋고 젊은 아낙은 애기를 낳을 법한데 밤마리 마을의 풀들은 아침부터 죽어가고 복사꽃은 피지 않고 아낙은 등뼈 휘어진 잉어 꿈을 꾸다 나와 헛구역질이나 하고 있다. 시인은 이 죽음의 강에 대하여 어떤 직접적인 진술도 하지 않는다. 그는 다만 검은 모래밭, 널브러진 고기들, 죽어가는 풀, 죽음의 안개로 뒤덮이는 강마을을 마치 카메라로 훑듯 차례차례 우리에게 보여준다. 그러나 이 시는 죽음의 인접 이미지들에 대한 영상적 포착 이상의 것이다. 봄과 죽음의 충격적 병치, "유령선"으로 표현되는 강 복판의 동력선, 아낙이 왜 헛구역질을 하는가에 대한 서사적 개입, 피지 않는 복사꽃의 상징을 보면서 독자가 궁극적으로 인지하는 것은 낙동강이라는 '거인의 죽음'이며 그 거인을 죽이고 더 큰 것 얻으려 애꿎은 강마을을 죽음의 안개로 뒤덮이게 한 우리네 소인들의 어리석음이다. 죽은 낙동강, 그것이 바로 신경림이 말하는 "쓰러진 자"이고 쓰러진 것들의 하나이다.

2 소백산 개들의 영어

우루과이라운드 쌀 개방 파동을 거치면서 이 땅의 주민들을 폭풍처럼 휘몰아치고 있는 몇 개의 어휘들 가운데 '국제화'라는 것이 있다. 신문과 방송들은 단 하루도 이 어휘를 쓰지 않으면 그 하루가 완전히 무의미해지기라도 한다는 듯이 입만 벌리면 '국제화'다. 국제화란 무엇인가? 매체들의 인식에 따르면 UR 시대는 '무한 경쟁 시대'이고 이 경쟁 시대를 살아남기 위한 필수 생존대책이 '국제화'이다. 또 그 국제화의 으뜸 조건은 기술 경쟁력이지만 이에 못지않게 중요한 것이 '영어'라고 한다. 그래서 세 살 때부터 영어를 가르쳐야 한다는 주장이 나오고, 강남 아줌마들은 아이들이 세 살 될 때까지 기다릴 것 없이 한 살 때부터 영어를 가르칠 만반의 태세를 갖추고 있다. 이보다 더 좋기로는 아예 태교부터 영어로 하고 자장가도 영어로 불러주는 방법일 것이다. 아니, 최상의 방법은 국어 사용의 전면 금지이다. 텔레비전 프로그램에 술집 간판 같은 영어가 번쩍거리는가 하면 어떤 신문들은 제목을 영어로 뽑기도 한다. 기사 제목을 영어로 뽑는 것이 마치 국제화의 길이라는 듯이. 너절한 글 한 편에도 영어를 섞지 않으면 글이 안 된다는 듯 양아치 껌 씹는 품위로 영어 단어 나부랭이를 지저분하게 나열하던 1950~1960년대의 망령 든 짓들이 되살아나고 있다. 대학 입시에 국어는 제쳐두고 영어 시험만 보겠다고 나서는 대학도 있다. 이 추세로 나가면 영어 못하는 국민은 시민권을 정지당하고 주민증 뺏기고 '경쟁력 없다'로 몰려 투옥될지 모른다. 오호 애재, 민족의 자존이여. 국어를 '개떡' 취급하면서 제 자존조차 지킬 줄 모르는 민족에게 국제화의 자격이 있을 것인가. 국제화 시대랍시고 '영어, 영어'를 외치는 사람들에게 읽히고 싶은 시 한 편이 『쓰러진 자의 꿈』에 실려 있다. 「소백산의 양떼」가 그것이다.

> 소백산자락의 목장에서 양떼를 모는 개는
> 이상하게도 영어만 알아듣는다
> 뒤로 가 하면 우두커니 섰다가도
> 고백 하면 재빨리 천여 마리 양떼 뒤로 가 서고
> 몰아라 하면 딴전을 피우지만 캄온 소리엔 들입다 몬다
> 미국서 훈련받은 개들이라 날쌔고 영악하기 사람 뺨쳐
> 양치기들은 종일 시시덕거리고 장난질이나 치며

몇 마디 영어로 명령만 하면 된다

모르고 있었을까 정말 우리가 모르고 있었을까
영어만 알아듣는 개한테 쫓기는 것이
양떼만이 아니라는 걸

우리들 울부짖음에는 눈만 멀뚱거리다가도
캄온 하는 명령에는 기겁을 해서 양떼를 몰고
스톱 하고 호령하면 목숨을 걸고 세우는 것이
개만이 아니라는 걸

또 개를 영어로 부리며 시시덕거리기만
하면 되는 것이 양치기만이 아니라는 걸
마침내 영어만 알아듣는 개라야
두려워하게 된 것이 양떼만이 아니라는 걸
　　　　　　　　　　　　　　―「소백산의 양떼」 전문

　　영어라는 국제 언어로 소통 능력을 키우는 일과 식민지 변방 부족의 비굴한 근성으로 되돌아가는go back 일은 같지 않다. 신경림의 시를 읽으며 생각해보라. 영어로 된 명령어에는 자다가도 일어나 엎드리고, 과천서부터 기고, 명령 이상으로 잽싸게 뛰면서 백성의 소리에는 "눈만 멀뚱거"려온 우리네 최근세가 어떻게 '개들의 시대'였는가를. 국제화의 시대가 다시 개들의 시대여서는 안 된다. 안에서 개는 밖에 나가서도 개이다. 영어만 알아듣는 개들의 귀에는 들리지 않는 소리, 너무 작아져 지렁이 울음만도 못해진 소리―그것이 신경림이 말하는 "쓰러진 자"이며 쓰러진 것들의 하나이다.

3 지상의 아름다움

'쓰러진 것들'을 노래하는 일은 쉽지 않다. 그 노래는 항용 슬픔이나 우울, 체념 같은 상투적 정서에 매몰되기 쉬운 반면 이 상투성으로부터의 탈출과 그 극복은 쉽지 않기 때문이다. 이 쉽지 않은 일을 해낸 시를 가리켜 우리는 '좋은 시'라고 말한다. 우울을 우울로 표현하고 슬픔을 슬픔으로, 체념을 체념으로 쏟아놓는 시는 '배설통'이지 시랄 수 없다. (독자여, 좋은 시/아닌 시 사이의 구분은 무효라고 말하는 포스트모더니즘의 얼치기 미학에 현혹되지 마라. 그 미학 아닌 미학의 관심은 당신을 백치로 만들자는 것이다. 삶의 모든 문맥에서와 마찬가지로 문학에서도 '질'의 문제는 여전히 중요하다.) 시의 질을 따지는 비평적 장치는 여러 가지이다. 시적 진술의 평면성 극복 여부, 간접화의 정도와 효과, 이미지 배치법, 비유/상징 운용의 기술 수준, 어사 선택의 연마도, 긴장/갈등의 상승적 해소와 종합—이런 것은 그 장치의 일부이다. 이 점검 장치들을 들이대어 시를 읽는 이유는 한 편의 시가 독자의 시간 소비를 요구할 만한 값어치를 지니는가, 읽은 다음의 독자로 하여금 읽기 전의 자기와는 '달라진' 심미적 상승을 경험하게 하는가, 수면 위로 솟구쳐올랐을 때의 물고기 눈알 같은 진리의 한순간이 포착되고 이것이 독자의 내면에 울림을 일으키는가 않는가를 따져보기 위해서이다. 그 울림과 상승이 있을 때 우리는 시 읽기로부터 '즐거움'을 경험한다. 신경림의 시가 쓰러진 것들을 노래하면서도 읽는 이를 즐겁게 하는 까닭은 바로 그 같은 상승을 경험하게 하기 때문이다.

『쓰러진 자의 꿈』에 들어 있는 시 「봄날」은 북한산 어귀 늙은 소나무 아래에서 빈대떡 부쳐 소주를 파는 "아흔의 어머니와 일흔의 딸"을 시적 대상으로 삼고 있다. "삶의 마지막 고샅"이랄 아흔 나이와 일흔 나이의 모녀가 주름 파인 손으로 빈대떡을 굽고 소주를 파는 장면 이미지는 어떤 의미로도 사람을 즐겁게 하는 쾌감의 심상은 아니다. 두 모녀가 진치고 앉은 곳은 "늙은 소나무 아래"이고 시간은 "저녁놀" 비낄 무렵이다. 늙은 소나무, 늙은 노친네, 저녁놀 등은 사그라져가는 것들의 이미지 체계(A)를 이룬다. 시를 보자.

아흔의 어머니와 일흔의 딸이
늙은 소나무 아래서
빈대떡을 굽고 소주를 판다
잔을 들면 소주보다 먼저
벚꽃 잎이 날아와 앉고
저녁놀 비낀 냇물에서 처녀들
벌겋게 단 볼을 식히고 있다
벚꽃 무더기를 비집으며
늙은 소나무 가지 사이로
하얀 달이 뜨고
아흔의 어머니와 일흔의 딸이
빈대떡을 굽고 소주를 파는
삶의 마지막 고샅
북한산 어귀
온 산에 풋내 가득한 봄날

처녀들 웃음소리 가득한 봄날

—「봄날」전문

그런데 전문을 읽어보면 이 시에는 늙은 소나무, 노친네,
저녁놀의 은유 체계와는 다른 별개의 이미지들이 또하나의 이
미지 체계(B)를 이루며 병치되어 있음을 볼 수 있다. 그것은 벚
꽃, 처녀들의 벌겋게 단 볼, 풋내 가득한 봄날, 처녀들 웃음소
리라는 이미지군이다. 체계 A와 체계 B의 심상들은 동질의 것
이 아니다. A는 사그라드는 것들을, B는 이제 갓 피어오르는
것들을 제시한다. 한쪽이 하강의 심상이라면 한쪽은 상승의 심
상이다. 한쪽은 삶의 마지막 고샅을 버티며 있는 고달픈 주름
살을 보게 하고, 다른 한쪽은 주름살 없는 얼굴들에서 터져나
오는 웃음소리를 듣게 한다. 하강과 상승이라는 대조적 이미지
들의 이 병치와 교차 조직은 어느 한쪽으로의 정서의 정태화를
막는 긴장과 역동성을 갖고 있다. 하강의 이미지들, 쓰러져가
는 것들의 심상을 보며 슬픔, 우울, 체념의 통상적 반응 속으로
침잠하던 독자의 정서는 그 반대 심상들이 일으키는 상승의 정
서에 의해 차단되고 두 정서는 팽팽한 긴장관계 속으로 얽혀들
어 서로 충돌한다. 긴장과 충돌은 '갈등'의 다른 이름이며, 갈
등은 불가피하게 어떤 형태의 종합, 해소, 화해를 요구한다.
    신경림의 이 시가 서글픔의 색깔을 띠면서 곤두박질하는
듯하다가 중천에서 다시 솟구쳐오르는 것은 하강과 상승의 이
같은 이중 운동이 있기 때문이다. 이 하강과 상승, 슬픔과 웃음
의 종합은 가능한가. 그 종합은 독자의 몫이다. 이질 정서의 충
돌에서 오는 긴장을 해소할 때, 독자의 읽기는 즐거움을 생산한
다. 읽기가 즐거워지는 것은 긴장의 해소가 반드시 어떤 형태의

'진리 발견', 또는 '진리 생산'을 수반하기 때문이다. 어떤 이는 늙음과 젊음의 병치 자체에서 삶의 현실 속에 강물처럼 흐르는 연속성의 진리를 발견함으로써 그 이중 운동 사이의 긴장을 풀어낼 수 있을 것이고, 어떤 이는 삶의 마지막 고삽을 지키는 두 노친네의 고달픈 버팀 때문에 처녀들의 웃음소리가 피어날 수 있다는 식의 읽기를 생산할 수도 있다. 이것도 하나의 발견이다. 시적 진리는 논리적 과학적 인과의 진리가 아니다. 늙은 소나무 아래서 소주 파는 늙은이 '때문에' 봄은 오고 산천에 풋내가득하고 처녀들의 웃음소리가 가능하다는 이 기묘한 인과는 오로지 시적 부조리의 진술을 통해서 생산되는 진리이다.

또다른 읽기도 가능하다. 시 「봄날」의 교차 이미지들에 주목해보면 "벚꽃"은 분명 봄날, 처녀들, 웃음소리, 풋내음 등의 상승 은유 체계에 속하고, "늙은 소나무 가지 사이로/ 하얀 달이 뜨고"의 "하얀 달"은 유구하게 늙어 새로울 것이 없는 달— 다시 말해 늙은이, 늙은 소나무, 저녁놀의 하강 체계에 속하는 이미지이다. 그러나 시 텍스트의 "잔을 들면 소주보다 먼저/ 벚꽃 잎이 날아와 앉고"라는 구절에서 벚꽃은 밑으로 '떨어지는' 하강 이미지인 반면 "벚꽃 무더기를 비집으며/ 늙은 소나무 가지 사이로/ 하얀 달이 뜨고"의 달은 위로 '떠오르는' 상승 이미지로 제시되어 있다. 상승 체계의 것이 하강하고 하강 체계의 것이 상승하지 않는가! 여기서 독자는 이 시가 하강과 상승의 단순 대조법을 넘는 또다른 복합적 이중 운동을 보이고 있다는 것을 발견한다. 쓰러지는 것들은 쓰러져가기만 하는 것이 아니라 다시 떠오르고, 상승하는 것들은 상승만 하는 것이 아니라 하강의 리듬에 몸을 맡기기도 한다. 이 종합과 함께 독자는 시적 부조리의 진술을 다시 확장하지 않을 수 없게 된다.

겨울을 이겨낸 자에게만 봄이 있듯 아흔과 일흔의 노친네들 때문에 봄은 오고 처녀들은 꽃핀다. 그러나 동시에 그 봄, 그 처녀들의 웃음 때문에 늙어 쓰러져가는 것들은 상승의 봄꿈을 꾸며 겨울을 이기고 삶의 마지막 고샅을 지킬 수 있다, 라고.

하강하는 것들이 지닌 이 상승의 꿈, 그것이 신경림의 "쓰러진 자의 꿈"이다. 그것은 시인이 「겨울숲」에서 노래한 "엎드려 있는 나무"의 꿈이고 산짐승 나무꾼들 발에 차여 나뒹굴다가 "묵밭에 가서 처박힌 돌멩이들"의 꿈이며 "낮은 곳 구석진 곳만을 찾아/ 잦아들듯 흐르는 실개천"의 꿈, "모진 바람 온몸으로 맞받으며/ 눕고 일어서며 버티는 마른풀"의 꿈이다. 그것은 "어스름 황혼녘을 기다렸다가/ 내 슬그머니 서산에 와 걸리는"(「초승달」) 초승달의 뜻, 만월을 향한 조각달의 꿈이다. 또 그것은 「진달래」에서 보듯 "꽃과 잎 꺾이면 뿌리를 그만큼 깊이 박고/ 가지째 잘리면 아예/ 땅속으로 파고들어가 흙과 돌을 비집고/ 더 멀리 더 깊이 뿌리 뻗"었다가 "바위너설에 외진 벼랑에/ 새빨간 꽃으로 피어나는" 진달래의 꿈이기도 하다. 이 꿈들의 족보에서 특징적인 것은 상승의 꿈이 억눌림의 무게, 억눌림의 기억과 분리되지 않고 그 무게와 기억 때문에 더욱 강해지는 비상의 의지라는 점이다. 그러므로 꿈과 기억은 역동적 상관관계 속에 있다. 상승의 꿈은 억눌림의 기억을 안고 있고 하강하는 것들은 다시 비상의 꿈을 품는다. 시 「냇물을 보며」「장미와 더불어」「싹」「수유나무에 대하여」 등은 「봄날」에서 볼 수 있었던 것 같은 이 역동성의 시학을 구체화한다.

어둠을 어둠인지 모르고 살아온 사람은 모른다
아픔도 없이 겨울을 보낸 사람은 모른다

작은 빛줄기만 보여도 우리들
이렇게 재재발거리며 달려나가는 까닭을
눈이 부셔 비틀대면서도 진종일
서로 안고 간질이며 깔깔대는 까닭을

그러다가도 문득 생각나면
깊이 숨은 소중하고도 은밀한 상처를 꺼내어
가만히 햇볕에 내어 말리는 까닭을
뜨거운 눈물로 어루만지는 까닭을

— 「싹」 전문

　　그러나 『쓰러진 자의 꿈』에서 우리가 발견하는 꿈의 계보학이 모두 한 갈래의 것만은 아니다. 「진달래」 「아카시아를 보며」 「싹」에서처럼 은밀한 상처의 기억을 보듬은 채 "작은 빛줄기만 보여도 우리들/ 이렇게 재재발거리며 달려나가"고 "바위를 바수고 무덤을 뚫"(「아카시아를 보며」)으려는 꿈이 있는가 하면 「초승달」 「문산을 다녀와서」 「파주의 대장장이를 만나고 오며」에서처럼 반도의 땅과 하늘에서 "조각난 것들"이 "온몸"을 회복하려는 꿈이 있고, 「나목裸木」 「무인도無人島」 「날개」 「겨울 숲」 「우리 동네 느티나무들」 「늙은 홰나무의 말」에서 보듯 세상에 버려진 것들, 내팽개쳐진 것들, 보잘것없는 것들을 보듬고 싸안고 다독거리며 그것들을 주렁주렁 매달고 하늘을 날아보려는 꿈도 있다. 첫번째 꿈은 겨울과 봄 또는 싹의 상징(누가 봄을 막으랴)에서, 두번째 꿈은 조각달(온몸 되찾기)의 상징에서, 세번째 꿈은 늙은 느티나무 또는 늙은 홰나무의 상징(보듬고 싸안기)에서 각각 이미지의 배치를 꾸리고 통제하는 모티프를 얻고 있다. 이 꿈들은 쓰러진 자의 꿈이기만 한가?

　그 꿈들은 강하고 아름답고 따스하다.『쓰러진 자의 꿈』에 슬픔의 색깔과 우울의 정조가 매양 없는 것은 아니다. 그러나 이 슬픔과 우울은 상승의 날갯짓으로 들어올려지고 상처의 기억은 깔깔대는 싹들의 웃음소리로 지양된다. 상승의 꿈은 그냥 무턱대고 '날고 싶다'의 꿈이어서 아름다운 것이 아니라 날지 못하게 하는 것들을 주렁주렁 달고, 그것들의 무게를 이기면서 날아오르려는 의지 때문에, 혹은 그 무게를 되레 비상의 힘으로 바꿔내는 전환의 역학 때문에 아름답다. 황혼을 기다렸다가 마을로 성큼성큼 걸어들어가 "조금은 서럽고 조금은 구질구질한 사람 사는 꼴" "어쩌면 시고 어쩌면 떫은/ 얽히고설킨 얘기"(「늙은 홰나무의 말」)를 보고 엿듣는 "늙은 홰나무"는 슬픔에 젖는 것이 아니라 '재미와 기쁨'을 느끼고 그 보고 들은 것을 주워다가 "팔과 어깨와 허리에/ 주렁주렁 온통 혹으로 다는 즐거움"을 느낀다. 신경림 시집의 지배적 화자로 느껴지는 이 늙은 홰나무는 빼어난 시「길」에서 안으로 깊어지고「나목」에서는 벌거벗은 겨울나무와 함께 울어주다가「날개」에 와서는 주렁주렁 매단 혹 때문에 천만근 무거워진 몸으로 하늘을 나는 꿈을 꾼다. 바로 그 무거운 짐들로 튼튼한 날개를 만들어서.

　　　그러나 어쩌랴 하룻밤 새 팽개친 것
　　　버린 것이 되붙으며 내 몸은 무거워지니
　　　이래서 나는 하늘을 나는 꿈을 버리지만
　　　누가 알았으랴 더미로 모이고 켜로 쌓여
　　　그것들 서서히 크고 단단한 날개로 자라리라고
　　　나는 다시 하늘을 나는 꿈을 꾼다

강에 가면 강에서, 저자에 가면 저자에서
옛날에 내가 팽개친 것 버린 것
그 성가신 것 너절한 것들을 도로 주워
내 날개를 더 크고 튼튼하게 만들면서

—「날개」 부분

　지상에 아름다운 것은 장미만이 아니다. "땅속에서 풀려난
요정들이/ 물오른 덩굴을 타고/ 쏜살같이 하늘로 달려 올라"
(「장미와 더불어」)가는 장미들에게 더 올라가지 못한다고 안달
하지 말 것을 타이르는 홰나무의 말, 새벽이면 별들이 한달음
에 내려와 밝은 이슬 속에 "긴 입맞춤"해줄 것임을 말해주는
홰나무의 따스한 다독거림, 새 옷 입고 나들이 나온 소녀들처
럼 "재넘이 바람에 재잘대고 깡총대고/ 감추려 해도 부끄러운
속살 자꾸만 드러나서/ 벼랑을 뛰어내리기 전엔 엄살도 떨어보
는"(「냇물을 보며」) 맑고 투명한 냇물에 하강과 상승의 문법을
대신 말해주는 홰나무의 지혜—이것이 『쓰러진 자의 꿈』에 담
겨 있는 "늙은 홰나무"의 노래, 이야기, 역사이고 그의 꿈, 그
의 실천이다. 이는 이 지상의 한 아름다움 아닌가.

문예중앙 1994. 봄

내 노래의 붓을 꺾을 것인가
— 데릭 월컷, 강은교, 이진명: 시 또는 구슬에 대한 믿음

1 데릭 월컷의 뮤즈

카리브의 섬과 바다의 시인 데릭 월컷에게 노벨문학상이 주어졌다는 소식은 무엇보다도 시인 자신에게 뜻밖의 사건이었던 것 같다고 외신은 전한다. 기자가 그의 수상 소식을 전했을 때 월컷의 첫 반응은 '왜 나지?'라는 것이었다. 그러나 그것은 사실 그렇게 뜻밖의 사건이 아닐지 모른다. 5년 전 러시아 망명 시인 조지프 브로드스키에게 노벨상이 주어졌던 것과 거의 같은 맥락에서 월컷은 노벨문학상 위원회가 찾고 있는 '적격'의 시인이었을 것이다. 브로드스키나 월컷은 미국인이 아니면서 미국에 거주하고(월컷의 사실상의 활동 무대는 미국이다), 영어로 시를 쓰고, 영어권이 대표하는 정치적 중심성을 문화적으로 희석해 보이는 듯한 유용한 작업을 해온 시인들이기 때문이다. 이 유용성은 문화의 우루과이라운드가 노리는 국제주의와 다양성의 논리에 연결되어 있다. 카리브의 섬들이 미국의

언저리에 있듯 월컷도 미국문학의 언저리에 있는 국외자이다. 지금은 당분간 이 언저리 시인들의 가치가 강조되는 시대이다. 그들의 그 국외성이 문화의 국제주의를 파급시키는 데 쓸모 있는 조건이기 때문이다. 이 점에서 역시 영국의 언저리에 있는 에이레(아일랜드) 시인 셰이머스 히니도 조만간 노벨상 수상자가 되리라는 심심풀이 예측*을 우리는 해볼 수 있다.

그러나 시인이 어떤 중심문화의 언저리에 있다는 말은 그의 시를 평가하는 데 반드시 긴요한 척도는 아니다. 노벨상 위원회가 어떤 문화정치적 동기로 수상자를 선정하건 간에 한 시인의 궁극적 중요성은 그의 시에 있다. 시인 월컷의 중요성은 어디에 있는가? 월컷은 자신에 관한 한 자전적 4행 시편에서

> 나는 바다를 사랑하는 붉은 검둥이
> 내게는 건강한 식민교육이 있고
> 화란인, 검둥이, 영국인이 내 속에 흐르네
> 그러므로 나는 아무도 아니거나, 아니면 하나의 민족이다

라고 노래하고 있다. 이 4행시는 월컷의 카리브, 그의 역사와 환경, 그의 문학을 요약한다. 혈통 속의 다국적 족보, 식민지 경험, 혼합문화 등은 월컷 개인의 특수성이 아니라 카리브 해 도서 주민들 전체의 특성이기 때문이다. 월컷은 1985년 『파리 리뷰』와의 인터뷰에서 시가 근본적으로 하나의 사각형이고 자신은 이 '사각형을 만드는 목수'(때문에 그의 시에는 4행시가 많다)

---

* 이 글이 씌어지고 3년이 지난 1995년, 셰이머스 히니는 노벨문학상을 수상했다.

라고 말한 적이 있는데 위 시편에도 몇 개의 사각형이 있다. 네덜란드인, 검둥이 노예, 영국인의 피가 그의 혈통 속에서 네모꼴의 세 변을 이룬다면 이것들의 혼합으로 만들어진 카리브의 아이("아무도 아니거나, 아니면 하나의 민족")는 네번째 변이 되어 사각형을 완성한다. 바다, 식민교육, 혼합 혈통, 카리브의 다문화 환경은 또하나의 네모를 이루고, 4행시의 시각적 공간 구성 자체가 네모를 형성한다. 그는 네모꼴의 다변성에서 자신을 키운 '혼합성'의 은유를 찾아낸 것이다. 그는 말하자면 '이것도 저것도 아닌 것 같은' 혼합 환경의 다양한 경험이 어떻게 한 탁월한 시인을 키워낼 수도 있는가를 보여주는 '본보기'로서의 중요성을 인정받은 셈이며 노벨문학상 심사를 맡은 스웨덴 한림원은 이 '혼합성의 풍요로움'에 대한 표본을 세상에 광고해야 할 시의적 필요성을 느낀 것인지 모른다.

　　시와 시인의 국제주의에 예민한 감각과 이해관계를 가지고 있는 브로드스키는(월컷과 브로드스키는 미국 시인 로버트 로웰의 장례식에서 만나 친구가 되었다) 월컷에 대하여 "그는 자기 속에 그리스, 로마, 이탈리아, 독일, 스페인, 러시아, 프랑스가 들어 있다고 말해도 좋았을 것이다. 왜냐면 그에게는 호메로스, 루크레티우스, 오비디우스, 단테, 릴케, 마차도, 로르카, 네루다, 아흐마토바, 만델슈탐, 파스테르나크, 보들레르, 발레리, 아폴리네르가 있기 때문이다"라고 말한 적이 있다. 브로드스키는 월컷이 영문학의 전통 속에서 성장했다는 점은 구태여 언급하지 않는다. 그것은 이미 월컷 자신의 입으로 누누이 강조해온 사실이기 때문이다. '건강한 식민교육'이라는 월컷의 표현(경우에 따라 이 표현은 괴이한 인식 형태로 비칠 수 있고 그런 혐의가 월컷에게 아주 없는 것도 아니다)이 다분히 반어적인 것이라 해도 그 반어성 속에 긍정적 요소가 없지 않고 그의 경우 이 긍정 요소는 문학 교육과 영문학 전통이다. 근대적 의미의 '문학예술'이 존재하지 않았던 서인도 제도에서 식민교육이 아니었더라면 월컷의 문학적 성장은 불가능했을 것이고 그의 시적 재능은 꽃필 수 없었을 것이다. 이 사실 때문에 그는 식민지 흑인 후손의 '경험' 자체에 대해서는 모든 식민지 백성들과 마찬가지로 쓰라린 기억을 가지고 있으면서도 영문학의 전통 속에서 "영어로 시를 쓰게 된 행운"에만은 감사하고 있다. 그는 영어가 "누구의 사유재산도 아니다"라고 말한다. 그는 영어라는 언어 자체에 매료된 사람이다.

월컷을 타산지석으로 삼을 때, 우리가 새삼 생각해봐야 할 것은 문학적 전통, 특히 정전의 권위와 생산적 힘이라는 문제이다. 정전의 권위는 지난 10~20년간 서구의 이런저런 문학이론들이 열심히 비판 또는 매도해온 개념이고 우리 국내에도 그런 비판의 영향이 다소 수입되어 있다. 정전에 대한 극단적 비판은 "문학의 정전이란 없다"는 주장에서부터 "셰익스피어의 작품이 중학생 작문보다 반드시 낫다고 말할 수 있는 객관적 근거는 없다"라거나 "죽은 백인 남성 작가의 작품을 읽어야 하는가?"라는 물음에 이르기까지 여러 형태를 취한다. 영문학의 세계화가 대영제국의 패권주의 역사와 전혀 관계없다고는 말할 수 없고 "정전을 선정하는 자는 누구인가"라는 질문의 정당성이 전면 부정되어야 하는 것도 아니다. 그러나 "누가 정전을 만드는가"라는 질문은 "정전이란 없다"는 주장과 반드시 같은 것이 아니다. 우리 시대의 문학론과 외국문학 교육이 당면하는 가장 곤혹스러운 문제 중의 하나는 식민주의와 패권주의의 이해관계에 연결된 측면에서의 '정전의 확립'에 대한 비판이 탁월성의 부정 또는 객관적 평가의 가능성 부정이라는 입장과 곧바로 이어져야 한다는 관점의 무분별한 확산이다. 급진비평이 문화식민주의와 패권주의의 혐의를 문학교육에서도 발견한다는 것은 의미 있는 일이지만 그것이 반드시 정전의 권위나 탁월성, 객관적 평가의 가능성 부정으로 발전할 필요는 없다. 이런 방향으로 발전했을 때의 급진비평은 포스트모더니즘적 '평가의 상대주의'에 먹이를 제공하는 것으로 끝나게 되고, 이는 실제로 급진비평의 공과 가운데 우리가 신중히 따지지 않으면 안 되는 '과'의 부분이다. 월컷을 키운 것은 카리브의 바닷바람만이 아니라 영문학의 정전들과 세계문학의 정전들이다. 이 정전들이 세계적 인문문화의 전통을 이루면서 '의미 생성'의 부단한 연원이 된다. 우리는 지금 우리 자신의 문맥에서 이 같은 전통의 중요성을 다시 생각해봐야 하는 상황에 빠져 있다.

월컷에게서 또하나 타산지석으로 삼을 만한 것이 있다면 그가 현대 서구문학에서 '불가능한 형식'으로 여겨지고 있는 서사시를 씀과 동시에(서사시 『오메로스』에서 그는 "시는 역사의 향수이다"라는 기억할 만한 구절을 남기는데 이런 진술 역시 어떤 긴 전통에 뿌리를 두고 있다) "아우슈비츠 이후 서정시는 가능한가"라는 독일적 혹은 서구적 고뇌가 한 시대의 시인들을 괴롭히던 문맥에서 "그래도 서정시는 씌어져야 한다"는 고집스러운 정열을 보였다는 점이다. 예컨대 그는 세인트루시아 섬에서 시인으로서 꿈을 키우던 자신의 소년 시절을 기억하고 이 기억에 아우슈비츠의 학살을 얹어 이렇게 노래한다.

수용소들은 멀리 있다. 갈색 밤나무들과 회색 연기가
철조망처럼 또아리를 튼다. 죄악 속의 이윤은 계속되고 있다.

(…)

40년 전 내 어린 시절의 섬에서 나는 느꼈지,

시의 재능이 나를 선택받은 자의 하나가 되게 하고

모든 경험이 뮤즈의 불에 당겨지는 것을.

(…) 그러나 그때 내가

내 섬의 종려 잎새들이 써레이고 섬의 모래들이

먼 수용소에서 떠내려온 잿가루임을 알았다 하더라도

내 노래의 붓을 꺾었을 것인가? 이 세기의 목가들이

다하우와 아우슈비츠와 작센하우젠의 굴뚝으로 씌어진다는

그 사실 때문에?

—「한여름 XLI」 부분

'한여름 XLI'라는 제목이 붙은 이 시편의 마지막 6행은 매우 대담하다. 그것은 그가 서양문학의 전통 위에 자란 시인이면서 동시에 서구적 전통이 지니고 있는 "영혼보다도 더 긴 그림자"(팝송 〈천국에 이르는 계단〉의 한 구절)의 어둠과 잔혹성으로부터는 단절을 선언하는 대목 같아 보인다. 백인은 검둥이의 '검둥'을 '어둠'으로 몰아붙이는 데 익숙하지만 오히려 그 어둠은 백색의 한 가운데 있는 것이 아닌가? 실제로 월컷은 「운 좋은 여행자」에서 조지프 콘래드의 소설 제목 『어둠의 속 Heart of Darkness』을 원용하여 그 주제를 다룬 적이 있다. "어둠의 속은 아프리카가 아니다/ 어둠의 속은 불의 핵심부/ 대학살의 불꽃 그 백색의 한가운데에 있다." 여기서 "대학살의 불꽃"(홀로코스트)이란 말할 것도 없이 인간을 통째로 구워 아리안의 신에게 바친 아우슈비츠의 살육을 가리킨다. 조지 스타이너가 "유럽 문명의 심장부에서 터져나온 야수성"이라 표현한 그 세기적 희생제의에서 월컷은 서구 백인 전통의 '한여름 밤'의 어둠을 보고 그 밤의 동반자가 되기를 거부하는 것이다. 셰익스피어의 『한여름 밤의 꿈』을 연상시키는 그의 시 제목이 '한여름 밤'에서 '밤'을 떼어버린 '한여름'만으로 되어 있는 것은 우연일 것인가.

그러나 시편 「한여름 XLI」의 그 마지막 6행이 보여주는 대담성은 어둠과의 단절에 있다기보다는 그 어둠에도 불구하고, 아니 바로 그 어둠 때문에 시인의 목가牧歌는 계속되어야 한다는 절절한 주장에 있다. 많은 서구 시인들을 좌절케 하고 붓대를 꺾어 침묵의 바다에 던져넣게 한 바로 그 어둠 앞에서 월컷은 그가 그 어둠을 진작 알았다 하더라도 "내 노래의 붓을 꺾을 것인가"라고 묻고 있는 것이다. 이것은 시에 대한 '흔들리지 않는 믿음'의 선포이다. 더구나 그 믿음은 어둠을 모르는 순진무구에서 나오거나 어둠을 외면한 청산거사의 흰 도폿자락에서 나오는 것이 아니다. 그것은 어둠을 알고 난 다음 그 어둠의 한복판에서 나오고 있다. 이 세기의 목가들이 화장장 굴뚝의 검은 연기로 씌어지고 있다는 바로 그 사실 때문에 뮤즈는 침묵할 것이 아니라 노래하지 않으면 안 된다. 이 시대의 시의 여신은 그녀의 흰 옷자락이 피로 얼룩져 있다는 데 놀라 달아날 것이 아니라 피를 뿌린 바로 그 '움라우트의 언어'로 노래해야 한다. "학살장의 독일군 병사들이 쓰던 그 독일어로 시를 쓸 수 있을 것인가"라며 절망했던 파울 첼란의 고뇌의 깊이에서 월컷은 침묵할 수 없는 뮤즈의 긍정을 끌어내고 있는 것이다.

이것이 이 시대의 목가, 이 시대의 서정시가 씌어지는 한 소중한 모습이자 방식이다. 그것은 상실과 좌절과 상처, 역사의 상흔을 흔적도 없이 지워버린 서정시의 모습이 아니라 상처로부터, 그 상처 때문에 나오는 서정시의 모습이다. 그것은 역사와 관계없는 뮤즈가 아니라 역사 속의 뮤즈의 목소리이다. 그것은 망각의 늪에서 나오지 않고 기억의 사원에서 나온다. 그 기억의 사원은 폭격으로 망가져 잿더미가 되었을지라도 뮤즈는 그 잿더미 위에서 노래한다. 시를 쓰는 일이 몹시도 어려워진 지금 이 땅의 상황에서 역사의 상처로부터 달아나지 않고 냉소와 허무에 빠지지 않으면서 역사의 향수, 시에 대한 믿음을 유지한다는 것은 얼마나 소중한 일일 것인가. 월컷이 아니더라도 우리의 시인들이 침체의 혼을 향해 '춤추어라 혼이여!'라고 말하기 위해서는 영문학의 밀턴에게서 참고할 것이 있다. 공화정을 위해 투쟁하다가 1660년 찰스 2세의 왕정복고와 함께 투옥되고 '지독한 패배'를 경험해야 했던 밀턴이 대작 『실락원』과 『투사 삼손』(이것의 저작 연도에 대해서는 이론이 없지 않으나 왕정복고 이후라고 보는 프랭크 커모드의 견해는 설득력 있다)을 쓴 것은 바로 그 패배 이후의 일이었다. 그 패배가 아니었더라면 그의 대작들은 나오지 않았을지도 모른다. 시인 밀턴의 혼은 승리의 시간에 춤춘 것이 아니라 패배의 어둠 속에서 날아오른 것이다.

> 아 어둡다. 어둡다. 어둡다
> 한낮의 어둠이여

라는 『투사 삼손』의 한 대목은 델릴라의 유혹에 빠져 힘을 잃고 눈을 앗긴 채 적국의 노예가 된 삼손의 절규이며 그 삼손처럼 정치적 패배와 실명의 어둠에 빠진 밀턴 자신의 절규이다. 그러나 그 절규와 함께 그의 혼은 불꽃처럼 날아오른다. 이 비상의 힘은 패배를 승리로 호도한 데서 나온 것이 아니다. 그것은 오히려 정의를 향한 인간의 일이 종종 패배로 보상되기도 한다는 사실을 겸허하게 받아들일 줄 아는 성숙한 혼의 힘이고, 패배와 상처와 굴욕이 인간의 길이기도 하다는 의연한 세계관에서 나오는 힘이다. (밀턴은 감옥에 갇힌 후 그가 부정했던 권위인 찰스 2세에게 '면벌 소원'을 내야 하는 굴욕을 견디어냈다.)

2 강은교의 '등불'과 이진명의 '구슬'

그러나 이 시대에 시에 대한 믿음을 말한다는 것은 여전히 어려우면서도 손쉽고 위험하면서도 안전하다. 시인 오규원은 이미 10년 전에 "나는 나의 믿음이 무겁다/ 정말이다 우리는 아직도 패배를 승리로 굳게 읽는 방법을/ 믿음이라 부른다 왜 패배를/ 패배로 읽으면 안 되는지 누가/ 나에게 이야기 좀 해주었으면/ 그 믿음으로 위로를 받으려고 하는 사람들이여/ 나에게 화를 내시라/ 불쌍한 내가 혹 당신을 위로하게 될 터이니까" (「우리 시대의 순수시」, 『이 땅에 씌어지는 서정시抒情詩』, 1981)라고 노래한 일이 있다. "어둠 속에 오래 사니 어둠이 어둠으로 어둠을 밝히네. 바보, 그게 아침인 줄 모르고. 바보, 그게 저녁인 줄 모르고"라는 것도 그 시의 일부이다. 시인은 패배를 패배라고 말하지 못하는 사람들을 오히려 위로하려 하고 그래서 '불쌍한 시인'은 오히려 진실을 붙잡는 '강한 시인'으로 뒤바뀐다. 이것은 힘없어 보이는 시에 대한 오규원의 역설적 믿음을 표출한다. 시에 대한 확신이 이 같은 역설의 방법으로 표현되어야 한다는 것은 그 믿음을 곧바로 당당하게 선포하기가 이 땅의 시인에게는 얼마나 어려운 일인가를 말해준다. 그것은 당당하게 선포하기가 너무도 쉽기 때문에 그 선포가 어려워지는 그런 믿음이다.

최근 우리 시인들이 다수의 서정시편들을 내놓고 있다는 소식이 들린다. 서정시가 갖는 힘의 일부는 그것이 '우리'라는 집합 복수형 대명사를 쓰지 않고 그 '우리'의 자리에 조그맣게 '나'를 써넣는 데서 나온다. 우리가 '우리'라고 부르는 우리는 누구인가라는 반성을, '우리'라는 이름으로 우리는 공허한 수사에 빠지고 그 공허한 것의 힘을 스탈린처럼 밀고 나가려는 것은 아닌가라는 성찰을 서정시는 담고 있다. 그러므로 서정시의 음량은 늘 "아직도 작은 목소리"(앨프리드 테니슨)이다. 그러나 그것은 오히려 작기 때문에 또렷이 들리는 그런 음색의 소리이다. 그것은 작고 보잘것없는 것의 탐색을 통해 큰 것을 말하는 양식(그래서 서정시의 '나'는 궁극적으로 '우리' 속에 있다)이며, 작다고 내버린 것의 크기와 소중함을 뒤늦게 발견하는 추후 인지의 도정이다. 왕년의 영화 〈라 스트라다〉(길)의 힘세고 난폭한 남성 주인공(앤서니 퀸)이 착취와 학대 끝에 내버린 반숙의 여자 젤소미나를 마침내 잊지 못해 그녀의 노랫가락을 떠올리며 "어디 있는가, 젤소미나여, 나는 네가 있어야 해"라고 절규할 때 그 마지막 장면을 흐르는 잃어버린 여자의 잔잔한 노랫가락—서정시는 그 노랫소리이다.

이진명의 시 「구슬에 대한 생각」(『문예중앙』 1992년 가을호)은 그 작은 것들의 은유를 어린 날의 '구슬'에서 찾고 있다. 유년의 구슬들을 우리는 어떻게 다 잃어버렸는가? 왜 우리는 그 구슬들을 그리워하는가? 어린 날 뒤뜰에 묻었던 사금파리들, 잊어버린 지 오랜 그 작은 것들이 왜 지금 생각나는가? 이진명의 시는 "요새 부쩍 구슬 생각이 잦습니다"라는 생략된 주체 '나'의 고백으로 시작되어 그 잃어버린 구슬들을 다시 찾아 옆구리에 달아야만 "들세상 친구들이 날 부르"는 들로 "보무당 당히" 나갈 수 있다는 것으로 끝난다.

> 구슬을 얻어 꿰차고 싶습니다
> 옆구리 가득 구슬을 차고 다녔던 어린 날처럼
> 주머니 속에서 색색의 몸 굴리며 눈떠 있던 구슬들
> 너무 든든하였지요
> 작고 단단한 것이 매끄러운 것이
> 예쁜 색깔 흠 하나 없는 것이
> 동그랗게 눈뜬 빛나는 것이
> 어떻게 해서 잃어버리기 시작했을까요
> 그 가득한 구슬들 다 어디로 갔을까요
> 구슬 주머니가 너무 오래 비었어요
> 허전하고 허전한 옆구리가 되었어요
> (…)
> 길에다 다 잃었을까요
> 그 분필 표시도 없이 온 어른의 길을 어떻게 다시 찾아가나요
> 하수구에도 빠뜨렸을 거예요
> 기분 맞춰주던 친구한테 몇 개 척 내주기도 했을 거예요
> 그러나 대부분은 길에서 생각 없이 놀다가
> 쓰레기 더미에 굴려 버리고
> 터진 주머니 아랑곳 않고 뛰어다니다 잃었겠지요
> (…)
> 머릿속이 철수세미처럼 엉켜버린 날
> 이런 게 다 무슨 소용이람

밖의 헐떡이는 개한테나 확 뿌려주었는지도 몰라요
그 모든 잃어버린 구슬들 요새 부쩍 그리워요
동그란 빛나는 것들을 찾아야겠어요
다시 주머니에 하나하나 채워야겠어요

—「구슬에 대한 생각」 부분

그런데 시의 화자는 그 잃어버린 구슬들을 그리워만 하는 것이 아니라 그것들을 다시 찾을 수 있다는 확신에 차 있다. "구슬이 아주 모래에 부서져 찾을 길 없다는 말은 들어보지 못"했고 "구슬은 조금만 건드려도 솟아오르"기 때문이다. 이 확신은 부럽고 소중한 것이다. 지금은 모두가 구슬만 잃어버린 게 아니라 그 구슬을 되찾을 수 있다는 확신까지도 잃고 있는 시대이다. 또 이진명의 시는 구슬의 추억에만 매달리지 않고 보무당당히 들세상으로 나가기 위해 구슬을 찾는다고 노래한다. 이는 은자의 서정과 청산거사의 서정을 넘어선 이 '세계의 서정'이다. 브로드스키는 어떤 근작 시편에서 인간이 "태어나는 방법은 한 가지뿐이지만 죽는 방법은 수없이 많다"라고 쓰고 있다. 은자의 서정은 항용 '태어나는 방법도 하나, 죽는 방법도 하나'라는 기조 테마 위에 성립하지만 움막 밖 들세상으로 나가려는 자의 서정은 죽음의 한 가지 방법을 거부한다. 그의 서정은 죽음의 여러 방식이 있는 그 들세상의 것이므로.

강은교의 시 「건너편 섬에」(『문예중앙』 1992년 가을호)의 소재는 놀랍게도 항도의 고등학교 백일장에나 등장함직한 "등불"이다. 그러나 그 등불은 "가까운 어둠이 먼 어둠을 지우"고 "가까운 슬픔이 먼 슬픔을 마시"며 "훌쩍이는 소리로 가득한" 세상에서 "배고픈 자의 눈처럼" 혼자 빛나는 등불로 형상되어 있다. 오규원의 시에서 어둠이 제 어둠으로 어둠을 비추겠다고 덤비는 바보 어둠의 세계로 묘사된 세상은 등불이 없거나, 있어도 그것이 등불로 여겨지지 않는 전도된 세상이다. 이 때문에 「건너편 섬에」의 화자가 켜진 등불 하나를 주목하고 그 아무것도 아닌 듯한 등불의 빛을 재발견하는 것은 물구나무선 세상의 서정이 된다.

> 건너편 섬에
> 등불 하나가 켜졌습니다.
> 서 있는 몇 척의 배에도
> 배고픈 자의 눈처럼
> 등불이 반짝이기 시작했습니다.
> (…)
> 나도 천천히
> 등불의 잔을 듭니다.
>
> 가까운 먹구름이
> 먼 먹구름을 마시기 시작할 때.
> ―「건너편 섬에」 부분

빛이 등불의 혼이라면 그 혼은 세상이 어둡기 때문에 일어나 춤춘다. 그 춤은 어둠을 마신다. 아침이 오는 것은 작은 등불의 춤이 밤새 어둠을 마셔 없앴기 때문이다. "나도 천천히/ 등불의 잔"을 들려는 이 땅의 혼들이여, 일어나 춤추어라.

문예중앙 1992. 겨울

2부

기억을
위하여

문학적 신비주의의 두 형태
— 역설의 신비주의와 은유의 신비주의

1

당대의 지배적 생산양식에 대한 죄의식이 증발해버린 사회에서 문학은 어떤 양태를 띠게 되는가? 그 한 가지 양태는 문학이 자기 파괴를 통해 '상징적 죽음'을 추구하는 방식으로, 또하나는 신비주의에로의 탐닉이라는 방식으로 나타난다. 문학의 상징적 죽음이란 수확(생산)의 축제(소비)가 더이상 생산의 폭력을 보속補贖할 필요를 느끼지 않을 때 문학 자체가 자기 파괴의 방법으로 공동체의 상징적 희생제물이 되는 경우이다. 희생제물, 또는 '카니발'로서의 문학은 자기를 해체함으로써 공동체로부터 스스로 추방되고자 하며, 문학의 창조력을 스스로 고갈시키는 패러디로 남아 있고자 한다. 현대적 패러디는 새로운 일의 가능성과 일의 진지성을 부정한다. 이 부정은 문학이 공동체의 웃음거리, 공동체의 질병이 되어 추방됨으로써만 자신의 사회적 존재 의의를 확인하는 희생제의의 최종 절차이다.

그러나 문학이 이 같은 형태의 상징적 죽음이기를 거부할 때의 다른 한 가지 가능성은 문학적 신비주의—문학의 비의秘義적 부호화이다. 상징적 죽음이 문학의 해체와 희생을 추구하는 반면 신비주의는 공동체 또는 세계를 희생제물로 삼거나 아니면 신비적으로 미화한다.

　　최근 우리 문학 일부에 등장하고 있다는 신비주의적 경향은 대체로 두 갈래의 신비주의로 나누어볼 수 있다. 그 한 가지 방향은 역사 현실을 비실재의 환몽적 세계로 파악하고 그 세계 너머에 존재하는 어떤 신비적 실재를 내세우거나 상정하는 경향이다. 이 경우 현실세계는 미망의 땅으로 선고되고 신비주의적 문학만이 이 미망의 계곡에 울리는 '만트라' 또는 단 하나의 진언으로 여겨진다. 이 경향의 문학 신비주의에서는 '역설어법'이 지배적 담론양식으로 등장한다. 또하나의 방향은 세속도시의 갈등, 대립, 모순들을 은유적 화해의 방식으로 은폐하여 현실의 신비화를 추구하는 경향이다. 이 신비화는 은유적 담론양식의 확대에 의한 현실의 미학화에 도달하고자 하며, 따라서 이 종류의 문학 신비주의에서는 은유양식이 지배적 표현 전략이 된다. 한쪽의 신비주의가 역설어법에서 구원을 찾는다면 또한쪽에서는 은유적 통합에서 구원을 모색한다. 그러나 이들 두 경향은 아직 경향일 뿐이므로 이 글은 구체적 작품의 지목 대신 문학적 신비주의가 지닐 수 있는 위기와 위험의 검토라는 한계 안에 머물기로 한다.

2

문학은 신비주의와 쉽게 결합할 수 있는 두 개의 유혹을 이미 가지고 있다. 그것은 '역설의 유혹'과 '은유의 유혹'이다. 역설의 유혹은 성립 불가능한 모순 진술이나 화해 불가의 갈등 요소들을 순간적으로 통일하고 그 통일의 순간에 튀어나오는 섬광 속에서 '진리'를 발견하려는 유혹이다. 오비디우스의 『변신』 속에서 아버지를 연모하는 뮈라가 "오, 그는 너무 가까워서 너무 멀구나/ 그는 내 것이면서 내 것이 아니로다"라고 말할 때, 혹은 만해 한용운이 "그는 갔으나 가지 않았다"라고 말할 때 역설의 유혹은 남김없이 발휘된다. 밀턴이 "한낮의 어둠"을 말하고 로미오가 "오, 무거운 가벼움이여, 진지한 허영이여"라고 사랑을 묘사할 때 그 역설적 모순 형용은 견고한 상식의 세계에 찰나적 폭력을 가하여 그 세계를 격파한다. 문학은 근원적으로 역설 위에 성립한다. 왜냐하면 문학 자체가 '거짓말쟁이의 패러독스liar's paradox'이기 때문이다. "나는 지금 거짓말을 하고 있다"라는 거짓말쟁이의 진술은 그가 진실을 말하고 있다라는 진리의 역설적 표현이다. 문학은 스스로 허구이고 거짓말임을 시인함으로써 진리를 말하는 담론양식이며 이는 근원적으로 역설의 양식이다. 그러나 문학의 역설어법이 신비주의와 결합할 때 문학의 신비주의가 탄생한다. 신비주의 역시 논리를 부정하고 초월하는 역설 속에서 진리의 유일한 생산 조건을 찾는 인식 모형이며 발화 형태이다. 역설은 신비주의가 자신의 진리를 표현하는 유일한 수단이다. 신비주의는 모순어법이 어째서 진리로 성립하는가를 설명하지도 보여주지도 않는다. 설명한다면 이미 그것은 신비주의가 아니기 때문이다. 그러므로 문학이 신비주의의 침투를 받게 되면 역설은 문학의 지배적 어법과 인식 모형으로 올라서게 된다.

동양은 세계 인식의 모형과 세계에 관한 발화 형태로서의 신비주의적 전통을 풍부히 지니고 있다. "도道를 도라고 말하면 이미 도가 아니다"라는 것은 도교적 신비 사유를 요약하지만 이 신비적 사유가 신비주의로 전화하여 '신비한 실재'를 내세우게 될 때 그 실재에 이르는 유일한 통로로 등장하는 것이 역설이다. "있다고 말했느냐? 그러면 없느니라. 없다고 말했느냐? 그러면 있느니라"라는 것은 불교적 사유의 핵심이다. 그러나 이 사유양식도 불교와 관계없는 신비적 절대를 주장하는 신비주의로 빠져들 수 있고 이 신비주의는 역설을 모든 담론의 모델로 삼는다. "죽는 것을 두려워하느냐? 너는 죽어도 죽지 않느니라"라고 말하는 것은 힌두 신비주의의 대표적 역설 모델이다. 유가의 경우에도 도교적 신비주의의 영향이 있다. 이를테면 어느 날 공자는 "이제 나는 말하지 않겠다"라고 선언하고 자공이 이에 놀라 "선생께서 말씀하지 않으시면 우리는 무엇을 받아 적습니까?"라고 항변하는데, 이에 대한 공자의 답변은 이런 것이다. "하늘이 언제 말하더냐? 계절은 어김없이 제때에 찾아오고 만물은 끊임없이 생겨난다. 그러나 하늘이 무슨 말을 하더냐?" 말하지 않음으로써 말한다는 이 역설은 '하늘의 진리'이고 공자는 그 역설의 미메시스를 통해 하늘의 진리를 말할 수 있게 된다. 그나마 공자가 말없는 사계의 순환과 만물의 생성을 들어 '말하지 않겠다'의 이유를 설명하는 것은 그가 신비주의에 덜 빠져 있기 때문이다. 그러나 신비적 사유이건 신비주의이건 간에 논리의 생략과 건너뜀은 동양적 사유가 지니는 거대한 달관의 토대임에 틀림없다.

문학이 신비주의의 침투를 받는 또하나의 방식은 은유의 유혹과 신비주의가 결합함으로써이다. 은유는 유사성의 원칙에 근거하여 이질적 사항들을 강제 통합하는데 이 경우 '유사성'이란 상상력과 연상에 의해 얼마든지 발견될 수 있는 것이기 때문에 일단 은유의 유혹이 발동되면 세상의 모든 것들은 그 유혹의 대상이 된다. 예컨대 "내 사랑은 한 떨기 붉은 장미"라고 노래하는 시인이 있다면 또다른 시인은 "내 사랑은 컴퍼스"라고 노래한다. 그러나 장미와 컴퍼스 말고도 사랑의 은유로 동원될 수 있는 사항은 무한수에 달한다. 이것이 은유가 세계를 통합하는 방식이며 문학은 다른 어떤 담론양식보다도 이 비유언어의 힘을 활용한다. 그 점에서 문학은 '은유의 제국'이다. 은유의 강대한 통합력 속에서 "북은 남이다"가 성립하고 "물이여, 나의 법이여"가 성립한다. 이 통합적 진술들은 은유적 표현이기 때문에 어떤 법조문에도 걸리지 않고 어떤 실증적 분석도 요하지 않는다. 그러면서 그것은 역설의 경우와 마찬가지로 증명의 책임 혹은 거증擧證의 책임을 지지 않는 진리로 행세할 수 있다. 역설과 마찬가지로 그것은 일상 언어와 상식세계의 진부성을 일시에 격파하는 파괴력과 돌파력을 갖는다.

　　은유의 이 같은 통합력과 돌파력은 설명, 논리, 분석, 증명의 거부에서 나오는 것이고 바로 그 점이 신비주의와 은유의 결합을 재촉한다. 또 동양의 신비주의적 전통은 은유적 진술의 보고이다. 물, 거울, 공(비어 있음), 무, 만물 일체, 고요함靜, 무심 등은 동양적 은유의 가장 오래된 모형어들이다. "현자의 마음은 그 무욕함과 깨끗함이 물과 같고 거울과 같다"라는 것은 도교의 전형적 비유 체계이다. 예컨대 장자는 "고요한 물은 수염도 비추고 눈썹도 비춘다. 하물며 현자의 마음이야 (…) 그의 고요한 마음은 하늘과 땅의 거울이고 만물의 거울이다"라고 말한다. 현자의 마음 비어 있음을 놓고 그는 또 가로되 "이름 날리고자 하지 말고 계책을 꾸미지 마라. 하늘로부터 받은 것만 간직하되 무언가 가지고 있다고 생각하지 마라. 비우라, 그것이 전부이다. 현자의 마음 씀이 거울과 같아서 아무것도 바라지 않고 아무것도 달가워하지 않으며 비추되 간직하지 않는다." 그러나 은유는 비유만 하는 것이 아니라 동시에 통합까지도 수행한다. "하늘은 내 어버이이고 땅은 내 어머니이다. 그러므로 세상을 채우고 있는 만물은 내 몸이며 (…) 모든 이는 내 형제자매이다. 만물은 나와 동체이다." 이것은 하늘과 땅의 통합이고 '나'와 만물의 통합이다. 은유적 진술 속에서 우주 전체가 하나로 통합되는 것이다. 불교적 담론 역시 강력한 은유의 지배를 받고 있다. 돈오頓悟냐 점수漸修냐라는 수행의 방법적 차이를 놓고 대결했을 때의 혜능과 신수의 게송은 은유적 불교 담론의 전범 가운데 하나이다. "몸은 보리수, 마음은 맑은 거울/ 언제나 맑게 닦아야 하네, 먼지 내리지 않게." 신수의 이 점수론을 반격하면서 혜능 역시 은유를 동원한다. "원래 보리수 없었고 거울 또한 없었네/ 원래 아무것도 없었으니 먼지가 어디에 내리는고?"

그러나 혜능의 반격에서 핵심적인 것은 그가 '분할과 대립의 소멸'이라는 불교 담론의 격파논법을 동원하여 신수의 몸/마음이라는 대립항과 또 그에 상응하는 은유적 대립항들인 보리수/거울의 분할을 넘어서고 있다는 점이다. 그의 이 같은 이분법 격파는 분명 "나누지 말고 대對를 세우지 마라"라는 불교의 중요한 가르침을 충실히 따른 것이지만, 문학 신비주의자의 관점에서 보면 분할의 배척은 곧 은유적 통합의 한 형식이 될 수 있다. 따라서 불교 담론이 강조해마지않는 대립의 소멸은 매우 쉽사리 문학 신비주의의 은유의 유혹과 결합한다. 이 결합 속에서 모든 이분법과 대립항들은 욕망의 허망하고 헛된 거품으로 지목된다. 시작과 끝이 따로 없고(시간 분할의 소멸), 부와 빈의 나눔 역시 허망하며(소유의 소멸), 선하고 악한 것이 따로 없게(윤리적 구분의 소멸) 되는 것이다. 도교의 '유구한 자연'과 마찬가지로 불교 담론 속의 '공'은 '무시간성'의 은유로 전화한다. 이 무시간성은 과거, 현재, 미래라는 시간의 범주로 설명되지 않을 뿐 아니라 시간성이라는 개념을 초월한 것이므로 역사적 범주들을 가지고서는 이해되지 않는다. 시간은 무시간성을 재는 척도가 아니다. 무시간성은 측정되지 않기 때문이다. 여기서 무시간성의 은유화는 영겁, 무시무종無始無終 등의 '설명 불가한' 불교적 사념(이데아)들을 어떤 절대 세계의 성질로 잘못 파악하여 불교의 형이상학을 만들어내는 방향으로 발전하거나 아니면 그것들을 '미학화'하는 방향으로 발전한다. 이 두 가지 진행은 문학 신비주의 속에 다 같이 발견된다.

은유가 신비적 사유와 문학 신비주의에서 발휘하는 힘의 또다른 양태는 그것이 하늘과 땅을 잇는 '교량'으로 등장하는 경우이다. 인간은 하늘의 뜻을 어떻게 아는가? 하늘은 인간의 언어를 사용하지 않으므로 하늘의 뜻은 인간의 언어로 번역되지 않는다. 두 언어 사이에는 어떤 연결 교량도 중간 해석자도 존재하지 않는다. 이 매개의 부재 때문에 하늘의 메시지는 땅으로 자연스레 '이행'하지 않는다. 은유는 바로 이 매개의 빈자리를 메운다. 은유가 이 부재하는 매개자의 자리를 메울 수 있는 것은 물론 '유사성의 원칙'에 입각해서이다. 예컨대 도교의 '물과 거울'은 그 자체로는 하늘이 아니지만 하늘과 '유사하다'라는 주장에 입각해서 하늘의 모양을 인간에게 보여주는 은유적 기호이다. (일본의 개국신인 천조대신도 그 현세의 모양은 거울이다.) 물과 거울은 그러므로 하늘을 인간에게 전달하는 매개자이다. 인간은 그 매개를 통해서만 하늘을 알 수 있다. 힌두『우파니샤드』에는 그러나 물이니 거울이니 하는 은유물 아닌 '언어' 자체가 어떻게 하늘의 소리를 전달하는가를 보여주는 예가 등장한다. 시인 엘리엇이『황무지』의 결미에 원용하고 자크 라캉이『에크리』속에 인용한 '벼락신의 가르침'이 그것이다. 벼락의 언어는 "딱"(힌두어 표현으로는 "Da")이다. 그러나 벼락신이 딱 하고 벼락으로 말할 때 그 언어가 무슨 메시지를 담은 것인지를 인간은 어떻게 알아듣는가? 우파니샤드에 의하면 벼락신 프라자파티가 딱, 딱, 딱Da, Da, Da 세 번 벼락으로 말하자 데바들은 그 소리를 "너 자신을 다스려라Damyata"라는 것으로 알아듣고 인간들은 "주어라Datta"로 알아듣고 아수라들은 "자비로워라Dayadhyam"로 알아듣는다. 데바, 인간, 아수라의 차이에도 불구하고 다미아타, 다타, 다야디얌은 모두 인간의 언어이다. 그렇다면 벼락신의 언어를 세 마디 인간의 언어로 각각 번역한 다타, 다미아타, 다야디얌은 '신의 소리'로서의 권위를 어디서 얻는가? 우파니샤드는 그것을 설명하지 않는다. 그러나 그 권위는 다타, 다미아타, 다야디얌이 모두 벼락신의 소리Da를 그 속에 지니고 있다는 은유적 유사성에 근거한다. 그 세 마디는 모두 다Da라는 소리를 보존하며 이 보존된 소리의 공통성이 바로 그 세 마디 언어와 신의 소리를 연결하는 은유의 끈이다. 이 은유에 의해 신의 언어는 인간의 언어로 이행하는 것이다. 이 보존, 이행, 연결은 물과 거울이라는 은유적 매개를 통해 인간과 하늘을 연결하는 도교적 방식과 유사하다.

3

 문학이 문학적 진술의 모호성이라는 가치를 유지하기 위한 전략의 하나로서 '신비적 사유양식'을 채택하는 일과 '신비주의' 그 자체에 빠져드는 일은 같은 것이 아니다. 신비적 사유양식은 절대계, 절대 진리, 실재가 '있다'고 말하지도 않고 '없다'고 말하지도 않는다. 그것은 결정과 정초fixation를 거부한다. 신비적 사유의 전략은 그러므로 누군가 절대 진리를 '주장'하고 나설 때 그를 향하여 '그렇지 않다'라고 말하고, 또 절대 실재란 '없다'고 주장하는 자가 있으면 그를 향하여 '그렇지 않다'라고 말한다. 이 점에서 신비적 사유는 논리를 부정하는 것이 아니라 매우 치열한 논리를 요구한다. '있다'라고 주장하는 자의 논리를 깨기 위해서는 치밀한 격파의 논리가 필요하고 '없다'를 깨기 위해서도 역시 논리가 필요하다. 불교 전통 속에서 치밀한 논리적 절차에 의거하여 이 같은 격파논법을 구사한 사람은 나가르주나龍樹이다. 그러나 대부분의 동양적 신비 사유는 이러한 논리를 구사하지 않으며 바로 이 논리의 생략 때문에 신비적 사유는 신비주의로 전락하고 생략과 건너뜀이 '달관의 어법'으로 올라선다. 그 생략에 의해 도교의 신비 사유는 도교적 절대를 내세우는 도교적 신비주의로, 불교의 비결정적 신비 사유는 불교적 절대를 주장하는 불교적 신비주의로 타락하는 것이다.

 이처럼 신비주의는 신비적 사유가 갖고 있지 아니한 절대계, 실재, 초월 진리를 갖고 있다. 신비주의는 '설명 불가능한 세계'를 절대화하고 그 실재를 확신한다. 실재와 절대 진리에 대한 이 확고한 믿음 때문에 신비주의는 모든 회의론을 거부한다. 신비적 실재에 대한 믿음 때문에 신비주의는 인간의 역사

현실과 모든 형태의 역사적 담론들을 미망, 환각, 비실재로 분류하여 혐오와 타기의 대상으로 삼을 수 있게 된다. 신비주의가 인간의 일상과 논리적 따짐과 과학적 설명을 '혐오'하는 것은 그 때문이다. 인간이 몸담아 살고 있는 역사 현실이 미망이라면 그 미망계에서 분노하고 항의하는 행위들 역시 허망한 부나비의 몸짓에 불과하다. 그러므로 분노, 항의, 저항은 무용하고 왜 분노하는가의 이유를 따지는 행위도 무용하다. 또 역사세계는 시간의 지배를 받는 비실재unreality이므로 그 세계를 '알려고 하는 것' 역시 무용하고 헛된 일이다. 비실재에 대한 앎이란 앎이 아니다. 역사세계에 존재하는 악이라는 것도 비실재이며 따라서 악을 지적하고 악에 저항하는 것 또한 무용하고 헛된 일이다.

세계의 이 같은 신비적 부정—이것이 문학 신비주의의 한 형태이며 역설어법은 이 종류의 문학 신비주의가 갖고 있는 지배적 담론양식이다. 신비주의는 세계에 대해 아무것도 행하지 않으면서 그 세계를 넘어서기 때문에 신비주의자처럼 편하고 즐거운 사람은 없다. 굶주리는 자를 향하여 그는 "네가 굶주리고 있다고? 굶주림이란 원래 없는 것이니라"라고만 말하면 된다. 문학적 신비주의자는 역설의 유혹을 발동하기만 하면 신비주의의 달관어법을 무더기로 흉내내어 하룻밤 사이에 시집 두 권을 써낼 수 있다. 노자의 어법, 장자의 어법, 선사들의 어법을 흉내내기란 너무도 쉬운 일이어서 땀 한 방울 흘릴 필요가 없다. 땀 한 방울 흘리지 않고도 달관의 시집 두 권을 만들어낼 수 있다는 것을 마침내 깨치게 된 것이 문학 신비주의자의 즐거운 달관이다. 역설이라는 문학적 장치 속에 넣어 한 바퀴 돌리기만 하면 모든 진술은 신비한 진리를 담은 시적 진술로 변모한다.

'뒤집기'의 역설 기법을 동원해보라. "뭉치면 죽는다"와 "흩어지면 산다"가 거기서 나오고 "묶여 있는 자의 자유로움이여"가 거기서 나온다. 이것이 신비주의적 역설의 달관어법을 흉내낼 때 문학 신비주의가 빠지는 함정이다. 그 함정의 위험은 우선 거기 빠져들기가 너무 쉽고(나태의 위기), 한번 빠지면 죽을 때까지 빠져나오기 어렵고(세계의 부정과 포기), 그 함정을 세계로 오인하며(착각의 위기), 함정의 언어를 진언인 양 세상에 퍼뜨리게(오염의 위기) 된다는 점이다.

깨친 스님과 덜 깬 중의 차이는 전자가 자신의 사유와 각覺의 내용을 무차별로 세계에 확대하지 않는 반면 후자는 그런 분별 자체를 '헛된 분별'로 여겨 무차별의 자유를 행사한다는 점이다. 덜 깬 중이 기차를 타고 가다가 차 안에서 만난 신도로부터 "아이구 스님, 어딜 가시는지요?"라고 인사를 받으면, 중은 정중히 합장하며 느닷없이 '깨침의 법문'을 발하는데 그 법문이라는 것이 "온 곳이 없으매 가는 곳이 있겠습니까"이다. 그의 탁발 자루 속에는 부산행 열차표가 뻔히 들어 있지만 그는 스스로 '깨친' 사람이므로 "네, 부산 갑니다"라고 말하면 안 되는 것이다. 그의 깨침 속에서는 서울과 부산을 구별하는 일조차가 헛된 미망이다. 덜 깬 중의 특성은 그가 덜 깨쳤음을 모른다는 것이다. 그러므로 그는 무無자 화두를 놓고 면벽참선 3일 만에 홀연히 깨친 바 있어 선방을 뛰쳐나오는데 그 기세는 활달하여 거리낌이 없고 그 언행은 무애로워 천지에 가로막을 것이 없다. 그는 법당을 지나다가 본존불에 가래침을 뱉을 수 있고("부처가 원래 있었더냐") 방장 스님을 손가락질하며 "네가 무엇이냐? 너는 없는 것이다"라며 대갈일성으로 깨우침을 줄 수 있다. 그가 이 깨침의 환각에서 벗어나는 것은 쉰밥을 퍼먹고(그에게는 쉰밥/성한 밥의 구별이 헛되므로) 배탈이 나서 죽을 고비를 넘기고 난 다음부터이다. 깨친 스님들은 그래서 덜 깬 중을 잡아다 꿇어앉히고 싸릿대로 후려치며 "무無를 잘못 깨치면 죽는 수가 있어, 이놈아"라고 수백 번도 더 경고한다.

문학적 신비주의의 위험도 신비주의적 진술을 무책임하고 무분별하게 확대한다는 데 있다. 모순 진술의 순간적 통일을 달성하는 역설의 유혹은 아주 손쉬운 방식으로 대립물 사이의 갈등을 해소하고 모순을 넘어서기 때문에 세속도시의 현실인식이라는 힘든 작업 대신 신비적 달관을 새로운 인식의 방법으로 제시하게 된다. 그러나 신비주의는 세계에 관한 새로운 통찰이 아니다. 오히려 그것은 고래로 전해온 일정한 공식과 틀 안에서 작동하고 오래된 신비주의적 문화 모델에 의존하기 때문에 근본적으로 보수적이고 진부하다. 이를테면 "장자가 나비 꿈을 꾸었는가 나비가 장자 꿈을 꾸었는가"라는 것은 문학 신비주의가 곧잘 의존하는 진부하기 짝이 없는 모델 중의 하나이다. "내가 저것이고 저것이 나"라는 것도 그런 모델에 속하고 "내가 세상에 있는가 세상이 내 속에 있는가"도 이미 듣는 사람을 피곤하게 만드는 진부한 진술의 모델이다. 문학 신비주의자들은 자기네가 무슨 새롭고 놀라운 시적 진술을 내놓고 있다고 생각할지 모르지만 사실 그들이 하고 있는 작업은 낡고 진부한 문화 모델의 재유통 사업이다. 그 사업은 안 그래도 모호성을 특징으로 하는 현대 세계를 더욱 모호하게 하고 명징한 사유를 모호한 진술로 뒤덮는 혼수상태를 현대적 실존의 한 자질로 만들어놓는다. 문학적 가치의 하나로서의 모호성은 삶에 대한 새로운 통찰에 이르기 위한 것이지 이미 낡아빠진 세계 인식의 모형이나 낡은 진술의 모델로 회귀하게 하려는 것이 아니다. 문학 신비주의가 지니고 있는 이 보수성은 세계를 애매모호한 상태로 남겨두어 판단을 흐리게 하려는 정치적·문화적 이해 집단의 이익에 부합한다.

　동양적 신비 사유가 서양의 논리적·합리적 사유양식에 대한 하나의 타자적 중요성을 갖는다는 것은 부인할 필요가 없다. 그러나 이 인정에 근거하여 문학 신비주의도 서양적인 문학을 넘어서는, 혹은 그것에 맞서는 동양적 문학의 한 양식이라고 말할 수 있을 것인가. 그렇게 말하기는 어렵다. 이는 문학 신비주의의 또 한 가지 형태인 은유적 신비주의(은유와 신비주의를 결합한 형태)가 현재 서구에서 진행중인 '미학의 제국주의' 또는 미학의 신비화와 정확히 일치한다는 사실에서 분명해진다. 미학의 제국주의란 문학적 진술을 포함한 미학적 지각, 인식, 판단, 언술의 범주들을 일상과 윤리의 영역으로 확대하여 세계와 인간 실천의 전 질서를 미학의 영역 속으로 끌어들이는 현상을 말한다. 그것은 미학의 확대이고 미학에 의한 세계 접수이다. 문학 신비주의는 문학이 기왕에 가지고 있는 은유의 유혹과 신비주의적 세계관을 결합한 것이므로 미학적 제국주의의 한 형태임과 동시에 '은유의 제국주의'이다. 여기서 다시 약간의 분별력을 발휘한다면, 문제가 되는 것은 은유 그 자체나 은유의 통합력이 아니라(그것들이 없으면 문학은 쓰러진다) 은유적 진술이 세계에 관한 신비적 진술로 무분별하게 확대되어 세계를 신비화하는 사태이다. 이 신비화는 무엇보다도 서로 다른 진술, 판단, 실천의 영역과 범주들을 뒤섞어 경계선을 흐리게 하는 혼동의 절차를 그 필수적인 부분으로 갖기 때문에 "A는 B이다"라고 말하는 은유의 동일화 진술양식처럼 그 신비화 작업에 요긴한 것은 없다. 문학의 은유적 진술방식이 세계를 제패하고 있다면 이는 분명 많은 사람들에게 놀라운 뉴스일 테지만, 은유적 언술이 과거와 현재 어떻게 제국주의적 지배 논리의 특징적 양식이 되어왔는지를 상기한다면 사실 그게 그리 놀랄 일은 아니다. 예컨대 "일본과 조선은 하나內鮮一體"라고 한 일제의 지배 논리는 "조선은 일본이다"라는 은유적 진술의 정당화에 해당한다. 이것이 미학의 정치화이고 정치의 미학화이다. 미학의 정치화란 미학에 의한 현실의 신비화이고 정치의 미학화는 나치즘에서 보듯 미학적 방법에 의거한 정치의 신비화이다. 1936년 베를린 올림픽 기록영화를 제작했고 뉘른베르크의 나치 전당대회를 탁월한 신비적 영상 속에 담아냈던 레니 리펜슈탈의 영화는 정치 미학화의 '고전'에 속한다. 그것은 정치의 영화화임과 동시에 영화의 정치적 확장이다. 그러므로 문학 신비주의가 은유의 유혹을 확장한다는 것은 그 확장에 의해 문학의 힘이 그만큼 커진다는 뜻이 아니라 문학이 현실 신비화에 동원된다는 의미이다.

역설의 신비주의가 모순 진술의 통일이라는 방법으로 신비적 실재를 역사 위에 덮어씌워 세속도시에 진행되는 구체적 삶의 내용을 미망화한다면, 은유의 신비주의는 역사 현실 속의 대립, 갈등, 모순을 환상적으로 화해시켜 그 현실을 무갈등의 세계로 미화한다. 예컨대 "있음과 없음은 다르지 않다. 있는 것이 없는 것이고 없는 것이 있는 것이다"라는 은유적 화해 공식을 역사, 인식, 윤리의 제 영역에 무차별로 확대하면 사회적 실천 내부의 윤리적 갈등과 모순은 일시에 해소된다. 역설의 신비주의가 역사 현실을 선문답으로 비켜간다면 은유의 신비주의는 "모순은 없다"라는 대답으로 역사의 상처를 밀봉한다. 이들 두 가지 형태의 문학 신비주의는 시간성과 역사성이라는 인간의 존재론적 한계를 달관의 경지에서 극복하고, 소쩍새 우는 밤과 천둥 번개의 새벽을 지새우지 않고도 달관어법의 기계를 돌리는 일만으로 매혹적 진술을 양산할 수 있게 한다.

은유의 신비주의는 역설의 신비주의보다 훨씬 심각한 차원의 또다른 문제를 제기한다. 그것은 은유적 담론양식에 매몰될 때 발생할 수 있는 '미학의 이데올로기'라는 문제이다. 칸트가 늘 지적했듯 인간의 미학적 진술이나 판단이라는 것은 대상의 성질에 대한 판단이 아니라 그 대상에 대한 (인간의) 지각 내용의 진술이고 판단이다. 예를 들어 어떤 대상을 두고 우리가 "아름답다"고 말할 때 그 아름다움은 대상이 지닌 성질이 아니라 그 대상을 아름다운 것으로 파악하는 우리 자신의 지각을 기술한 것이다. 그러므로 '아름답다'라는 미적 판단은 대상에 대한 판단이 아니라 대상을 '마치as if' 아름다운 것인 양 보기로 한 우리 자신의 지각 내용을 판단한 경우이다. (그러나 칸트가 미적 판단의 주관주의에 빠지는 것은 아니다.) 은유의 양식도 이 미적 판단의 범주에 속한다. "마음은 거울이다"라는 은유적 진술의 주제는 마음이 '맑고 깨끗하다'라는 판단인데 이 경우 맑고 깨끗함이란 대상(마음)의 성질이 아니라 마음을 마치 맑고 깨끗한 것인 양 보기로 한 진술자의 결정 내용이다. 벼락신의 소리를 은유적으로 번역해낸 우파니샤드의 경우에도 하늘의 뜻(그 뜻을 인간은 알 수 없다)을 "다스려라, 주어라, 자비로워라"라는 명령인 양 받아들이기로 한 인간의 결정이 전달되고 있다. 칸트가 말한 미적 판단은 이처럼 '알 수 없는 것'을 대상으로 하는 반면, 은유적 진술은 인간이 알고 있거나 알 수 있는 것과 알 수 없는 것을 동시에 그 대상으로 한다. 여기서 제기되는 심각한 위험은 인간이 어떤 다른 방식(예컨대 이성적·과학적 지식)으로 파악하거나 알 수 있는 대상에 대하여 미적 판단이나 은유적 판단을 적용할 때, 혹은 미학적·은유적 진술이 모든 다른 형태의 진술들을 '뒤덮게 될' 때 발생하는 모호성의 위험이다. 이 위험에 빠지는 것이 미학의 이데올로기이다. 간단히 정리하면, 미학의 이데올로기란 모든 인식 대상에 무차별로 미학적 판단을 들이대거나 모든 인식 대상을 미학적 판단의 대상('알 수 없는 것')으로 만들어놓는 신비화의 한 중요한 기제이다.

은유의 신비주의는 은유양식의 확대라는 점에서 바로 그 같은 미학 이데올로기의 하나이고 따라서 그것은 미학 이데올로기가 안고 있는 모든 문제들을 동시에 안고 있다. 구체적으로 그 문제들이란 첫째, 은유적 진술의 확대가 모든 인식 대상을 은유적 기술과 판단의 대상으로 끌어안음으로써('은유의 제국주의') 대상에 대한 다른 지식과 판단들을 은유적 진술로 '대체'하게 된다는 것이다. 이 대체에서 발생하는 효과는 '몽롱한 진술'—다시 말해 진술의 몽롱함과 모호성이다. 이것은 인식 자체의 모호성이기도 하다. 둘째, 은유적 진술은 미적 진술의 형식으로 주어지기 때문에 그것의 타당성 여부는 이성적 기준과 절차로 판단할 수 없게 되고 따라서 아무리 몽롱한 진술이라도 그것이 미적 진술의 장르에 속하는 것인 한 '유효성'을 주장할 수(은유의 면책성) 있게 된다. 셋째, 은유적 진술의 확대는 모든 대상을 일단 미적 판단의 대상으로 삼기 때문에 이때의 대상 자체는 칸트적 의미에서 '알 수 없는 것'으로 바뀐다. 이것이 대상의 신비화이다. 이 지점에서 우리는 은유의 신비주의가 어째서 신비주의인가를 구체적으로 알 수 있다. 사회, 역사, 인간의 일, 조직, 갈등, 현실 등은 일단 은유적 진술과 판단의 대상이 되는 순간부터 신비하고 알 수 없는 대상, 미학적 진술 이외의 방식으로는 인식하거나 기술할 수 없는 대상으로 전환되는 것이다.

은유가 인간의 중요한 인식양식이라는 사실은 부정될 필요가 없고 그것이 인간의 세계 파악과 판단에서 수행하는 중요한 역할 역시 부정되어서는 안 된다. 우리가 지적하고 문제삼은 것은 은유의 인식 기능 그 자체가 아니라 은유 장르의 무차별적 확대가 도달하는 신비주의와 그 폐해이다. 무차별적 확대란 은유적 진술의 장르가 그 자체의 정당한 영역을 넘고 벗어나 다른 지식과 판단의 영역으로 확산 침투하는 것을 말한다. 이 확산의 효과는 '몽롱해진 세계에서 몽롱한 진술'을 발하는 최면 효과이다. 그것은 지금의 세계가 적극 희망하고 권장하는 효과일지 모른다.

문예중앙 1991. 가을

다시 우화의 길에 선 시인을 위하여
— 최승호 시인의 10년

1

여러 해 전 내가 처음으로 최승호의 시를 대했을 때, 그는
외롭게, 그의 방식으로, 자기가 사는 시대와 나라의 현실에 맞
서고 있었다. 그의 첫 시집 『대설주의보』가 나온 것은 1983년
이니까 1980년대는 그가 시인으로 날개 달고 시인의 눈과 입으
로 그의 시대를 요약하기 시작한 '시인의 첫 10년'이다. 1980년
대가 유독 시인 혼자의 연대가 아닌 이상 '그의 시대'라고 말하
는 것은 잘못일지 모른다. 그러나 그것은 시인 최승호의 관찰
과 묘사, 그의 언어적 표상과 이미지와 은유를 통해 그 얼굴 한
쪽을 드러내고 이름을 얻은 시대라는 의미에서 여전히 '그의 시
대'이다. 우리는 모두 1980년대에 대한 경험과 인식을 갖고 있
고 공경험의 토대 위에서 그 시대를 객관화하는 몇 개의 이름도
갖고 있다. 그것은 우리들 모두에게 치열한 '정치적 내전'의 시
대였고 '상처의 시대'였으며, 내가 어떤 다른 글에서 쓴 말이지

만, 썩어 문드러진 사회를 변개시켜보겠다고 우리의 젊은 세대가 변화의 희망과 열정을 불꽃처럼 사르던 '사자獅子의 시대'이기도 했다. 사자의 시대는 감동적이며 불가피하게 영웅적이다. 그러나 최승호에게 그 1980년대는 희망, 열정, 감동, 영웅의 시대가 아니다. 그에게 그것은 사자 아닌 시궁쥐의 시대이고 영웅 아닌 똥의 시대이며 희망은커녕 썩은 욕망이 허虛와 무無의 아가리 앞에서 동전깨나 긁으려고 아귀 다투는 "헛꽃 만다라"의 세월이다. 최승호가 1980년대의 정치적 현실로부터 아주 완전히 비켜나 있었던 것은 아니지만 그의 주관심은, 내가 보기로는, 정치적 내전의 소용돌이 속에서 이 땅의 주민들을 속속들이 썩게 한 또하나의 현실―욕망의 대폭발과 범람이라는 현실에 꽂혀 있었다. 이번 시집 『회저의 밤』(1993)에 실린 「세월」이라는 시에서 그는, 1960년대로부터 1990년대 초까지 우리의 최근세에 해당하는 지난 30년 세월을

> 궁한 입의 시절에서
> 터지는 항문의 시절로
> 욕망이 대이동을 하는 동안
>
> ―「세월」부분

이라는 석 줄에 요약해서 던지고 있는데, 말하자면 그의 1980년대는 "터지는 항문의 시절로/ 욕망이 대이동"을 시작한 시기이다. 그는 그 욕망의 대폭발을, 그 폭발의 화구에서 흘러넘치는 분비물의 냄새와 운명과 초라한 영광을, 정확하고 날카롭고 신랄한 언어로 표출해내었다. 그의 시는 산문적 관찰력과 시적 표상력을 동시에 갖고 있다. 한 시대를 특이한 은유들로 명명

해내고 섬뜩한 이미지들로 현실을 표출해내는 그의 인식력과 표상력—이런 특성들 때문에, 지난 10년간 세상을 향해 던져진 그의 시들은 우리 현대 시문학의 몇 안 되는 독특하고 강렬한 시가 되어 있다.

1983년의 첫 시집 이후 1990년까지 최승호는『고슴도치의 마을』(1985),『진흙소를 타고』(1987),『세속도시의 즐거움』(1990) 등 네 권의 시집을 내놓았고 지난봄(1993년)에 낸 명상집『달맞이꽃에 대한 명상』을 제외한다면 이『회저의 밤』은 그의 다섯번째 시집이다. 지금 다시 읽어보아도, 아니 다시 읽어볼수록, 그동안 발표된 최승호의 시편들은 닭살 돋게 할 정도로 충격적이고 섬뜩하고 무섭다. 네번째 시집『세속도시의 즐거움』에 이르기까지 최승호의 시들이 보여주는 세상은 "온몸이 혓바닥뿐인 욕망"의 대감옥, 똥이 해체되기를 기다리는 변기통, 귀신 드나드는 흉흉한 바람 속에 "언제 무너질지 모르는/ 썩은 기둥들"이 지붕을 떠받치고 있는 흉가("살어리 살어리랏다 흉가에 살어리랏다", 버려진 태아들이 머리를 처박은 쓰레기통의 세계)이다. 이 황량한 세계가 풍기는 냄새는 썩는 냄새이고 그 색깔은 단연 붉은색이다. 그의 시에서 붉은색은 지순한 정열, 불꽃, 사랑의 색채 이미지가 아니라 변기에서 태어나 변기에서 죽은 아이의 "붉은 울음" 같은 피투성이 색, 도끼를 삼키는 물렁한 고깃덩이의 색, 광기와 욕망의 혓바닥 색깔이다. 붉은 석양도 이 세계에서는 아름다움이 아니라 "세기말의 발광"이다.

이것들은 단연 폐허의 풍경이고 색채이다. 풍경과 색채만이 그런 것이 아니다. 그 세계에서는 싱싱한 풀, 푸른 나뭇잎, 웃는 꽃을 거의 볼 수 없다. 싱싱한 것이 있다면 그것은 붉은 고깃덩이들이 걸려 있는 "싱싱한 정육점"의 핏빛 싱싱함 같은 것뿐이다. 푸른 식물군flora의 두드러진 부재는 최승호의 1980년대 시를 특징짓는 현저한 결핍 이미지의 하나이다. 식물군 대신 그 세계에 서식하는 것은 쥐(시궁쥐, 뿔쥐, 땃쥐, 모래쥐―쥐가 이렇게 많을 줄이야), 쥐며느리, 바퀴벌레, 늙은 개, 하이에나, 도둑게, 하루살이, 대머리독수리, 파리, 송장벌레, 악귀 같은 욕망의 포나fauna이거나 송장, 죽은 태아, 똥, 창녀, 포주, 노름꾼, 번데기, 북어, 오징어, 낙지 같은 것들이다. 이 동물지誌가 보여주는 것은 마치 중국의 고문서 『산해경山海經』의 분류 목록과도 같은 특이함과 괴이함이다. 이것들은 최승호의 시가 그려내고 있는 폐허, 변기, 쓰레기통, 푸줏간으로서의 세계와 일정한 환유적 인접 체계를 이룬다. 똥과 구더기는 변기의 인접물이고 창녀, 포주, 자판기(자판기는 최승호의 시에서 매춘부의 은유이다) 등은 붉은 고깃덩이를 내건 푸줏간의 인접 체계이며 쥐, 파리, 바퀴벌레, 하이에나, 송장벌레, 대머리독수리 등은 쓰레기통의 인접 동물군이다. 말하자면 최승호가 그린 세계와 그 세계의 서식물들은 우연한 선택들이 아니라 특정한 색깔, 냄새, 의미의 체계 속에 상호 연결된 연관 이미지들이다.

그러나 우리를 섬뜩하게 하는 것은 이런 이미지들의 선택만이 아니다. 최승호는 폐허의 수색자, 관찰자, 기록자이다. 그는 이 황폐한 세계를 먼발치에서 구경하는 것이 아니라 그 속으로 들어가 100개의 눈알을 희번덕거리며 거기 서식하는 것들을 찾아내고 거기 버려져 있는 것들을 뒤져내어 그가 발견한 것을, 아니 그에게 여지없이 발각된 것들을, 가차없는 필치로 묘사해낸다. 그의 묘사는 날카롭고 정확하면서 동시에 섬뜩하고 괴이하다. 그 묘사는 1930년대 독일의 표현주의 그림들을 연상케 하는 '그로테스크의 상상력'―사실성을 괴이함의 상상력에 나염하여 생생하고 충격적인 심상과 특이한 형상으로 변환해낸다. 이를테면 "쥐들이 앞가슴을 파먹어도 밤이 즐거웠는지, 내장을 끌고 돌아다니던 암탉"이라든가

> 죽은 태아胎兒들이 녹슨 자전거를 타고
> 엄마를 부르며 붉은 바다 밑을 달리는 밤에
>
> 붉은 등 싱싱한 정육점에 걸려 있는
> 애기 창녀의 고깃덩어리
>
> ─「적신赤身」 부분

같은 대목은 그런 형상화의 수없이 많은 표본들에 속한다. "죽은 태아들이 녹슨 자전거를 타고/ 엄마를 부르며 붉은 바다 밑을 달린다"는 표현은 얼른 보면 서로 멀리 동떨어진 두 이미지(죽은 태아/녹슨 자전거)의 엉뚱한 초현실주의적 병치 같지만 사실은 그렇지 않다. 버려진 태아들의 시체가 썩어가는 바다, 그 시체들 옆에서 역시 버려진 자전거가 붉은 녹물을 흘리며 이리저리 물살에 밀리는 바다, 온갖 쓰레기로 붉어진 바다라는 것은 우리의 초현실이 아니다. 죽은 태아가 '엄마를 부른다'는 것도 엉뚱한 감성이 아니다. 죽은 태아는 그냥 죽은 것이 아니라 죽임을 당하고 버려진 태아이며 그것은 마치 나비로 크기 전에 삶아져 시장 바닥에 나온 번데기들처럼 삶의 전개 기회를 박탈당한 아이, 그래서 죽어서도 여전히 엄마를 부르는 아이이다. 녹슨 자전거를 타고 엄마를 부르는 죽은 아이의 이미지가 정육점에 내걸린 창녀의 고깃덩어리라는 이미지와 나란히 병치된 것은 세속도시의 즐거운 욕망 속에 태어나 버려진 아이(들)의 죽음에도 불구하고 여전히 계

속되는 욕망의 행진을 형상화한다. 이 형상화의 효과는 섬뜩하고 엽기적이지만 제시된 이미지들은 극히 정확하고 사실적이다.

이 괴이함의 상상력은 어디서 온 것일까. 청계천 다리 밑에서 어쩌다 주워온 것이 아닌 이상, 필경 그것은 시인의 세상 보는 방식과 그가 추구하기로 작정한 시적 주제들에 관계된 것임이 분명하다. 세상을 보는 최승호의 방식은, 내 생각으로는, '허/무에 관통당한 허구렁 세상'이라는 것이고 이 세상에 대한 그의 집중적인 시적 주제는 생각건대 '갇힘과 벗어남'이라는 것이다.

2

허구렁 세상, 또는 무無의 틈새에 피어난 실존이라는 세계 인식의 방법은 물론 최승호 혼자의 발명품은 아니다. 그러나 이런 세상 보기의 방식이 이 시인에게 중요한 이유는 그것이 그의 '고향'을 정의하고 '고향 아닌 곳'을 일러주는 판별의 시각일 뿐 아니라 그의 시적 상상력을 자극하고 충동질하는 힘이기 때문이다. 도승의 경우처럼 최승호에게도 '허공'이 그의 고향이다. 허공을 고향으로 가진 사람의 눈으로 보자면 세상은 '허虛 앞에서 허의 구멍 사이로 피어나 스스로 헛꽃임을 모르는 헛꽃 만다라'이다. 허허로움이 존재의 바탕(혹은 바탕 아닌 바탕—바탕이 실물로 만져지는 것이라면 허는 그런 바탕이 아니므로)인데도 세상은 이 정보를 무시한다. 발가숭이, 알거지, 빈손이 바로 대자유인大自由人의 표상이지만 세상은 이 표상을 적으로 돌린다. 세상이 추구하는 것은 욕망의 사슬에 매인 노예의 영광이다. 자유인과 노예, 고향과 감옥의 자리가 서로 뒤바뀌어 있고 이 뒤바뀜이 세상의 질서, 미망세계의 질서를 이룬다. 시인이란 누구인가. 그는 허의 구멍을 보고 허의 소리를 듣고 허의 냄새를 맡는 사람이며 뒤바뀐 미망의 질서를 가리켜 감옥, 헛꽃 만다라, 쇠사슬이라고 일러주는 사람이다.

  그러나 최승호의 경우, 그런 일러주기만으로 시인이 시인되는 것은 아니다. 그런 일이라면 구태여 시인이 아니라도 도승과 선사들이 얼마든지 할 수 있기 때문이다. 시인은 세상을 향해 예컨대 '있음이 없음의 바탕 위에 있으니 허하고 허하도다'라는 말 한마디 던지고 입을 봉해버리는 도승이 아니라 허의 앞뒤에 존재하는 것들의 질긴 '있음의 모양새'를 시인 자신의 만다라인 각종의 이미지와 은유로 변환해내는 사람이다. 이 변환과 표출의 작업이 아니라면 시인은 시인이 아니다. 선사와 도승은 제 주둥이를 밀봉함으로써 선사이고 도승이지만, 허구虛區의 구청장에게 폐업 신고하고 문 닫아버리지 않는 한 시인은 제 입을 봉할 수가 없다.

  이것이, 내가 보기엔, 시인 최승호의 운명이자 방법이고, 그의 상상력의 기원이다. 그가 도승의 풍모와 성깔을 지녔으되 한 바퀴 돌아 다시 환생하지 않는 한 그는 결코 도승일 수 없는 시인이고 글꾼이다. 그는 침묵의 '북어'가 아니라 북어를 사흘씩 두들겨 소리 토하게 하는 북어방망이고 심문관이다. 이 별난 자기 고문(북어를 허구렁 시인의 은유로 보았을 때)이 바로 시인으로서의 그의 운명, 그의 카르마이다. 그의 시는 특정의 세상 보기 방식을 가지고 그 방식의 매개를 받아 시인 자신의 현세 경험과 관찰의 결과를 표출한다. 이것이 그가 시를 쓰는 방법이다. 이 방법은 동시에 그의 시에서 경험 현상의 언어적 변환을 가능케 하는 힘과 기술—이미지, 비유, 언어 놀이, 역설, 반어 등의 생산력이기도 하며 이 생산력이 최승호의 시적 상상력이다.

이 방법과 상상력으로부터 어떤 시적 변환 작업이 이루어지는가를 보는 일은 매우 흥미롭다. 최승호식 세상 보기의 방식에 매개되고 그로부터 자극된 상상력을 동원하는 순간 삶은 무의 잔등을 긁고 할퀴어 무에서 얻어낸 "무의 덤"이 되고, 무의 덤은 곧 무덤이 된다. 단순 말놀이 이상인 이 변환 작업은 삶과 죽음의 차이가 무의 덤에서 무덤으로의 이동이며 그 이동 거리는 말할 것도 없이 제로라는 인식 효과를 성취한다. 탄생이라는 삶의 알파 포인트는 사정없이 그것의 오메가 포인트, 곧 죽음에 관통당하는 순간인 것이다. 성취는 거기서 끝나지 않는다. 무의 덤에서 무덤까지의 거리가 제로라면, 그것을 먼 거리로 파악하는 세상 사람들의 미망은 이미 그 자체로 괴이한 풍경을 이룬다. 이를테면 "병풍 뒤 관 속에서/ 송장이 썩으며 냄새를 풍기는 동안/ 화투판에 뜨는 비광 똥광 팔광을 먹으려고 눈독" 들이는 영안실의 노름 장면은 무의 덤/무덤의 상상력에 걸려드는 순간 허 앞에서 광에 미쳐 광을 다투는 광光/狂놀이로 변형된다. 이 비슷한 형상화는 최승호의 시에 수없이 등장한다. 「세속도시의 즐거움 2」도 동일한 형식과 상상력의 산물이다. 죽은 몸뚱이가 시체냉동실에서 "서늘한 허虛"를 내뿜고 죽음의 왕이 "냄새나는 이쑤시개를 들고 기웃거리는" 영안실의 밤 풍경을 보라.

시체냉동실은 고요하다.
끌어모은 것들을 다 빼앗기고

(큰 도적에게 큰 슬픔 있으리라)
누워 있는 알거지의 빈 손,
죽어서야 짐 벗은 인간은
냉동실에 알몸거지로 누워 있는데

흑싸리를 던질지 홍싸리 껍질을 던질지
동전만한 눈알을 굴리며 고뇌하는 화투꾼들,
그들은 죽음의 밤에도 킬킬대며
잔돈 긁는 재미에 취해 있다.
　　　　　　　　　—「세속도시의 즐거움 2」 부분

　이 세속도시의 즐거움을 즐거움 아닌 괴이한 풍경으로 바꿔내는 것은 무의 덤/무덤의 상상력인 것이다.
　최승호의 시에 자주 등장하는 알거지 또는 알몸거지의 이미지도 그 특유의 상상력 속에서 복합적이고 역설적인 연상 이미지들로 변환된다. 앞서 인용되었던 "붉은 등 싱싱한 정육점에 걸려 있는/ 애기 창녀의 고깃덩어리"는 그의 시 「적신」의 결미인데, "적신"은 일단 '창녀의 벌거숭이 알몸'이자 '붉은 고깃덩이'의 이미지이다. 그러나 동시에 그것은 아무것도 가진 것 없는 무일푼의 알거지, 빈손, 시체의 이미지이기도 하다. 그러므로 적신의 이미지는 창녀의 몸을 사는 세속도시의 즐거운 사내, 그것을 파는 포주, 욕망 놀이에 포획당한 창녀를 일거에 거지, 빈손, 시체의 이미지들로 바꿔놓을 수 있다. 그런가 하면 '똥막대기'나 무소유의 거지 성자는 아무것도 갖지 않음으로써 성자이다. 이 복합적 이미지들은 욕망이 인간을 시체로 만들고 욕망 버림이 그를 성자로 만든다는 역설의 시적 활용이다. 이런 역설은 최승호의 상상력이 허/무와 욕망의 관계에 대한 치밀한 탐색이라는 데서 나오고 있다.

허/무와 욕망의 관계 탐색이 최승호의 시에서 가장 치열하게 전개되는 것은 '구멍의 이미지'에서이다. 그의 구멍 이미지는 둥근 구멍의 일반적 연상인 온전성, 충족성, 비결핍성 등의 은유적 의미나 의미론적 등가물들과는 관계없다. 최승호의 '구멍'은 첫째 허/무의 구멍이고 둘째는 욕망의 구멍이다. 허/무의 구멍은 비어 있음, 바닥 없음, 청정, 버림, 자유, 해방의 연상 의미를, 욕망의 구멍은 허기, 소유, 빨아들임, 빠짐, 더러움, 막힘, 감옥, 쇠사슬, 충족 불능의 연상 의미를 갖는다. 중요한 것은 이 두 종류의 구멍들이 각각의 연상 의미들을 생생하게 구체적으로 시각화하는 일련의 이미지 체계를 생산하고 구성한다는 사실이다. 무덤, 허공, 빈터, 빈 자루, 바닥 없는 바닥(심연), 북어의 벌린 입 등은 시인이 곧잘 "허구렁"이라 표현하는 허/무의 구멍 이미지 체계를 이룬다. 특히 무덤은 무의 덤, 무의 더미, 빈 구멍(무덤은 궁극적으로 빈 구멍이고 제로의 집이다)이라는 점에서 허구렁 체계의 중요한 구성원이다. 반면 변기 아가리, 밥숟갈, 고무호스(이것은 남성 성기의 은유이기도하다), 주둥이, 질膣, 자궁, 동전, 둥근 젖, 컵, 몽夢, 부른 배, 가마솥, 보름달, 초어, 조롱, 미궁 등등은 욕망의 구멍 이미지들이다. 욕망의 구멍들은 "똥을 혼자서 다 먹으려고" 크게 입 벌린 변기처럼 닥치는 대로 삼키는 구멍이거나 욕망의 배설구, 혹은 욕망이 빨아들이고 싶어하는 대상물이다.

최승호의 시들은 이들 두 종류의 구멍 이미지들이 앞다투어 등장하는 '구멍들의 엑스포'와도 같다. 그 이미지들은 앞서 본 기이한 동물지의 목록들과 함께 시제詩題로 떠오르거나 텍스트 내부의 때로 기발하고 때로 처절한 핵심 모티프가 된다.

> 움푹해라 내 욕망은
> 밥숟갈을 닮았다
> 천만 개의 숟갈이 한 냄비에 덤비듯
> 꿀꿀거리고 덜그럭대는 서울에서
> 나도 움푹한 욕망 들고 뛰어가고
> 보름달 뜨면 먹고 싶어라
> 둥근 젖
> 움켜쥘 그때부터 나는 아귀였던가
> —「밥숟갈을 닮았다」 부분

　「밥숟갈을 닮았다」라는 이 시에서 "밥숟갈"은 제목의 일부로 올라가 있고 텍스트 안에도 냄비, 보름달, 둥근 젖, 움켜쥔 손 등 욕망 체계에 속하는 네 개의 둥근 구멍 이미지들이 등장한다. 보름달? 보름달은 그 둥근 꼴이 빈 접시 같아 허기, 주린 배, 욕망의 구멍이라는 연상에 연결될 수 있고(주린 개는 보름달 보며 짖는다), 욕망 대상으로서의 보름달, 둥근 젖이라는 연상에 이어질 수 있다. 「무인칭시대」의

> 자동판매기가
> 고무호스로, 밑을 대주는 종이컵들을 윤간하고 있다.
> 창녀들은 포주의 뱃속에서
> 밥을 빌어먹는다.
> —「무인칭시대」 부분

라는 대목은 불과 넉 줄에 고무호스, 종이컵, 포주의 배, 창녀
의 입(또는 밥그릇)이라는 네 개의 구멍 이미지들을 등장시키고
있다. 그것들은 모두 욕망의 구멍들이며, 특히 "포주의 뱃속에
서 밥을 빌어먹는" 창녀의 이미지는 하나의 욕망 구멍 속에 또
하나의 욕망 구멍이 들어가 있는 공생관계의 시적 형상화이다.
이 흥미로운 형상화의 방법은 「바퀴벌레 일가—家」에서 "매춘부
안에 포주의 식구들이 살"고 있다는 역진술의 형태로 공생성
을 표출하는데, 이를 앞서의 진술과 나란히 연결하면 '창녀는
포주 안에 살고 포주는 창녀 안에 산다'가 된다. 그러나 이 모
순어법은 이미 그 자체로 창녀-포주의 공생을 표현하는 수사법
이다. 이런 방법을 자판기와 바퀴벌레 일가의 관계에 적용하면
양자 관계는 창녀-포주 일가의 관계와 같은 것이 된다. 그것은
두 욕망 구멍의 공생관계인 것이다.

　　허/무의 구멍도 욕망의 구멍 못지않게 무수히 나타난다.
제3시집 『진흙소를 타고』에서 최승호가 '그림 시'와 '백지'로
시각화를 실험해보기까지 한 '자루'의 이미지는 그 한 예이다.

　　　　자루의 밑이 터지면서 쓰레기들이 흩어진다. 시원하다.
　　　　홀가분한 자루, 퀴퀴하게 쌓여서 썩던 것들이
　　　　묵은 것들이 저렇게 잡다하게 많았다니 믿기 어렵다.
　　　　위에도 큰 구멍, 밑에도 큰 구멍, 허공이 내 안에
　　　　있었구나. 껍데기를 던지면 바로 내가 큰 허공이지.
　　　　　　　　　　　　　　　　　　　　　—「세번째 자루」 전문

　　밑 터진 자루를 허공의 이미지로 형상화한 이 「세번째 자
루」는 위아래로 '큰 구멍을 가짐'으로써 '가진 것 모두를 내던지

는' 허의 구멍이 되어 큰 허공을 성취한다. 이 경우 자루는 밑이 봉해졌을 때에는 인간의 몸('가죽 자루'), 수전노의 노랑돈 자루 같은 욕망의 구멍이지만 밑이 터지는 순간 안에 든 욕망의 쓰레기들을 바닥 없는 허구렁으로 쓸어넣는 해방의 구멍이 된다.

하지만, 이들 두 종류의 구멍들이 확연하게 갈라지는 분류 체계를 이루고 있다면 최승호의 구멍 이미지는 그 활용의 절묘함을 반감당했을 것이다. 이미「세번째 자루」에서 나타나고 있듯 욕망의 구멍과 허의 구멍 사이에는 모종의 기묘한 관계가 있다. 이 관계의 탐색이야말로 최승호의 구멍 이미지가 노리는 진정한 성취이다. 그 관계란, 욕망의 구멍과 허의 구멍이 따로 떨어져 있는 게 아니라 서로 '아가리를 꽉 맞추고' 있는 관계이다. 욕망 구멍과 허 구멍이 서로 맞닿아 욕망이 이룬 것을 허가 앗아가버리는 구멍! 최승호가 발견한 이런 구멍은 "변기"이다. 변기의 이미지가 처음 등장한 것이다. 제2시집『고슴도치의 마을』에 실린「세 개의 변기」에서이다. "똥을 혼자서 다 먹으려고" 또는 "하찮고 물렁한 나를/ 혀 없이도 충분히 삼키겠다는 듯이" 아가리를 벌리고 있는 변기는 욕망의 커다란 입이다. 그러나 그 변기 밑에는, 부자를 알거지로 만드는 죽음의 구멍("큰 구멍들이/ 그토록 열리기를 거부했던 그를 열어놓는다")처럼, 변기의 입이 삼키고 내놓지 않으려는 것을 일순간 허무하게 앗아가버리는 또하나의 구멍인 허구렁이 있다. 시인은 이것을 "변기여, (⋯)/ 네 구멍 속은 밑 빠진 허구렁인데"라고 표현한다. 이후 변기 이미지는 최승호의 중요한 시적 화두로 발전하고 마침내 제4시집『세속도시의 즐거움』(「변기」)에 와서 욕망 구멍과 허 구멍이 "아가리를 꽉 맞추고" 있는 기묘한 구멍의 이미지로 제시된다.

움푹한 자궁과 움푹한 무덤이
아가리를 꽉 맞추고
한 덩어리
둥글네모난 감옥을 이룬
뭐랄까,
임신해서 매장까지의 길들이
둥근 벽 안에서 미끄러지고 뒤집히는
거대한 변기의 감옥

—「변기」 부분

여기서 욕망 구멍과 허 구멍의 관계에 대한 최승호의 탐색은 절정에 달하고 변기는 허/무에 관통당한 세계의 이미지, 아니 그것의 상징으로 올라선다. 변기 이미지의 활용을 통해 최승호는 허구렁 앞에서 잔돈 긁는 재미에 취해 광놀이를 벌이고 있는 인간에게는 "똥"이라는 이름을, 그 인간을 가두고 있는 욕망의 세계에는 "변기"라는 이름을 붙여놓은 것이다. 이것은 '갇힘과 벗어남'의 시적 주제에 대한 그의 탐구가 한 차원에서 이룩한 성취이고 완성이다.

3

최승호의 이 성취는 그러나 하나의 질문을 던지게 한다. '허구렁 앞에서의 욕망 놀이'라는 세계 인식의 방법과 그것의 시적 활용은 시인의 경험권이 포괄하는 역사의 한 시기를 형용해내는 데 반드시 적절한 것인가? 도승이 말해주지 않더라도 세상은 유사 이래 언제나 욕망의 세계였고 불나방들의 허무한 광 놀이가 헛꽃 만다라를 그려온 세계였다. 그러므로 허/무의 눈을 통해 세계를 파악하고 그려내는 방식은 반드시 특정 역사 시기에만 적용될 수 있는 것이 아니라 역사 전반, 아니 역사를 넘어 무시간적으로 적용 가능한 방식이다. 다른 시대는 안 그랬는데 어떤 시대만 특별히 욕망의 연대였다고 말할 수 없기 때문이다. 시인에게 허/무의 유혹은 마약과도 같다. 일단 허/무의 아편 맛을 들인 사람은 욕망의 구렁에 빠진 사람 이상으로 허/무에 집착하며, 군화가 군화의 습성으로 천하를 통일하려 들듯 허/무의 아편쟁이는 무 하나로 천하를 통일한다. 그는 무를 부풀려 역사 시간 속에서의 삶의 모든 경험, 색깔, 고통, 아름다움을 백지화한다. 시인의 일은 하나의 화두로 천하통일하자는 것이 아니라 세상에 존재하는 것들의 제각각의 소리, 색깔, 모양새에 끊임없이 놀라운 눈 코 귀를 갖다대어 자신과 이웃들의 마비를 막자는 것이다. 시는 마비에 대한 방어이다.

그러므로 우리의 궁금증은 최승호가 허/무의 눈으로 욕망의 세상을 보면서도 어떻게 무의 아편맛에 중독되지 않았는가, 그의 안목, 방법, 상상력이 어떻게 한 시대에 대한 시적 대응이자 비판적 맞섬이 될 수 있었는가라는 것이다. 생각건대 그 비결은 그가 초시간적 무無자로 그의 세계를 도배질하지 않고, 욕망이 초래하는 고통의 여러 모습들에서 한 시기의 역사적 특수성을 부단히 포착하고 있었기 때문이다. 인간의 욕망에는 분명 무시간적인 성질이 있지만, 이 성질이 역사의 매 시기에 늘 같은 모양, 강도, 방법으로 나타나는 것은 아니며 그 성질만이 욕망의 전부인 것도 아니다. 충동을 포함한 생물학적 욕구나 욕망 말고도 인간의 욕망에는 또다른 차원, 사회-역사적 차원이 있다. 이 차원의 욕망은 무시간적인 충동이 아니라 사회적 삶의 양식에 기원을 둔 '사회적 산물'이다. 역사의 모든 시기는 그 시기 특유의 욕망 형태를 생산하고 퍼뜨리고 심화한다. 고쳐 말하면 사회-역사적 산물로서의 욕망은 사회적으로 생산되어 사회적으로 매개되고 전염된다. 북미 인디언들에게 개인적 땅 소유의 욕망이 없었던 것은 땅 소유가 그들의 사회적 욕망이 아니었기 때문이다. 20세기 말 우리 사회의 지배적 욕망 형태는 예를 들어 18세기 말 조선시대의 그것과 같지 않다. 이 차이는 욕망의 사회적 생산, 매개, 확산의 요인과 과정이 그때와 지금 서로 다르다는 사실에 연유한다. 우리가 욕망이라 부르는 것의 실질적 성격은 이처럼 거의 대부분 사회적인 것이다. 무에 중독된 사람의 오류는 그가 욕망의 이 같은 사회-역사적 기원을 전면 도외시한다는 데 있다. 이런 오류는 흔히 사회와 역사에 대한 완벽한 맹목으로 귀결한다.

시인이 욕망론을 펼 필요는 없지만 적어도 그가 욕망의 주제를 다루는 한 욕망의 역사성에 주목하는 일은 대단히 중요하다. 역사성에 대한 인식의 있고 없음은 시적 이미지의 선택, 조직, 제시의 방법에 영향을 주어 매우 다른 시를 만들어내게 하기 때문이다. 1970년대 이후의 한국시는 과거 어느 시기의 것과도 다른 욕망 생성의 사회적 환경, 정확히 말하면 '천민자본주의'의 환경 속에서 씌어져왔다. 천민자본주의가 사회적으로 생산하는 지배적 욕망의 형태는 '탐욕'이다. 이 탐욕은 1970년대 이후 우리 사회에서 생성되고 사회적으로 전염·확산되어 역사상 유례가 없을 정도의 '타락한 인간'을 출현시키게 된다. '타락한 인간'은 우리 최근세 역사의 지평에 나타난 아주 새로운 부족이다. 지난 30년은 이 타락한 부족이 세상을 점령한 시기이며 그 부족의 문법이 법과 질서를 이룬 시대이다. 그러므로 현대의 우리 시인이 '욕망에 찌든 세상'이라고 할 때 그 표현은 탐욕이라는 형태의 특수한 욕망이 지배하는 세상, 탐욕의 바이러스에 감염된 인간의 세상, 외계인에게 점령당하듯 타락한 부족에게 점령당한 세상이라는 역사성을 갖지 않으면 안 된다. 그렇지 않는 한 그 표현은 사실상 무의미하다. 시인은 욕망의 보편성을 보는 사람이라고? 시가 보편을 추구하면 추상에 떨어진다. 추상은 시의 지옥이다. 설혹 시가 어떤 보편을 성취한다 하더라도 그 성취는 시인의 경험권으로부터 확보된 구체성과 특수성의 힘을 통해서이다.

이 구체성과 특수성은 시에서 이미지의 구체성과 은유(여기선 비유어의 총칭)의 특수성으로 나타난다. '물에 빠진 쥐 꼴'이라는 표현은 시인이 적어도 시에서는 쓸 수 없는 죽은 관용구이지만 '물'자를 가공하여 "물物에 빠진 쥐 꼴"이라 써놓으면, 이 시대의 '물物'이 지니는 탐욕의 은유적 의미와 연상, 물신物神 시대의 쥐라는 인간의 이미지가 '물'에 침투하여 예의 관용구를 되살아나게 한다. 되살아나는 정도가 아니다. 그것은 마치 예기치 않았던 곳에서 날아온 창날처럼 우리를 기습한다. 우리가 최승호의 시에서 경험하는 날카로움과 강렬성은 그의 이미지–은유들이 지닌 이 같은(위의 예는 그의 시에 나오는 것이다) 구체성과 특수성에 크게 연유한다. 그가 사용하는 이미지들은 시인의, 그리고 우리 자신의 역사적 경험 현실로부터 건져올려진 것들이다. 그러므로 그의 시는 거의 어느 것 하나도 몽롱하지 않다. 허구렁 세계관에도 불구하고 그가 이처럼 몽롱성을 배제할 수 있었던 것은 그가 한 시대의 삶의 경험, 특히 고통의 경험에 충실했기 때문이다.

역사적 삶의 경험에 대한 이 충실성이 최승호의 시에서 가장 돋보이게 드러나는 것은 '변신變身'의 주제와 이미지를 통해서이다. 이것은 그의 시에서 우리가 주목해야 할 또다른 차원이다. 여기서 변신이라 함은 누에가 나비 되는 자연질서 속의 변신이 아니라 부정적 변신, 누에가 날개를 달아보기도 전에 삶아져 통조림 번데기로 바뀌는 것과 같은 피동성 변신을 의미한다. 무엇보다도 그것은 '인간이 인간 아닌 것 되기'이다. 변신에 대한 이 부정적 의미의 차원에서 보면 인간이 똥, 구더기, 시궁쥐로 바뀌는 것은 변신에 해당한다. 변신을 발생시키는 것은 물론 '욕망'이다. 그러나 인간을 메주, 지렁이, 졸참나무도 아닌 똥, 구더기, 쥐로 바뀌게 하는 것은 그냥 애매하게 욕망이 아니라 '탐욕'이라는 형태의 욕망, 앞서 우리가 우리 시대의 지배적인 사회적 욕망이라 규정했던 그 탐욕이다. 그러므로 최승호의 시에 등장하는 변신의 이미지들은 바로 이 역사적 형태의 욕망인 탐욕 때문에 제 모습을 잃어버린 것들, 자기 아닌 다른 것으로 둔갑을 강요당한 것들의 이미지이다. 이 점에서 최승호의 시는 탐욕의 문법에 지배된 삶의 양식이 인간을 어떻게 인간 아닌 것으로 바꾸어놓는가라는 문제—타락한 부족의 변신술에 대한 시적 탐구이며, 그 변신술이 초래한 고통의 보고서이다. 이 때문에 변신의 주제와 이미지들은 그의 시에서 또하나의 중요한 차원을 이루고 있다.
  변신의 주제가 구성하는 의미론적 체계에는 박탈, 마비, 고통, 차단, 막힘, 저항, 분노, 부정, 조롱 등이 포함되고, 이것들의 시적 제시를 위해 사용되는 구체적 이미지 체계는 변시체, 삶아진 번데기, 똥, 기형아, 미라, 통조림, 물건, 무인칭 존재, 벙어리, 장님, 지하철, 관, 북어, 굴비 같은 것들이다. 변신의 주제가 다루는 것은 대체로 ① 변신을 의식하지 못하는 것들의 마비와 망각, ② 변신을 강요당한 것들의 박탈과 비참, ③ 박탈-마비에 대한 분노와 저항의 세 가지이거나 이것들의 상호 교차이다. 똥 되고서도 즐거워하는 세속도시의 똥인간들은 마비와 망각의 이미지를 이룬다. 자신의 부정적 변신을 의식하지 못하는 소시민(「무인칭 대 무인칭」)의 "모범 가정"도 마비의 표상이다. 제3시집 『진흙소를 타고』에서 집중적으로 추적된 "무인칭" 시대의 삶과 죽음은 얼굴-이름의 상실과 함께 실존의 모든 감성을 정지한 (또는 정지당한) 자들의 마비된 삶을 형상화한다. 이 경우 중요한 것은 시인이 무인칭들의 마비된 삶을 관찰하기만 하는 것이 아니라 그 마비에 분노하고 저항한다는 것이다. 예컨대 「무서운 굴비」의 화자는 굴비를 두고 "나의 적敵, 나의 반역反逆"이라 말하는데, 애꿎은 굴비에 대한 이 적개심은 굴비가 '나의 비굴'의 표상이기 때문이다. "비굴한 삶은 통째로/ 굴비를 닮아간다/ 그물을 뒤집어쓰고 퍼덕이다가/ 결국 장님에 벙어리/ 귀머거리가 된 굴비를/ 나는 왜 두려운 존재라고 말해야 하나"—장님, 벙어리, 귀머거리(마비의 이미지들) 상태에 대한 적개심은 화자가 자기 자신의 마비된 삶을 향해 던지는 분노이다.

　태어나는 순간 어미 손에 죽어 변기통 속의 변시체로 변신을 강요당한 아이(「무인칭의 죽음」), 날개 달아보기도 전에 삶아져 통조림 당한 「나비떼」의 번데기는 피동성 변신과 박탈의 순수한 이미지들이다. "나오자마자 몸 나온 줄 모르고 죽었으니/ 생일生日이 곧 기일忌日"이 되어버린 아이—변기통 속의 "붉은 울음"으로 끝나버린 그의 삶은 "혹 살았더라면 큰 도적이나 대시인이 되었을지" 모를 그의 미래를 박탈당한다. 「나비떼」에서

번데기 한 마리가 변신중에 변시체가 되면
번데기 세 마리가 변신중에 변시체가 되고
번데기 한 가마니가 변신중에 변시체가 되는
이러한 법칙을 사람들은 잘 알고 있어야 한다.
우화羽化의 길 위에서 통째로 삶아져
나체로, 침묵으로, 움츠린 몸뚱이로
항거하는 번데기통조림 속의 나비떼, 나비떼!

　　　　　　　　　　　　　　　　　—「나비떼」 전문

시인이 번데기로 형상화한 '박탈당함과 막힘'의 이미지는 푸줏
간 고기로 형상화되는 '애기 창녀'의 이미지와 같은 것이다. 이
경우에도 분노, 고통, 저항이 있다. 변시체로 변신한 번데기들
은 죽어 아무 소리가 없지만, 시인은 그 침묵으로부터 날개의
꿈, 꽃들의 환영, 사랑의 날들을 박탈당하고 우화를 차단당한
존재의 소리 없는 고통의 소리를 듣는다. 무뇌아를 낳고 어리
둥절 비참에 빠진 산모의 「공장지대」에서도 이 고통스러운 침
묵의 소리 듣기는 계속된다.

　　무뇌아를 낳고 보니 산모는
　　몸안에 공장지대가 들어선 느낌이다.
　　젖을 짜면 흘러내리는 허연 폐수와
　　아이 배꼽에 매달린 비닐끈들.
　　저 굴뚝들과 나는 간통한 게 분명해!
　　자궁 속에 고무인형 키워온 듯
　　무뇌아를 낳고 산모는
　　머릿속에 뇌가 있는지 의심스러워

정수리 털들을 하루종일 뽑아댄다.

─「공장지대」 전문

"저 굴뚝들과 나는 간통한 게 분명해!"라고 말하는 텍스트
상의 화자는 산모지만 그 목소리는 화자의 것이 아니라 변신의
상상력을 발휘하고 있는 시인의 것이다. 시인의 목소리는 소리
를 박탈당한 존재들의 침묵을 다시 소리로 번역하고 재생해낸
다. 그것은 고통, 분노, 저항의 소리이다. 시인의 귀가 침묵의
소리를 듣는 것은 '열림'의 한 방식이다. 마비된 귀는 그런 소
리를 들을 수 없다.

「꽁한 인간 혹은 변기의 생」에서는 "인간이라는 이름"을
박탈당하고 똥으로 바뀐 '변기 생'의 변신 보고서가 제시되는데

> 나에게서 인간이란 이름이
> 떨어져나간 지 이미 오래
> 이제 나는 아무것도 아니다
> (…)
> 이제 나는 하찮고 더럽다
> 흩어지는 내 조각들 보면서
> 끈적하게 붙어 있으려 해도
> 이렇게 강제로 떠밀려가는
> 변기便器의 생生, 이제 나는
> 내가 아니다 내가 아니다
>
> ─「꽁한 인간 혹은 변기의 생」 부분

이 대목에서 흥미로운 것은 똥 되었음을 즐거워하는 욕망 도시

의 여느 똥들과는 달리 이 시에 나오는 "변기의 생"은 똥으로 변신하여 '해체'되어가는 자신("흩어지는 내 조각들")을 보며 "이제 나는 내가 아니다"라고 고통스럽게 말한다는 점이다. 똥은 스스로 똥임을 모른다는 점에서 마비의 절정인데, 여기 나온 똥은 자기가 똥임을 안다. 자기가 똥 되었음을, 그래서 더이상 '내'가 아님을 아는 똥은 똥인가 인간인가? 기억은 망각(마비의 일종)의 거부라는 점에서 고통이고 그 똥의 고통을 경고, 저항, 분노의 소리로 옮겨내고 있는 것은 시인의 목소리이다. 인식 위치를 똥의 자리로 이동시킨 이 의인화의 방법은 결국 똥 된 인간과 세계에 대한 시적 비판의 방법이기도 하다.

최승호의 변신 시들은 물론 그의 대주제인 '갇힘과 벗어남'의 테두리 속에 있다. 마비와 망각, 막힘과 좌절의 이미지들은 모두 '갇혀 있음'의 형상들이다. 그러므로 변신의 상상력은 허/무의 상상력과 마찬가지로 갇힘으로부터 벗어남의 길을 탐색하는 이 시인의 방식들을 대표한다. 그러나 허/무의 상상력과 변신의 상상력은 한 가지 중요한 점에서 서로 구별된다. 허/무의 상상력이 시인을 부단히 '허공'으로 날아가도록 유혹하는 반면, 변신의 상상력은 그를 끌어당겨 '땅 위에' 있게 한다. 허공은 시인이 곧잘 '나의 고향'이라 부르는 '공터', 욕망과 윤회의 환을 벗어난 대자유인의 나라이다. 그러나 그는 그곳으로 아주 가지 못한다. 왜냐면 그는 탐욕의 노예들이 거꾸로 대자유인인 양 행세하는 현세의 뒤바뀐 질서를 고발, 거부, 조롱, 부정하고 싶어 견딜 수 없기 때문이다. 이 질서를 그냥 두고서는 대자유인은커녕 소자유인도 될 수 없고, 될 필요도 없다고 그는 생각하는 것인지 모른다. 그는 어떤 구원도 거부("나를 건져줄 그 어떤 손도 나는 거부했기에")하고 땅에 묶여 있다. 땅에 묶여서, 인간을 인간 아닌 것으로 바뀌게 하는 모든 세력, 변신당한 것들의 구체적 모습과 고통과 비참, 마비와 박탈을 두 눈으로 똑똑히 보고 적는 일이 자유인 되는 조건이라는 듯이. 이 점에서 변신의 상상력은 부정의 상상력 혹은 비판적 상상력이라 불릴 수 있다.

비판적 상상력의 '비판적'은 무엇보다도 사회적 삶의 형식을 겨냥한다. 이 표적을 떠나 비판은 존재하지 않는다. 최승호의 변신 시에서 이 비판성이 특히 예각을 획득하는 것은 인간의 '물건 되기'와 '똥 된 인간의 자기 해체'라는 이미지의 제시에서이다. 앞서 잠깐 인용된

> 물物에 빠진 쥐 꼴인 영혼에게
> 쥐 가죽 코트를
> 입히자
>
> —「쥐 가죽 코트」 부분

라는 「쥐 가죽 코트」의 구절은 물신에게 자기를 헌납하여 스스로 물건이 되고자 하는 한 시대의 인간상에 대한 조롱이면서 동시에, 인간이 물건의 형태로서만 존재할 수 있는 사회적 삶의 형식에 대한 비판이다. "외물外物에 끌려 나를 잊고/ 허깨비 분신分身들을 늘어놓은 죄, 다음 생엔 아마/ 제 그림자에 날뛰는 성성이가 될 것이다./ 나는 텔레비를 보면서, 그대로 19인치의 눈이 된다"라는 「외물外物」의 구절 역시 물건 되어가는 인간의 비판적 객관화이며 물신성의 사회적 팽창에 대한 비판이다. "화장한 문둥이 얼굴을 들고/ 미소 짓는 자본주의의 밤에" 정육점에 내걸린 붉은 고깃덩이는 창녀의 이미지로만 그치는 것이 아니라 저 자신을 물건 만들어 팔아먹지 않고서는 존재 자체가 불

가능한 한 시대 인간 전체의 이미지이다. 말놀이의 기술을 동원한다면, 시인의 외물은 물건임과 동시에 물건(상품) 숭배, 또는 숭배 대상으로서의 물건인 외물嬰物이기도 하다. 또 '굴뚝과의 간통'이라는 최승호식 상상력을 빌린다면 19인치 외눈박이 눈의 인간은 필경 19인치(이번에는 29인치?—물의 자기 번식, 물의 진화!) 외눈박이 아들, 머리에 안테나 달린 딸을 낳을 것이다.

인간의 물건적 존재 형식에 대한 비판 못지않게 흥미로운 것은 이 시대 인간이 '자기 해체의 형식'을 통해서만 존재할 수 있다는 관찰이다. 해체는 똥 된 인간의 괴이한 존재법이다. 그는 오로지 똥으로서만 존재할 수 있고 해체됨으로써만 살아 있을 수 있다. 살기 위해 자기를 해체한다는 이 처참한 역설은 순전히 상상의 소산인가? 아니다. 그것은 이 특정의 역사시대에 인간이 어떤 몰골로 존재하는가에 대한 시적 상상력의 현실 형상화이며 이 형상화는 동시에 매우 정확한 현실 비판이기도 하다.

4

제3시집 『진흙소를 타고』가 최승호의 '세번째 자루'라면, 이번 시집 『회저의 밤』은 그의 '다섯번째 자루'이다. 이 이상 내가 무슨 말을 하랴? 위아래가 터져 허공만을 담고 있는 자루, 아니 허공을 담을 수 있는 자루—우리는 이미 그 빈 자루의 테마와 이미지가 어떤 것인지 보지 않았는가. 빈 자루는 시인이 필마단기로, 혹은 진흙소를 탄 알거지의 당당함으로, 장판교 앞에 서서 밀려오는 탐욕의 대군을 겁주는 그의 부채이고 허의 깃발이며 무의 날개이다. 도도한 탐욕의 시대에 밑 터진 자루 하나로 맞서다니! 그러나 『회저의 밤』은 빈 자루 이상의 것이다. 그것은 그 빈 자루마저도 내던져 재로 만들려는 사람의 마지막 빈 자루이다.

10년이란 긴 세월인가. 최 시인이 「도둑게로 형상화된 시계」에서 이미 그렸듯이 시간은 도둑 중의 도둑이고 도둑의 왕초이다. 서양신화에서 시간은 제우스의 아비 크로노스로 형상화되어 있는데 그는 자기 아이들을 태어나는 대로 자기 뱃속에 집어삼키는 대식가(오로지 파괴하기 위해 만물을 창조하는 시간)이다. 최승호가 그린 시간은 대식가의 뱃속에 들어앉아 그 대식가를 야금야금 먹어치우는 도둑게이다. 대식가는 게 요리를 먹고 도둑게는 대식가를 먹는다. 벽시계의 숫자 위를 어기적거리며 서두르거나 늦는 일 없이 걸어가는 시간의 두 다리—누구도 이 도둑게의 식욕에서 면제되지 않는다. 탐욕 시대의 도둑도, 노름꾼도, 심지어 무덤 속의 뼈다귀, 그리고 빈 자루의 시인과 그 빈 자루까지도. 『회저의 밤』에 얼핏얼핏 나타나는 정보로 짐작건대, 최 시인은 자신의 '시인 10년'을 되돌아보며 지금 무엇인가 골똘한 생각에 잠겨 있는 듯하다.

벌판이 보이는 나이 마흔에는 성性을 포함한 모든 방황을 끝내고, 수미산須彌山처럼 우뚝 내가 서 있어야 한다. 토막, 토막, 토막들, 온갖 썩은 낙지대가리와 이별하고, 기관차 없는 토막열차들처럼, 앞도 뒤도 없이 꿈틀꿈틀 기어다니는, 이런 낙지 꼴은 눈뜨고 오래 들여다볼 일이 못 되므로, 가슴 없는 낙지대가리와 이별하고, 이제 무슨 길을 걸을 것인지, 발가락들이 아직 발에 붙어, 흩어지지 않은 채 길을 기다린다.
                                                —「산낙지 한 접시」부분

시인의 꿍꿍이속을 우리가 다 헤아릴 수는 없지만,『회저의 밤』에 나오는 여러 화자들은 이 시인이 "이별"을 생각하고 있다는 것을 우리에게 알려준다. 무엇과의 이별? "가슴 없는 낙지 대가리와 이별"하려는 '마흔 고개의 나'는 동시에 '유방이 여섯 개 달린 매음녀' 같은 '자동판매기'와 이별하고, '무'와도 이별한다. "그동안 크게 부풀면서 나를 삼키려던, 무無야말로 없는 것이다. 정말 털 한 가닥 없다. 그렇다면 내가 욕심으로 키우고 뜯어먹은 무라는 것도, 내 빌어먹을 생각이 끌고 다닌 말 그림자였단 말인가."(「무일물의 밤 1」) "무엇이 있어 무슨 무로 돌아가는가. 무라는 말을, 밑씻개 종이처럼 갈가리 찢어버리자."(「무일물의 밤 2」)

이별은 계속된다.「반죽」의 화자는

> 한 자세를 고집하고 있는 마네킹이야말로
> 오랫동안 바짝 구워 말린
> 한 남자의 뒷모습이 아닐는지
>
> —「반죽」 부분

라는 말로 마네킹 같은 한 남자의 모습과 이별하고「마지막 문짝」의 화자는 아직도 덜 허물어져 무언가 찌꺼기를 남겨놓고 있는 자기 자신과 이별한다.

> 바람은 다 자라난 날개들을
> 다시 꺾을 것이다
> 그렇다면 나의 마지막 문짝도

닫혀 있는 것이다.

(…)

나는 어쩔 수 없이

완전히 허물어짐으로써

나의 마지막 문짝을 넘어야 할 것을 예감한다

—「마지막 문짝」 부분

이 화자들의 이별의 선언과 심상은 시인이 지금 무슨 생각을 하고 있는가를 알리는 중요한 단서이다. 필경 그는 지난 10년의 자신을 돌아보며 그가 세상을 향해 흔들어온 그 허공의 빈 자루까지도 몽땅 불살라 한줌 재로 날려버리고자 하고 있다. 『회저의 밤』은 '재의 시집'이다. "회저"의 이미지는 육화된 모든 것을 사그라뜨리고 불태워 아무것도 남기지 않는 철저한 무화의 이미지이다. 그러나 그것은 무로 돌아가자는 의미의 무화가 아니라 그 무까지도 박살내려는 무화, 가둠과 갇힘의 모든 형식들을 남김없이 깨부수려는 무화이다. 그의 지난날 시들이 '갇힘과 벗어남'의 화두를 쥐고 있었다면, 이별을 생각하는 지금의 시인은 그 화두까지도 '갇힘'의 한 형식으로 파악하고 있는 것인지 모른다. 왜냐면 그 화두는 그로 하여금 잘린 낙지 대가리, 썩는 냄새, 시궁쥐, 창녀의 고깃덩이 같은 것들에 집착게 하고 '벗어남'의 욕망에 매어 있게 했기 때문이다. 그러므로 그는 벗어남의 욕망까지도 벗어던져 '재 밑의 재'로 돌리려 한다. 『회저의 밤』은 그의 마지막 빈 자루, 그가 넘으려는 마지막 문짝일지 모른다.

마지막 문짝을 넘어 그는 어디로 가려 하는가. 이 길의 기다림과 모색은 『회저의 밤』이 '재의 시집'일 뿐 아니라 재로부터 다시 일어나 '수미산처럼 우뚝 서려는' 사람의 '우화의 기획서'임을 말해준다. 그는 재 됨으로써 새로운 날개를, 자루보다도 더 가벼운 날개를 달려 한다. 이 변신의 기획을 암시하고 있는 구체적 이미지들은, 내가 보기로는, "물왕저수지" "반죽" "낮은 곳" "발효" 등등이다. "나는 스스로 넉넉한 적이 없었다. 뿌리가 없었기 때문이다. (…) 낮은 곳이 그립다"(「낮은 곳이 그리운 욕망」)라는 대목은 바퀴벌레나 시궁쥐들이 점령한 핏빛의 세계를 떠나 "땅의 푸른 뿔인 풀잎"(「가죽 뒤로 펼쳐지는 것」)들의 세계로 눈 돌리려는 기획을 암시하고, "늪은 거대한 반죽 통이다/ 수렁, 혹은 황갈색의 즙/ 그 즙을 마시고 물풀들을 게우고 싶다"(「반죽」)의 "반죽"은 어떤 굳은 자세와 이별하고 "다시 물렁한 진흙 반죽이 되어, 생기를 코에"(「천둥」) 바르려는 재생과 부활의 기획을 암시한다. 「발효」의 "물왕저수지"는 이 시인의 새로운 우화의 길이 어디인가를 내비친다.

> 물왕저수지로 가는 길가의 팻말을 얼핏 보았을 뿐이다
> 그 저수지에
> 물의 법이 물왕의 도가
> 아직도 순환하고 있기를 바란다
> 그 저수지에 왕골을 헤치며 다니는 물뱀들이
> 춤처럼 살아 있기를 바란다
> 그리고 물과 진흙의 거대한 반죽에서 흰 갈대꽃이 피고
> 잉어들은 쩝쩝거리고 물오리떼는 날아올라
> 발효하는 숨결이 힘차게 움직이고 있음을
> 내 마음에도 전해주기 바란다
>   ─「발효」 부분

어쩌면 이 기획은 새로운 것이 아닐 것이다. 시인은 이미 오래전에 "잎사귀 달린 시를, 과일을 나눠주는 시를/ 언젠가 나는 쓸 수도 있으리라/ 초록과 금빛의 향기를 뿌리는 시를"이라고 노래한 적이 있다. '충분히 오래 썩어온' 시인의 물왕저수지, 그 진흙 반죽의 발효는 사실 오래전부터 시작되고 있었던 것이다. 그러나 그가 '잎사귀 달린 시'를 쓰지 않았던 것은 탐욕의 시대가 그것을 허락하지 않았기 때문이며 날개를 박탈당한 번데기의 시대에 그 혼자 우화의 날개를 달 수 없었기 때문이다. 우리에게는 다시 우화의 길에 선 시인을 위해 건배할 일이 남아 있다.

『회저의 밤』 해설, 세계사, 1993

에로스의 독법과 포용의 시학
— 시의 이야기와 시의 수사성

1

내가 청탁받은 것은 최근 발표된 우리 시들 가운데 몇 편을 골라 '이 계절의 시'라는 제목의 평문을 써달라는 것이었다. 그런데 나는 편집자의 허락도 받지 않고 '이 계절의 시'를 '이 계절의 시론'으로 바꾸어 내게 허여된 공간의 목적, 성질, 용도를 임의 변개하는 계약 위반을 저지르기로 했다. 이 용도 변경의 사유는 근자 '시와 리얼리즘' 논의와 관련하여 염무웅, 최두석, 윤여탁, 오성호, 황정산 등 여러 논자들이 전개하고 있는 토론에 무언가 보탤 것이 없겠는가 하는 생각이 내게 다소 절실한 압박으로 다가온 데 있다. 시와 리얼리즘에 관한 토론은 이미 상당한 정도의 양적·질적 성과를 거두고 있어서 거기 더 보탤 것이 있는지, 또 그 보탠다고 하는 것이 보탬 아닌 달갑잖은 기부행위가 되는 것은 아닐지 나로서도 자신 없는 일이다. 그런데도 내가 '보탤 것'을 모색해보는 까닭은 시와 리얼리즘

관계 논의가 리얼리즘의 확충이라는 목표를 추구함과 동시에 수행해내야 할 또다른 과제가 있다고 생각하기 때문이다. 그것은 리얼리즘이라는 문제의 토론 과정을 통해 시문학에 대한 우리의 논의 수준도 훨씬 높아지고 정밀해져야 한다는 과제이다. 시론의 정밀화는 리얼리즘의 확충을 모색하는 사람들에게나 이 모색으로부터 시에 대한 수용력과 생산력의 수준을 향상시킬 계기를 얻고자 하는 사람들 모두에게 필요한 일이다. 그러므로 이 글의 목적은 시가 어떻게 리얼리즘을 성취할 수 있는가라는 문제 자체를 다루는 데 있지 않고 시와 리얼리즘을 논의하는 방식—그 접근법의 타당성 여부와 정밀성의 정도를 검토하는 데 있다.

접근법의 관점에서 본다면 그간 진행되어온 시의 리얼리즘 논의는 두 개의 문제점을 안고 있다. 첫째는 시가 리얼리즘을 성취하기 위해서는 이야기를 가져야 한다는 입론의 경우나 이야기의 유무에서 문제를 풀어서는 안 된다고 생각하는 입장이 다 같이 '이야기'에 대한 규정을 재고할 필요가 있다는 점이다. 시는 '서사narrative'의 범주 바깥에 있는 비서사가 아니라 그 자체가 서사의 일종이다. 서사시나 담시에만 이야기가 있는 것이 아니라 서정시, 엘레지 등 시의 모든 부문 장르들이 이야기를 갖고 있다. 또 시적 서술의 장단에 관계없이 (단 한 줄로 된 시에서조차도) 이야기는 시의 한 구성 부분으로 시 속에 존재한다. 시에 이야기가 없다면 시를 인간의 집단적 서사로서의 문학에 편입시킬 방법이 없고 시의 서사성에 관한 일체의 메타언어적 풀이와 해석, 비평적 환언과 부호 전환도 불가능해질 것이다. 따라서 시가 이미 그 자체로서 이야기의 일종이라는 점이 인식될 경우 시가 이야기를 가져야 한다는 주장이나 이야기

의 유무로 시의 리얼리즘을 논해서는 안 된다는 주장은 접근법
상 모두 문제 외적인 것으로 배제될 수 있다.

그러나 이야기가 시 속에서 취득하는 존재방식은 소설 서
사의 경우와는 다르다. 이 존재방식의 차이는 무엇보다도 소설
과 시라는 두 장르의 담론양식의 차이, 곧 서술법의 차이에 연
유한다. 엄밀히 말하면 소설과 시 장르 사이의 결정적 차이는
하나가 이야기를 풀고 하나는 서술 주체 또는 화자의 정서를
푼다는 데 있는 것이 아니라(소설은 시보다 더 많은 양의 정서를
풀기도 하고 압축하기도 한다) 이야기와 정서의 조직, 분포, 발
전을 제시하는 양식이 소설과 시에서 각각 다르다는 데 있다.
이것은 두 장르의 담론 차원에서 발생하는 차이이며 이 경우
이야기와 정서의 유무, 길이, 강도의 차이는 결정적인 것이 아
니다. 그러므로 시와 리얼리즘이라는 문제에 접근하면서 소설
과 시의 장르적 특성에 주목하는 것은 타당하나 그 특성을 두
장르의 가장 현저하고 중요한 차이인 담론양식의 상이성에서
찾지 않고 오히려 이야기냐 정서냐의 비결정적 소재성에서 찾
는다는 것은 타당하지 않다. 담론양식이 두 장르의 가장 중요
한 차이라는 것은 현대 시학이 아리스토텔레스의 시학에 가할
수 있는 수정 조항의 하나이다. 동시에 그것은 시와 리얼리즘
에 관한 현 단계 논의가 재고의 필요성을 인식해야 할 두번째
항목이기도 하다.

시가 이야기를 가지고 있음에도 불구하고 서사의 주 장르
가 아닌 것은 서사의 유무 때문이 아니라 서사의 은닉 때문이
다. 시는 서사의 일종이되 그 특유의 서술양식이 갖는 수사적
책략으로 이야기의 결핍을 추구하는 서사양식이다. 이 결핍의
책략은 이야기의 추방(생략, 압축, 절단)과 변환을 수행한다. 이

야기의 추방이 시의 텍스트로부터 이야기를 보이지 않는 유령의 공간에 은닉한다면 변환은 메타모포시스의 방법으로 이야기를 감춘다. 추방과 변환이 수행하는 은닉은 이야기의 감춤이지 이야기의 없음이 아니다. 이 은닉이 시의 텍스트에서 이야기가 존재하는 방식, 다시 말해 이야기가 분포되는 방식이다. 그것은 이야기를 보이지 않는 부재와 결핍의 방식으로 존재하게 하고 인지에 저항하는 변신의 모습으로 있게 한다. 이 부재와 변신을 읽어내는 한 가지 방법은 통사 층위에서 절단·은폐된 이야기를 복원하고 의미론의 층위에서 변환된 이야기를 역변환시키는 읽기이다. 복원과 역변환이라는 두 가지 작용의 동시적 수행이 통사와 의미 두 차원에서의 읽기의 통합이다. 이 같은 통합적 읽기는 시를 역사와 사회라는 더 큰 문맥에 위치시키기 이전에 시의 '담론 차원'에서 먼저 수행해야 하는 선행 절차의 하나이다.

2

시적 담론의 특수성이 통사와 의미의 두 층위에서 이야기를 생략, 절단, 변환시켜 결핍과 위장을 만들어내는 양상의 보기를 구하기 위해 고전적 사례로 달려갈 필요는 없다. 최근 발표된 몇몇 시편들에도 그런 예는 얼마든지 있기 때문이다. 예컨대 신예 시인 허순위의 『말라가는 희망』(고려원, 1992)에 수록된 「반달」의 경우,

이별의 정류장 아픈 내 머리 위
처음에는 안 돼 안 돼 소스라치다가

스르르 풀리는 햇살의 태엽

(…)

그러고도 한 사나흘 뒤 비딱한 모자 쓰고

제 낯 드러내는, 잘 가 즐거웠어, 하는 말같이

이별의 정류장 아픈 내 머리 위

　　　　　　　　　　　　　　　　—「반달」 부분

첫 행 "이별의 정류장 아픈 내 머리 위"는 완결된 통사구조를 갖고 있지 않은 결핍성의 불완전 진술이다. 이 결핍문은 '내'가 '네'로 바뀐 어사 치환을 보이면서 이 시의 마지막 행에 다시 반복되고 있다. 시의 종결행 자체가 불완전 문장으로 제시되고 있고 첫 행과 종결 행 사이에는 이 결핍문을 통사적으로 완결시켜줄 어떤 요소도 존재하지 않는다. 말하자면 이들 두 행은 통사 차원에서 이미 문제를 일으키고 이 통사적 불완전성은 의미 층위에도 영향을 주어 완결된 의미를 제공하지 않는다. 그것들은 완성된 명제가 아니기 때문에 진술 내용으로서의 이야기를 생략하고 절단한다. 이 생략된 부분을 메우는 일은 독자의 몫이 되고, 독자는 시의 텍스트 위에 반달처럼 떠 있는 제목 「반달」을 끌어다가

　　　이별의 정류장 아픈 내 머리 위(에 반달이 떠 있다)
　　　이별의 정류장 아픈 네 머리 위(에 반달이 떠 있다)

로 읽어냄으로써 통사구조의 완결을 서두르지 않으면 안 된다. 이 같은 완결이 이루어지는 순간 독자는 "이별의 정류장 아픈 내 머리 위"는 통사적 전체성을 결핍으로 지니면서 동시에 의

미의 완결성을 연기한 '반쪽 명제'이기 때문에 이 절반의 명제 자체가 '온달'이 되기를 기다리는 (그러나 그 희망이 좌절되고 연기된) '반쪽 달'의 언어적 모사, 재현, 변용이라는 읽기를 산출한다. 동시에 그 반쪽 명제들은 '나'와 '너' 모두에 해당하는 것이므로 "반달"은 '나와 너'의 은유적 변환이 된다. 이렇게 해서 통사와 의미 두 층위에서의 읽기가 통합되면 '이야기가 없는' 단순한 서경적 진술처럼 보이는 '이별의 정류장 내/네 머리 위(에 떠 있는 반달)'가 실은 숨겨진 '어떤 이야기'(전체)의 한 구성 부분이라는 기능을 부여받는다. 그 숨겨진 이야기란 인간의 반쪽성, 전체성의 상실, 분열의 상처, 그리고 통합을 향한 그리움의 이야기이다.

이야기의 은닉이 통사와 의미의 두 층위에서 진행되는 양상은 마종하의 근작 「두 길 11」(『세계의문학』 1992년 봄호)에서도 마찬가지로 발견된다. 이 시는 의미 층위에서 일련의 '난센스'를 제시하고 있기 때문에 읽기가 용이하지 않다. 우선 "밥이 밥을 먹듯/ 공기가 공기를 먹고 산다"로 시작되는 첫 두 행부터가 의미화에 저항한다. 통사 층위에서 보면 이 두 행은 주어, 목적어, 동사를 구비한 자연스러운 문법질서를 갖고 있어 문제를 일으키지 않지만 의미 층위에서는 '난센스'(밥이 밥을 먹고 공기가 공기를 먹는다)의 문제를 제기한다. 이들 두 행에 이어

고양이가 쥐를, 쥐가 생선을
생선이 물을, 물이 공기를
공기가 공기를 서로 먹고 산다.

하느님이 나를 숨쉬며 잡수시듯

내가 하느님을 숨쉬며 먹고 산다.

　　　　　　　　　　　　　　　　　—「두 길 11」부분

를 보면 이 시에는 의미론적으로 유효한 서술과 유효하지 못한 서술들이 혼재하고 있다. "고양이가 쥐를, 쥐가 생선을/ 생선이 물을"은 뜻이 통하는 의미론적 유효문들이지만 "공기가 공기를" 먹고 "하느님이 나를 숨쉬며 잡수시듯" "내가 하느님을 숨쉬며 먹고 산다"는 의미의 통합과 완결을 방해하는 비유효문(난센스)들이다. 그러므로 문제는 이 비유효문들의 의미 저항선을 어떻게 뚫을 것인가이다. "공기가 공기를" 먹고 "내가 하느님을 숨쉬며 먹고 산다"라는 서술의 의미를 의미 층위에서만 단독으로 동화해낼 방법은 없다. '공기를 먹는다'는 항용 '굶주린다'의 시적 변환이 될 수 있지만 이 시에서는 "공기가 공기를" 먹기 때문에 '굶주린다'의 해석이 성립하지 않는다. 또 "내가 하느님을 숨쉬며 먹고 산다"에서도 서술을 구성하는 의미 단위들(나/하느님/숨쉬다/먹고 산다)이 그 서술만으로 각각 특별한 비유적 의미를 내장하고 있다고 보기 어렵다. 그렇다고 "내가 하느님을 숨쉬며 먹고 산다"에 대한 길고 긴 인상론적, 상징적, 심리적 풀이에 매달려야(이런 종류의 풀이는 많은 경우에 무책임하다) 할 것인가?

　　의미 층위에서 문제가 풀어지지 않으므로 독자는 다시 통사 층위로 되돌아가 해결을 구해보는 수밖에 없다. 각 행의 통사적 조직을 다시 검토해보면 마지막 두 행에 이르기 전의 다섯 행에서는 대상의 '추구'를 나타내는 동사가 '먹다'(먹듯/먹고/먹고) 하나뿐인 데 비해 마지막 두 행에서는 그 추구 동사가 '숨쉬다'와 '먹다'의 두 개로 등장한다.

하느님이 나를 숨쉬며 잡수시듯
내가 하느님을 숨쉬며 먹고 산다.

　여기서 독자는 추구의 단일성과 복합성, '먹다/숨쉬다'의 대비, 먹기만 하는 것과 '숨쉬며/먹는' 것의 차이를 발견한다. 통사 층위에서의 이 발견을 다시 의미 층위로 들어올리면 그때서야 '먹다'와 '숨쉬다'에 내장된 비유적 의미의 가능성이 포착된다. 이 가능성은 '먹기만 하는 것'의 은유 체계(돼지/천민자본가/정글법칙/자연/필연)와 '숨쉬기'의 은유 체계(정신/해방/꿈/문화/자유)에 의해 인도되고 확장된다. 화자인 '나'는 먹기만 하는 것이 아니라 숨쉬고 먹는다. 여기서 두 개의 길─하나는 먹기만 하는 길(필연), 또하나는 먹기도 하고 숨도 쉬는(필연과 자유) 길이 나뉜다. 하나는 자연 존재로서의 인간에게 멍에처럼 부과된 필연에 묶여 사는 길이고, 다른 하나는 그 필연 속에 있으면서 자유로 나아가려는 길이다. 이 후자가 인간의 길이다(여기서 하느님은 인간의 길동무, 같은 길의 동반자가 된다). 이 긴 이야기 끝에 다시 이 시의 감추어진 이야기를 드러내라면 그것은 세상살이의 방법 선택에 관한 이야기─'세상에는 두 개의 길이 있다. 하나는 자연으로 사는 길이고 하나는 자연 속에 살되 자연 이상으로 사는 길이다. 나는 후자를 선택한다'이다(이런 읽기는 이 시의 서술들이 통사적으로도 자연스럽고 의미론적으로도 자연스러운 것들(제1군), 통사적으로 자연스러우나 의미론적으로는 자연스럽지 않은 것들(제2군)로 나뉜다는 관찰에 의해서도 지지될 수 있다).
　김혜수의 첫 시집 『404호』(민음사, 1991)는 그 제목에서부터 이미 어떤 이야기를 드러내면서 동시에 감추는 이중의 수사적 책략을 선택하고 있다. '404호'는 아파트 또는 감방 호수를 나타낼 수 있는 명사일 뿐 문장의 통사적 요소로 편입되지 않은 비기능적 항목이다. 비기능적이라 함은 '404호'라는 명사가 아직은 어떤 명제(문장) 속에 있지 않으므로 위치와 역할(주어, 목적어, 또는 보어로서의)을 갖고 있지 않다는 의미이다. 그 점에서 '404호'라는 명사 자체는 아무 이야기도 갖지 않고 따라서 통사 층위에서의 분석과 기술의 대상이 되지 않는다. 그러나 김혜수의 시집 속에서 '404호'는 여섯 편의 연작시를 낳고 있고, 이 시편들에서의 '404호'는 아파트 호수임이 분명해지면서 '404호란 아파트의 호수이다'라는 명제가 성립할 수 있게 된다. 문제는 여기서부터 발생한다. 표면상 '404호'의 연작시들은 어떤 아파트 404호에 사는 주체/화자의 이야기처럼 보인다. 그러나 '404호'란 우리의 문화적 상징 체계에서는 사용 금지령이 내려진 금기의 숫자('불길하여라!')이며 추방된 이름이다. 그것은 아파트의 현실 공간에 '존재하지 않는' 유령의 호수이다. 따라서 '404호란 아파트의 호수'라는 명제는 '404호란 아파트 체계에는 없는 호수'라는 부정명제와 부닥치고 이 충돌은 마치 역설적 진술의 경우처럼 의미 층위를 거쳐 통합·해소되지 않으면 안 되는 모순으로 남는다. 404호에 사는 사람의 이야기란 곧 404호에 살지 않는 사람의 이야기가 되기 때문이다.

이 의미론적 모순이 김혜수의 '404호'를 여는 열쇠이다. 404호는 아파트 공간에 현실적으로는 존재하지 않지만 그러나 마치 제로의 숫자처럼 모든 아파트 체계 안에 존재한다. 404가 없다면 405, 406이 있을 수 없고 403이 무의미해지기 때문이다. 그러므로 404라는 호수는 '존재하지 않을 것을 조건으로 존재하는' 또는 '존재하면서 존재하지 않는' 것의 변환 부호이다. 김혜수의 '404호' 연작시들은 이 변환 부호를 따라 아파트에서의 삶이라는 '존재'의 지수들과 그 삶이 삶의 추방이고 감금이라는 '부재'의 지수들로 짜여 있다. 존재의 패러다임으로는 "쿵쿵 걸어다니는 위층의 발자국 소리" "배수관과 쓰레기통으로 튼튼하게 연결된 우리" "고층 아파트 화장실에/ 일렬종대로 앉아 있는 사람들/ 퇴적물처럼 켜켜로 쌓여 있는" 등등의 서술군이 있다. 반면 "우리는 얼굴이 없다" "열쇠도 없이 열고 그는 나를 엿본다" "완벽하게 들킨다/ 내 익명의 자유 바로 그에게" "너무 오래도록/ 잠겨 있던/ 너" "캄캄한 네 안에/ 너는 출가하고" 마침내

세상에서 차단되지 않기 위해
당신을 가두지만 당신을
가두면서 철컥, 내가 갇힌다
　　　　　　　　　　　　　—「404호」 부분

등은 부재의 패러다임을 이루는 서술들이다. 그러나 이들 두 종류의 지수들은 서로 선명하게 대치하는 것이 아니라 삶의 현실 속에서처럼 시 텍스트 안에서도 어지러운 모습으로 공존·혼재하고 있다. '나'는 처음에는 존재의 지수지만 나중에는 '그/너'와 함께 부재의 지수가 된다. '존재'가 세상과 차단되지 않고 살아가기 위한 현실원칙인 반면 '부재'는 그 수상쩍은 세상살이를 위해 감금되고 추방(감금과 추방은 의미론상 같은 것이다)되어야 하는 현실 부정의 원칙—해방, 자유, 즐거움, 참존재의 원칙이다. 그것은 현실원칙의 타자이다. 김혜수의 연작시들은 아

파트의 삶을 얘기하면서도 그 삶을 부정하는 이야기, 살면서도 살지 않는 자의 생존방식, '404호'처럼 추방된 이름으로 유령 공간에, 부재의 모습으로 존재하면서 현실적 존재자들을 부단히 엿보는 자의 꿈에 관한 이야기이다. 그 꿈은 위협적이다. 그것은 삭제할 수 없는 무의식처럼 유령의 장소에 있고 끊임없이 거기서 나오기 때문이다.

3

잠시 방향을 바꾸어, 이번에는 담시나 서사시가 아니면서 그 텍스트의 표층에 누가 보아도 뚜렷한 이야기를 갖고 있는 시의 경우—다시 말해 이야기의 은닉과 변환을 말하기 어려운 시의 경우에 수사적 분석이 무엇을 할 수 있는가의 문제를 보기로 하자. 그런 시들에도 시적 담론의 특수성을 따지는 분석은 필요하고 또 유용할 것인가? 예를 들면 고은의 초기시 「한하운!」(『만인보 완간 개정판 7, 8, 9』, 창비, 2010)은 텍스트의 평이함과 이야기의 선명성이 두드러지고 이 때문에 시적 서술의 특성은 상대적으로 위축되어 있는 것 같아 보인다. 시 「한하운!」의 텍스트에 노출된 '젊은 화자'의 이야기(사건) 부분은 이런 것이다. '나는 어느 날 우연히 길에서 한하운의 시집 한 권을 주워 읽게 되었다. 그날 이후 나는 시인이 되었다.' 이것은 화자에게 발생한 우연하면서도 결정적인 '사건'이고 작품 「한하운!」은 이 사건을 시 속에 고스란히 노출시키고 있어서 독자가 텍스트를 통해 사건을 재구성하는 데는 아무 어려움이 없다. 그러므로 여기서 흥미로운 것은 그 사건의 시적 제시가 어떤 서술 형태를 띠는가이다. 시의 첫머리에 약간의 정황이 서술된 다음, 문제의 한하운 시집을 줍는 부분부터 '시인이 되었다'까지는 이렇게 서술된다.

> 책이었다
> 시집이었다
> 한하운 시집이었다
> (…)
> 그날 이후 나는 한하운이었다
> 그날 이후 나는 문둥이로 떠돌았다
> (…)
> 그날 이후 나는 시인이었다 (…)
>
> ─「한하운!」부분

첫 3행, 발견의 장면 제시에 사용된 서술 기법의 일차적인 수사 효과는 우선 그 생략 단문으로 된 통사구조가 소설적 구문과는 전혀 방식이 다른 '시의 구문'임을 선언하는 데 있다. 시의 담론은 이 차이를 보여주는 데서 시작한다. 그러나 결정적으로 중요한 것은 "책이었다/ 시집이었다/ 한하운 시집이었다"로 진행되는 발견의 순서 제시가 책─시집─한하운 시집이라는 구심적 방향, 다시 말해 '보편'(책)에서 '구체'(시집)로 거기서 다시 '특수'(한하운 시집)로 초점이 좁혀지는 구심성의 창출 효과를 거두고 있다는 점이다. 이 효과는 시적 담론의 수사적 운영에서 나오는 것임과 동시에 장면(리얼리티)의 정확한 재현의 결과이기도 하다. 그 구심성은 사람이 뭔가를 습득했을 때의 확인 절차(눈동자의 움직임, 시선의 이동)를 어떤 산문보다도 리얼하게 재생하고 있기 때문이다. 이것은 담론의 수사적 운영이 어떻게 사실성을 획득할 수 있는가를 보여주는 예이다.

이 구심성의 효과는 "그날 이후 나는 한하운이었다"로 시작되는 그다음 3행이 이번에는 반대로 원심성을 향한 역방향 움직임을 보이고 있다는 사실을 발견할 때 결정적으로 높아진다. 앞 3행에서의 구심성의 드러내기와는 달리 뒤의 3행에서는 시선이 한하운이라는 특수(문둥이 시인)에서 일반(문둥이), 보편(시인)으로 확대되는 원심운동을 보여주고 있는 것이다. 이 구심운동과 원심운동을 대비해보면, 시의 화자를 변모시키는 어떤 특수한 구도적 경험에의 에너지 집중은 '보편에서 특수'로의 이행이라는 수사적 책략과 상응하고 그 책략에 의해 표현되며, 그 집중된 개인의 힘이 응축되었다가 넓은 세계로 회항하게 되는 과정은 '특수에서 보편'으로의 움직임이라는 수사의 운영과 상응하고 그 운영에 의해 표현된다. (반복의 수사적 장치를 통해 표현되는 이 원심운동도 매우 사실적이다.) 그러므로 「한하운!」이라는 시의 사건은 시의 화자가 '우연히 습득한 한하운 시집을 읽고 시인이 되었다'라는 것이지만 이 사건의 시적 서술이 산출하는 변용의 효과는 사건 문장의 차원으로 환원되지 않는다. 시는 이야기를 감추지 않을 경우에도 여전히 시적 담론 특유의 변환을 수행하는 것이다. 시 「한하운!」은 사건 이야기가 어떻게 담론 차원에서 이야기 이상으로 변용되는가를 보여준다. 시적 담론의 특수한 효과는 위축되어 있지 않은 것이다.

그러나 시 「한하운!」에도 물론 생략된 이야기가 있다. 그것은 왜 시의 화자가 하필 문둥이 시인의 발견을 통해 "서러운"(여기 인용되지 않은 원시 속의 표현) 시인으로서의 길을 선택하게 되는가에 대한, 길게 늘이자면 무한히 길어질 수도 있는 이야기의 전면 생략이다. 문둥이와 시인은 한하운이라는 특수한 경우를 제외하고는 일반적으로는 연결되지 않는 별개 범주이다. 그러나 「한하운!」의 화자는 문둥이가 되는 길을 시인이 되는 길에 서술적으로 선행시킴으로써 문둥이의 고통과 소외, 그의 형벌과 서러운 존재를 곧 시인 일반의 존재 조건으로 만들어놓는다. 특수의 고통을 일반의 고통으로 확대함으로써 화자는 그가 사는 시대의 시인의 조건과 그가 해야 할 일을 보편화하고 있다. 시인 된다는 것이 고통에 참여하고 수형자의 삶에 뛰어드는 일이라는 이 암시는 암시로서만 있을 뿐 이야기로서는 제시되지 않는다. 시는 그 이야기를 생략하고 암시만으로 나머지 이야기의 완성을 독자의 몫으로 남긴다. 시는 생략함으로써 유혹한다.

4

시적 담론이 독자에게 요구하는 것은 에로스의 독법이고 발견의 해석학이다. 시의 담론은 그것이 말하고자 하는 것을 '다 말하지 않기 때문에' 특별히 시적 담론이며 말하고자 하는 바를 엉뚱한 것으로 '뒤바꾸어 말하기 때문에' 특별히 시적 담론이다. 이 감추기와 바꾸기, 생략과 응축, 위장과 간접화의 기술을 배제한다면 시의 존재는 결정적으로 훼손된다. 그 기술은 시의 담론을 시적 실천이게 하는 시의 생산력이다. 시는 '다 말하지 않음'으로써 좁게는 작품 차원에서, 넓게는 역사의 큰 문맥에서, 전체성을 지향하고 완결성을 향해 나아간다. 이것이 시의 '서사적 성질'—곧 시의 '서사성'이다. 시적 서사성의 진정한 의미는 특정의 시가 그 텍스트의 표층에 이야기를 가지고 있는 가 않는가의 문제라기보다는 인간의 총체적 서사의 한 '부분'으로서 그 서사의 완결을 지향하고 있는가 않는가의 문제이다. 인간의 총체적 서사란 프레드릭 제임슨의 헤겔적 표현을 빌리면 "필연에서 자유로" 나아가려는 인간의 집단적 서사이다. 시는 소설과 마찬가지로 이 집단 서사의 일부이며 그렇기 때문에 소설과 마찬가지로 '서사적'이다. 다만 시는 소설의 방법으로 총체 서사에 참여하는 것이 아니라 그 자신의 방법, 시의 방법으로 참여한다. 따라서 시의 읽기는 시 텍스트가 시적 담론의 방법으로 감추거나 결핍으로 남겨둔 전체성과 완결성에의 운동에 읽기 자체가 참여하는 일이다. 시와 마찬가지로 시의 읽기도 자유(완결)에 대한 그리움을 갖고 있다. 이 그리움을 에로스라고 한다면 그것에 의해 인도되는 시의 읽기는 에로스의 독법이다.

시는 감출 뿐 아니라 또한 바꾸고 위장한다. 아니, 시는 바꿈으로써 감춘다. 시의 담론은 '나는 굶주린다'라고 말하지 않고 '나는 포식한다/나는 바람을 먹고 바위, 돌멩이, 흙을 먹는 다'라고 바꿔 말한다. 바람/바위/돌멩이/흙은 '먹을 수 없는 것'의 범주이며 따라서 먹을 수 없는 것들을 퍼먹고 다닌다는 것은 주린 자의 포식, 그의 잔치이다. '포식'은 포식이 아니라 굶주림의 변환어이고 바람/바위/돌멩이는 '먹을 수 없는 것'의 은유 체계이면서 '굶주림'의 환유 체계이다. 은유와 환유는 시적 변환을 담당하는 대표적 수사 장치들이다. 시란 '나는 너를 사랑한다'라는 모태 명제의 끝없는 변형이 아닐 것인가? 시에는 결국 '나는 너를 그리워한다'라는 단 하나의 이야기만이 감추어져 있는 것인지도 모른다. 그렇다면 시적 변환은 이 하나의 이야기를 감추기 위한 은유적·환유적 위장의 기술이고 포장의 책략이며, 시 읽기란 그 위장된 그리움의 이야기를 찾아내는 발견의 해석학일 것이다.

그러나 에로스의 독법이나 발견의 해석학만으로 시론이 정밀해지고 풍부해지는 것은 아니다. 발견의 해석학에 궁극적으로 부과되는 과제는 시의 감춤과 바꾸기가 어떻게 시간의 침투를 받아 역사화하는가, 시적 변환이 어째서 '역사화한 은유'인가를 밝히는 일이다. 시가 어떤 하나의 모태 명제를 변형한다는 것은 무시간적 명제와 목표를 무시간적으로, 무역사적으로 변형한다는 말이 아니다. 왜냐면 변형은 이미 그 자체가 역사이기 때문이다. 이 점에서 시는 서사 일반과 마찬가지로 시간화되고 역사화한 은유이다. 발견의 해석학에서 '발견'의 참다운 의미는 역사적 은유로서의 시가 인간의 총체 서사인 역사의 어느 부분에 어떻게 위치하는가를 찾아내는 데 있다. 그 위치를 모른다면 정밀한 읽기는 제아무리 정밀해도 정확한 읽기가 되지는 않을 것이다. 시의 예술적 성취가 정치적 '옳음'과 윤리적 실천의 정당성에 연결되고 그로부터 정확성의 잣대 하나를 공급받아야 하는 이유는 거기에 있다. 실러의 말대로 아름다움은 자유에 도달하는 길일 테지만 모든 아름다움이 자유에의 길은 아니다. 마찬가지로 모든 시가 자유에의 꿈을 갖고 있다고 해서 총체 서사의 구도 속에서 당연하고 정당한 자리를 얻는 것은 아니다. 이는 에로스의 독법과 발견의 해석학을 역사라는 큰 문맥 속에서 다시 종합해내는 통합의 시학을 필요로 한다. 리얼리즘이란 결국 이 통합의 시학을 향한 긴 도정일 것이다.

나는 그 통합의 시학이 어떤 것인지 모르고, 어떤 것이 되어야 할지에 대해서도 전혀 작정이 없다. 다만 내가 아는 것은 그 통합의 시학이 에로스의 독법과 발견의 해석학(혹은 다른 어떤 이름의 것이건 간에)이 제시하고자 하는 시 읽기의 (그리고 쓰기의) 여러 방법과 절차들을 포용하지 않으면 안 된다는 것이다. 시는 우선 수사적으로 사고하고 수사적으로 만들어지기 때문이다.

문예중앙 1992. 여름

망각의 시학, 기억의 시학
— 후기 산업사회에 대한 시적 대응

1

트로이전쟁에 나갔던 오디세우스가 이타카의 고향집으로 되돌아오기까지는 20년의 세월이 걸린다. 그의 귀향이 그토록 늦어진 까닭은 전쟁에 10년, 회항길에 또 10년이 걸렸기 때문이다. 청년으로 떠났던 오디세우스가 아내 페넬로페를 다시 만났을 때 그는 이미 중년의 늙은이가 되어 있었다. 그의 귀향길은 왜 그리 길어야 했던가? 그의 회항을 방해한 그 수많은 사건들에 관한 얘기가 '귀향의 서사' 『오디세이아』를 이룬다. 그 서사 속의 많은 삽화들을 여기 소개할 필요는 없다. 그러나 나는 그 삽화들 중의 하나, 마녀 키르케의 이야기로 이 글을 띄우고자 한다. (키르케를 누가 모르냐고 당신은 말할지 모른다. 그러나 내 얘기는 이런 것이다.)

그렇다. 키르케를 모르는 사람은 없지만 우리가 아직도 그녀의 마법에 걸려 있다는 정보는 널리 퍼져 있지 않다. 키르케의 섬에 표류한 오디세우스의 부하들은 그녀의 마법에 걸려 돼지로 바뀌고 오디세우스만이 특별한 장치의 힘으로 그 변신의 형벌을 모면한다. 변신의 형벌이란 몸은 돼지로 바뀌었지만 정신은 인간의 것으로 남아 자신이 돼지가 아니라 인간이라는 고통스러운 '기억'을 유지해야 하는 형벌이다. 그 기억이 고통스러운 까닭은 돼지의 몸과 인간의 정신이라는 그 기묘한 결합의 내부에 견딜 수 없는 비동일성과 분열이 담겨 있기 때문이다. 나는 돼지이지만 돼지가 아니다, 나는 인간이지만 인간이 아니다라고 말해야 하는 것이 비동일성의 고통이다. 이 고통을 더욱 견딜 수 없게 하는 것은 '언어의 상실'이다. 돼지로 바뀐 인간은 '나는 돼지가 아니라 인간이다'라고 말하고 싶지만 그의 언어는 이미 인간의 것이 아니라 돼지의 목소리이기 때문에 그가 그 내적 분리의 고통을 인간 통신 회로 속의 분절 기호로 표현해낼 방법은 없다. 그가 이런 역경에서 벗어나는 한 가지 수단은 자신이 인간이었다는 기억 자체를 포기하는 '망각'의 기법을 선택하고 그 망각을 '즐거움'으로 바꾸는 일이다. 그러나 그가 망각의 즐거움을 거부할 때는 어떤 일이 일어나는가?

기억의 유지를 고집하는 자는 자신이 키르케의 마법 속으로 납치되어 변신의 계절을 살고 있지만 그 계절은 영원하지 않을 것이라는 희망을 갖고 있다. 그는 구원과 해방의 순간을 기다린다. 그가 기억하고 있지 않다면 구원은 구원이 아닐 것이므로 기억을 유지하는 일은 그에게 구원의 첫째 조건이다. 또 해방이라는 말을 잊지 않기 위해 그는 언어를 기억하고 있어야 한다. 그는 기억의 정치학에 매달린다. 반면 망각의 기법을 선택하는 자는 구원을 기다리지 않고 망각의 방식으로 구원을 성취한다. 그는 그에게 발생한 변화를 받아들이고 그것을 그의 새로운 현실로 인정하며 그 현실에 맞는 새로운 언어를 얻기 위해 망각의 정치학을 개발한다. 그는 키르케의 마법을 인정하지 않고 오히려 키르케를 유혹하려 한다. 키르케를 유혹하기, 그것이 그의 희망이다.

오늘날 시가 당면하는 문제는 기억의 고통과 망각의 즐거움 사이에 놓여 있다. '후기 산업사회'를 이끄는 하나의 부호, 알렉상드르 코제브가 1930년대에 '나폴레옹의 부호'라는 말로 표현한 그 부호가 우리에게 키르케의 마법이다. 그 부호는 이미 오래전에 모스크바를 관통했고 만리장성을 뚫었기 때문에 지금 그 부호의 침투를 받지 않은 곳은 지구상 어디에도 남아 있지 않다. 그것은 욕망의 부호이고 풍요의 부호이다. 그러므로 그 부호에의 대응이 후기 산업사회에 대한 '시적' 대응이라는 문제의 핵심을 이룬다. 그 문학적 대응의 역사는 이미 오래된 것이다. 왜냐면 후기 산업사회란 새로운 사회가 아니라 이미 오래전에 작동하기 시작한 욕망 부호의 관철과 확산이 한 차원 더 심화된 사회이기 때문이다. 또 그 대응의 방식도 수없이 많다. 그 다수의 방식들을 유형화해볼 수는 없을까? 혼란의 시대일수록 '인식의 지도'는 필요하다. 우리가 가지고 있는 가장 강력한 은유 체계이고 가장 인간적인 이데올로기인 양분 구도의 효용에 기댄다면, 문학적 대응의 현실과 가능성은 '기억의 시학'과 '망각의 시학'이라는 두 가지 모형으로 그 윤곽을 잡아볼 수 있을 것이다.

2

키르케의 마법에 걸려 돼지가 된 인간의 얘기는 후일 게오르크 루카치가 현대적 경험의 특수한 곤경을 '물화'라는 개념으로 이론화해낼 때 그를 전율케 했던 대목이며 그 전율은 『역사와 계급의식』에 씌어진 다음과 같은 구절에서 남김없이 표현되고 있다. "오늘날 인간은 상품이 되어 있다. (…) 그러나 상품이 되었으면서도 그는 자신이 인간이라는 것을 기억한다." 물건이 된 인간, 상품이면서 인간임을 기억하는 상품─이것이 루카치가 평생을 두고 추구한 현대적 변신의 주제이다. 이 주제가 현대문학의 상상력과 이론의 충동을 자극하게 되는 것은 그 속에 분열(나는 내가 아니다), 인지(나는 마법에 걸려 있다), 극복(나는 인간이 되어야 한다)이라는 세 가지 갈등의 계기가 모두 들어 있기 때문이다. 키르케의 돼지와 마찬가지로 물건이 된 인간도 내적 분열이라는 특수한 곤경을 그의 경험으로 가지고 있다. 분열의 경험은 그 분열의 조건을 제거하지 않는 한 극복되지 않는다. 오디세우스가 고향으로 돌아갈 때까지는 소외된 '이방인'임을 극복할 수 없듯이, 키르케의 돼지가 마법을 벗어날 때까지는 돼지 속에 소외당한 자기를 회복할 수 없듯이 물건으로서의 인간은 그를 물건이게 하는 조건을 제거하지 않는 한 인간이 되지 않는다. 그러나 그의 인간 회복을 향한 운동은 분열의 조건과 경험에 대한 인지 내용을 전제로 한다. 그가 그 자신의 소외를 알지 못한다면 회복을 향한 운동은 일어나지 않는다. 그는 그가 인간이라는 것을 기억하고 있어야 한다. 그는 기억의 정치학에 매달리고 기억의 시학을 채택하지 않으면 안 된다.

기억의 시학은 그러므로 인간 회복의 시와 서사를 낳는다.

이 서사를 출발시키는 계기는 인간 상실이라는 상처이고 그것을 지속시키는 힘은 상처를 치유하려는 의지이며 그것을 이끄는 길잡이는 인간 회복의 꿈이다. 따라서 그 서사는 상처와 의지와 꿈을 가진 것들의 이야기—곧 종놈의 서사, 돼지의 서사, 상품의 서사이고 이것들이 종놈, 돼지, 상품을 벗어나려는 이야기이다. "이야기(서사)는 종에게서 시작된다"고 헤겔은 말한 적이 있다. 노예의 서사, 물건이 된 인간의 서사는 노예 현실에 대한 부정과 그 현실을 벗어나 해방의 현실로 가려는 긍정을 갖고 있고 이 두 가지 계기 때문에 그 서사는 현실과 반反현실의 대립이라는 복합적 갈등구조를 지닌다. "예술은 현실원칙을 부정하고 쾌락원칙을 추구한다"라는 마르쿠제의 말도 그런 의미의 것이다. 그 '쾌락원칙'이란 망각의 즐거움이 아니라 정확히 망각의 거부이고 현실원칙의 부정이다. 기억의 시학에서 망각은 행복의 약속이 아니라 행복의 포기이고 종놈의 현실에 대한 긍정이며 물화 그 자체이다. 그래서 "모든 물화는 망각이다"라는 아도르노의 말을 기억의 시학은 존중한다.

3

지금의 우리 현실이 꼭 후기 산업사회라고 부를 만한 것인지 아닌지를 따지는 것은 이 글의 당면 관심사가 아니다. 그런 글은 별도의 논의를 필요로 한다. 다만 이 글은 우리가 후기 산업사회라고 불리는 사회의 특성을 이미 갖기 시작했다는 상정에서, 그러므로 그에 대한 시적 대응이 논의될 수 있다는 입장에서 씌어지고 있다. 다른 모든 대응과 마찬가지로 시적 대응도 현실 인식을 전제한다. 이 인식의 필요성에 관한 한 시인은 신문기자나 논설위원, 노동자, 대학 교수, 정치인과 별도의 차원에 있지 않다. 그가 날개를 달고 현실을 넘어 허공으로 솟구쳐오르는 것은 그의 특권이지만 그 특권의 행사를 위해 그는 자기가 어떤 현실 위로 왜 날고 있는가를 알고 있어야 한다. 기억의 시학은 '시인이 왜 현실을 알아야 하는가'라고 묻는 시인에 대해서는 그 질문의 용감성을 인정하되 그의 시적 비상을 신뢰하지 않는다. 그는 그의 날개를 얼어붙게 하는 현실의 냉기에 대해 아무런 대비책이 없으므로 조만간 지상으로 추락할 수 있고, 그 자신이 억압된 존재라는 의식이 없으므로 공작 정치의 희생물이 될 수 있기 때문이다. 마찬가지로 기억의 시학은 현실 인식이 시를 결정한다는 조잡한 이론을 믿지 않고, 문학이 사회 바꾸기를 위한 선전 선동의 구호가 되어야 한다는 주장을 불신하며 노동자 미화와 민중 예찬을 문학의 의무라고 주장하는 추상적 문학론을 타기한다. 기억의 시학은 후기 산업사회의 민중이 물화된 현실의 일부가 될 수 있다는 것을 알고 있고, 그런 민중에게는 시학 자체가 '민중의 적'이 될 수 있다는 것을, 그리고 시인 자신이 시의 적이 될 수도 있다는 것을 알고 있다. 그러나 기억의 시학은 후기 산업사회가 문학이 대응해야 할 체제이지 적응해야 할 장소는 아니라는 분명한 인식을 갖고 있다.

시인이 시의 적이 되고 시학이 민중의 적이 될 수도 있다는 사실─이것은 후기 산업사회에서의 시적 대응을 어렵게 하는 최대의 요인이고 기억의 시학이 시도하는 대응은 이 사실의 인식에서부터 출발한다. 대응의 필요성을 인식하면서도 유효한 대응의 방식을 찾기 어려운 것이 이 시대 문학의 난제이다. 이 딜레마는 후기 산업사회가 무엇보다도 인간의 기억을 '폭파'하면서도 그 폭파를 느끼지 못하게 하는 고도의 기술을 개발해놓았다는 사실에 연유한다. 이를테면 각종 매체가 24시간 쏟아놓는 정보의 홍수는 감각과 사고를 동시적으로 마비시킨다. 또 그 홍수는 인간이 필요로 하는 정보보다는 그런 정보를 차단하는 기능을 수행한다. 이 시대의 지배적 매체 형식이 된 전자 영상 매체는 극도로 파편화된 정보를 내뿜지만 그 공급의 방식은 연속적인 것이기 때문에 거기서 발생하는 효과는 기묘하게도 파편화의 경험이 아니라 연속적 '흐름'의 경험이다. 하나의 프로그램이 끝나면 그 프로그램을 반성할 단 1초의 시간적 공백도 주어지지 않고 또 이 연속성에 길든 시청자는 오히려 그런 공백을 원하지 않는다. 이런 연속성의 경험은 도시 공간의 배열방식에서도 발생한다. 지하철로 이어지는 긴 지하상가, 지하철역과 맞닿아 있는 쇼핑센터, 소비의 모든 욕구를 동시에 충족시키는 쇼핑센터와 아파트 단지의 공간구조 등은 현대적 삶의 경험 영역에서 거리감과 단절성, 파편화의 의식을 밀어낸다. 아파트 생활은 옆집에 누가 살고 있는지도 모르는 상호 익명성의 비공동체적 주거구조이면서도 집안에 갖추어져 있는 각종의 통신매체는 단절감을 제거하기에 충분하다.

현대적 삶의 현실이 강화하는 이런 시공간적 연속성의 경험은 모더니즘이 금세기 초반에 개발한 현실 대응의 양식—파편화된 세계를 파편화의 모방을 통해 제시한다는 이른바 모방적 대응의 방법이 더이상 유효하지 않다는 사실을 보여준다. 후기 산업사회의 특성은 파편화를 드러내는 것이 아니라 파편성을 밀봉하는 고도 통합의 사회라는 점이다. 그 통합은 사회관계에서의 소외성에 대한 의식과 그 소외의 기억 자체를 불가능하게 한다. 물론 이것은 물화의 절정이다. 그러나 인간이 상품의 형식으로 존재하면서도 그 상품성의 의식이 끊임없이 밖으로 밀려나 망각되는 시대에는 파편화의 시학이 망각에 대한 적절한 대응이 되기 어렵다. 충격적 기법이나 매체 모방도 그러하다. 광고의 형식으로 시를 쓴다는 것은 시를 불가능하게 하는 시대에의 비판적 대응이 되기보다는 이미 익숙해져 있는 광고 소비자들에게 또하나의 광고를 얹어주는 효과를 낼 뿐이다. 시가 영상매체를 모방하여 그림을 보여준다면 그것은 문자매체가 그 고유의 장점(그림을 보여주지 않는다는)을 희생하고, 경쟁할 수도 없는 대상과의 경쟁에 스스로 나서는 일이 될 것이다.

후기 산업사회는 욕망 부호의 관철이 소비문화의 확산이라는 형태로 폭발하는 사회이다. 기억의 시학이 욕망의 문제에 예민한 관심을 갖게 되는 것은 '인간의 물건 되기'가 바로 그 욕망이라는 매개에 의해 더욱 촉진되고 사회적으로 정당화되기 때문이다. 소비사회에서의 욕망은 사회적으로 생산되고 사회적으로 모방된다. 욕망은 결핍감에서 발생하는 것인데, 그 결핍감 자체를 사회적으로 대량 생산하고 그 결핍감을 메우려는 욕망을 '만들어내는' 것이 후기 산업사회이다. 후기 산업사회는 자본주의 생산양식과 소비양식이 더욱 철저하게 확산되어 결핍의 무한 창출과 욕망의 무한 분출을 생산과 소비의 기본 문법으로 갖고 있는 사회이다. 기억의 시학은 이처럼 '사회적으로 생산된' 욕망이 후기 산업사회의 인간을 어떻게 인간 아닌 것으로 바꾸어놓는가, 욕망이 어떻게 인간을 끝없는 변신의 윤회 고리 속에 묶어두는가를 관찰한다. 그러나 이 경우 기억의 시학이 곧잘 빠져드는 한 가지 오류는 욕망 부호에 관통당한 개인들을 향해 빈곤의 미덕을 노래하거나 '가난했던 과거'의 기억을 환기시켜 그 과거로 되돌아가는 것이 인간 회복의 길인 것처럼 설교할 때이다. 가난했지만 인간다운 삶이 있었던 옛 고향에의 향수를 현대적 삶의 풍요로운 비참에 대한 하나의 반테제로 제시하는 것은 행복의 기억이라는 점에서 분명 의미 있는 일이다. 그러나 이 기억이 궁핍 그 자체의 가치를 추켜세우는 데로 빠져든다면 그것은 궁핍성을 미화하고 신비화하는 일이 된다. 물화와 마찬가지로 궁핍은 미화의 대상이 아니다. 기억의 시학이 요구하는 인간 회복은 단순한 과거의 회복이 아니라 인간의 해방이다. 이 해방이 기억을 요구하는 까닭은 복고주의의 충동에서가 아니라 인간 해방이란 것이 관념적 이상 아닌 경험적 목표—다시 말해 물화의 현실로부터 나오는 꿈이기 때문이다.

기억의 시학 속에서 '꿈'과 '욕망'은 모두 역사적·사회적 산물이지만 둘은 모순관계에 있다. 꿈은 현실의 밖에서, 역사의 강언덕 너머 어딘가에서 역사의 강 속으로 던져지는 '이상'이 아니라 역사의 현실 그 안에서 나오는 모순 극복의 그림이다. 이 경우의 역사란 바로 물화의 역사—인간을 물건으로 묶어두고 있는 억압의 역사이다. 키르케의 돼지가 '돼지로 묶여 있다'라는 바로 그 현실 때문에 해방의 꿈을 갖듯이 물화된 역사 속의 인간은 그 역사 때문에 그로부터의 해방이라는 꿈을 갖는다. 이것이 꿈의 역사성이다. '자유의 결핍'이라는 역사 현실로부터 나온 것이라는 의미에서 해방의 꿈도 인간의 집단적 욕망에 속한다. 그러나 이 꿈은 또다른 형태의 욕망—물건의 상태로 남아 있으려는 모방 욕망 때문에 끊임없이 좌절된다. 이 욕망은 플라톤이 생각했던 것처럼 인간의 통제력을 벗어나 있는 존재론적 결핍의 산물이 아니라 특정의 사회체제 속에서 만들어지고 모방과 매개에 의해 확산되는 사회적 욕망이다. 그러므로 물건이 되어 물건의 상태로 남아 있으려는 모방 욕망과 물건의 상태를 벗어나려는 탈출의 꿈은 서로 모순관계에 있다. 물화의 역사는 인간을 인간 아닌 것으로 만드는 상처를 안기면서 동시에 그 상처의 치유를 방해하고 좌절시킨다. 이 때문에 기억의 시학이 파악하는 역사란 상처, 억압, 좌절로서의 역사이다.

후기 산업사회는 인간의 물화를 심화시키면서도 그 물화를 오히려 충족, 행복, 성취로 생각하게 함으로써 물화 상태로부터의 탈출을 좌절시키는 여러 장치, 기술, 이데올로기를 갖고 있다. 따라서 후기 산업사회는 두 가지 의미에서 물화가 철저히 진행된 사회이다. 첫째는 그 사회가 인간의 삶을 구석구석 물화시킨다는 의미에서 그러하고, 둘째는 그 물건적 삶의 왜곡과 고통을 고통 아닌 즐거움으로 받아들이게 한다는 의미에서 그러하다. 이 망각의 공법, 고통을 즐거움으로 바꾸는 공학적 기술 수준이 최고도로 발달해 있는 것이 후기 산업사회이다. 후기 산업사회가 이 망각의 공학을 동원하는 곳은 무의식의 영역이다. 무의식의 공략을 통해 후기 산업사회는 그것이 현실적으로 해결할 수 없는 문제인 자유, 평등, 정의를 욕망의 무한 분출과 소유의 무한 추구라는 방식으로 해결한다. 욕망 추구와 무한 소유의 자유를 허여함으로써 후기 산업사회는 무의식의 영역에서 물화의 고통을 소유의 즐거움으로 전환시킨다. 이것이 바로 '무의식의 식민화'라는 현상이다.

그러므로 후기 산업사회에 대한 시적 대응이라는 문제에서 기억의 시학에 요청되는 가장 중요한 대응의 지점은 욕망과 무의식의 영역이다. 후기 산업사회가 욕망의 무한 분출을 통해 무의식을 공략함으로써 망각을 심화시키는 현상은 어느 특정 계급, 계층, 집단에만 일어나는 식민화 현상이 아니라 전 계급적이고 전 계층적이며 전 영역적인 현상이다. 그 식민화는 노동자, 여성, 학생, 지식인을 예외로 두지 않고 오히려 그들을 적극적인 공략의 대상으로 삼는다. 또 무의식의 공략은 생산의 영역에서보다는 소비와 문화의 영역에서 더 강력하다. 소비와 문화는 어느 한 계급만의 전유물이 아니기 때문에 거기서 일어나는 물화 현상은 보편적 확산과 침투의 힘을 갖는다. 그런데 후기 산업사회의 소비 영역과 문화 영역은 물화에의 저항보다는 오히려 그것의 심화를 추진하고 그 추진에서 활력을 얻는 영역이다. 따라서 그것에 대응하지 않거나 못한다면 물화에 맞서는 모든 싸움은 안으로부터 침식되고 무너진다. 예컨대 어느 초등학교 교사가 고추잠자리, 독수리, 참새 같은 것을 염두에 두고 아이들에게 "날아다니는 것 세 가지를 써라"고 했을 때 "600만불의 사나이, 슈퍼맨, 소머즈"라고 써내는 것은 부유층의 자녀들만이 아니다. 이 아이들이 자라 후기 산업사회의 '독자'가 된다. 이를테면 이 충격의 답안이 바로 시인의 개입 장소—그가 대응해야 하는 지점이다. 이런 지점을 찾아내는 일에 관한 한 시인을 능가할 전문가는 없다. 다른 곳에서 그는 서투를 수 있지만 무의식의 수맥을 잡아내는 일은 그의 전문 분야이다.

'600만불의 사나이'와 '슈퍼맨'의 예는 다소 엉뚱하고 어른들에게는 해당되지 않는 무의식 공략의 경우처럼 보일지 모른다. 그러나 시인의 눈에는 그게 그렇지 않다. 슈퍼맨의 엄청난 초인간적 능력은 그가 무슨 일이건 할 수 있다는 데 있다. 이 능력은 움베르토 에코가 말하듯 현대의 평균 독자와 평균 시청자들에게 언젠가는 그들도 '평범의 세월'을 보상받는 슈퍼맨적 순간을 갖게 될 때가 있을 것이라는 환상을 심어주어 찌든 일상의 삶을 견디게 한다. 그러나 무의식 차원에서 슈퍼맨이 하는 일은 그런 정도의 것이 아니다. 초인간적 능력에도 불구하고 슈퍼맨의 주요 사업은 부패한 정부나 고약한 대기업을 혼내주는 일이 아니라 은행 강도나 우편 호송차 털이 등 주로 지하범죄 조직을 퇴치하는 일에 국한되어 있다. 다시 말해 그가 상대하는 유일한 악은 '시민의 사유재산을 위협하는 세력'이다. 그러므로 시민의 재산을 보호하기 위해 초능력을 발휘하는 그의 활약상에 스릴을 느끼며 갈채를 보내는 동안 독자와 시청자의 머릿속에는 '사유재산의 신성함'이라는 무의식과 그 신성을 위협하는 요소는 모든 경우에 '악'이라는 무의식이 형성된다. 슈퍼맨이 왜 그의 시민적 의식을 정치의식으로도 발전시켜 더 근원적이고 더 큰 문제의 해결에는 관심을 갖지 않는가라는 질문은 애당초 제기되지 않는다. 왜냐면 바로 그런 질문, 근원적 문제에 대한 관심과 질문을 유효하게 봉쇄하는 것이 슈퍼맨 신화의 문화적 프로그램이기 때문이다. 그러므로 그의 초능력은 경험과 의식의 확장을 보여주기는커녕 오히려 위축된 경험을 미화하고 의식을 축소한다. 무의식의 영역에서 현대적 소시민은 자신의 위축된 경험이 위축이 아니라 정상이라는 것을 슈퍼맨에게서 승인받는 것이다.

후기 산업사회에서의 삶을 지배하는 광고의 효과는 슈퍼맨이 거두는 효과와 같은 성질의 것이다. 광고가 던지는 것은 '지금 당신은 이것을 가지고 있는가'라는 질문이고 '가지고 있지 않다면 당신은 무언가 잘못되어 있다'라는 진단서이다. 그 질문은 '결핍'을 지적하고 그 진단은 결핍이 '퇴치해야 할 악'임을 규정해준다. 자신의 결핍을 아는 순간 현대의 소비자는 슈퍼맨처럼 모든 수단과 능력을 동원하여 그 악의 퇴치에 나선다. 그는 슈퍼맨처럼 날아서 슈퍼마켓과 쇼핑센터로 달려간다. 그에게는 매일 수많은 결핍 보고서가 날아들기 때문에 그의 삶은 이 '결핍'이라는 형태의 악을 무찌르는 일만으로도 너무 분주하다. 옆집 사람이 자동차 두 대를 굴린다면 자동차 한 대밖에 없는 사람은 자신에게 발생한 결핍이 무엇인가를 알게 되고 그 순간 무찔러야 할 또하나의 악을 갖게 된다. 이것이 결핍과 욕망이 사회적으로 생산되고 모방되고 매개되는 양상이다. 후기 산업사회의 과소비란 그러므로 과소비가 아니라 모든 사람이 슈퍼맨이 되어 열심히 악의 퇴치에 나서고 있는 현상일 뿐이다.

그러나 여기서 기억의 시학이 관심을 갖는 것은 과소비라는 형태의 표면 현상이 아니다. 무의식의 수맥을 짚는 시인은 그보다 좀더 깊은 지층으로 내려가 욕망의 모방과 소비의 실천이 어떻게 현대의 슈퍼맨에게 정의와 자유가 되는가를 관찰한다. 소비의 슈퍼맨이 행복을 경험하는 것은 단순히 소유나 소비의 즐거움 때문이 아니라 소비행위가 그에게 정의의 실천과 자유의 쟁취를 느끼게 하기 때문이다. 첫째 그는 자신에게 발생한 결핍이라는 형태의 악을 퇴치함으로써 '정의를 실천'하고, 둘째 그 결핍으로부터의 해방을 실현함으로써 '자유를 쟁취'한다. 이 두 가지 성취가 그의 구원이고 행복이다. 이 지점에서 마침내 물화는 그 절정에 달하고, 물건의 노예가 된 슈퍼맨에게 정의롭고 자유로운 삶을 진행시키고 있다는 행복감을 갖게 함으로써 무의식의 식민화는 완성된다. 키르케의 돼지는 후기 산업사회의 슈퍼맨이다.

4

　망각의 시학이란 무의식의 식민화를 강화하는 모든 시적·철학적 망각의 기법을 가리킨다. 그것은 망각을 실현하기 위한 여러 가지 절묘한 기술들을 개발한다. 예를 들면 망각의 시학은 시가 상품의 형태로 만들어지고 인간이 상품의 형식으로 존재한다는 것이 뭐가 나쁘냐고 반문한다. 이 반문의 밑바닥에는 상품의 형식을 통해서만 후기 산업사회의 인간은 그의 개인적 존엄과 자유, 신성한 권리를 보장받는다는 생각이 깔려 있다. 상품의 가치는 그것이 교환되는 회로망-시장 관계 속에서 결정되는 것이므로 상품으로서의 인간의 가치도 절대적인 것이 아니라 교환관계에 의해 결정되는 상대적 가치이다. 그러므로 망각의 시학은 인간이라는 것에서 어떤 고유성도 인정하지 않는다. 인간의 고유한 성질을 얘기한다는 것은 형이상학적 불변의 범주를 설정하는 일이라고 망각의 철학자 리처드 로티는 말한다. 따라서 이 망각철학에 따르면 인간이 무슨 고유의 '인간성'을 갖고 있다고 믿는 것 자체가 '자유의 포기'가 된다. 그런 인간성을 붙들고 있는 한 인간은 자유로운 변화를 추구할 수 없고 창조력을 발휘할 수도 없기 때문이라는 것이다. 키르케의 돼지는 그가 인간이라는 기억을 포기할 때에만 새로운 존재로 탄생하고, 그의 현실에 대한 비참감을 버릴 때에만 그 현실을 새로운 창조의 현실로 바꿀 수가 있다. 망각의 철학에서는 인간이 인간 아닌 것으로 바뀐다는 소외도 물화도 있을 수가 없다. 바뀐다는 것은 새로운 존재의 탄생을 의미하기 때문이다. 서사란 무엇인가? 그것은 기억이 아니라 망각이다라고 또다른 망각의 철학자 장프랑수아 리오타르는 말한다.

망각의 시학은 또 우연의 시학과 우연의 철학을 제시한다. 망각의 시학은 필연이나 인과관계 역시 인간의 자유를 구속하는 목적론적 형이상학적 범주라고 생각한다. 필연으로부터의 해방—그것이 자유이고 이 자유는 우연의 원칙에서 실현된다고 그 시학은 주장한다. 예컨대 인간의 역사가 어떤 의지나 기획, 구도에 따라 진행되어온 것이 아니라 우연한 사건의 집적이고 우연에 의해 만들어져온 것이라고 생각하는 순간 인간은 역사의 필연에서 벗어나 자유의 허공으로 날아오를 수 있다. 실제로 우연의 철학자들이 생각하는 역사는 그런 것이다. 로티는 인간의 진화. 역사, 사상적·문화적 전개, 과학의 발전—이 모든 것이 우연에 의해 이루어진 것이라고 주장한다. 역사상의 중요한 과학적 발견들은 어느 날 '우주 광선'이 우연히 과학자들의 머리를 때려 뇌 속의 물질 결합에 변화를 일으키고 이 변화가 새로운 어휘, 새로운 아이디어를 떠오르게 했다는 것이 그의 주장이다. 그 주장대로라면 금세기 후반 최대의 세계사적 사건이라고들 하는 소련의 변화는 어느 날 우주 광선이 우연히 고르바초프의 머리를 관통하여 '페레스트로이카'와 '글라스노스트'라는 새로운 어휘를 떠오르게 한 데서 발생한 것이 된다.

후기 산업사회의 시인이 망각의 시학에 이끌리는 것은 이 시학이 우연과 망각과 자유를 시의 고유한 특성(고유성을 인정하지 않는 사람들이 이 경우에는 고유성을 내세운다) 또는 언어의 고유한 성질로 끌어다 붙이기 때문이다. 로티에 따르면 시의 언어인 은유는 어떤 인지 기능도 갖지 않는 순수한 발명에 해당한다. 이 발명의 힘은 의외성과 돌발성에 있다. 은유는 유사성이나 연속성, 반영성에 입각하지 않는 우연적 결합에 의해 만들어진다. 은유를 만드는 데는 어떤 필연도 인과율도 작용하지 않는다. 그러므로 언어의 은유적 사용을 전문으로 하는 시인은 인간 중에서도 가장 자유롭고 가장 인간적인 인간, 곧 인간의 범형이고 모델이다. (로티가 배척했던 '인간적 인간'은 어느새 여기 되돌아와 있다.) 시인의 사회적 위치와 역할이 위축되고, 그의 존재의 의미가 가장 의심스러워져가고 있는 후기 산업사회에서 로티는 과거 낭만주의 미학의 '시인 신격화'에 견줄 만한 시인 예찬론을 느닷없이 꺼내고 있는 것이다. 그러나 그것은 시인과 시의 예찬을 위한 것인가 아니면 그 예찬의 밑바닥에 다른 기획을 감추어놓고 있는 은폐의 언어인가? 그것은 은폐의 언어이다. 그의 관심사는 지금의 세계를 미학화(그의 용어로는 '시화')하자는 것이고 이 미학화란 다름아닌 상품 소비문화의 현실을 그대로 받아들이고 비판 없이 수용하자는 것이다. 이 표피주의적 망각의 기획을 감추기 위해 그는 세계의 시화詩化를 내세우고 있다.

　　망각은 즐거운 것일 수 있으나 거기 죽음이 있고 기억은 고통스러우나 거기에 즐거움이 있다. 인간의 서사문화는 바로 그 때문에 지속되어온 것이 아니겠는가.

작가세계 1991. 겨울

정신대, 역사, 문학

몇 년 전 프랑스의 한 우익 집단이 제2차세계대전 기간 유대인 600만이 나치의 가스실에서 학살당했다는 것을 '역사적 사실'로 '입증'하는 사람에게는 거액의 포상금을 지불하겠다고 나서서 세계를 놀라게 한 일이 있다. 세계가 놀란 이유는 두 가지이다. 나치의 유대인 멸종 정책과 그 실행이 이미 부인할 수 없는 역사적 사실로 굳혀져 있는 마당에 새삼 그걸 입증해보라는 것은 역사의 돈키호테가 아닌 다음에야 발상조차 할 수 없을 비상식적 의외성을 담고 있다는 게 놀람의 첫째 이유였고, 나치의 박해에서 살아남은 유대인 생존자들이 아직도 다수 시퍼런 눈으로 살아 있는데 그들을 향해 '네가 입증할 수 있느냐?'라고 대드는 질문이야말로 비윤리적 도발성과 용감성과 뻔뻔스러움을 고루 갖추고 있다는 게 놀람의 두번째 이유였다. 또 수많은 박해 경험자들이 증인으로 나설 경우 그들에게 지불해야 할 그 많은 포상금을 무슨 재주로 감당할 것인가.

그러나 정말로 놀라운 일은 그 우익 집단의 도발적 요구를 일거에 격파할 증인이 단 한 사람도 없었다는 사실이다. 그 집단이 내건 '입증의 요구'를 면밀히 검토해보면 '자신이 가스실에서 처형당했다는 것을 입증할 사람'이라는 것이 증인의 자격이자 증언의 핵심이 되게 되어 있다. 자기가 죽었다는 것을 '사실로 입증'할 수 있는 사람은 누구인가? 그것은 죽은 자뿐이다. 그러나 죽은 자는 증언대에 서지 않는다. 그의 증언은 비증언의 범주—산 자가 들을 수 없는 침묵의 언어이기 때문이다. 또 과거에 박해를 겪었지만 아직 살아 있는 생존자의 경우 역시 그 우익 집단이 요구한 증인의 자격을 만족시키지 못한다. 지난날 그가 어떤 가혹한 박해를 받았건 간에 그는 아직 살아 있기 때문에 자기의 죽음을 증언할 수가 없다. 죽은 자는 증인으로 나설 수 없고 산 자는 죽음의 증인이 될 수 없다는 이 간교한 패러독스를 깨뜨릴 방법은 없었고 따라서 그 집단의 도발을 깨부술 증인은 세상에 단 하나도 없었던 것이다. 바로 이 점이 그 우익 집단의 노림수였다. 그들은 입증 불능의 패러독스를 동원하여 이른바 '역사적 사실'이라는 것이 지니고 있는 진실의 무게를 한바탕 조롱하는 해프닝을 벌일 수 있었다. 이 조롱의 간계 앞에서 '역사'와 '역사적 사실'은 뒤통수를 한 방 얻어맞은 꼴이 되었다.

역사의 뒷머리를 치는 이 간교한 논리는 불행히도 근자 한·일 양국 간 현안으로 발전한 정신대 문제에서 일본측 대응의 기조가 되어 있다. 처음 일본 정부는 한국 여성들의 정신대 동원이 정부 차원의 '공식' 동원이 아니었기 때문에 지금 와서 정부가 나설 일이 아니라고 발뺌했다가 그 동원이 당시 일본 정부와 군당국의 포고에 의한 것이었다는 역사 기록이 발굴되자 얼른 대응 전략을 바꾸게 되는데 문제는 이 바뀐 대응법에 있다. 최근 한국 방문을 끝내고 돌아간 미야자와 일본 총리는 정신대 문제에 대한 일본의 책임을 인정하고 '배상 가능성'을 시사했다. 그러나 그가 그런 가능성을 시사한 것과 같은 시간에 그의 정부 대변인인 가토 관방장관은 국가 차원의 배상은 있을 수 없는 일이라는 입장을 공식화했다. 총리와 관방장관의 이 두 갈래 다른 언명은 일견 일본 정부의 내부 혼선을 반영하는 것으로 보일지 모른다. 그러나 그것은 혼선이 아니라 동일한 대응 전략의 분리 표현이며 그 전략의 기저에는 죽음의 증인은 '나오라'고 요구한 프랑스 우익 집단의 논리가 그대로 발견된다.

미야자와 총리의 배상 가능성 시사는 정신대 피해자가 '개인적으로' 배상청구소송을 제기할 경우 판결에 따라 배상이 실현될 수도 있다는 의미의 것으로 해석된다. 문제 해결을 개인 차원으로 전환시키자는 데에는 이런 함정이 숨어 있다. 정신대 피해 배상청구소송을 내는 사람은 죽음의 증인과 마찬가지로 피해 당사자여야 하며 그는 재판 과정에서 자신의 피해 사실을 입증해야 한다. 그러나 현재 가족을 가진 생존 피해자들이 종군위안부로서의 과거를 밝히고 입증하는 일은 자기 죽음을 증언하는 것 못지않게 불가능한 일이다. 권력의 강제에 의한 것이라고는 하지만 여성이 종군위안부의 과거를 갖고 있다는 사실을 가족과 친지들에게 밝힌다는 것은 다시 죽는 일 이상의 모욕일 수 있고 '죽어도 밝힐 수 없는' 일일 수 있다. 그러므로 개인 차원의 소송이 제기될 경우 보상받을 수도 있을 것이라는 언명은 살아서도 죽은 자처럼 증언할 수 없는 여성들을 향해 어디 나올 테면 나와서 밝혀보라고 윽박지르는 자의 느긋한 여유를 담고 있고 이 여유는 조롱과 먼 거리에 있지 않다. 미야자와 총리에게는 미안한 얘기지만 그런 종류의 언명은 이미 제국주의의 폭력에 가혹한 시련을 겪었던 여성들에게 또 한 차례의 모욕과 시련과 폭력을 가하는 일이라는 것을 그는 알아야 한다. 그리고 이 폭력의 배후에는 소송이 더러 제기된다 한들 그것은 혈혈단신으로 늙어 죽음을 목전에 둔 무연고자들의 경우일 것이고 그 숫자는 결코 많지 않을 것이라는 얇은 계산서가 깔려 있다는 사실도 그는(그가 대국의 정치 지도자라면) 시인해야 할 것이다.

정신대로 끌려가 영영 돌아오지 못한 사람들은 어찌되는가. 가토 관방장관이 국가 차원의 배상 가능성을 배제한 것은 바로 이들 사자와 행방불명자들의 경우를 계산한 것이다. 죽은 자는 법정에 설 수 없고 배상청구소송을 낼 수 없다. 생존 피해자들에 대해서는 사안별 판결에 따른 보상이 고려될 수 있을지 모르지만 만약 한국 정부가 사자와 행방불명자들에 대한 소송 대리인을 자임하고 나서서 국가 차원의 배상을 요구한다면 그 가능성은 단호히 배제되어야 한다―이것이 가토 관방장관의 공식 언명에 담겨 있는 행간 의미의 핵심이다. 이 독법이 정확하다면 미야자와 총리의 배상 가능성 시사 발언과 가토 장관의 가능성 배제 발언 사이에는 모순과 혼선이 있는 것이 아니라 빈틈없는 일치와 화음이 있다. 배상 가능성을 개개의 생존자에 국한하고 사실상 법정에 서기가 불가능한 그 생존자들에게 배상할 수도 있다고 말하는 것이나 사자에 대해서는 책임질 수 없다고 말하는 것 사이에는 아무런 모순도 없다. 일본측의 이 같은 대응 원칙은 정신대 희생자들이 처해 있는 하나의 곤궁―죽은 자는 죽었기 때문에 배상청구가 불가능하고 산 자는 살아 있기 때문에 배상청구의 송사를 벌일 수 없는 그 딜레마를 재빨리 간파한 데서 나온 것이다. 이 간파력은 프랑스 우익 집단의 간계와 너무도 유사하다.

군국주의 일본에 유린당했던 아시아 각국의 국민들이 일본 정부에 기대하는 것은 일개 집단이나 부릴 만한 얄팍한 기교가 아니라 대국이 그 행동의 기초로 삼아야 할 양식과 판단력이다. 태평양전쟁 전후 처리에 관한 한 일본의 태도는 경제 대국의 크기와는 전혀 균형이 맞지 않는 왜소성을 특징으로 하고 있다. 그 왜소성은 일본 정치 지도자들이 정신적·도덕적 성장의 중지라는 고질적인 미성숙에서 벗어나지 못한 데 연유하고, 이 미성숙은 일본 정치가 과거 군국주의 역사로부터의 단절 아닌 연속에서 우익 국가주의적 정치 에너지를 공급받고 있다는 데 기인한다. 일본이 과거 군국주의 역사를 시원스레 청산하지 못하고 향수와 미련, 동체성을 느끼면서 그 과거를 이리저리 미화하는 까닭도 거기에 있다. 예컨대 일본 정계의 저명 우익 인사 이시하라 신타로石原愼太郎(그는 한때 잘 알려진 작가였다)는 난징학살사건을 역사적 사실 아닌 중국측 허구라고 주장했다가 세계의 웃음거리가 된 적이 있는데(역사와 허구의 경계선 소멸이라는 포스트모더니즘의 화두는 이처럼 우익의 먹이가 되곤 한다), 이런 해프닝은 우발적인 것이 아니라 일본 정치의 기본적 담론구조 자체에서 나오는 것이다.

일본 정치 지도자들은 일본이 과거 군국주의 역사의 야만성을 인정하고 그 인정에 따르는 책임을 이행하는 것이 야만의 역사와 단절하는 길이라는 것, 그리고 이 단절만이 일본 국민들을 위한 최선의 봉사라는 것을 알아야 한다. 정신대 문제는 그 점에서 일본 정치가 한 단계 성숙할 수 있는가 없는가를 시험하는 하나의 시금석이 될 것이다. 제국 군대가 식민지 여성들을 종군위안부로 대거 동원하여 죽음의 골짜기로 끌고 다녔다는 것은 세계사에 유례가 없는 야만의 절정이다. 따라서 정신대 문제를 미결 상태로 오래 끌면 끌수록 일본은 점점 페미니즘의 시대가 되어가고 있는 지금의 국제사회에서 부끄러운 얼굴을 감출 길이 없게 된다. 이것은 일본의 이익이 아니며 일본 국민은 그런 사태를 원치 않을 것이다. 일본의 민간단체들이 정신대 문제 해결에 발 벗고 나섰다는 것은 그 좋은 반증이다. 그것은 일본 국민의 도덕적 성숙을 보여주는 일이고 이 국민적 성숙성은 정치 지도자들의 미성숙을 용납하지 않을 것이다. 국민은 악몽을 청산하려 하고 정치 지도자들은 그 악몽에의 사랑을 유지하려 하는 것, 이것이 지금 일본의 내부 모순이다.

일본 국민들이 잘못된 과거에 대한 반성의 능력을 키워놓고 있다는 사실은 반성력에 관한 한 왜소성을 면탈하지 못한 우리들 한국인 자신을 몹시 부끄럽게 한다. 정신대의 피해 당사국 국민인 우리는 그동안 무얼 하다가 종전 반세기가 지난 지금에 와서야 그 문제를 꺼내놓게 되었는가? 해방 이후 우리 자신이 일제의 잔재를 청산하지 못한 것이라든가 역대 정권이 정신대 문제의 현안화를 억압하고 기피했다는 사실이 그 이유로 지적될 수도 있다. 피해자의 규모와 신원 파악 등 기초 조사도 아직 되어 있지 않다는 사실은 생존 피해자들의 보호라는 동기 이상의 정치적 억압과 관계가 있다. 그러나 이런 것만이 이유의 전부인가. 그렇지 않다. 정신대 문제가 뒤늦게 제기된 가장 큰 이유는 우리 사회가 인권 경시와 여성 모멸의 전통 속에 오랫동안 침잠해 있었기 때문이다. 이효재, 윤정옥 등 여성운동 지도자들과 여성단체들이 문제를 제기할 때까지 우리는 전근대적 가부장제 문화에 포위되어 그 문화 자체에 대한 비판적 반성력을 실종시킨 상태에 있었고 여성 모멸의 문화에 대한 각성이 없었기 때문에 정신대 문제는 '문제'로 떠오를 수조차 없었던 것이다. (이 점에서 정신대 문제는 단순히 전쟁 피해보상의 차원을 넘는 페미니즘의 '세계적' 문제이고 이슈이다. 그 문제의 한 가닥은 제국주의에, 또 한 가닥은 남성중심주의에 닿아 있다.)

이런 반성은 문화의 한 주요 구성 요소인 문학의 영역으로도 당연히 확장되지 않으면 안 된다. 억압되어 들리지 않는 목소리의 복원이 아니라면 문학은 무엇인가? 권력의 횡포, 제도의 폭력, 사회관계의 억압 밑에서 소리 없이 사라져간 사람들의 그 침묵의 언어를 번역해내는 작업이 아니라면 문학은 무엇인가? 그러나 부끄럽게도 식민지 시대 말기 우리 문단의 주요 인사들은 문학적 명성을 등에 업고 여성들에게 정신대 복무의 신성한 의무를 외치며 다녔다. 그들의 손에 키워지고 그들의 작품에서 자양을 공급받은 사람들이 해방 이후의 우리 문학을 한동안 주도했다. 그리고 부끄럽게도 우리는 그 참담한 식민지 시대의 경험을 우리의 이야기, 우리의 서사로 엮어낸 문학을 별로 많이 갖고 있지 못하다. 갈등과 고뇌, 시련과 고통, 죽음과 배반의 시대는 있었으되 그 시대의 경험은 우리의 척박한 기억력, 그 심오한 망각의 늪에 빠져 흔적도 없이 사라져가고 있다. 서사란 종족의 기억이고 그 기억의 보존을 위한 첫번째 장치이다. 서사를 통해 역사적 기억을 보존하지 않은 민족치고 자랑할 만한 문화를 일군 민족은 없다. 그런데 우리는 어찌된 일인가. 우리는 누구보다도 오랫동안 역사를 기록해온 민족이면서 기억과 반성의 능력은 천박하기 짝이 없고, 서사에서 역사를 증발시키고 기억을 잡아 빼는 포스트모더니즘의 유행 논리에 휘둘리기까지 한다. 외솔 최현배가 "천박한 낙천성"이라고 부른 어떤 특성이 우리에게 있는 것인가.

이처럼 정신대 문제는 일본을 향해, 야만의 역사를 향해 제기되는 문제이면서 동시에 우리 자신에게 제기되는 문제이다. 이 부분을 망각한다면 정신대 문제는 그 정신적 차원을 잃은 채 고작해야 일본을 상대로 한 한풀이 굿으로 끝나고 말지 모른다.

문예중앙 1992. 봄

3부

혼돈
시대의
소설

90년대 소설의 영화적 관심과 형식 문제

1

1990년대에 들어와 발표된 우리 소설들은 '형식의 층위'에서 이전 소설들과 구분될 만한 특성들을 갖고 있는가? 갖고 있다면 그것들은 (소설론 또는 소설 미학의 새로운 전개를 내다보게 할 정도의) 어떤 중요성과 가능성을 지니는가? 이 글은 이 두 개의 질문에 대한 시론적 응답을 모색하기 위해 씌어진다. 『세계의문학』이 내게 시킨 일은 '1990년대 소설의 형식적 특징'에 관한 글을 써달라는 것이었다. 이 주문의 배후에는 1980년대와 1990년대 소설들을 내용의 층위에서 논한 글들에 비해 형식면에서 시도된 분석이나 기술은 우선 양적으로 빈곤하다는 고려가 있었을 것이다. 내용을 일단 소설의 '이야기와 주제 차원'의 것으로, 형식을 소설적 '담론 차원'의 것으로 파악한다면 비평의 관심사이자 논구의 대상은 그 두 차원의 융합 양상과 융합의 효과에 관한 것이다. 그러므로 비평이 형식론과 내용론의 적절한 균형을 유지해야 한다는 점에서 보면, 형식에 관한 분석의 빈곤은 극복될 필요가 있다. 그러나 내용 층위를 제거해버린 다음 담론방식으로서의 형식에만 초점을 맞출 경우, 이미 우리가 구조시학과 기호학의 공과 점검을 통해 익히 알고 있듯 비평은 텍스트 연구라는 극히 기술적인 분석 작업에만 머물고 말 우려가 있다. 이 글이 1990년대 소설의 형식적 특성의 판별이라는 과제 이외에 그것의 성격에 관한 검토를 또하나의 과제로 삼게된 이유는 이런 고려의 결과이다.

1990년대 소설의 형식적 변별 요소들은 한두 가지가 아니다. 그 요소들은 비교적 젊은 연배의 작가들과 신진 작가들의 작품에서 특히 두드러지게 나타난다. 그 다수의 변별소들 중에서 우리가 주목해야 할 것은 무엇인가? 소설이라는 장르 자체가 이야기의 조직과 제시의 방법적 범주 가운데 하나이고, 장르 내부에서도 '소설 쓰는 방법'의 부단한 혁신이 소설의 연명을 가능하게 해온 활력의 하나였다는 사실을 염두에 둔다면 1990년대 소설의 형식적 특성들 가운데 단연 흥미로운 것은 소설 쓰는 방식의 특이성이다. 방법적 특이성이 갖는 의미와 중요성은 이야기를 '색다른 방식으로' 조직하고 제시한다는 데 있다. 그러므로 1990년대 소설의 형식적 변별소들에 주목할 때 우리의 관심은 이런저런 변별소들을 가능한 한 많이 적출해내어 기술하는 데보다는 이야기의 '조직과 제시의 방법'에 발생한 특징적 차별성을 잡아내는 데 두어져야 한다. 쉬운 비유를 쓰면, 그것은 슈퍼마켓에 어떤 새로운 물건들이 들어와 있느냐가 아니라 그 물건들이 '어떤 방식'으로 선택되고 배열되었는가에 대한 관심과도 같다. 이것은 선택과 배열의 관계에 대한 흥미이며 이야기 자체보다는 그것의 수사적 제시법, 서술질서,

서술 기법에 관한 흥미이다. 물건의 배치법이 슈퍼마켓의 효과에 중요한 차이를 가져올 수 있듯 사건의 배열과 제시 기술은 소설의 결정적인 효과 발생 요인이 될 수 있다.

이 같은 방법적 관점에서 보면 1990년대 소설에서 발견되는 경향적 현상 하나는 영화적 영상기호에 대한 매혹이 소설쓰기에 매우 현저한 영향을 주고 있다는 사실이다. 물론 1990년대에 들어와 발표된 작품들 모두에서 이런 현상이 발견되는 것은 아니다. 그러나 우리가 이 현상에 일단 주목해야 하는 까닭은 그것의 편재성 때문이 아니라 경향성 때문이며 이 경향성이 1990년대 소설의 형식적 특성이라 부를 만한 중요한 변별소들을 결정하고 있다는 사실 때문이다. 양귀자의 최근작『나는 소망한다 내게 금지된 것을』(살림, 1992)은 내용도 그렇지만 형식에서도 사건의 조직과 제시방식이 상당 부분 '영화적'이어서, 처음부터 영화 또는 텔레비전 드라마로의 전화 가능성을 염두에 두고 쓴 작품 같아 보인다. 이인화의『내가 누구인지 말할 수 있는 자는 누구인가』(세계사, 1992)는 내용 면에서는 멜로드라마 차원의 구미조차도 자극할 만한 것이 아니지만(그 주인공의 '고민 내용'은 극적 갈등을 이루기에는 너무도 진부한 것이고 이 진부성의 과장이 산출하는 효과는 희극적이다) 형식면에서는 영상 시뮬레이션의 방법을 소설 구성의 제1원리로 채택하고 그 방법 자체를 전경화하고 있다. 시뮬레이션은 기본적으로 '시각 이미지'의 복제이다.

그러나 우리가 주목하고자 하는 것은 어떤 작가가 마르그리트 뒤라스처럼 아예 처음부터 영화화를 목표로 소설을 쓰려고 할 때, 혹은 영상 시뮬레이션 같은 복제 기법을 실험해볼 때의 문제가 아니라 마치 '영화 만들듯이' 소설을 쓸 때 발생하는 '서사 형식의 문제'이다. 영화와 소설은 서사를 상호 교환할 수 있다는 점에서 어떤 예술 형식보다도 가까운 관계에 있지만, 영화의 영상기호학적 문법에서는 이미지가 기호이고 이 영상기호가 제시되는 방식은 언어기호의 조직법과 아주 다르다. 영화는 카메라의 눈으로 세계를 보고, 카메라의 눈으로 세계를 소유한다. 세계를 이미지화하는 것은 영화가 세계를 소유하는 방식이며, 서사를 전개하되 그것을 이미지로 제시, 연결, 조직하는 것이 영화이다. 그러므로 영화 작가는 이야기꾼이기 전에 '이미지 사냥꾼'이다. 그에게는 어떤 이미지를 네모의 프레임 속에 잡아넣을 것인가, 그 프레임에 나포된 이미지를 어떤 각도와 조명과 색채 조작으로 장면화할 것인가에 대한 관심이 다른 어떤 관심보다도 우선한다. 장면은 그 자체로 납치된 세계이면서 동시에 시선(관객)을 나포하는 유혹이기 때문에 젊은 여자의 나체, 달리는 말, 어두운 강변의 모닥불, 춤과 기타(영화는 선율조차도 시각화한다)처럼 최상의 미적 이미지들을 소유하고 제시해야 한다. 최상의 이미지를 소유하는 것이 최상의 유혹이다. 이미지의 소유와 시선의 나포라는 동기에 복종하는 한 영화 작가는 시각 효과를 위해 서사의 정상질서를 뒤바꾸기도 하고 언어적 서사에서라면 불필요할 요소들을 선택하는가 하면 서사적 필연과 논리를 우연성의 제단에 헌납하기도 한다. 또 이미지는 이미 그 자체가 충분한 시각적 묘사이므로 소설에서와 같은 언어적 묘사는 영상기호학에서는 완벽하게 불필요한 잉여이며, 행동과 장면, 장면전환과 상황 전개에 대한 설명도 필요하지 않다. 그러므로 영상기호의 조직이 갖는 이런 특성들이 언어적 서사양식인 소설에 도입될 경우, 소설의 서사 형식에 초래되는 변모는 막대한 것이다.

우리가 지금 보는 것은 바로 그 같은 변모이다. 그것은 1990년대 소설의 형식적 특징들 중에서 가장 문제적이고 문제적이기 때문에 검토의 필요성이 있는 변화이다. 소설 서사 형식에 대한 이런 변화가 대구 출신 두 젊은 작가의 손에서 대표적으로 시도되었다는 사실은 흥미롭다. 그 흥미의 사회문화적 부분은 일단 여기에선 논외의 암시사항으로 남겨두자. 우리의 다음 단계 관심은 이 '새로운' 형식 변화가 구체적으로 어떤 양상을 띠고 전개되는가를 점검하는 일이다.

2

장정일의 중장편 『아담이 눈뜰 때』(미학사, 1990)와 박일문의 장편 『살아남은 자의 슬픔』(민음사, 1992)은 그 소재와 주제, 이야기의 내용 등에서는 서로 다른 작품들이다. 장정일의 소설에서는 19세의 대학 입시 재수생이 주인공이고 박일문의 장편은 '운동권' 출신의 대학 졸업자를 주인공으로 하고 있다. 주인공들의 문제적 경험과 갈등, 그 갈등에 대한 대응, 갈등의 소설적 처리방식도 다르다. 그러나 형식의 층위로 시선을 돌리면 두 작품은 매우 유사한 특성들을 갖고 있다. 이 특성들을 관통하는 것은 '영화적 영상 이미지에 대한 집착이 서사 요소의 선택과 배열에 강력한 동기로 작용'하고 있다는 점이다. 이미지에 대한 고려는 언어적 서사 전개에도 필요한 것이지만 지배적이랄 정도로 강력한 동기를 이루지는 않는다. 소설의 경우 특정의 요소가 왜 특정의 사건 연쇄 속에 들어가야 하는가를 결정하는 서사적 요인은 적어도 '이미지에 대한 요구'가 아니다. 고전적 의미에서 그 요인은 플롯의 내적 논리이고, 부분과 전체의 관계, 개연성과 필연 같은 것들이다. 플롯의 합리성을 내던지는 소설들의 경우에도 그 우연 미학이 반드시 이미지에 대한 집착의 결과라고 말할 수는 없다. 이처럼 소설의 서사양식이 영상미학적 이미지를 최우선적 요구사항으로 삼지 않는 까닭은 무엇보다도 소설이 시각예술이 아니라는 점, 그림을 보여주지 않고 서술한다는 점, 그러므로 '시각의 쾌락원칙'에 전면 지배되지 않는다는 점 때문이다. 소설 서사에서의 아름다움이란 미 일반에 대한 아퀴나스의 정의처럼 '인지의 끝에 오는 즐거움'과 관계된 것이지 반드시 '보아서 즐거운' 것은 아니다.

영상미학의 명령 가운데 하나인 시각의 쾌락원칙은 장정일과 박일문의 소설에서도 서사 요소의 선택을 결정하는 중요한 요인으로 작용한다. 장정일의 『아담이 눈뜰 때』(이하 『아담』으로 약칭)에 등장하는 세 사람의 여자들(은선, 사십대 여류 화가, 현재)은 영상 화면 속의 여배우들처럼 빼어난 미모를 가졌거나 아니면 최소한 '아름다운' 외모를 지닌 여자들이다. 박일문의 『살아남은 자의 슬픔』(이하 『슬픔』으로 약칭)에 나오는 두 여자(라라와 디디)는 모두 아름답고 특히 디디는 탁월한 미모의 여성이다. 소설이 미모의 여자를 등장시켜서 안 될 이유가 없는 바에야 미모의 여성 인물들이 나온다는 사실 자체가 주목될 필요는 없다. 그러나 두 소설의 경우 미모의 여성들은 일련의 다른 시각 이미지들로 구성된 일정한 패러다임(선택 요소들의 집합)의 일부이며 이 패러다임은 단연 영상적이고 영화적인 것이다. 여자의 벗은 몸, 강변, 모닥불, 불꽃, 춤, 섹스, 음악 등은 그런 패러다임에 속하는 이미지들이다. 『슬픔』의 남자 주인공이 대학 후배인 라라와 안동 하회마을의 '강변'으로 여행을 떠나고, 물속에 들어가고, 그 물에서 나와 '서로의 것'이 된다는 에피소드에서 흥미로운 것은 그 에피소드가 달밤의 강변, 흰 모래밭, 달빛 비끼는 강물, 나룻배 같은 영상적 세팅 위에서 전개된다는 점이다. 그 남자 주인공의 두번째 여자인 디디는 어느 날 밤 도시의 어두운 천변에서 바람에 하늘거리는 긴 치마를 입고 남자의 시작詩作 노트를 찢어 '모닥불'을 지핀 다음 '춤추는 장면'을 보여주는데, 이 장면이 이야기의 그 대목에 들어가야 할 서사적 요구는 사실상 없다. 그 여자(그녀는 대학생이고 한때 운동권 남학생의 애인이었다)가 '경험' 또는 '학비 조달'을 내세워 밤무대에서 알몸의 스트립 댄서로 일한다는 것도 개연성의 질문에 답하기 어려운 부분이다. 그렇다면 이런 장면들은 왜 거기 들어가 있는가? 그것들의 선택을 결정하는 것은 서사 자체의 논리가 아니라 시각의 쾌락원칙이라는 영화미학의 요구인 것이다.

『슬픔』 속에서 두 번 요란하게 '춤'추는 장면을 연출해 보이는 그 디디라는 여자, 화자가 "그것은 미친, 완벽하게 미친 불꽃이었다"라는 말로 그녀의 춤을 묘사한 그 디디는 "1990년 그해, 그 도시"에서 "아무나하고 자는 여자"이면서 또한 도서관에서 밤늦도록 책을 읽는 여자이고 외국의 비평 전문저널인 『크리티컬 인콰이어리Critical Inquiry』와 기호시학 저널인 『포에틱스 투데이Poetics Today』의 논문들을 복사해서 읽고 라캉과 바흐친, 줄리아 크리스테바, 조너선 컬러, 일레인 쇼월터를 줄줄 늘어놓는가 하면 "피타고라스 신비주의에서 독일의 현대철학, 영미 분석철학, 프랑스 철학의 모든 것이 머릿속에 내장되어" 있는 "고고인류학과" 학생이면서 작가 지망생이다. 우리의 대학 학부생들 중에 라캉과 바흐친과 아무개 아무개를 두루 꿰고 고

대철학에서 현대 프랑스 철학까지를 몽땅 머리에 내장했을 정도의 지적 인물이 있을 수 있는 현실적 개연성은 제로 이하이며 그렇기 때문에 소설적 상상력 속에서도 그런 인물이 등장했을 때의 설득의 가능성 또한 제로 이하이다. 소설이 그 여자의 지적 허영을 '그녀의 현실'로 그려 보이기 위해 그랬다면 그것은 그럴 수도 있는 일일 테지만 텍스트 어디에도 그런 정보는 없다. (오히려 이런 허영은 화자 자신의 것이기도 하다.) 그러므로 디디라는 여자의 선택과 묘사는 언어적 서사의 요구 아닌 다른 요구, 다른 법직을 따르고 있다. 그녀는 있을 수 있는 인물로서 소설 속에 형상화되고 있다기보다는 하나의 이미지, 눈을 즐겁게 해주는 영상기호적 존재로서 거기 등장해 있는 것이다.

소설 『아담』의 경우, 이 작품의 흥미로운 점은 이미지에 미쳐 이미지만을 소유하고 거래하는 세계를 '세기말적 징후'로 포착하면서 그 세계를 이미지에 나포된 시선으로 그려 보이고 있다는 점이다. 이미지는 아담이 대학에 떨어지고 나서 한동안 빠져들었던 세계의 거의 유일한 교환가치이고 커뮤니케이션이다. 아담과 은선이 대입 학력고사를 치른 날 '어른이 되기 위해' 찾아든 여관방에서 아담은 박꽃같이 흰 여자의 알몸을 '눈으로' 먼저 소유하는데 이 소유방식은 이미지 세계의 인간관계, 이미지로서의 두 사람의 관계를 규정한다. 아담과 그의 두번째 여자인 현재 사이의 섹스도 이미지끼리의 교환관계이다. 아담을 아틀리에로 데리고 간 사십대의 "수려하고 아름다"운 여류 화가는 아담에게 "나는 지금 너에게서 이미지를 앗으려" 한다고 말하고, 그녀에게서 뭉크 화집 하나를 얻어 돌아온 아담은 자신이 이미지를 "빼앗겼다"고 나중에 현재에게 털어놓는다. 여성 인물들의 미모 묘사에 비하면 아담의 외모에 대한 정보는 거의 공급되지 않는다. 이 부분 정보의 과소 공급은 아담 자신이 소설의 시점 화자이기 때문에 자기 이미지를 객관화할 수 없다는 제약의 결과 같아 보인다. 그러나 그의 외모에 대한 정보 공급은 그 자신의 서술을 통하지 않고도 얼마든지 가능할 것이다. 그런데도 그 정보는 철저히 생략되어 있다. 그 대신 이미지로서의 그의 교환가치는 현재라는 미모의 여고생과 역시 미모의 여류 화가가 그와의 교환관계를 희망했다(현재의 표현으로는 "항복했다")는 사실로 확인된다. 이는 그의 이미지가 여성 인물들의 눈이라는 카메라에 나포되는 방식이다.

『아담』의 주인공은 '강변'으로 가거나 '춤'을 추지는 않는다. 19세의 아담은 짐 모리슨, 지미 헨드릭스, 재니스 조플린을 숭앙하는 오디오족이다. 그러나 그는 여고생 현재와 함께 강변 대신 바닷가로 가고, 춤을 추지는 않지만 디스코텍에 가서 노상 앉아 있다. 거기서 그는 자기가 디스코 춤을 보고 있는 것이 아니라 자신의 권태를 바라보고 있다고 말하지만 이 장면이 거두는 영상 효과는 디스코 춤의 군상들과 그것을 바라보는 한 젊은 남자의 외로워 뵈는 실루엣이다. 아담이 현재와 여류 화가를 만나게 되는 것은 그 디스코장에서이다. 여고생 현재는 아담처럼 '고독'을 자기 상황으로 정의하는 오디오족이고 이미지의 세계 속으로 강제 추방된 인물이다. 그녀는 디스코장에서 춤도 춘다. 그들이 좋아하는 로이 뷰캐넌이 죽었을 때 현재와 아담은 냇가로 가서 기타에 석유를 붓고 '불꽃'을 낸 다음 뷰캐넌 추모식을 올리는데, 아담은 그 자리에서 "슬픈 기타 소리와 파란 불꽃을 내며 불타오르는 기타와 하얀 모래펄"에 이끌려 즉흥의 추모시를 읊조린다. 그러므로 이 소설에도 일정한 유형의 강한 영상 패러다임이 존재한다. 박일문의 소설에서 문제의 영상들이 강변/춤/모닥불/알몸/섹스/음악/시라면 장정일의 소설에서 그것은 해안/디스코/불꽃/알몸/섹스/음악/시이다. 이 패러다임은 지금 이 땅의 문화판에서 십대 혹은 이십대 관객들을 겨냥한 영화를 만드는 사람이라면 '결코 빼놓을 수 없는' 공식 영상 메뉴들을 포함하고 있다. 그 메뉴판에서 오토바이 타는 스피드족(『아담』의 경우)이 빠질 수 없고 1980년대 청춘의 추억이 된 '가두시위' 장면(『슬픔』의 경우)이 생략될 수 없다. 시위 장면은 그 열기와 불꽃의 순수한 영상미학적 가치 때문에 영화 속에 양념처럼 끼어들어 그 효용성을 인정받는다.

그러나 우리의 관심은 이 같은 영상 패러다임의 공식성에만 국한된 것이 아니라 그 패러다임을 이루는 이미지 요소들이 어떤 방식으로든 '어김없이' 소설에 들어가야 하고 그래서 이미지 삽입의 동기가 서사의 추동력이 된다는 사실에 있다. '이미지에 대한 욕망'이 서사를 이끄는 강력한 힘이 될 수 있다는 것을 장정일과 박일문의 소설은 보여주고 있는데, 이 점은 두 작품의 경우를 떠나서도 광범한 비평적 사색을 요구하는 문제이다. 그것은 1990년대 소설의 한 중요한 특성이 될 조짐을 보이고 있기 때문이다. 이미 우리는 롤랑 바르트가 "이미지의 문명"이라 부른 것의 포로가 되어 있는 것인가? 그 문명은 잘못된 것인가? 잘못되었다면 무엇이 어떻게 잘못된 것일까? 명백히 포스트모더니즘적인 문명의 이 단계를 뛰어넘으려 한다면 그 뜀뛰기의 힘은 어디서 나올까? 역사에서, 아니면 서사에서? 역사와 마찬가지로 서사의 형식이 우리 시대의 중요한 문제가 되는 이유는 이것이다. 소설 서사가 이미지 욕망에 스스로 나포됨으로써 그 이미지의 문명에 반어법적 부정을 던지고 그 문명의 패러디가 되려고 하는 것은 의미 있는 형식인가? 소설이 이미지의 욕망에 추동되어 '그래서, 그러므로, 그랬기 때문에' 같은 인과성의 고리들을 많은 부분 사상한 채 일련의 도상기호iconic images들을 산만하게 접속시켜나가는 것은 유용한 방식인가? 무엇에 유용한? 아니, 지금 우리는 이런 문제를 생각할 대목에 있지 않다. 영화적 기법 얘기를 좀더 해보자.

박일문의 『슬픔』은 시각의 쾌락원칙에 예민하다는 점에서만 영상미학적 특성을 갖는 것이 아니라 사건의 서술질서와 서술 기법에 있어서도 극히 영화적이며 이 점에서 『슬픔』은 소설과 영화가 그 서사 기법을 어떻게 상호 교환할 수 있는가를 보여주는 흥미로운 사례를 제공한다. 현대소설이 사건의 시간질서와 서술질서를 일치시키지 않고 오히려 두 질서의 끊임없는 교란과 왜곡을 통해 서사적 긴장과 재미를 얻어내고 있다는 것은 새삼 지적할 일도 못 된다. 회상 기법은 사건의 자연 시간 순서를 교란하는 대표적 서술방식이고 이 기법은 현대소설에서 개발되어 영화 쪽으로 수출된 대표적 기법의 하나이다. 사건의 서술질서가 시간질서와 일치하는 정상질서(abc), 일치하지 않는 교란 또는 회상 질서(acb), 중간에서 시작하는 생략질서(bc) 등은 소설과 영화가 빈번히 사용하는 서술 형태들이다. 그러나 현대영화가 개발한 배열 기법 중 특기할 만한 것으로는 하나의 에피소드를 완전히 거꾸로 배치하는 역순 배치(cba)의 기법이다. 이를테면 '부부가 싸웠다. 유리가 깨졌다. 남자가 깨진 유리를 담아 들고 쓰레기통에 갖다 버린다'라는 에피소드를 역순 배치의 기법으로 제시하면 관객은 남자가 깨진 유리를 쓰레기통에 내다 버리는 장면부터 먼저 보게 되고 그다음 유리가 깨지는 장면, 부부싸움의 장면을 차례차례 거꾸로 보게 된다. 소설 『슬픔』에서 이 기법은 '라라의 죽음의 원인을 찾으러 가는 우울한 여행'의 전체적 구도에 원용되어 '라라가 죽었다. 물에 빠져 죽었다. 죽은 까닭은…'의 순서를 만들어내는데, 이것은 중간의 수없이 많은 회상과 교란에도 불구하고 기본적으로는 사건의 역순 제시에 의한 '정보의 연기'이다. 이 정보는 서사의 전개를 통해 발견되고 인지되는 진실이라기보다는 이미 화자가 알고 있었던 정보의 기법적 연기이다. (『슬픔』의 주인물은 "라라가 죽었다. 나는 그 이유를 알지 못한다"라는 데서 원인 발견의 여행을 떠나는 것으로 되어 있지만, 나중 보면 그 원인은 서사적 발견이 아니라 이미 화자가 알고 있었던 정보의 평면적 은폐라는 것이 드러난다. 이 소설은 정보의 기법적 연기를 '발견'으로 제시하기 위한 긴 노력이다.)

이보다 더 직접적인 역순 배치도 있다. 이를테면 『슬픔』의 중간 부분쯤에서 독자는 느닷없이 주인공이 부서진 전화통, 음반, 오디오, 맥주병 같은 것을 치우는 장면과 깨진 유리에 발바닥을 베이고 병원 가는 장면을 보게 된다. 선행 사건이 없으므로 독자는 전화통과 맥주병이 왜 깨졌는지 알 수 없고, 혹시 페이지가 잘못된 것 아닌가 해서 앞뒷장을 기웃거린다. 몇 장이 지난 다음에야 독자는 주인공의 방에 놀러왔던 디디가 술 마시고 울며 물건을 깼다는 정보("미안해요")를 접한다. 이는 흔히 있는 회상 기법이 아니라(거기에는 회상의 주체와 회상의 시간적 거리가 없다) 역순 배치에 의한 정보 공급의 순간적 연기이다.

영화적 서사 기법의 차용은 이것만이 아니다. 장면의 설명 없는 전환은 영화의 특권이다. 영화는 '어느 날 버스를 타고 가는데…'라든가 '책방에서 잡지를 들여다보고 있다가…' 같은 장면전환의 설명이나 묘사를 필요로 하지 않는다. 버스 타고 가는 장면, 책방에 서 있는 장면을 보여주기만 하면 되기 때문이다. 소설『슬픔』은 이 같은 무설명의 빠른 장면전환을 수없이 활용하고 있다. 이를테면 "전화벨이 집요하게 울렸다. (…) 자정이 넘어서고 있었다. 나는 옷을 갈아입었다. 나는 숙취한 얼굴로 여자와 약속한 장소로 나갔다"의 다음 장면은 "아침이었다. 나는 눈을 떴다. 장미 무늬의 천장이 눈에 들어왔다"이다(이런 식의 장면전환은 장정일의『아담』에도 있다).『슬픔』이 보여 주는 이런 무수한 장면 이동은 소설 서사적 전환이라기보다는 정확히 카메라 이동이다. 그 장면들은 거의 예외 없이 짧고 파편화되어 있다. 또 화자가 A라는 토픽을 얘기하다가 갑자기 논리적 연결 없이 B라는 토픽으로 넘어가는 식의 화제 바꾸기가 빈번히 일어나는 것도 카메라 이동의 기법적 연장이다. 이처럼 빈번한 장면／화제의 전환은 독자의 눈 자체를 카메라가 되게 하고 시선 분산을 통해 서사의 내적 심화에 필요한 관조의 시간을 박탈한다. 그것은 될수록 많은 장면의 시각적·공간적 점유를 강요하면서 이미지와 동작과 소리(거기에는 영화에서처럼 '사운드 이펙트'가 따라붙는다―어느 날 밤 주인물의 자취방에서 벌어지는 디디의 격렬한 춤과 음악을 보라. "음악은 다시 〈스피드 킹〉으로 바뀌었다. (…) 음악은 다시 〈파이어 볼〉로 바뀌었고, 음악은 다시 〈차일드 인 타임〉으로 바뀌었다")로 독자를 쉴새없이 '폭격'한다. 프레드릭 제임슨의 지적처럼 '관객을 숨 돌릴 틈 없이 폭격하라!'는 오늘날 영화의 제1원리이다. 이 폭격의 강도 면에서 영화매체는 텔레비전 매체를 압도할 수 있다. 그러나 기본적으로 이 폭격은 깊이와 관조와 명상 대신 충격을 공급하는 영화적 대안이다.

　『슬픔』의 문체도 영화 기법과 무관하지 않다. 많은 부분에서『슬픔』은 '나는 … 했다, 나는 … 했다' 식의 짧은 서술문을 애용하는데 이는 헤밍웨이적 스타카토 문체의 복습이 아니라 시나리오의 동작 지시이고 카메라가 인물의 동작을 따라가며 보여주는 방식의 문체적 전화이다. (헤밍웨이적 문체 형식도 시각 문명의 도래라는 역사 내용과 관계있다.) 영화는 인물의 내면(생각, 감정, 정서)을 보여주지 않는다. 내면은 외면 동작의 제시(행동, 대화)를 통해서만 전달된다. 따라서 짧은 서술문은 일단 동작부터 제시한다는 영화적 요청에 부응한다. "나는 손으로 얼굴을 쓱, 문질렀다. 나는 신문을 머리 위에 뒤집어쓰고 슈퍼마켓 쪽으로 내달렸다. 나는 슈퍼마켓에서 담배 한 갑과 포도주, 인삼 티백, 프림, 일회용 벌꿀 등을 샀다. 나는 슈퍼마켓 입구에서 빗속을 바라보았다. 길 건너편의 약국이 셔터를 내리려는 참이었다. 나는 다시 신문을 뒤집어쓰고 약국까지 순식간에 뛰었다. 나는 약국에서 감기약 하루분과 솔감탕 한 병을 샀다."─예컨대 『슬픔』의 이런 대목은 동작 주체의 움직임을 좇아가며 제시하는 카메라의 눈 그대로이다. 여기서 이루어지는 효과는 시각의 압도이고 시각기관의 전면적 부상이다. 이런 영화적 기법의 차용과 원용은 유용한 것일 수도 있고 이 점에서 박일문의 소설이 기여하는 바 없지 않다. 그러나 우리가 생각해볼 것은 서사 형식에 관련된 더 본질적인 문제이다.

3

이미지의 문명은 세계를 알몸의 육체로 바꾸고 그 육체를 이미지의 형태로 소유한다. 이것이 오늘날 이미지의 세계에서 사회관계와 소유관계에 발생한 중대한 변화이다. 카메라(텔레비전, 영화, 비디오)는 세계를 이미지, 장면, 장경으로 바꾸어 분배와 소유의 평등을 실현하고(모든 눈 가진 자는 '볼' 수 있고 볼 수 있으므로 소유할 수 있다) 사물의 물체성corporeality을 순수한 이미지 또는 영상기호로 변환시켜 모든 눈들에 제공한다. 그러므로 오늘날 가장 중요한 감각기관은 눈이고 가장 중요한 기능은 시각 기능이다. 눈이 원하지 않는 것은 손도 손대지 않는다. 손은 더이상 순수 촉각이 아니라 눈 달린 촉각이다. 눈의 요구, 눈의 허기, 눈의 욕망에 부정적인 사람은 오늘날 아무것도 가질 수 없다. 그는 이미지 문명 속의 장님이고 패자이며, 패자의 몫은 어디에도 없다. 이 문명의 담론 속에서 이를테면 플라톤이 악당 반열에 들게 된 이유의 하나는 그의 철학이 눈에 보이는 현세 이미지의 가치를 부정하는 철학이었기 때문이다. 그의 '이데아'는 눈으로 볼 수 없고 만질 수 없는 것이다. 플라톤은 이미지 문명의 적대자이다. 그러나 이미지의 문명은 보이지 않는 것을 모든 사람에게 보이게 함으로써 플라톤이 그토록 영혼의 눈으로 보고자 열망했던 이데아('이데아'의 어원 동사는 '보다'의 뜻이다)를 가시적 이미지로 제시하는 낙원, 그 존재의 본향을 땅 위에 실현시킨다. 이미지가 곧 이데아가 되고 소유의 평등이 실현된 이 낙원에 우리가 트집잡을 이유는 무엇인가?

시각 쾌락의 원칙은 태초부터 하느님의 것이다. 하느님이 자신의 이미지를 따서 아담과 이브를 만들었을 때 그가 거둔 첫번째 성과는 시각적 즐거움("하느님이 '보시기에' 좋았더라")이다. 알몸의 두 남녀는 무엇보다도 하느님의 눈을 즐겁게 하고, 하느님은 눈으로 그들을 소유한다. 아담과 이브는 '하느님의 것'이다. 두 남녀가 '추락'하고 부끄러움을 알게 되고 거적때기로 알몸을 가렸을 때 하느님이 진노한 이유는 그의 시뮬레이션에 발생한 변화가 그의 시각적 즐거움을 앗아갔기 때문이다. 이 박탈은 인간 추방의 충분한 사유가 된다. 그러므로 인간이 다시 그 원초의 낙원으로 되돌아가고자 한다면 그는 디디처럼, 현재와 아담처럼 거적때기를 벗어던지고 아무 비밀도 숨길 것도 없는 투명한 알몸의 이미지, 순수 외설이 되어야 한다. 이미지의 문명은 세계를 알몸의 이미지로 바꿈으로써 최초의 시뮬레이션을 향해 필름을 거꾸로 돌리고 원초의 낙원을 재생한다. 장 보드리야르가 포스트모던의 시뮬레이션 세계를 '낙원'으로 보는 이유도 그런 것이다. 그렇다면 누가 이 재현된 이미지의 낙원에 트집잡을 것인가? 소설 『아담』의 화자처럼 누군가가 이 낙원을 '가짜 낙원'이라 말한다면 그의 불만의 근거는 무엇인가?

이 낙원에 대한 트집이 없다면 소설 서사의 '형식 문제'는 문제로 제기되지 않는다. 이 세계를 타락한 낙원으로 보지 않는다면 그 낙원에서 서사를 어떻게 만들 것인가라는 형식의 문제는 발생하지 않는다. 그러므로 루카치가 소설을 가리켜 "타락한 세계에 대한 타락한 방식의 서사시"라 말했을 때 그가 제기한 것은 정확히 형식의 문제이다. 루카치의 문제 제기는 지금도 여전히 유효하다. 왜냐면 오늘날 서사 생산양식으로서의 영화와 소설이 고민해야 하는 것은 바로 그런 형식의 문제이기 때문이다. 타락한 방식으로? 아니면 타락에 저항하는 방식으로? 우리의 관심사에 접근시켜보면 영화의 형식 문제는 이미지화한 세계의 서사를 이미지 생산의 방식으로 만들어내야 하고, 소설의 경우 그것은 이미지화한 세계의 서사를 언어기호의 수단으로 만들어내야 한다는 문제이다. 그런데 영화와 소설이 사용하는 매체들은 이미 타락해 있고 그 타락을 통해 타락한 세계에 봉사한다. 이 글이 다루는 형식 문제의 본질도 거기 있다. 영화와 소설의 형식 문제를 문제로서 제기할 틈도 없이, 또 소설과 영화의 매체적 차이와 그 차이가 지니는 상호 강점에 대한 분별도 없이, 두 매체의 서사 형식을 융합시키려는 시도는 어떤 의미를 갖는가? 이미지화한 세계에서 영화는 바로 그 이미지의 더 많은 생산이라는 타락한 방식으로 서사를 만들어내야 하고 이것이 오늘날 영화 서사의 형식 문제가 갖는 핵심적 고민이라 한다면, 소설 서사가 영화의 방식을 따라가고자 하는 것은 의미 있는 일인가? 그 따라가기는 타락한 방식에 대한 고민 이후의 최선의 선택인가?

영화와 소설의 서사/기법 교환이 요즘처럼 왕성하게 일어날 수 있는 첫째 조건은 세계의 이미지화와 언어기호의 순수 이미지화가 동일한 현상의 동시적 진행이라는 데 있다. 그것은 언어기호와 영상기호의 동질화라는 조건이기도 하다. 이 동질화를 받아들이는 한 소설은 영화와 함께 타락한 수단으로 서사를 생산하지 않으면 안 된다. 영화와 소설의 공생관계를 강화하는 두번째 조건은 이미지의 문명이 특정의 감성구조와 취향과 욕구를 가진 수용 주체들을 생산해놓았고 따라서 지금의 소설은 과거 문자매체 전성기의 주체들과는 현저히 다른 수용자를 상대하게 되었다는 점이다. 이 수용자는 한순간 소설의 독자이면서 다음 순간 영화의 관객이다. 그는 읽을 뿐 아니라 그림을 요구한다. 이 조건을 무시하지 못하는 한 소설은 문자와 영상 두 매체 사이의 애정 분배를 강요당하게 된다. 세번째 조건은 한 매체에서의 대중적 성공이 많은 경우 다른 매체에서의 성공까지도 보장한다는 사실이다. 이 호환성의 조건은 작가들을 유혹한다. (그러나 이것은 사람들이 이미 소설로 읽은 것을 다시 영화로 보고 싶어하고 영화로 본 것을 다시 소설로 읽고 싶어하는 현상과는 별개의 문제이다.)

이 세 가지 조건들을 충분히 염두에 두고 다시 형식의 문제로 되돌아가서, 오늘날 소설이 영화에 주목할 부분이 있다면 그것은 타락한 영상들의 나열법이 아니라 영화가 이미지 생산이라는 방식으로 어떻게 이미지화한 세계의 문제적 현실에 대응하는가라는 것이다. 이미지화한 세계의 문제적 현실이란 그 세계의 평면화, 표피화, 경박화, 파편화이다. 영화는 이미지를 보여주는 데서 그치지 않고 그것을 서사적으로 조직하며 이 조직의 방법에 따라 이미지는 그것의 평면성, 표피성, 파편성을 극복하는 대항적 성질을 획득한다. 소설이 인식해야 하는 것은 영화가 이 서사적 조직법을 소설로부터 배운다는 사실이다. 그러므로 소설이 그 자체의 서사법을 희생하면서 영화적 영상을 삽입하기 위해 불필요한 확장과 나열, 서사 논리로부터의 이탈 등등을 수행하고 마치 이것이 새로운 소설쓰기의 방법인 양 생각한다면 그것은 안방 내주고 사랑채로 뛰어드는 일과도 같다.

소설적 서사 형식에서 영화가 배우는 것, 따라서 모든 서사양식에서 여전히 중요한 것은 인과성과 전체성의 형식이다. 바르트의 통찰대로 소설은 인과의 질서에 대한 끝없는 변조와 왜곡이면서 '언제나 이미' 그 질서 속에 있다. 아니, 소설은 그 질서를 만들어낸다. 이 질서 만들기가 특별히 흥미로운 것은 인과성이 처음부터 주어져 있는 것이 아니라 '서사 전개를 통해' 만들어지는 것이라는 점에 있다. 이것이 서사의 전체성이다. 이 만들어지는 인과성의 비밀을 우리는 발견이라고도 하고 인지라고도 부른다. 그것은 정보의 평면적 연기가 아니라 '발견되는 진실'이다. 이 인지와 함께 없었던 전체성이 만들어지고 서사는 즐거움을 제공한다. 그 즐거움은 시각 쾌락의 원칙 이상의 것이며 그 즐거움 때문에 서사는 부단히 만들어지고 향유된다. 그 발견된 진실이 허구라는 사실은 중요하지 않다. 우리를 매혹하는 것은 그게 허구라는 사실이 아니라 그 허구에 도달하는 과정의 거부할 수 없는 진실성이다.

세계의문학 1993. 봄

시뮬레이션 미학, 또는 조립문학의 문제와 전망
— 이인화의 '혼성 기법'이 제기하는 문제들

1

작가가 소설을 쓰면서 사실은 '쓰지' 않고 '짜깁기'만 했을 경우—이미 세상에 나와 있는 다른 사람의 소설이나 기타 텍스트에서 따온 문장과 단락들을 마치 자동차 조립하듯 이리저리 짜맞춘 '조립소설'을 만들어냈을 경우에도 그것은 여전히 문학이라는 문화 제도 속의 '소설'로 대접받고 문화적 성취물로 평가될 수 있는가. 시인이 시를 쓰면서 사실은 쓰지 않고 이미 발표된 다른 사람들의 작품에서 마음에 드는 구절들을 따다가 이리저리 재배열한 완벽한 조립시를 만들어낼 경우에도 그것은 여전히 문학 제도 속의 '시'로 읽히고 얘기되고 문학적 성과로 평가될 수 있을 것인가. 모든 것이 가능하고 '가능하기 때문에 한다'라는 이 빛나는 '포스트모던의 시대'에 이런 조립소설/조립시들은 얼마든지 가능할 뿐 아니라 가능하기 때문에 현실이 되어버린 지가 벌써 오래이다. 미국 상업주의 출판의 경우 탐정

소설, 공상과학소설, 연애소설, 할리퀸 소설들이 출판사라는 이름의 소설공장에서 몇 개의 공식과 조립 공법을 익힌 기술자들의 손으로 순식간에 제작되어 소비 시장에 공급되어온 것은 어제오늘의 일이 아니지만 이런 상황은 이제 '상업주의 영역'에만 국한되는 현실이 아니다. 이른바 포스트모더니즘 문학은 '새로운 기법'과 '새로운 문학'의 구호 아래 여러 형태의 조립소설과 시들을 내놓기 시작함으로써 문학이라는 '문화 영역' 속에 '조립문학의 한 시대'를 열고 있을 뿐 아니라 당당한 '문학'으로 대접받을 권리까지 요구하고 있다. 이것은 더이상 남의 나라 얘기가 아니다. 마침내 우리도 최근 한 젊은 작가에 의한 조립소설의 탄생을 보게 된 것이다.

이인화의 소설『내가 누구인지 말할 수 있는 자는 누구인가』는 그 조립성의 수준이 아직은 철저하지 못하지만 여러 다른 텍스트들(듣기로는 100여 군데)로부터 많은 대목들을 '자유롭게' 따다 쓰고 이 따오기와 짜깁기를 '신기법'의 이름으로 정당화한다는 점에서 우리 독자들에게 던져진 최초의 포스트모더니즘적 조립소설이다. 이 소설은 그동안 평론활동을 해온 류철균이 소설가 이인화로 데뷔하게 된 작품이고『작가세계』제1회 문학상 수상작이기도 해서 그 따오기와 짜깁기 문제를 놓고 평론가 이성욱과 작가 사이에 한차례 공방이 벌어지게 된다. 이성욱이 이 소설의 몇몇 따온 부분들을 적시하고 이런 식의 베껴 쓰기는 부도덕한 절취이고 도용이라는 점을 지적(『한길문학』 1992년 여름호, 중앙일보 1992년 5월 21일자)하자 작가 이인화는 그게 도용도 표절도 아닌 "혼성모방pastiche"의 기법이며 새 기법과 소설쓰기의 새로운 모색을 종래의 "경직된 관행으로만 재단하지 말"라고 응수한다. 그러자 포스트모더니즘의 '적극적 수용자'임을 자처하는 김욱동이 나서서 이인화의 소설 기법을 두고 표절 운운하는 것은 포스트모더니즘의 새로운 소설 미학인 "상호 텍스트성"을 전혀 이해하지 못한 소치라 공박하고 이인화의 소설이야말로 "적절한 기법"을 사용한 "우리 문단의 보기 드문 수작"이며 이런 수작을 평가함에 있어 "리얼리즘의 잣대를 버려라"고 주장하는 글을 신문에 기고(중앙일보 1992년 5월 28일자)하기에 이른다. 또 문제의 소설을 출판한 '세계사'는 김욱동의 그 기고문에 크게 고무된 듯 그의 글을 길게 인용한 책 광고를 신문에 연거푸 내보내는 상술을 발휘한다.

혼성모방 기법이란 도대체 무엇이며 포스트모더니즘의 어떤 논리에 의해 정당화되고 있는가? 그것이 제시하는 것은 문학의 가능성인가 불가능성인가? 혼성 기법이 제기하는 문제는 재현 미학의 가능성에 대한 회의의 문제가 아니라 문학 자체의 존립 가능성에 관계되는 문제이다. 그러므로 이인화의 작품 자체에 대한 논의보다는 그가 선택한 혼성 기법의 성질과 논리, 그것이 시사하는 바를 일차 검토해보는 작업이 더 시급하다. 그것은 현시점에서 우리가 당연히 관심을 갖고 수행해야 할 일의 하나이다.

2

이인화의 혼성 기법론을 정당화하기 위해 김욱동은 간텍스트성intertextuality의 미학을 끌고 들어왔는데, 우선 여기서부터 혼동을 피하기 위한 해명 작업이 필요해진다. 김욱동은 간텍스트성이 포스트모더니즘의 "핵심적인 심미적 범주의 하나"이고 이 범주는 패스티시(혼성모방)에 그 "기초를 두고 있다"고 주장한다. 그가 어디서 이런 주장의 근거를 얻어오고 있는지는 모를 일이로되, 예의 신문 기고문에서 그가 줄리아 크리스테바를 인용하고 있는 것을 보면 그는 크리스테바의 간텍스트성 개념을 포스트모더니즘의 혼성 기법과 동일한 것으로 파악하고 있음이 분명하다. 그의 주장은 크리스테바의 말대로 모든 텍스트가 다른 텍스트들을 인용, 흡수, 변형한 간텍스트인 이상 어떤 텍스트도 독창성이나 창조성을 주장할 수 없는 혼성물이며, 간텍스트성은 곧 포스트모더니즘의 혼성 기법에 기초한 심미적 범주라는 것이다. 그러므로 혼성 기법은 "도덕적·윤리적으로도 전혀 문제가 되지 않"는다. 간텍스트성에 관한 김욱동의 이런 이해방식을 연장하면 남의 텍스트에서 되도록 많은 부분을 따다 쓴 텍스트일수록 오히려 자신의 혼성성을 드러내는 '정직한' 간텍스트가 되고 완전히 남의 것으로만 조립된 텍스트는 최고로 정직한 간텍스트가 된다.

그러나 김욱동의 과감한 주장에도 불구하고, 구조주의와 탈구조주의가 발전시킨 비평적 개념으로서의 간텍스트성은 포스트모더니즘의 '핵심적인 심미적 범주 중의 하나'로 제시된 것이 아닐 뿐 아니라 혼성모방 기법에 그 기초를 두고 있는 개념도 아니다. 더더구나 그것은 모든 텍스트가 간텍스트인 이상 남의 텍스트에서 되도록 많이 절취할 것을 권고하거나 그 절취 행위를 도덕적으로 정당화해주는 개념이 아니다. 크리스테바에게 있어 간텍스트성이란 하나의 텍스트를 텍스트로 존립하게 하고 의미를 생산할 수 있게 하는 일반적 담론의 공간, 다시 말해 텍스트들의 의미 생산을 가능케 하는 언어, 사회, 역사의 총체적 공간을 말한다. 크리스테바의 '텍스트'란 언어기호로 된 '책'만을 의미하는 것이 아니라 사회와 역사 자체도 텍스트이며 이 여러 종류의 텍스트들과 기호 체계들이 다층적으로 얽혀 지식의 총화를 이루고 있는 공간, 그래서 어떤 텍스트도 이 공간의 바깥이나 그 너머에서는 만들어질 수 없게 하는 지식의 총화가 간텍스트의 공간이다. 그러므로 예컨대 소설을 간텍스트로 본다는 것은 언어적 생산물로서의 소설을 사회와 역사라는 텍스트 속에 위치시키는 일이고 소설의 생산과 의미 생성을 가능케 한 담론의 일반 조건 속에서 소설을 파악하는 일이다. 소설 텍스트를 하나의 기호적 실천이라고 한다면 이 실천은 소설 바깥의 '텍스트들'(외부적 기호 실천들─역사, 사회)로부터의 발화를 흡수, 동화, 지시함으로써만 텍스트로 성립한다. 이것이 모자이크로서의 텍스트이다. 하나의 텍스트가 자체 공간 안에 외부 텍스트들의 발화를 흡수, 동화(변형), 지시하는 기능이 '간텍스트적 기능'이고 크리스테바는 이 기능을 가리켜 '이념소$_{ideologeme}$'라고 부른다. 이념소는 하나의 텍스트 공간 속에 다른 텍스트들이 교차하는 지점이고 여러 텍스트들로부터 흡수된 발화가 하나의 변형된 총체를 이루게 하는 초점임과 동시에 이 텍스트의 총체를 다시 사회/역사의 텍스트 속으로 밀어넣는 기능을 수행한다.

이 요약은 충분치 못하지만 그러나 분명한 것은 크리스테바의 간텍스트성이 김욱동의 주장처럼 남의 텍스트들로부터 의식적이고 고의적인 절취를 지시하는 개념이 아니라는 점이다. 김욱동이 크리스테바를 왜곡한 것은 그가 크리스테바의 텍스트 개념 자체를 협의의 책 텍스트로 곡해하고 '다른 텍스트들로부터의 흡수와 동화'가 곧바로 다른 책(소설 기타)에서의 인용, 차용, 흡수를 의미하는 것인 양 잘못 이해한 데 연유하는 것으로 보인다. 이런 오해는 간텍스트성 개념의 '포스트모더니즘적 남용'을 일삼는 몇몇 미국 이론가들에게서도 발견된다. 롤랑 바르트가 분명히 지적했듯 간텍스트성 이론에서 논의되는 '인용과 흡수'는 이인화의 소설에서처럼 우리가 그 전거(소스)를 분명히 지적할 수 있는 어떤 책으로부터의 인용이 아니라 '그 이름을 알 수 없고 전거를 발견할 수 없는' 무명의 인용, 아무도 주인(기원)을 찾을 수 없는 무한한 담론의 창고 속에 자연화되어 널려 있는 부호들, 인용하면서도 우리가 인용임을 '의식하지 못하는' 인용들이다. 그러므로 모든 텍스트는 이런 의미에서의 인용들로 구성된 무의식적이고 이데올로기적인 간텍스트이다. 이 때문에 간텍스트의 개념을 문학 연구에 도입하는 사람들은 예컨대 윌리엄 포크너 소설의 간텍스트성, 황지우 시의 간텍스트성을 말할 수 있게 된다. 이 경우의 간텍스트적 연구란 포크너가 누구의 텍스트에서 무엇을 차용하고 무엇을 소리 없이 절취하는 포스트모더니즘적 혼성 기법을 썼는가에 관한 연구가 아니며, 황지우의 시가 어떻게 포스트모더니즘적 혼성 기법으로 된 모자이크인가를 밝히려는 연구가 아니다. 그것은 우리가 '이미 있는' 언어기호들을 사용해야만 새로운 어휘를 만들어낼 수 있듯이 하나의 텍스트는 간텍스트의 공간에서만 '의미 있는' 텍스트로 탄생한다는 관점에서 포크너의, 또는 아무개의 텍스트 생산을 가능케 한 담론의 일반 공간(이것은 언어 체계 이상의 것이다)을 탐색하는 일이다.

또 김욱동의 주장처럼 간텍스트성과 포스트모더니즘의 혼성 기법이 같은 것이라면 혼성 기법 자체는 포스트모더니스트들이 그 새로움을 광고할 이유가 없는 무의미한 기법이 된다. 왜냐면 고금의 모든 텍스트가 간텍스트로 간주될 수 있는한 그 모든 텍스트는 '이미' 혼성 기법으로 씌어진 것이 되고,

이인화가 구태여 혼성 기법을 도입하지 않았어도 그의 소설은 '이미' 혼성 기법에 의한 간텍스트가 됐을 것이기 때문이다. 이미 혼성물인 텍스트를 또다시 혼성 기법으로 쓴다는 것은 무의미한 반복이다. 그것은 불필요한 노고, 무의미한 작업, 이미 있었던 것의 반복에 불과할 것이다. 그러므로 이인화가 시도한 포스트모더니즘적 혼성 기법이 '새로운' 기법으로 주장되기 위해서는 간텍스트성 이론 아닌 다른 어떤 이론이 그 근거로 확보되지 않으면 안 된다. 간텍스트성의 이론은 혼성 기법을 새로운 기법으로 만들어주지도 않고 혼성 기법이 수행하는 무단복제행위를 정당화해주지도 않기 때문이다. 그렇다면 혼성 기법은 무슨 논리에 의해 정당화되고 있는가?

혼성모방 기법을 포스트모더니즘의 미학적 원리로 정당화하는 데 가장 강력한 이론적 근거를 제공한 것은 장 보드리야르의 시뮬레이션 이론이다. 보드리야르의 시뮬레이션 미학이 등장하기 전까지 혼성모방은 패러디와 거의 구분되지 않거나 몽타주 혹은 콜라주 기법의 한 변종으로 간주되었다. 시뮬레이션 이론의 등장과 함께 혼성모방은 패러디와 분명히 구분되는 기법으로서의 이론적 지위를 획득한다. 패러디가 기존의 어떤 텍스트를 흉내내기의 방식으로 비틀어 '비판적 거리'를 만들어낼 수도 있는 기법인 반면 혼성모방은 기존 텍스트의 '순수한' 반사, 비판성을 갖지 않는 순수한 흉내내기, 순수한 복사/복제의 기법이다. 패러디는 대상 텍스트를 모방하면서도 그것과는 다른 변형된 텍스트를 만들어내야 하기 때문에 대상 텍스트와 거리를 유지한다. 그러나 혼성모방은 비판/풍자의 의도를 담지 않는 '비의도적 패러디'이기 때문에 자기와 대상 사이에 비판적 거리를 갖지 않는다. 혼성모방은 전통적 의미의 모방도 인용/차용/인유도 아닌 순수한 '복사'이며, 유리 거울이 이미지를 순수히 되돌리듯 혼성모방은 모방의 대상을 자기 내부에 동화하여 감추지 않고 흉내의 형태로 되받아 반사한다. 이 점에서 혼성모방은 순수 모방, 순수 복제, 순수 시뮬레이션이다. 대상을 받아들이기 위해서는 '내부'와 '깊이'를 가져야 하지만 순수 시뮬레이션으로서의 혼성모방은 '속이 빈 패러디'여서 그 자체 어떤 내부interiority도 깊이도 갖지 않는다. 그것은 내부/외부, 심층/표층의 구분이 성립하지 않는 순수 표피의 세계이다. 속, 내부, 깊이, 의미, 해석, 무의식, 심층, 에로스, 갈등, 모순, 비판, 실재, 진리, 재현 등의 범주는 시뮬레이션으로서의 혼성모방과는 아무 관계도 없다. 그것은 모든 내부, 속, 깊이가 표층으로 올라와 투명해진 상태, 속이 표피로 떠올라 표피/심부의 구분을 무화시킨 순수 외설의 상태이며 거기에는 어떤 에로스도, 금기와 위반도, 무의식도 없다.

보드리야르는 디시뮬레이션과 시뮬레이션을 구분하여 전자는 "갖고 있으면서 갖고 있지 않은 체"하는 것이고 후자는 "갖고 있지 않으면서 갖고 있는 체"하는 것이라 규정한다. 시뮬레이션에 대한 그의 이 규정은 혼성 기법에도 그대로 적용될 수 있다. 시뮬레이션은 진리 원칙 위의 재현 기법이 아니므로 재현 대상으로서의 현실, 진리, 심층을 갖고 있지 않다. 이런 것을 갖고 있지 않으므로 시뮬레이션은 그 어떤 것에도 구속되지 않는 자유로운 재생산이고 자유로운 복사이다. 혼성 기법은 이 시뮬레이션 기술에 의한 무한 복사의 장치, 무한 재생산의 기계적 장치이다. 그것이 복사해내는 것은 원판(실재)의 위조나 반영물이 아니라 이미 복사물로 존재하는 것의 재복사이다. 복사물의 복사라는 이 시뮬레이션의 질서에는 원판이란 것이 존재하지 않는다. 그러면서도 혼성 기법은 어떤 것의 복사이므로 그 배후에 마치 원판을 두고 있는 듯한 '사기의 효과'를 낼 수 있다. 이 것이 혼성 기법에 의해 만들어지는 시뮬레이션의 황홀이다.

보드리야르적 순수 시뮬레이션으로서의 혼성모방이 내거는 가장 중요한 구호는 '재현할 수 없는 세계'라는 것이다. 세계를 재현할 수 없는 까닭은 재현 기술의 부족 때문이 아니라 세계, 현실, 실재 자체가 이미 시뮬레이션에 의한 가상현실(보드리야르의 용어로는 하이퍼리얼리티)이 되었기 때문이다. 가상현실은 현실처럼 느껴지는 환상적 현실, 환상이면서 그 환상 너머에 환상 아닌 실재계가 존재하지 않는 그런 환상이다. 이 세계는 그 자체가 이미 시뮬레이션이고 기호이며 이미지이기 때문에 재현의 대상이 아니며 전통적 의미의 모방 대상도 아니다. 이는 실재를 재현하는 기호가 실재의 세계를 대체하거나 접수했다는 의미가 아니라 실재 자체가 기호/시뮬레이션이 돼버려 실재와 기호, 환상과 현실, 진리와 허위의 구분 일체가 불가능해졌다는 의미이다. 보드리야르에 의하면 실재란 "등가의 복사물을 제공할 수 있는 것"이고 그 자체가 "이미 복사된 것"으로 정의된다. 남은 것은 무엇인가? '등가의 기호들'과 이 기호들의 시뮬레이션뿐이다. 텍스트의 생산은 생산이 아니라 이미 있는 다른 텍스트의 기호들을 혼성 기법의 방식으로 이리저리 재조합하고 재조립하는 일이다. 순수 시뮬레이션의 세계에는 '새로운 것'이란 없기 때문에 어떤 텍스트도 다른 텍스트에 대해 원전, 기원, 소스임을 주장할 수 없다. 모든 텍스트는 상호 시뮬레이션의 대상이고, 혼성모방에 열려 있는 등가의 텍스트이므로 거기 진품/모조의 구분은 성립하지 않는다. 모조simulacra란 진품(진짜)이 있을 때 모조이지 진품이 없는 세계에 모조가 따로 있을 수 없다. 그러므로 혼성모방은 진품을 표절하는 기법이 아니라 모조를 복제해서 또하나의 모조를 만들어내는 순수 복사 행위이다. 따라서 그것은 범법이 아니다. 그것을 표절로 단정하는 것은 오히려 모조가 모조를 고발하는 부도덕한 행위, 가짜가 가짜를 단죄하는 불가능한 희극이 된다. 여기서 보드리야르의 시뮬레이션 이론은 완벽하게 혼성모방을 정당화한다. 진리, 진품, 실재가 있다면 혼성모방은 표절이고 위반일 것이지만 일체가 모조인 세계에서 혼성모방은 위반일 수가 없다. 그것은 위반을 모르는 새로운 게임이다.

이인화의 소설이 시뮬레이션 미학을 얼마만큼이나 성공적으로 복사하고 있는가에 대해서는 여기 자세히 언급할 지면이 없다. 그러나 그의 소설은 매우 철저하게 시뮬레이션을 지향하고 있다. 종래의 관행으로 새 기법을 재단하지 말아달라는 그의 주문은 시뮬레이션 미학의 잣대로 자기 작품을 얘기해달라는 요구이다. 그의 소설 속에는 여러 명의 '나'가 등장하고 있지만 이들은 서로가 서로를 흉내내는 복사판들이고 시뮬레이터들이다. 소설 속의 소설가 이은우는 작가 이인화의 시뮬레이션이고 이인화는 이은우의 시뮬레이션이다. 궁극적으로 이 소설 속에는 단 한 사람의 '나'만이 있고 그 외 여섯 명의 '나'들은 그 한 사람의 '나'를 복사한 것이다. 그러나 이 한 사람의 '나' 자체가 이미 복사된 시뮬레이션이므로 재현의 기초이자 원판으로서의 '나'는 없다. 이것이 '나는 누구인가?'라는 질문에 대한 이인화의 대답이다. 그러므로 이 소설을 향해 '진정한 주체'를 묻는다거나 '참다운 주체'의 구성을 요구한다는 것은 전혀 빗나간 각도의 질문이고 가당치 않은 요구이다. 또 이 소설이 우리 시대 젊은 지식인들의 고뇌를 다루고 있다고 읽어낸다든가,

고뇌의 현실을 심층적으로 다루지 못했다고 불평한다면 그 두 가지 읽기는 모두 이인화의 속임수에 넘어가는 것이 된다. 소설 속의 이은우가 리어 왕의 고뇌를 흉내내듯이 시뮬레이터 이인화는 지식인의 고뇌를 다루지 않고 다만 '흉내'내고 있기 때문이다. "이 시대 지식인의 고민을 다루고자 했다"라는 이인화의 공언은 완벽한 속임수를 지향하는 발언이며 소설 속에 '장 교수'라는 인물의 입으로 복사되고 있는 보드리야르의 말("완벽하게 미친 척할 수 있다면 그는 미친 것에 틀림없다")은 이 속임수의 이론적 근거이다. 그러나 이 속임수의 궁극적 희생자는 작가 자신이다. 시뮬레이션 미학의 현실 접근법은 '고뇌를 완벽하게 흉내낸다면 고뇌의 현실 자체가 흉내가 되고 가상현실이 된다'는 것이다. 하지만 현실의 고뇌는 단순히 흉내내기만으로 극복되지 않기 때문에 이 흉내의 미학은 속임수로 끝나고 만다. '시뮬레이션의 낙원'이라는 이 보드리야르적 속임수는 결국 이인화가 이인화 자신에게 거는 속임수이고 최면술이다. 이것이 보드리야르의 실패이자 이인화의 실패이다.

3

포스트모던 시대의 '새로운 예술과 문학의 가능성'에 관한 분분한 논의들 중에서도 이른바 그 가능성이란 것의 진면목을 가장 정확하게 제시해 보이는 것이 보드리야르의 시뮬레이션 이론이다. 그의 이론은 우선 포스트모던의 시대에 '문학은 죽고 예술도 죽었다'라는 치명적 정보부터 먼저 전달한다. 문학이 죽은 이유는 현실이 시뮬라크라가 됨으로써 현실/문학의 구분이 불가능한 '시뮬레이션의 문학' 그 자체가 되었기 때문이다. 그의 주요 저술 『시뮬라시옹』의 한 대목에서 그는 이렇게 말한다. "오늘날 현실의 모든 곳에는 예술품이 있고 따라서 예술은 도처에 있다. 그러므로 예술은 죽었다. 예술은 그 비판적 초월성이 사라졌기 때문에 죽은 것이 아니라 현실 그 자체가 자신의 이미지와 구별될 수 없고 현실구조가 그 구조와 분리시킬 수 없는 미학의 주입을 받았기 때문에 죽은 것이다. (…) 디지털의 냉정한 우주가 은유와 환유의 세계를 흡수하고 시뮬레이션 원칙이 마침내 현실원칙과 쾌락원칙을 이긴 것이다." 그러나 이것이 보드리야르가 전하는 메시지의 전부는 아니다. 문학의 죽음, 예술의 죽음을 애도하는 듯한 이 '까마귀 정보'는 까마귀처럼 전달자의 우울과 절망, 그의 시니시즘과 비관을 담은 것 같아 보이기도 하지만 그 절망은 '흉내'일 뿐, 이 까마귀에게는 '황홀'을 알리는 다른 정보가 있다. 그 다른 메시지는 이러하다. "오늘날 미적 황홀은 모든 곳에 존재한다. 모든 것에는 비의도적 패러디의 분위기가 붙게 되고 이 기술적 시뮬레이션에는 마치 판단할 수 없는 게임처럼 특수한 미적 쾌감, 그 게임을 읽는 즐거움, 게임 규칙에 대한 쾌감이 따라붙는다. (…) 생산과 예술은 그들의 기호를 교환할 수 있게 되었다. 예술은 재생산의 기계(앤디 워홀)가 될 수 있고 그러면서도 예술임을 주장할 수 있게 된다."

문학의 죽음을 알리면서 동시에 문학의 가능성을 말하고 있는 보드리야르의 이 정보야말로 문학의 장래에 관한 포스트모더니즘의 최후통첩 같은 것이다. 그 정보는 '지금까지 해오던 식의 문학은 걷어치워라, 그것은 이미 죽었다'라고 말한다. 그 정보는 또 '문학의 죽음 위에 새로운 문학이 번성할 것이다'라고 말한다. 새로운 문학이란 어떤 것인가? 그것은 시뮬레이션의 원칙 위에 '새롭게 복사, 조립되는' 문학이다. 재생산의 기계이자 복사 장치로서의 혼성 기법은 이미 지상에 존재하는 수백만 권의 텍스트들로부터 순열 조합의 방식으로 수백만 권, 아니 무한수의 텍스트들을 조립해낼 수 있다. 그것이 새로운 시대의 심미적 게임이고 게임의 황홀이며 시뮬레이션의 문학적 경험이다. 이 황홀을 맛본 사람은 지금의 문학 공동체를 향해 이렇게 말할 것이다. 컴퓨터는 부끄러움을 모르고 무의식도 없다. 그는 은유와 환유를 모르지만 디지털의 냉정한 논리로 엄청난 작업을 할 수 있다. 그 녀석한테 '복사하라, 오려붙여라'의 명령어를 내리기만 하면 된다. 그런데 아직도 '창작'한답시고 낑낑대며 밤새우고 담배로 간 녹이는 우매한 작가 시인들이 남아 있는가? 그들은 어차피 사라져가는 부족이다. 이은우/이인화가 소설 800매 쓰고 좌절했다가 시뮬레이션의 황홀을 깨달으면서 순식간에 1200매로 기호 증식을 할 수 있었다는 얘기 못 들었는가? 작가라는 호칭에 연연해하지 마라. 작가는 죽었다. '아무개 창작' 대신 앞으로는 '아무개 조립소설' 혹은 '아무개 혼성시집'이 나돌게 될 것이고 작가라는 호칭도 시뮬레이터 또는 소설 조립가로 대체될 것이다. 아니, 그건 그렇지 않을 수도 있다. 작가의 호칭은 정확히 작가의 소멸을 말해주는 죽음의 알레고리가 아닌가. '작가'라는 기호는 오히려 작가의 소멸 위에 성립한다. 그러므로 작가는 죽고 없어도 당신들에게 붙여지는 작가의 호칭만은 몰수되지 않을 것이다. 당신들은 여전히 작가이고 시인일 수 있다.

이것이 포스트모더니즘의 문학적 가능성이라는 문제를 놓고 아직도 환몽에 잠겨 있는 사람들에게 포스트모더니즘이 펼쳐 보이는 미래 문학의 전망이다. 그것은 가능성의 전망이 아니라 '문학의 자살'을 권고하는 불가능성의 전망이다. 이 전망에 현실적 근거가 전혀 없다고는 아무도 말하지 못할 것이다. 사실 포스트모던의 현실에 대한 보드리야르식의 진단과 기술에는 상당한 경험적 정확성이 있다. 이 때문에 국내외 포스트모더니스트들은 포스트모던의 상황이 이제는 "선택하고 말고의 문제가 아니"라 받아들일 수밖에 없는 현실이라고 주저 없이 말한다. 그러나 이 논법을 구사하는 사람들은 그것이 얼마나 단세포적인 논리인가를 전혀 의식하지 못하고 있다. 진짜인감과 전혀 구별할 수 없는 가짜 인감이 만들어질 수 있는 것이 포스트모던의 현실임에 틀림없지만, 그것이 현실이라고 해서 진짜/가짜의 구분이 더이상 존재하지 않는다는 포스트모더니즘의 주장까지도 유효해지는 것은 아니다. 현실과 현실의 정당화, 현실과 현실 추수주의는 같은 것이 아니다. 소설을 시뮬레이션의 기술로 복사해내고 조립해낼 수 있는 것이 포스트모던의 현실이다. 그러나 현실이 그렇기 때문에 '조립소설을 만들어야 한다'가 되고 '조립소설은 정당하다'가 되는 것은 아니다. 조립문학의 가능성과 조립문학의 정당화는 같은 차원의 문제가 아니다. 문학이 그런 식의 현실 추수주의에 함몰된다면 그것은 가장 조잡한 형태의 재현주의, 무매개의 즉물주의 속에 익사할 것이다. 이 때문에 문학은 현실과의 사이에 부단히 비판적 거리를 유지하지 않으면 안 된다. 혼성 기법, 조립소설, 시뮬레이션 미학이 궁극적으로 문학 공동체에 제기하는 것은 가능한 문학과 불가능한 문학 사이의 선택, 가능성과 정당성에 대한 '공동체적 결단'의 필요성이라는 문제이다. 가능성/불가능성은 이제 기술적으로 가능한가 불가능한가의 문제가 아니다. 기술적으로는 지금 모든 것이 가능하다. 그러므로 가능성과 불가능성에 대한 문학 공동체의 선택은 '가능하기 때문에 한다'라는 입장과 '가능하지만 하지 않는다'라는 입장 사이의 선택이다. 이것은 기술주의와 인문학적 가치, 기술적 가능성과 윤리적 불가능성 사이의 선택이다. '가능하지만 하지 않는다'라는 것은 인문학의 전통적 가치이며 문학은 이 전통의 큰 부분이다. 그러나 그것은 억압 아닌 선택의 문제이기 때문에 작가, 출판사, 문예지, 비평가와 수용자로 구성되는 문학 공동체의 문화정치적 결단을 요구한다. 또 가능한 문학과 불가능한 문학 사이의 선택은 문학예술의 심미성, 자율성, 창조성, 전통에 대한 새로운 규정과 가치의 확인을 필요로 한다. 예술로서의 문학은 부단히 새로운 기법을 실험해야 하지만 이 실험은 기법의 단순한 '확장'만을 위한 것이 아니라 경험의 '심화'를 위한 것이다. 창조성은 이 심화와 관계된 범주이다. 문학은 분명 놀이의 성격을 갖고 있고 유희적 즐거움을 제공한다. 그러나 문학의 심미성은 놀이의 즐거움이나 시뮬레이션의 황홀과는 다른 차원에 있다.

문학사상 1992. 7

형식, 패러디, 영상 기법
─ 지상 토론* 4제

1 최근의 '새로운 소설 형식'에 대하여

소설은 서구 부르주아의 사회적 상승에 뿌리를 둔 부르주아적 이야기 생산/소비/향유의 양식이다. 부르주아적 분업과 전업 체계는 전문적 이야기꾼으로서의 '작가'를 만들어내어 이야기의 사회적 생산을 이 전업 작가에게 맡기게 되고 '문학'은 이야기 공급을 위한 사회적 제도가 된다. 그러나 19세기의 절정기를 거쳐 20세기에 들어오면서 소설문학은 이야기에 대한 부르주아 대중의 욕구를 배반(예컨대 모더니즘적 '예술소설'은 이 대중이 원하는 '부르주아 영웅'을 보여주지 않는다)하게 되고, 배반당한 대중은 소설문학으로부터 이반함으로써 그 배반에 복수한다. 그 복수의 형식은 소설을 아예 읽지 않는 방식으로

---

* 이 '지상 토론'은 『오늘의 소설』(1993년 하반기)이 마련한 네 개의 설문에 대한 답변으로 씌어진 것이다.

의 복수가 아니라 특정 양식의 소설을 특별히 선호해주는 방식으로서의 복수이다. 그 특정 양식의 소설이 20세기의 대중소설이다. 금세기의 '대중소설'은 '소설문학'에 대한 대중적 복수의 한 형식이라는 특성을 갖는다.

내 생각으로는 1990년대에 들면서 우리가 본격적인 부르주아적 '중류 대중소설'의 시대를 갖게 된 것이 아닌가 싶다. 중류 대중소설의 시대는 대중작가의 존재만으로 본격화하는 것이 아니라 대중소설을 소비해주는 중산층 대중이 있을 때 본격화한다. 방인근, 박화성, 김래성 등의 식민지 시대 대중작가들은 우리 사회에 부르주아 대중이 형성되기 이전의 대중작가들이었다. 우리가 주목해야 할 것은 첫째, 특정 형식/내용/스타일의 이야기에 대한 욕구를 소설 구매력으로 표출할 수 있게 된 중산층 대중이 등장했다는 것. 둘째 이 대중은 우리의 식민지 시대 또는 1980년대까지의 대중(아주 정확히 자를 수는 없지만 문화적 욕구 분출의 금제禁制와 허용이라는 점에서 보면 1980년대와 1990년대의 중산층은 서로 '다른 시대'를 갖는다)이나 서구의 19세기적 대중과는 달리 소설문학으로부터 이반함으로써 이른바 '본격문학'이라는 것에 복수할 줄 알게 된 대중이라는 것이다. 지금 우리가 보고 있는 것은 바로 그 대중을 기반으로 하여 그 대중에게 공급되는 '중산층 대중소설'의 본격적 등장이다.

이 관점은 대중소설적 형식/기법의 '수용' 또는 '활용'이라는 용어 사용의 정확성 여부를 질문하게 한다. 내가 보기로는 이 수용이라는 것이 '본격문학'에 의한 대중소설적 '형식'의 수용이라는 측면보다는 중류 대중소설에 의한 소설문학적 '기법'의 활용이라는 측면이 더 강하다고 말해야 하지 않을까 싶다. 중류 대중소설의 일반적 특징은 전통적인 이야기 형식과 내용을 온존시키면서 새로워 보이는 '기법'을 차용한다는 점이다. 이 '새로워 보이는 기법'은 대중소설의 개발품이 아니라 소설문학의 예술적 실험이 이루어놓은 성취이며 대중소설은 이 성취를 착취한다. 중류 대중소설은 대체로 전통적 서사 형식을 깨는 것이 아니라 그것을 유지하며, 새로운 기법을 내놓는 것이 아니라 이미 개발된 기법을 활용한다. 스릴러 소설, 추리소설, 공상과학소설 등의 서사구조를 면밀히 분석해보면 거기서 나오는 것은 새로운 형식이 아니다. (이언 플래밍의 스파이 소설들에 대한 움베르토 에코의 분석은 이런 발견을 보여주는 좋은 예이다.) 이 점에서 중류 대중소설은 내용은 제쳐놓고라도 우선 형식의 면에서 현상 유지적이고 반동적이다. 결국 그것은 아무 새로운 것도 내놓지 않으면서 뭔가 새로운 것을 제시하는 듯해 보임으로써 안정과 자극에 대한 중산층적 욕구를 동시에 만족시키고 그 욕구를 반영한다. 중류 대중소설의 이런 특징은 이것을 읽는 사회를 대변하고 그 사회 대중의 특징, 취향, 독서력과 치밀할 정도로 일치한다. 이 치밀한 계산 위에서 '소설공장'이 가동되고 이야기 생산은 '제조업'의 일종이 된다. 이야기 생산양식은 놀랍게도(사실 놀라울 것도 없지만) 사회의 일반 생산양식과 합치하는 것이다.

2 '패러디'의 문제

패러디의 기법 자체는 문학사만큼이나 오래된 역사를 갖고 있어 특별히 이 시대의 독창도 아무것도 아니다. 아리스토파네스, 플라톤, 초서, 세르반테스, 라블레, 셰익스피어, 마크 트웨인

등은 패러디 기법의 대가들이었다. 모더니즘 소설의 대표작 가운데 하나인 『율리시스』는 『오디세이아』의 철저한 패러디이다. 기법으로서의 패러디가 노리는 것은 옛날이나 지금이나 비판, 풍자, 왜곡, 경멸의 효과이고, 패러디의 '창조적 효과'라는 것도 새삼스러운 얘기가 아니다. 사용자의 능력과 사용법에 따라 패러디가 탁월한 창조적 효과를 낼 수 있고, 이런 패러디만이 기법적 우수성을 발휘할 수 있다는 주장 역시 진부할 정도로 오래된, 따라서 문학사적으로는 상식이랄 수도 없을 만큼 상식적인 것이다. 패러디가 이처럼 오랜 역사를 가진 것인 이상, 현대 한국 작가가 패러디 기법을 사용한다고 해서 '새로운 기법' 운운하며 야단법석을 떨 이유는 전혀 없다.

그러나 패러디 기법을 쓰는 일과 패러디를 서사 형식화하는 일은 일단 구분될 필요가 있다. 이를테면 플라톤의 패러디 기법과 조이스의 패러디 소설 형식은 동일한 기법 차원의 문제가 아니다. 플라톤이 기법으로서의 패러디를 썼다면 조이스의 경우 패러디는 기법 이상의 서사적 형식이다. 조이스가 패러디 '형식'을 선택한 것은 고전적 영웅서사나 부르주아적 영웅서사가 불가능해졌다고 그가 판단한 시대의 삶, 경험, 세계의 이야기를 써내는 데는 그 형식이 적합하다고 생각했기 때문이다. 그러므로 그의 독창성은 형식의 독창성(그가 이 패러디 형식의 가능성을 확대한 것은 사실이지만)에 있다기보다는 그의 판단—패러디 형식을 통해서만 왜소화한 부르주아적 세계를 가장 효과적으로 표출할 수 있다고 생각한 그 판단과 선택의 독창성에 있다. 말하자면 그는 패러디라는 새롭지 않은 기법을 새로운 형식으로 활용한 것이다. 조이스의 경우 주의해야 할 것은 그가 패러디 형식을 통해 무언가 새로운 것을 써낼 수 있다고 믿은 점이다. 이 창조성에의 믿음 유무가 조이스적 패러디와 근래의 포스트모더니즘 패러디를 갈라놓는 차이이다.

포스트모더니즘적 패러디 형식이나 혼성모방 기법은 창조성에 대한 기대 아닌 그것의 포기에 입각해 있다. 이 차이를 분명히 파악하는 일은 중요하다. 포스트모더니즘의 논리에서 문제된 것은 패러디나 패스티시의 형식/기법들이 비판적·창조적 효과를 낼 수 있다는 주장을 둘러싼 것이 아니라(그런 주장은 문제될 만큼 새삼스러운 것이 아니므로) 지금은 어떤 창조적인 것도 진지한 것도 불가능해진 세계이므로 이제 유일하게 남은 가능성은 복사, 표절, 혼성 조립, 짜깁기뿐이라는 포스트모더니즘의 '판단'과 '주장'이다. 이것은 모든 창조적 가능성의 '완전 소멸'이라는 판단이며, 작가가 할 일은 창조성에 매달리는 일이 아니라 이미 만들어져 있는 것들을 복사, 표절, 재조립하는 일뿐이라는 주장이다. 이것이 포스트모더니즘과 관계된 패러디론에서의 쟁점의 핵심이고 내가 포스트모더니즘 문학론에서 배격, 비판하는 것도 이 부분이다. 창조적 가능성의 소진을 진지하게 믿는다면 복사 가게를 차리든가 공장에 나가 정직한 노동이나 할 것이지 무엇 때문에 표절, 복사, 조립까지 해가면서 소설을 쓰는가? 누가 그러라고 했는가? 그렇게 만들어진 조립소설에 왜 자기 이름은 분명히 갖다 박아놓고 책 팔아 생긴 이득은 자기가 챙기는가? 이런 행위는 부도덕하다. 혹자는 말할지 모른다. 패러디와 패스티시의 형식/기법을 씀으로써 신시대의 작가는 창조적인 것이 소멸된 세계를 조롱하고 비판하는 것이라고. 또 누구는 말할지 모른다. 창조성/독창성의 완전 소멸이라는 주장 자체는 포스트모더니즘적 세계관의 '독창적'인 부분이 아닌가, 그러므로 창조성의 소멸이라는 주장을 역설적으로 제기하기 위해 패러디를 쓰고 그럼으로써 작가는 자기 자신의 소설에 대해서도 패러디스트의 입장에 서는 것이 아니냐고. 그럴 수 있다. 그러나 창조성을 상실해버린 세계에 대해서는 창조성의 조롱으로 대응해야 한다고 생각하는 바로 그 점이 포스트모더니즘적 패러디를 정확히 '저급의' 뒤틀린 형식/기법이 되게 하고 예술을 가장한 상업술이 되게 한다. 패러디적 형식/기법의 창조적 가능성과 비창조적 사용 사이에는 엄연한 차이가 있다. 패러디의 포스트모더니즘적 사용은 '창조적 에너지의 고갈'이라는 현 문명의 세기말적 징후 그 자체이며 이 징후에의 참여이다. 그 징후 속에는 고갈을 극복할 비판적·창조적 비전이 들어 있지 않다. 특정 형식/기법의 선택은 작가의 자유지만, 이 선택은 그가 책임져야 할 판단과 직결되어 있고 또 이 판단은 말할 것도 없이 그의 현실 인식 방법, 세계관, 예술관에 연결되어 있다.

3 영상기호와 문자 서사

영상기호가 문자기호를 압도하는 이른바 '영상문화 시대'의 도래는 이미 우리의 경험적 현실의 일부가 되고 있다. 그러므로 우리의 관심을 끄는 것은 첫째, 이 문화적 전환이 사회적 의미 생산/수용 양식 자체에 암시하는 변화는 어떤 것인가라는 문제이다. 이야기의 사회적 공급방식이 문자매체에서 영상매체로 그 중심을 이동시킬 때 서사 텍스트의 생산/수용의 방식에는 큰 변화가 일어날 수 있다. 극단적 경우, 소설은 비디오의 형태로 생산·유통되어야만 사회적으로 의미 있는 공급 형식이 되게 될 것이다. 수용 주체는 '독자'가 아니라 '시청자'이고 '읽기'는 '보기'로 대체된다. 책은 없고 영상매체만이 있는 집에서 자라난 사람은 독서문화 속에서 성장한 사람과는 그 사고법, 감성, 가치관, 문제의식의 면에서 아주 다른 사회적 주체가 될 수도 있다. 문자매체 종사자들이 매체 환경의 변화에 관심을 가져야 하는 이유는 이런 데 있다.

우리의 두번째 관심은 영상문화 환경에서 문자 서사인 소설은 어떤 위상, 역할, 기능, 중요성을 가질 수 있는가라는 문제이다. 영상문화 시대에서의 '문자 서사의 장래'에 극히 비관적인 견해를 펴는 사람도 있고 영상서사적 기법을 발 빠르게 소설에 도입함으로써 소설 서사에 새로운 기법의 가능성을 열어보려는 사람들도 있다. 적응이라는 관점에서 보면, 소설이 사회문화적 환경 변화에 적응해야 할 이유도 있고 필요성도 있다. 그러나 우리가 잊지 말아야 할 것은 소설의 매체는 끝까지 '문자'이지 영상은 아니라는 점, 문학은 문자 서사이고 문자예술이기 때문에 '문학'이라는 점이다. 여기서 작가들은 영상 환경에의 '적응'이라는 부분과, 적응하되 적응의 '전략'은 무엇이어야 하는가라는 부분을 나누어 생각해볼 필요가 있다. 문자매체는 '죽었다 깨도' 영상매체의 강점을 따라갈 수 없다. 그러나 마찬가지로 영상은 '백번 까무러쳐도' 문자매체의 강점을 따라가지 못한다. 두 매체 사이에는 상호 환원되지 않는 특성과 강점들이 각각 있기 때문이다. 영상기호는 문자적 번역, 묘사, 서술이 필요 없는 시각 이미지를 제시함으로써 '백문 불여일견'의 순간을 창출한다. 그러나 문자의 예술적 묘사/서술이 성취하는 것은 언제나 시각 이상의 것이다. 예컨대 푸석하게 부은 얼굴의 여자가 화면에 들 때 관객이 보는 것은 '얼굴 부은 여자'이다. 그러나 문자예술은 이 경우 '얼굴이 부었다'고 묘사하지 않는다. 포크너를 보라. "고인 물속에 오래 잠겼다 나온 시체의 얼굴" 또는 "흰 밀반죽에 두 개의 까만 석탄을 박아놓은 듯한 그녀의 눈"—이런 식이다. 이 묘사가 성취하는 효과의 탁월성은 영상매체가 넘볼 수 없는 수준과 성질의 것이다. 특히 비유의 영역은 거의 전적으로 문자매체의 것이다. "수술대 위의 마취된 환자 같은 저녁놀"(엘리엇)이라든가 "간장이 시어지고 소금에 곰팡이 슬 때까지"(조태일)의 표현 효과를 영상이 무슨 재주로 성취할 것인가? 문자예술은 일상화된 표현의 상투성을 깨는 데서부터 시작된다. 이인화의 첫 소설(『내가 누구인지 말할 수 있는 자는 누구인가』)은 그 실험 기법 때문에 구설수 많았던 작품이지만, 그 소설에는 이를테면 "시간이 얼마나 흘렀을까" 유의 사람 지치게 만드는 상투적 표현이 피곤할 정도로 자주 나온다. 시간의 경과라는 현실을 표현해낼 수 있는 문자예술적 방법은 '무한대'인데(그래서 루카치 왈 "현실은 풍요하다") 그 무한대의 가능성은 외면하고 왜 하필 고양이도 하품할 낡아빠진 표현 "시간이 얼마나 흘렀을까"인가? 이 지적은 젊은 작가들이 무슨 새로운 실험 기법 찾느라 눈 팔기 전에 어디서부터 예술적 '실험성'을 출발시켜야 하는지를 말하기 위한 것이다. 영화 기법을 흉내내는 일부 작가들에게도 이 지적은 해당된다. 또 우리의 당면 논제와 관련시키면, 영상 시대의 문자 서사가 선택할 효과적 전략이 무엇일까를 생각해보는 데도 이런 지적은 필요하다. 문자예술의 힘과 가능성을 더 많이 활용하고 개발할 일이다.

　　서사구조의 측면에서 보면, 최근의 영화나 텔레비전 연속극 등에서 가장 심각한 문제로 지적될 수 있는 것이 '그림 효과'를 위해 서사적 논리를 내던지는 '개연성의 희생제의'이다. 이것은 우연 미학이니 합리성의 배격이니 하는 따위의 철학성 부여에 앞서 서사문학이 경계해야 할 가장 위험한 부분이고 서사를 순수 만화적 오락의 차원으로 굴러떨어지게 하는 요소인데, 영화화를 기대하면서 씌어진 듯한 소설들일수록 이 개연성의 희생이 현저하다. 문자 서사를 영화로 옮길 때에는 영화 작가가 매체의 차이에서 오는 '저항'을 느껴야만 영화 작가 자신의 독창적 장르 전환이 빛을 보게 될 터인데, 일부 소설들은 그런 저항을 지닌 작품보다는 쉽게 곧바로 시나리오화가 가능한 작품, 감독의 입에 맞아 곧장 영화로 '환전' 가능한 서사를 구성하는 데 더 골몰하고 있는 듯하다. 이것은 문자예술 종사자의 긍지도, 방법도, 전략도 되기 어렵다. 길게 보면 그것은 소설문학의 독자를 얻고 키우기보다는 독자를 잃어버리는 확실한 방법이다.

그러나 이 논평에도 불구하고 나는 소설 서사가 영화 기법으로부터 배우고 원용할 부분이 없다고 생각지는 않는다. 서사에 관한 한 영화가 문자 서사로부터 늘 배워왔듯이, 소설도 영상미학으로부터 분명 배울 것이 있다.

4 신세대 문화

신세대 문화, 문학, 문학론을 제기하는 사람들은 '봐라, 우리 현실이 달라지지 않았는가'라고 말하고 싶어하는 이해 집단의 추임새에 멋모르고 뛰는 꼭두각시가 되지 않도록 주의할 필요가 있다. 달라진 것을 말하는 자는 달라지지 않은 것도 시야에 넣고 있어야 한다. 지면 없어 이 정도로 줄임.

오늘의 소설 1993. 하반기

이 시대에 전위예술은 가능한가

1

이 시대에 전위예술이 가능한가라는 질문은 가능한가. 근대예술의 관습과 근대적 미학의 견지에서 보면 어떤 식의 예술이 '가능한가'라는 질문은 애당초 성립하지 않는다. 적어도 예술의 영역에 있어서만은 어떤 '불가능성'도 남겨두지 않는 것, 모든 가능성을 향한 무한 실험의 특권을 확보한 것이 근대미학의 진정한 혁명이었기 때문이다. 근대적 시인은 상상력의 파우스트이고 '창세기'의 항구한 저자이다. 그는 "있으라 하매 빛이 있었도다"의 첫번째 조물주가 물러난 자리에 자신의 왕국을 선포한 두번째 조물주이다. 그는 벼룩시장의 헌 나무지팡이에 싹이 돋게 하고 맥주병과 당근을 용접하며 코끼리를 날게 한다. 그의 왕국에는 중력이 없다. 사과는 떨어지지 않고, 돌들은 하늘로 치솟아 별이 된다. 누가 이 마술의 나라에서 불가능의 목록을 꾸밀 수 있으랴.

그러나 이 시대에 전위예술이 가능한가라는 질문은 역설적이게도 바로 그 불가능을 제거한 근대미학에 의해 '가능한 질문'으로 뒤바뀐다. 불가능한 것이 없다면 불가능한 질문도 없다. 모든 가능성이 열리는 곳에서는 모든 질문이 동시에 가능해진다. 이것이 근대미학과 예술의 가장 곤혹스러운 역설, 그 혁명의 실패가 드러나는 지점이다. 근대미학의 혁명은 모든 불가능한 것들을 가능한 것으로 바꿀 수 있었지만 일단 가능해진 것들을 다시는 불가능의 지옥 속으로 되돌려보낼 수는 없었다. 하늘과 땅의 온갖 귀신들을 부리고 무쌍한 변화의 재주를 자랑하되 그 재주를 회수할 재주만은 갖고 있지 못한 실패의 마술사처럼 근대예술의 혁명은 바로 그 성공의 순간에 실패한다. 모든 것이 가능해진 시대에 특별히 '전위'란 것이 있어야 할 필요가 있는가? 근대예술이 다다와 함께, 초현실주의와 함께 반예술까지도 예술의 제도 속으로 영입했던 바로 그 순간에 전위의 가능성은 사라진 것이 아닌가? 전위의 가능성이 사라진 시대에 예술의 전위성이란 무엇인가? 우리는 '전위'라는 말을 쓰기 전에 먼저 이런 질문들을 생각해보지 않으면 안 된다.

2

1916년 다다의 출범과 함께 시작되는 유럽 전위예술의 중요한 역사적 의의는 '부르주아 언어질서의 전면적 파괴'라는 기획을 떠나서는 규정되지 않는다. 유럽 전위예술이 전통적 기법의 파괴에 몰두했던 과격한 반예술이라는 식의 이해는 역사적 아방가르드에 대한 가장 심각한 왜곡이다. 전위예술가들이 파괴하려 했던 것은 예술 그 자체가 아니라 예술의 생산과 수용을 삶과 유리된 미학주의적 관습의 틀 속에 묶어두고 있던 부르주아의 제도화된 상징질서였다. 이 상징질서는 취리히 다다의 일원이었던 한스 아르프가 '우리 시대의 광기'라고 부른 부르주아적 사고, 감성, 가치, 예술, 관습, 반응양식, 이데올로기 일체를 포괄한다. 전위예술가들은 예술을 파괴하려 했던 사람들이 아니라 오히려 예술 파괴세력을 파괴하려 했던 사람들이며, 부르주아 예술이 '예술'이라는 명칭으로 통용되고 있었기 때문에 그 예술을 부정하는 예술이라는 의미에서 '반예술'을 주장했던 사람들이다. 그들로선 관습화된 예술을 파괴하는 것이 기존의 상징질서를 깨뜨리는 일이었다. 이 부정과 파괴의 충동이 아방가르드의 역사적 의미를 규정한다. 『아방가르드의 이론』이라는 중요한 저술을 펴낸 페터 뷔르거가 유럽 근대예술은 아방가르드에 이르러서야 비로소 자기비판의 계기를 갖게 되었다고 말하고 있는 것도 그런 이유에서이다.

부르주아적 상징체계에 대한 전위예술가들의 혐오가 어느 정도였던가는 오늘날 전해지고 있는 아방가르드의 주요 문헌들에 생생히 기록되어 있고 "다다는 예술형식이 아니라 혐오이다"라는 트리스탕 차라의 말 속에 요약되어 있다. 다다의 일원이었고 후일 다다운동 참여자로서 중요한 기록을 남긴 한스 리히터는 '잠자는 부르주아지에게 코침을 놓는 즐거움'을 얘기하면서 "다다는 부르주아지의 잠을 빼앗기 위해 온갖 꾀를 생각해냈다"고 회고한다. 그가 말한 '꾀'는 다다의 반예술 선언과 각종의 반예술적 기법들이 어떤 문맥과 동기의 문법에서 나온 것인지를 가장 잘 표현한다. 예컨대 "다다는 아무것도 의미하지 않는다"로 시작되는 1918년의 다다 선언은 '반어법의 꾀'이다. 그것은 다다가 아무 의미도 갖지 않는다는 뜻이 아니라 부르주아 언어질서 속에서 규정되는 예술의 의미를 거부한다는 뜻의 반어적 표현이었다. 마찬가지로 "다다는 아무 계획도 갖고 있지 않다. 그것은 모든 프로그램에 반대한다. 어떤 프로그램도 갖지 않는 것, 그것이 다다의 프로그램이다"라거나 "다다는 창작이 아무것도 아니라는 것을 보여주기 위해 창작한다"라는 선언도 역설의 꾀에 해당한다. 다다가 아무런 프로그램도 갖고 있지 않았던 것은 아니다. 예술에 관한 고정된 선입관념과 수용태도, 예술에 대한 근대미학적 규범과 제약에서 벗어난 '절대의 자유'를 추구하는 것이 다다의 프로그램이었다. 제1차세계대전이 진행되고 있던 1916년 중립국 수도 취리히에서 다다의 본거지가 된 '카바레 볼테르'는 말하자면 역사의 탁류 속에 홀로 떠 있는 외로운 '자유의 섬'이었다. 그 섬의 주민들은 반예술을 외치고 있었지만 그 반대와 부정 속에는 예술을 되찾으려는 엄청난 긍정이 있었다.

그 긍정의 예술은 무엇인가? 많은 오해에도 불구하고 다다가 추구한 절대 자유의 예술이나 초현실주의가 목표로 한 새로운 예술은 '예술을 위한 예술'이라는 의미에서의 예술이 아니었다는 사실 역시 역사적 아방가르드를 이해하는 데 필수적 사항이다. 전위예술의 목표는 삶에서 추방되어 '예술이라는 제도와 관습' 속으로 화석화되어 들어가 있는 예술을 다시 끌어내어 삶과 재통합시키자는 것이었다. 그것은 부르주아 상징질서 속에서 '예술의 자율성'이라는 이름으로 고립된 예술, 합리적 도구이성의 논리 속에서 예술이라는 상품 딱지가 붙어 고가의 상업 품목이 된 예술, 미술관이나 박물관에 걸리기 위해 제작되는 예술을 부정하고 '사회에서의 예술의 정당한 자리'를 되찾게 하자는 것이었다. 취리히 다다의 대부였던 우고 발은 1917년 5월 5일의 일기에 이렇게 써넣고 있다. "우리에게 예술은 그 자체가 목적이 아니다. 우리는 그런 환상을 버린 지 오래이다. 우리에게 예술은 사회 비판을 위한 계기이며 우리가 살고 있는 시대의 참다운 이해를 위한 것이다. (…) 지금 예술은 도처에서 그 윤리적 목적을 배반하고 있다." 삶과 예술의 재통합을 위해서는 예술을 특정의 관습적 의미망 속에 묶어두고 있는 상징질서를 와해시켜 그 질서를 바꾸지 않으면 안 된다. 이 때문에 전위의 목표는 마침내 '세계를 변화시키자'라는 기획으로 발전하고, 1935년 앙드레 브르통은 "세계를 바꾸라고 마르크스는 말했고 삶을 변화시키라고 랭보는 말했다. 이 두 가지 표어는 우리에게 하나이며 같은 것이다"라고 선언하기에 이른다.

다다와 초현실주의가 발전시킨 일련의 새로운 기법들은 부르주아 언어질서의 파괴와 세계의 변화라는 기획에서 따로 분리시켜 생각할 수 없는 것들이다. 예컨대 다다이스트들이 곧잘 써먹었던 독자 조롱과 관객 모독의 수법은 예술에 대한 일정한 고정관념을 갖고 있는 수용자들의 관습적 태도를 일거에 폭파시키기 위한 '꾀'의 하나였고 작품 속에 "이것은 예술작품이 아니다"라는 선언을 써넣거나 신문지, 이쑤시개, 성냥개비, 칫솔로 콜라주를 만드는 것은 예술작품이면 당연히 지니고 있어야 한다고 여겨지는 신성한 분위기(발터 벤야민의 '아우라')에의 기대를 깨뜨리기 위한 것이었다. 카바레 볼테르에서 밤마다 다다이스트들이 읊어대던 즉석 시나 의미는 없고 소리만 있는 음성시 역시 지배적 상징질서 속의 '의미'를 추방하고 인간의 음성을 회복하자는 트릭이었다. 초현실주의자들은 벼룩시장을 뒤져 찾아낸 쓸모없는 고물들을 '작품화'하는 이른바 '오브제 트루

베'(발견한 사물)의 기법을 애용했는데 이는 상품 가치를 상실하고 교환질서 밖으로 추방된 사물의 가치를 역설적으로 복원시킴으로써 교환질서 자체를 파괴하고 교란시키는 한 가지 방법이었다. 1917년 마르셀 뒤샹의 유명한 변기 사건도 질서 와해의 원칙에서 나온 것이다. 대량 생산된 기성품 변기에 자신의 사인을 넣어 뉴욕의 '독립예술가협회' 전시에 '출품'함으로써 뒤샹은 부르주아 상징질서 속에 자리잡은 '제도로서의 예술'에 가장 신랄한 공격('너희는 변기 창고이다')을 가할 수 있었다.

　　다다가 개발하고 초현실주의가 계승한 기법 가운데 역사적으로 가장 중요한 것은 '우연성'을 창작의 원칙으로 도입하는 무작위적 우연 기법이다. 우연성이 창작 방법으로 동원될 경우의 희생자 목록은 매우 길다. 우선 작품 제작을 위한 모든 형태의 사전 계획, 주도면밀한 플롯, 부분과 전체의 총체적 관계가 날아가고 필연성과 인과성의 개념이 부서지는가 하면 예술을 '유기적 전체'로 파악하는 예술관 자체가 무용해진다. 그러나 바로 그 점 때문에 다다이스트들에게 우연성의 발견은 '마법의 발견'과도 같았다. 우연성은 부르주아지의 목적 합리적 사고양식과 논리에 구멍을 내어 지배적 상징질서의 문법을 전면 교란시키는 파괴의 효과와 함께 무의식에 의한 자유연상, 파편의 결합과 병치에 의한 의외성의 산출이라는 생산의 효과를 동시에 지니고 있었다. 이 두 가지 효과의 동시적 생산 기제라는 점에서 우연성은 다다와 초현실주의의 '가장 중요한 경험'이자 철학, 창작 방법이자 혁명적 전략이 된다. 무의식으로 부르주아지의 의식을 격파하고 세계를 바꾼다는 역사상 최초의 예술적 시도는 우연 기법의 발견과 함께 시작된다.

　　다다와 초현실주의의 새로운 기법들이 어떻게 우연의 법

칙에 의존하고 있었던가는 잘 알려진 얘기이다. 예컨대 차라는 오려낸 신문기사 토막들을 통 속에 넣고 흔들다가 손에 잡히는 대로 꺼내어 백지에 붙이는 방법으로 시를 '창작'했다. 그렇게 만들어진 작품은 어떤 문법적 배열도 정상적 통사구조도 갖지 않는 '백치의 시'였다. 그러나 작품 제작의 전 과정에서 의도적 선택과 문법적 배열의 원칙을 배제하는 그 '백치주의'야말로 합리적·인과적 질서를 교란하는 반란임과 동시에 '해방된' 새로운 질서를 창출하는 방법이었다. 리히터는 팔레트의 물감들을 구분할 수 없는 깜깜한 어둠 속에서 닥치는 대로 물감을 찍는 방식으로 그림을 그렸다. 브르통, 아라공, 로트레아몽, 수포 등 초현실주의자들의 '정신의 자동주의'나 동떨어진 이미지들을 동시에 결합하여 의외성과 무한 연상의 효과를 거두는 병치 기법, '정교한 송장 놀이le cadavre exquis' 등도 우연의 법칙을 활용한 것이었다. '정교한 송장'은 우연성의 개입에 의한 초현실주의적 '집단 작시법'에 해당한다. 여러 사람이 제각각 써낸 우연한 단어들을 연결하면 예컨대 "날개 달린 김이 갇힌 새를 유혹한다"라거나 "별들의 파업이 설탕 없는 집을 고친다" 등의 놀라운 시들이 우연이라는 이름의 삼신할미 손에서 탄생하는 것이다.

이런 예는 끝이 없다. 중요한 것은 이 같은 기법의 개발이 유럽 아방가르드의 목표와 충동에 어떻게 봉사했는가를 살펴보는 일이다. 아방가르드의 충동은 '예술의 혁명'이고 그 목표는 '혁명의 예술' 또는 예술을 통한 세계의 변화라는 것이었다. 신기법의 개발은 아방가르디스트들에게 새로운 예술의 가능성을 열어주는 것 같아 보였고 새로운 예술은 인간의 삶을 변화시켜 '천국과 지옥 사이의 균형'(우고 발)을 지상에 성취시키거나 삶을 '시적 모험'(브르통)의 도정이 되게 해줄 것으로 여겨졌다. 이것이 삶과 예술의 재통합이라는 아방가르드의 집단적인 꿈이었다. 물론 그 꿈은 실현되지 않는다. 역사적 아방가르드가 실패하게 되는 데는 여러 가지 요인이 작용하지만 그중에서도 바로 그 기법주의 혹은 신기술주의의 기여가 컸다는 사실이 언급되지 않으면 안 된다.

3

뷔르거가 지적했다시피 전위예술의 중요한 성질은 '그 자신의 양식'을 가질 수 없다는 점이다. 그 자신의 양식이나 예술형식을 갖는 순간 전위는 이미 전위가 아니기 때문에 '전위양식'이란 말은 철저한 모순이다. 그것은 어떤 전형성도 지닐 수가 없다. 그러므로 관습을 깨고 나가는 바로 그 순간에 전위가 만나는 최대의 적은 자기 자신이다. 그는 자신의 관습화, 제도화, 전형화, 양식화에 끝없이 맞서야 하고 자기를 끊임없이 깨지 않으면 안 된다. 그것은 특정의 예술형식으로 굳어질 수가 없고, 따라서 자신의 양식을 발전시킬 수 없다. 양식화한 전위란 전위 자체의 혐오 대상이 될 것이기 때문이다. 뒤샹의 변기 출품은 제도화되고 상업화한 기성 예술에 대한 비판이었다는 점에서 '전위적'이었지만 뒤샹 이후의 그런 행위는 전위가 되지 않는다. 누가 또 뒤샹처럼 기성품을 전람회에 보낸다면 그것은 이미 있었던 전위적 행위의 모방, 답습, 반복일 뿐 전위는 아니다. 하나의 전위적 예술행위는 반복되는 순간 전위성과 의미를 상실한다. 그것은 일회적 가능성이며 그 가능성의 에너지는 단 한 번의 폭발과 함께 소진된다.

　예술의 제도화에 반대했던 바로 그 서구 아방가르드가 철저히 예술의 제도 속으로 영입되고, 관습화를 거부했던 아방가르드가 '전위양식'으로 관습화하게 되었다면 이 사실만으로도 아방가르드의 실패를 얘기하기에 충분할지 모른다. 과거 전위 작가들의 주요 작품들은 현재 굴지의 화랑, 박물관, 미술관에 보존되어 그들이 깨부수고자 했던 바로 그 제도화된 예술의 일부가 되어 있다. "이것은 예술이 아니다"를 선언하면서 등장했던 전위작품들은 '예술'의 도장이 찍혀 제도 속으로 편입되고 한 시대의 기념비적 '반예술의 예술'이 되어 지금 예술의 신전에 모셔져 있다. 이런 사실은 제도로서의 예술을 거부함으로써 부르주아 상징질서의 주요 고리 하나를 파괴하려 했던 역사적 전위예술이 오히려 그 제도 속에서 그 질서의 한 부분이 되었음을 증거한다.

　또 관습화의 거부는 어찌되었는가. 전위예술이 개발했던 주요 기법과 스타일은 지금 전위양식으로 굳어져 철저하게 관습화되어 있다. 지금의 전위예술은 관습의 거부 아닌 '전위 자체의 관습화'에 의존한다. 미술관에 걸리기 위해서, 고가 품목으로 팔리고 '예술'로 인정받기 위해서 지금은 뒤샹의 수많은 후예들이 수많은 변기통들을 내놓고 있다. 1922년 다다에서 초현실주의로의 전환을 준비하면서 프랑시스 피카비아는 『리테라튀르』지에 "네 자신을 존경하지 마라. 관습화한 혁명적 운동에는 참여하지 말지어다. 상업적 이득을 추구하지 말고 모든 공식 영광을 기피하라. 삶에서 영감을 구하라"고 썼다. 그러나 역사적 전위의 정신을 요약한 이 자기 통제의 선언은 기록으로만 존재할 뿐 그 정신은 사라진 지 오래이다.

예술 생산(창작)의 차원에서 전위 기법이 어떻게 양식화했는가를 지적하기는 어렵지 않다. 전위의 우연 기법은 제2차세계대전 이후의 네오 아방가르드를 거쳐 지금의 포스트모더니즘에 이르기까지 현대예술의 주요 기법이 되어 있다. 차라가 1920년대에 고안해낸 무작위의 작시법은 그로부터 반세기가 지난 1970년대에도 이를테면 미국의 윌리엄 버로스 같은 초기 포스트모더니스트의 손에서 고스란히 되풀이되었고 다다의 독자 조롱과 관객 모독은 지금도 세계의 여기저기에서 모방되고 있다. 차라는 70년 전에 신문기사에다 '포엠'이라는 제목을 붙여 낭독하곤 했는데 이 수법 역시 지금까지 이른바 전위 시인을 자처하는 사람들에게서 되풀이되고 있다. 존 케이지는 아직도 우연으로부터 소리를 짜내는 음악을 만들고 있고 우연 동작에 의존하는 무용이 현대무용의 이름으로 지속되고 있다. 회화의 경우도 마찬가지이다. 우고 발, 차라, 뒤샹 등이 일찌감치 전위 작업을 포기했던 것은 그들의 기법 자체가 양식으로 굳어지는 것을 그들 스스로 허용할 수 없었기 때문이다. 모방과 반복에 대한 그들의 혐오를 감안한다면, 한 시대의 전위 기법이 아직도 전위의 이름으로 반복되고 있다는 것은 놀라운 일임과 동시에 '전위' 자체가 어느 정도로 관습이 되어버렸는가를 보여주는 사례이다. 전위의 이름으로 권태롭기 짝이 없는 작업을 계속하고 있는 것이 지금의 전위인 것이다.

역사의 어느 순간에 개발된 어떤 형식이나 기법이 후대로 이어져서는 안 된다거나 한 시대의 양식이 반복되어서는 안 된다는 것이 지금 여기서 제기되고 있는 문제의 초점은 아니다. 예술의 역사는 오히려 양식의 계승, 발전, 변용의 역사이다. 문제의 핵심은 전위의 이름을 걸고서 전위의 논리에 어긋나는 비전위적 예술을 계속할 수 있는가라는 것이다. 오늘날 전위예술이 생산의 차원에서만 관습이 된 것이 아니라 수용의 차원에서도 이미 관습이 되어 있다는 사실과 관련해서 보면 그 질문은 매우 중요하다. 서구의 역사적 전위는 적어도 그것이 등장했을 당시에는 놀라움과 충격, 역겨움과 분노를 촉발함으로써 대중의 관습화된 예술 수용 태도에 일정한 타격을 가하고 그럼으로써 상징질서의 일부를 교란시킬 수 있었다. 최소한 '저것도 예술인가'라는 질문은 제기되었던 것이다. 그러나 지금은 전혀 사정이 다르다. 제아무리 '전위적'인 작품 앞에서도 현대의 수용자는 놀라지 않는다. 놀라기는커녕 '응, 저런 것이 바로 예술이라지'라는 것이 지금의 전형적 반응이다. 이것이 수용의 관습화이다. 한번의 전위예술이 지나가고 그 전위예술이 예술로 관습화되면서 수용의 태도도 일정한 관습으로 굳어져버린 것이다. 과거의 전위예술은 교란, 파괴, 비판의 대상을 가지고 있었다. 그러나 지금의 전위는 전위 자체가 이미 상징질서의 한 부분이 되어 있기 때문에 생산과 수용의 양 차원에서 그런 교란과 비판의 대상을 갖고 있지 않다.

그러나 역사적 전위의 실패 이유를 전위의 제도화, 관습화, 양식화에서만 찾을 수는 없다. 그런 설명방식은 '예술의 혁명'이라는 전위의 충동이 어떻게 그 혁명 자체의 관습화로 끝나게 되었는가를 보여주지만, '혁명의 예술'로서의 전위의 목표(삶과 예술의 통합)가 왜 실패했던가에 대해서는 납득할 만한 해명의 단서를 제시하지 못하기 때문이다. 세계를 바꾸라는 마르크스의 말과 삶을 변화시키라는 랭보의 말을 하나의 표어로 통합하고 예술을 통해, 더 정확히는 초현실주의의 예술을 통해 세계를 바꾸어보려 했던 브르통의 기획은 어찌되었는가? (다다의 경우에도 그 출범 당시에 조르주 얀코는 "우리는 예술이 언젠가 우리 사회에서 그 정당한 자리를 얻게 되리라는 희망을 상실했다. 우리는 인간의 고통과 굴욕을 보며 분노와 슬픔에 잠겨 제정신이 아니었다"라는 말로 다다운동의 정치적 정당성을 주장했고 한스 아르프도 "우리는 시대의 광기를 치유하고 천국과 지옥 사이의 균형을 회복하기 위해 근본적인 것에 입각한 예술을 모색하고자 했다. 우리는 권력에 미친 깡패들이 언젠가는 인간 정신을 죽여 없애기 위한 한 가지 수단으로 예술을 이용하게 될 것이라는 어렴풋한 예감을 가지고 있었다"라는 말로 다다의 관심이 예술 혁명에만 국한된 것이 아니었음을 밝히고 있다. 엄밀히 말하면 다다와 초현실주의 사이에는 세계 변화라는 혁명적 관심의 정도에 따른 차이가 있었고, 브르통의 초현실주의도 1924년의 1차 선언과 1930년의 2차 선언 사이에는 상당한 입장 차이가 있다. 그러나 여기서 그런 부분에 대한 상론은 필요하지 않다.)

혁명예술로서의 초현실주의가 실패한 것은 신기법이 만들어내는 '새로운 현실'(초현실)의 위력에 대한 과도한 확신 때문이었다. 초현실주의의 초현실은 실제의 현실보다 더 '우월한' 현실이라는 의미에서의 초현실이다. 이 초현실은 신기법이 예술작품 속에 실현시키는 '신비로운 효과'이고 '특수한 즐거움'—더 정확히 말하면 초현실주의 기법이 예술 속에 문득 창조해놓은 '인공의 낙원'이다. 아니, '인공'이란 표현은 적절치 않다. 왜냐면 그 낙원은 인간(작가)의 의도적 노력이나 이성적·합리적 계획에 의해 만들어지는 것이 아니라 순전히 기법의 힘으로 창조되는 것이기 때문이다. 이를테면 병치의 기법이나 자동기술법을 동원하여 서로 아무 관계도 없이 동떨어진 세계들 사이의 현실을 연결하면 맥주병과 당근을 용접한 그림이 나오고 '여자의 머리를 단 코끼리와 나는 사자'라는 시적 이미지가 창조된다. 이렇게 만들어진 이미지는 멀리 동떨어진 두 현실을 끌어다 하나의 이미지로 융합시킨 것이므로 두 현실을 '초월'하면서 그 두 현실보다 '우월한' 새 현실을 창조해낸다. 이것이 이미지의 초현실이다. 이때의 이미지가 갖는 초현실적 가치는 그것이 내쏘는 '섬광'의 아름다움 여부에 따라 결정된다. 이미지의 융합에 투입된 두 현실항(맥주병/당근, 코끼리/여자) 사이의 거리가 멀면 멀수록, 차이와 모순이 크면 클수록 그 융합이미지의 섬광은 강해지고 비유 언어에서처럼 그 차이가 약하면 섬광도 약해진다. 이 경우 기법이 결정적 중요성을 갖게 되는 것은 두 개의 먼 현실들을 끌어오는 일이 의식적 사전 계획이나 합리적 플롯에 의한 것이 아니라 '우연과 무의식'의 힘을 활용하는 기법의 결과이기 때문이다. 이렇게 우연 기법이 창조한 새 현실 앞에서 '이성'이 할 일은 그 빛나는 초현실을 인지하고 그것의 아름다움을 찬탄하는 일뿐이다.

브르통은 이런 방식으로 창조되는 예술적 초현실이 인간의 여러 가지 요구들을 만족시키고 삶의 주요 문제들을 해결할 '유일한' 지침이자 안내자라는 확고한 믿음을 가지고 있었다. 이 믿음의 핵심은 기술주의이다. 그의 초현실은 '우연의 정권'이고 이 정권을 가능하게 하는 것은 전적으로 기법이기 때문이다. 이 우연의 정권에서 이성은 무의식에 복종하기만 하면 된다. 삶의 모든 주요 문제와 모순들은 마치 꿈에서처럼 무의식이 융합해내는 초현실의 이미지에 의해 해결될 것이므로 인간은 무의식의 기교인 그 융합의 기술에서 구원을 얻을 수 있다. 그러나 삶과 예술의 통합을 향한 이 초현실주의의 제안은 삶의 문제를 꿈에서 꿈의 기교를 통해 실현할 수 있다는 얘기와 전혀 다를 것이 없다. 삶과 예술을 통합하고 세계를 바꾸는 것 자체가 초현실주의의 꿈인데, 그 꿈을 꿈에서 실현하라는 것이 초현실주의의 해결법인 것이다. 이 명백한 모순은 초현실주의가 프로이트적 꿈의 기교인 '응축'(모순 이미지들의 융합)에서 기술주의의 원칙을 배우고 그 원칙으로 '텍스트의 니르바나'를 만든 다음 이 텍스트의 열반이 곧 세계 변화의 원칙이 될 수 있을 것으로 생각한 데 연유한다. 쉽게 말하면 그 모순은 초현실주의의 텍스트에 실현된 낙원을 곧 세계의 낙원으로 등치시키는 혼동의 산물이다.

꿈의 기교가 인간을 구원할 수 있다면 세계는 구태여 초현실주의자들이 등장할 때까지 기다리지 않아도 되었을 것이다. 그러나 무의식의 발견이 프로이트에 와서 이루어지고 초현실주의자들이 무의식의 기교를 예술의 기법으로 전용했다는 점에서는 그 발견과 전용의 공로가 현대의 것임에는 틀림없다. 또 전위예술로서의 초현실주의는 그 새로운 기법 개발로 일정한 예술적 성과를 거둘 수 있었다. 문제는 우연과의 공모를 강조하는 그 무의식의 기법주의가 세계를 변화시키고 인간의 삶 일반을 시적 모험이 되게 해줄 것이라는 믿음에 있다. 이 믿음의 극단적인 형태는 인간의 삶과 세계를 무의식의 시적 기교가 써내는 꿈의 텍스트로 파악하는 것이다. 이 파악방식에는 무서운 함정이 있다. 무의식과 꿈은 누구나가 가지고 있는 것이므로 무의식의 기교(시적 기법) 역시 만인의 것이 되고, 만인이 시적 기법을 갖고 있는 한 모든 사람은 시인이며, 만인이 시인인 한 세계의 시화詩化는 불가능하지 않다―이것이 그 함정이다. 이 함정이 바로 현대적 소비문화가 무의식이라는 최후의 시장을 공략하는 장소이고 에르네스트 만델이 "무의식의 식민화"라고 부른 현상이며 초현실주의의 우연 기법주의가 정확히 포스트모더니즘의 손에 낚아채이는 지점이다.

세계의 시화—이 아름다운 표현은 미국의 실용주의 철학을 포스트모더니즘으로 재포장(이보다 더 적절한 묘사는 없다)해낸 리처드 로티의 것이다. 로티의 포스트모더니즘은 포스트모더니즘의 부르주아 자유주의를 숨김없이 표출한다는 점에서는 정직하고 '자유'의 이름으로 부자유를 은폐한다는 점에서는 음험하다. '세계의 시화'라는 말도 세계의 미학화라는 포스트모더니즘의 기획을 정직하게 표현해주는 반면 그 미학화가 상품형식과 소비문화의 확대를 의미한다는 사실은 감추고 있다. 세계를 시화한다는 로티의 기획은 '만인은 시인이다'에서 출발하여 '시는 우연의 산물이다' 그러므로 '인간은 우연의 법칙으로 세계를 시화할 수 있다'라는 세 개의 명제에 입각해 있다. 이 우연 철학은 기묘하게도 아방가르드의 우연 기법주의와 빈틈없이 일치한다. 로티에 의하면 인간의 진화, 역사, 문화, 과학의 발전은 모두 우연의 산물이지 무슨 인과관계나 필연이 있어서 이루어진 일들이 아니다. 그러므로 모든 것은 우연에 의존하는 시적 기법으로 만들어진다. 코페르니쿠스, 갈릴레이, 뉴턴이 중요한 과학적 발견을 하게 된 것도 어느 날 '우주 광선'이 우연히 그들의 머리를 때려 기묘한 연상을 불러일으켰기 때문이다(브르통에게도 초현실주의는 '보이지 않는 광선'이었다). 그러나 이미 이 지점에서 분명해지는 의문은 로티의 말대로 모든 것이 시적 기교의 산물이고 시라면 새삼스레 세계의 시화라는 포스트모더니즘의 기획이 무엇 때문에 필요한가라는 것이다. 세계가 이미 시인데 그 세계를 시화하자는 것은 무슨 중언부언인가. 사실 그는 필요 없는 얘기를 하고 있다. 하지만 그의 그 불필요한 얘기는 무언가를 감추기 위해 하지 않으면 안 되는 '필요한' 얘기이다. 그가 감추고 있는 것은 '지금 되어 있는 그대로의 세계를 받아들이자. 현실을 비판하고 왜냐를 따지고 무엇 때문이냐를 묻지 말자. 모든 것은 우연의 산물이므로 지금의 현실도 우연 법칙에 따라 정당한 것이다'라는 메시지이다. 그러나 그는 이 포스트모더니즘의 복음을 감출 필요가 있기 때문에 '이미 시가 된 지 오랜 세계'를 새삼 '시화하자'고 제의하고 있는 것이다.

이 시대에 전위는 가능하고 또 필요한가? 전위의 필요성을 얘기한다는 것은 무언가를 감추기 위해 불필요한 말을 하는 것은 아닌가? 전위가 더이상 불가능해진 시대에 전위가 할 일은 무엇인가? 1924년의 제1차 초현실주의 선언 말미에 브르통은 "이 여름 장미는 푸르고 숲은 유리로 되어 있다"라고 썼다. 상품문화의 기술이 이미 푸른 장미와 유리의 숲을 만들어버린 시대에 전위예술은 그 탁월한 기술로 또 무엇을 만들어야 하는가? 노래하는 장미를 만들고 흰 다리를 가진 숲의 무용단을 만들 것인가? 기술주의의 함정은 늘 신기술을 만들지 않으면 안된다는 것이다. 이 때문에 전위의 기술주의는 상품 형식의 회로를 벗어날 길이 없다. 현대의 소비문화에서는 '충격'만큼 빨리 소비되는 것이 없으므로 충격적 신기술은 매번 그 충격의 강도를 높이기 위해 목이 부러질 때까지 '스턴트'를 계속하지 않으면 안 된다. 또 지금의 소비문화는 더이상 소비자를 가리켜 '당신은 소비자이다'라고 말하지 않는다. 소비문화의 새로운 어법은 소비 대중을 향해 '당신은 시인이다'라고 말한다. 이것이 '광고의 시' 또는 시적 광고의 어법이며 무의식을 파고드는 이 식민화의 기법에 관한 한 오늘날 진정한 전위는 예술이 아니라 광고이다.

전위예술을 불가능하게 하는 이 일련의 조건들 속에서 현대 전위예술의 일부가 대응하고 있는 방식은 그 불가능의 조건들을 역으로 흉내내어 예술을 광고화함으로써 예술의 가능성 소진이라는 현대적 절망을 고발하는 것이다. 그러나 이 방식은 이미 많은 포스트모더니즘의 작품들에서 보듯 비판성을 상실한 '모방적 적응'에 그치고 만다. 모더니즘의 파편화 추구도 이런 모방적 적응의 경우에 해당하는 것이었지만 그 방법은 더이상 유효해 보이지 않는다. 남은 길은 무엇인가? 아무도 그 처방을 내놓을 수는 없다. 그 처방은 오로지 작가와 시인들 자신의 몫이기 때문이다.

문예중앙 1991. 겨울

한국문학의 국제 위상
— 경쟁을 위한 조건의 점검

한국문학의 국제적 위상은 어떤 것인가? 한국문학은 국제 문화 환경에서 경쟁할 만한 능력과 실력을 갖고 있는가? 몇몇 한정된 관심권을 떠나면, 우리 문학과 관련하여 이런 종류의 질문이 던져지는 일은 흔치 않다. 대부분의 문학도들에게는 그것이 질문 같지도 않은 질문으로 들리고('경쟁력이라니, 문학작품이 무슨 반도체칩이냐?') 우리 문학의 경쟁력 문제에 다소간의 관심을 가진 사람들에게는 그것이 수사적 용도로나 쓰임새가 있을 뿐 정보 요청용으로는 사실상 소득 없는 질문이기 때문이다. 세계문학의 지도를 그린다면 그 지도 속에 '한국'은 거의 존재하지 않는다. 오해를 막기 위해 미리 말한다면, 이 '무존재'에 가까운 위상은 반드시 우리 문학의 성과, 역량, 수준 자체에 대한 보고도 평가도 아니다. 문학의 국제 위상이란 것이 일단 세계 주요 문화권에서 우리 작가, 시인들의 작품이 확보하는 독자의 규모, 작품의 상업적 판매량, 대중적 독서 시간의 점유율, 작가의 인지도 등으로 측정될 수 있는 것이라 할 때 이런 의미의 국제 위상을 결정하는 요인은 우리 문학의 질적 수준을 평가할 때의 척도와는 다른 것이다. 구태여 문학의 국제 경쟁력이라는 표현을 쓴다면 이 경쟁력은 여러 수준의 경쟁 능력과 조건을 필요로 한다. 그러므로 지금 우리에게는 대단치 못한 국제 위상을 점검하는 일보다는 문학의 대외 경쟁력을 말할 수 있기 위한 현실적 조건 자체의 점검이 더 중요하고 필요하다. 이 짧은 글은 그런 목적으로 씌어진다.

우리 문학의 미미한 대외 위상이 작품 소개와 진출을 위한 노력의 부재에 기인하는 것인가? 그렇지 않다. 문학작품의 번역과 해외 출판을 지원하기 위한 정책적 노력은 오히려 '눈부신' 바가 있다. 한국문학진흥재단, 국제교류진흥회, 문예진흥원, 문화체육부 등에 의한 이 지원사업은 1979년부터 시작되어 지금까지 계속되고 있고, 민간 부문에서는 1993년 출범한 대산재단이 문학상, 번역상, 번역 지원 등에 상당한 자원을 투입하여 의욕적인 사업에 나서고 있다. 문학의 대외 진출을 위한 공사 양면의 노력, 특히 국고예산과 진흥기금 등 공공 자원에 의한 정책적 지원이 우리처럼 활발한 나라도 없을 것이다. 1979년부터 1992년까지 이 같은 지원자금에 의해 번역 출간된 작품은 건수로 따져 120개가 넘고, 1993년도분 문예진흥원/문화체육부 지원사업 내용과 대산재단의 1차 연도 사업분까지 합치면 총 건수는 근 150개에 달한다. 이 실적은 외형으로 따져 결코 미미하지 않다. 여기다 시사영어사 등 국내 출판사가 유네스코 지원으로 낸 번역작품들, 국외 출판사들이 낸 몇 건의 비지원 상업 출판물들까지 계산하면 지난 10년 남짓한 기간 동안 국외로 소개된 우리 문학작품은 오히려 놀라울 정도로 많다.

이 외형적 수치만을 갖고 판단하는 사람들은 지금쯤 해외 독서 시장이 우리 문학작품들로 홍수를 이루고 있겠거니 생각할지 모른다. 그러므로 그들에게는 지금까지 상당 규모의 공적 자원이 투입되고 다수의 작품들이 소개됐음에도 불구하고 한국문학의 대외 위상이 여전히 미미하다는 사실이 놀라운 일일 뿐 아니라 도무지 이해할 수 없는 '미스터리'일 것이다. 국회상임위 같은 데서 곧잘 나온다는 질문('그렇게 돈 퍼부었는데 왜 노벨문학상 하나 못 가져오느냐?')은 그런 놀라움과 미스터리의 한 표현이다. 하지만 문학작품은 반도체칩도 아니고 냉장고, 스포츠카, 3세대 항생물질도 아니다. 문학은 이를테면 상품 경쟁력, 기술 경쟁력이랄 때와 같은 의미의 '경쟁력'의 개념을 적용받을 수 있는 영역이 아니다. 이 점에서 문학의 경쟁력 어쩌고 하는 말에 우선 거부감과 불쾌감부터 느낄 문학도의 반발은 충분히 정당하다. 산업, 경제, 기술의 경쟁력을 잴 때와 동일한 잣대로 문학의 경쟁력을 재단할 수 없고, 왕성한 '수출 드라이브'를 건다고 해서 문학작품의 경쟁력이 갑자기 높아지는 것도 아니다. 문학의 경쟁력이란 아주 다른 차원의 것이다.

문학작품이 해외 독자의 독서 시간을 점유하게 되기까지에는 세 개의 수준이 참여한다. 원작의 수준, 번역의 수준, 유통의 수준이 그것이다. 이 세 차원이 문학 경쟁력의 조건이며 이들 조건의 충족도와 충족 능력이 경쟁력을 결정한다. 경쟁은 아무 때나 되는 것이 아니라 이 세 가지 경쟁 조건을 만족시킬 능력이 있을 때에야 비로소 가능하다. 이들 각 수준에서의 능력을 따지는 데도 각각 다른 평가 기준들이 적용된다. 원작의 수준을 재는 데는 어떤 작품이 왜 좋은가라는 비평적 평가가 작동하고, 번역의 질을 따지는 데는 번역자의 언어능력과 문학적 능력(문학작품의 번역은 작문이 아니다)이 동시에 문제되며,

유통의 수준에서는 현지에서의 상업적 출판과 배포, 대중적 수용과 비평적 수용의 정도가 문제된다. 문학작품의 성공적 대외진출이 어려운 것은 이들 세 조건을 만족시킬 능력의 동시적 삼박자 구비가 쉬운 일이 아니기 때문이다. 그 세 가지 조건의 충족 능력 가운데 어느 하나라도 수준 미달이면 다른 두 차원에서의 노력과 능력은 낭비되고 만다.

지난 10년여의 기간 동안 우리 문학작품을 소개하기 위한 일련의 노력들이 그 노력의 크기에 비할 만한 성과를 거두지 못한 것은 이런 경쟁 조건들이 제대로 충족되지 않았기 때문이다. 원작의 차원에서 번역 대상으로 선정된 작품들 가운데 질적 경쟁력을 가진 작품도 있고 그렇지 못한, 심하게 말해 '터무니없는' 작품들도 끼어 있는가 하면 이른바 '반체제적'이라거나 '체제 비판적'이라는 낙인이 찍힌 작가, 시인의 작품, 현실 비판적 내용을 담았다고 여겨지는 작품들은 질적 수준에 관계없이 선정 대상에서 거의 제외되어 있다. 이는 공공 자원을 이용한 번역 지원사업의 구조적 결함이라는 지적을 면하기 어려운 부분이다. 이 결함이 제거되지 않는 한 번역 대상작품의 선정은 문학적/비평적 평가 기준 이외의 기준에 영향을 받아야 하고 이런 영향은 '원작의 수준'이라는 일차적 경쟁 조건에서부터 이미 경쟁력을 약화시키는 요인이 될 수 있다.

번역의 차원에서는 번역의 질과 번역자 빈곤의 문제가 심각하다. 언어능력을 가졌다고 해서 아무나 작가가 되고 시인이 되지 않듯 외국어 능력 하나만이 문학작품 번역 능력의 충분조건이 되지 않는다는 것은 누구나 아는 사실이다. 예컨대 소설 번역자는 소설 서사의 형식과 구조에 대한 지식이 있어야 하고 문학적 관습, 장르 규약, 스타일, 심미적 감성 등 일반적으로

'문학적 능력'이라 불리는 특별한 능력을 갖고 있어야 한다. 이 능력은 언어적 재능과 문학적 훈련에서 얻어지는 복합적 결과물이다. 번역이 어려운 이유는 이 복합적 능력 자체가 하루아침의 산물이 아니기 때문이다. 번역은 창작과 다르지만 창작에 투입되는 것 이상의 에너지와 능력을 요구하기도 한다. 그간 번역된 작품들을 보면 수준급 번역이 있는 반면 '작문 연습'을 넘지 못한 것들도 있고 언어적 수준은 통과했지만 문학적 스타일의 요구 수준에는 미치지 못하는 것들도 있다.

유통이라는 차원의 경쟁 조건에서도 우리 문학의 대외 진출은 큰 어려움을 안고 있다. 정상적 환경으로 말한다면 문학 작품의 해외 출판과 배포는 전적으로 해외 출판사들의 판단과 활동에 의한 상업적 유통구조를 따르는 것이어야 한다. 그러나 지금까지 우리의 경우는 공공 자원이 번역뿐만 아니라 해외 출판 자체를 지원하는 '위탁 출판'의 형식이었기 때문에 외국 출판사들로서는 출판물의 대중적 배포, 판매, 광고, 수용에 신경 쓰지 않아도 되었다. 그 결과 번역 작품이 출판은 되었지만 대중적 수용 수준에서는 이렇다 할 영향을 주지 못한 채 몇몇 도서관, 한정된 연구기관, 극소수 전공자에게 배포되는 것으로 끝난다. 문학작품이 도서관에도 가야 하는 것은 당연한 얘기지만 그것의 우선적 유통 장소는 대중 서점이고 그 최종적 목적지는 독서 대중의 손이다. 지역 공공도서관에서도 우리 작품을 찾는 일반 독자의 수요가 있어야만 작품은 그 만나야 할 주인을 만난다. 일반 대중 독자를 만나고 그의 내면에 공감의 울림을 일으킬 수 있을 때에만 우리 문학의 국제 위상은 높아진다.

이상 우리는 세 차원에서의 경쟁 조건과 경쟁력의 현황을 짚어보았는데, 성급한 사람들은 그렇다면 지금까지 우리가 '헛

공사'만 해온 게 아니냐고 따질지 모른다. 그것은 그렇지 않다. 그간 공공 자원에 의한 지원과 번역자의 땀, 관계자들의 노고가 아니었다면 우리 문학의 대외 진출은 지금껏 제로 이하의 수준에 머물러 있었을 것이 확실하다. 10년여의 노력이 있었기 때문에 그나마 우리는 어떤 수용 수준(연구 집단, 대학)에서는 우리 작품에 대한 수요를 충족시킬 수 있었고 상업적으로도 최소한의 해외 진출 거점을 확보할 수 있었다. 공공 지원의 중요성과 의미는 우리가 경쟁력의 정상적 발휘를 엄두도 낼 수 없었던 단계에서 대외 진출을 위한 발판을 마련했다는 데 있다. 우리 문학의 대외 경쟁력이 정상적 궤도에 올라설 수 있을 때까지 공공 자원이나 민간 출연에 의한 이런 지원은 계속될 필요가 있다. 이는 물론 공적 지원이 경쟁력의 발전을 항구히 대체할 수 있다는 얘기는 아니다. 어느 시점에서 우리는 '정책적 지원'을 최소화할 수 있어야 할 것이다.

그러나 현단계 우리의 역량과 세계문학 속에서의 우리의 문화적 위치를 감안할 때 정책적·사회적 지원은 최소화의 방향보다는 오히려 최대화의 방향을 잡아야 할 이유가 있다. 우리 문학의 경쟁력을 높이기 위해서는 우리 문화에 대한 국제적 관심의 수준을 확대하는 일이 무엇보다도 필요하다. 그러나 민간 부문의 노력만으로 이 작업을 감당하기는 턱없이 역부족이다. 우리 문학의 국제 위상이 높지 못한 더 본질적인 이유는 '세계문화'의 지도에서 우리 문화의 존재 자체가 결코 대단한 것이 아니라는 데 있다는 것을 우리는 알아야 한다. 이 기분 나쁘지만 엄연한 현실을 우리가 외면할 수는 없다. 그러므로 한국학/한국문학에 대한 국제적 관심을 확대하고 역량 있는 해외 연구자들을 유인하며 이들의 직업 시장이 넓어지게 하는 일은 더욱더 필요하고 이에는 지금보다 더 적극적이고 장기적인 문화 정책적 전략과 투자가 요구된다. 이는 넓게 보아 국제간 경쟁이 점점 문화정치학의 무대로 이동하고 있는 국제 환경에 대응하는 일이라는 점에서 필요할 뿐 아니라 좁게는 우리 문학의 유능한 역자들을 양성하고 이미 확보된 역자들의 지속적 작업을 보장하는 방법이라는 점에서 필요하다.

하지만 이 모든 투자 순위에서 가장 중요한 것은 우수한 창작자를 양성하고 좋은 작품이 생산되어 나오게 하는 사회, 문화, 경제적 조건의 확보이다. 문학의 대외 진출 목적은 노벨문학상 수상이 아니다. 노벨상 수상자가 우리에게서 나온다면 그 자체로 나쁠 것은 없다. 그러나 문학예술의 발전을 위한 사회적 지원이 오로지 노벨상 수상 같은 가시적 효과를 목표로 하는 것이라면 그것이야말로 수출 드라이브식 발상이고 문학과 관계없는 홍보 전술에 불과하다. 문학도의 관점에서 보면 노벨문학상이 반드시 영광은 아니며, 다소 심하게 말해 수치일 때도 있다. 사르트르가 노벨문학상을 거부한 것은 그 상을 받는다는 게 부끄러운 일이었기 때문이다. 우리 문학인들 가운데는 노벨상을 바라보며 뛰어다닌 사람들도 있고 그 상을 자기 문학의 최종적 과제로 삼는 사람들도 있다. 그들의 꿈이 성취되기를 바라야겠지만, 우리 문학의 실력과 경쟁력은 노벨상 같은 것을 안중에도 두지 않는 작가, 시인의 의연한 손에서 비로소 높아지는 것이지 거기 목매다는 사람들의 뜀박질로 높아지지 않는다. 이는 반드시 노벨상을 경멸하자는 얘기가 아니라 우리 문학의 실력을 높이려는 노력의 진정한 순위가 어떤 것이어야 하는가를 말하기 위한 것이다. 그 일차적 순위, 가장 중요한 우선 순위는 노벨상이 아니라 노벨상쯤은 콧수건 정도로 알면서 탁월한 작품을 써내는 작가, 시인의 양성과 배출이다. 우수한 창작자를 길러내는 사회, 문화, 교육적 조건, 그의 손에서 좋은 작품이 나오게 하는 사회적 지원 체제─이것이 우리 문학의 실력을 높이는 궁극적 조건이다. 지금처럼 책과 담쌓은 교육, 문학에 극히 적대적인 교육 환경에서 미래의 대작가가 나오고 제대로 된 독서 인구가 나올 것인가? 독자가 없으면 작가도 없다. 그는 굶어 죽어야 하기 때문이다. 작가, 시인 된다는 것이 굶주림에의 초대나 다름없는 사회, 창작자는 굶어 피골이 상접한데 그의 작품으로부터 유익한 자양을 얻어 살찌기를 바라는 사회에서 문학의 큰 재능이 나올 것인가?

월간중앙 1994. 1

다섯 가지 오해[*]

　대중문학에 대한 논의는 쓸모없는 오해에 근거하면 할수록 그 논의 자체가 쓸모없어진다. 대중문학의 "수용이냐 배척이냐"라는 구도 자체가 논의의 핵심을 흐리게 한다. 대중문학은 '배척'의 대상이 아니다. 아무도 대중 독자의 문학 정의권, 선택권, 향유권을 부정하지 않으며 대중문학 생산자(작가/출판사)들의 생산권을 부정하지도 않는다. 배척과 비판은 같지 않다. 논의의 초점을 살리기 위해서는 다섯 가지 쓸모없는 오해를 지적할 필요가 있다.

　첫번째 오해는 현대의 대중적 삶을 다루는 것은 대중문학이고 그 삶을 외면하는 것은 고급, 순수, 엘리트 문학이라는 설정이다. 이 구분법은 틀린 것이다. 대중문학이 대중적으로 소비

---

[*] 이 짧은 글은 「대중문학은 무엇인가」라는 경향신문 특집 기사에 기고되었던 것이다.

된다고 해서 반드시 대중의 삶에 가까이 있는 것은 아니다. 대중문학이 비판되는 정확한 이유는 오히려 그것의 '반대중성' 때문이다.

둘째, 대중문학 '수용론'이 문학작품의 질에 관한 문제를 끌고 들어와 '대중 독자의 소비가 있으므로 이것은 좋은 책'이라는 식의 논의를 편다면 이는 영역 혼동의 오류이다. 어떤 책이 대량 소비되었다면 이 소비는 분명 사회적 현상이므로 사회학과 문화연구의 논의 대상이 될 수 있다. 이 경우 논의의 핵은 현상의 기술과 분석에 있는 것이지 평가에 있지 않다. 기술과 평가는 같은 작업이 아니다. 기술/분석의 필요성이 있음과 마찬가지로 질을 따지는 평가의 작업도 필요하다.

셋째, 대중문학은 대중의 다양한 욕구에 부응하고 이른바 '본격문학'이라는 것은 그렇지 못하다는 식의 논의 방향도 틀린 것이다. 대중문학은 '다양한 문학'이어서 문제인 것이 아니라 정확히 '다양하지 않기 때문에' 문제이다. 독서층의 다양한 취향, 수준, 욕구를 살리는 일이 문학의 대중문학화로 달성되지는 않는다. 독서의 역사상 '좋은 책'의 독자는 어느 시대고 독서 대중의 10퍼센트 선을 넘지 못했다. 이들의 욕구는 대중문학으로 만족되지 않는다. 누군가 앤디 워홀의 예를 들었지만, 워홀을 사랑한다고 해서 샤갈더러, 또는 칸딘스키더러 "너는 왜 워홀처럼 그리지 않느냐"고 윽박지를 수 없고 모두 워홀만을 좋아해야 하는 것도 아니다.

넷째, 문학이 오늘날 어떤 형태의 위기에 당면하고 있다는 시각은 틀리지 않지만, 이 위기가 문학의 대중문학화로 대응될 수 있다는 처방은 틀린 것이다.

다섯째, 오늘날 '엘리트'의 개념은 과거 권력, 돈, 예술이

삼위일체로 지배 엘리트의 것이었던 시대의 엘리트 개념과는 다른 것이다. 대중소설은 값이 싸고 본격소설은 비싼 것이 아니다. 좋은 소설은 수용자의 정신 에너지, 집중, 수준을 요구하기 때문에 좋은 소설이다. 이 수준을 뭉개는 일은 모든 높은 산을 뭉개어 동네 뒷산으로 만드는 일과 같다. 그게 바로 문화의 타락이고 몰락이라는 것이다.

경향신문 1993. 10. 12

4부

왜
문학인가

압구정의 유토피아/디스토피아

1 축제의 땅, 압구정 유토피아

압구정 문화에 관한 소문은 무성하다. 그 소문은 하도 요란해서 신문과 잡지들이 연거푸 기사를 내보내고 시와 소설이 씌어지고 영화가 만들어지고 있다. 어떤 소문에 의하면 문제의 그 압구정 공간은 '욕망의 해방구'이고 서울의 '이방 지대'이며 '퇴폐와 허영의 애버뉴'이고 '자본주의 윤리의 사각지'라고 한다. 또다른 소문은 그곳이 한강의 기적 30년이 거둔 잉여가치의 전시장, 궁핍의 신을 영원히 추방한 풍요의 거리, 모든 골치 아픈 문제들을 마침내 역사의 뒷전으로 밀어낸 깨끗하고 '물 좋은' 1990년대 청춘의 공화국이라 전한다. 도대체 압구정 공간의 문화는 어떤 것이기에 이토록 무성하고 요란하고 엇갈린 소문들이 나도는 것인가. 그곳에 모이는 젊은 남녀들은 외계인 'ET'의 사촌들인가, 아니면 새로운 규범과 가치와 자유의 문법을 지닌 '신인류'인가? 대체 그들은 누구이며 어디서 왔는가?

1992년의 서울에서 풍요의 풍속도를 보고자 하는 사람은 강북에서 동호대교를 건너거나 성수대교를 건너 압구정로로 들어가면 된다. 동호대교를 건너면 오른편에 현대백화점이 있고, 성수대교를 건너 왼쪽으로 틀면 두 개의 갤러리아백화점이 나온다. 현대백화점과 두 개의 갤러리아백화점은 현대 한국의 소비문화 향유 수준을 만방에 과시하는 서울의 몇몇 자랑거리들에 속한다. 그러므로 서울의 풍요를 구경하려는 사람들은 현대백화점이나 갤러리아백화점에서 출발하는 것이 좋다. 아니, 다소 궁상스레 들릴지 모르지만 이보다 더 손쉬운 방법은 지하철 3호선을 타고 가다가 압구정역에서 내려 곧바로 현대백화점으로 빨려들어가기만 하면 된다. 지하철 압구정역과 현대백화점은 이미 지하(어쩌면 물밑)에서의 맞선 끝에 결합된 연결 공간이므로 압구정역에서 내리는 사람들은 머뭇거릴 틈도 없이 꿀벌들이 꿀통에 빠지듯 백화점의 꿀통 속으로 빨려들게 되어 있다. 그러나 압구정동에서 풍요의 여신을 만나기 위해서는 이 백화점의 꿀통에 빠져 허우적거리는 것만으로는 충분치 않다. 압구정동에 한두 개의 거대한 꿀통만이 있다고 생각한다면 그것은 압구정의 풍요를 과소평가하는 일이기 때문이다.

우리의 압구정은 우리가 어떻게 1960년대 궁핍의 신을 북방의 얼음나라, 그 차가운 동토로 영원히 추방하여 툰드라의 이끼나 뜯게 했는가를 보여주는 수백 개의 증거들을 가지고 있다. 이 증거들을 체계 있게 확인하기 위해서는 하나의 지형도가 필요하다. 먼저 당신은 현대백화점을 나와 그 맞은편 세칭 '패화도'(패션, 화랑, 도자기)라 불리는 이면 골목을 천천히 걸어 도산로 쪽으로 이동하라. 걸어가면서 당신은 골목 좌우에 꼬리를 물고 늘어서 있는 패션 가게, 커피점, 노래방, 로바다야키, 화

랑들을 눈의 카메라에 담아보는 것이 좋다. 그것들이 내걸고 있
는 이름이 당신에게 생소한 것들일지라도 그 생소함에 기분 나
빠할 필요는 없다. 풍요의 여신은 조선땅의 이름으로 오는 것이
아니라 구찌의 이름으로, 로바다야키의 이름으로, 이브생로랑
의 이름으로 오는 것이니까. 그 패화도의 끝이 도산로와 만나는
곳에 중국 음식점 '중국성'이 거대한 포만의 만두처럼 위풍당
당하게 버티고 있다. 거기서 왼쪽으로 꺾어 도산로를 따라 두어
블록 내려가면 '만리장성'이라는 이름의 또다른 거대한 중국 요
리점이 나타난다. 그 근처에서 다시 왼쪽으로 방향을 틀어 압구
정로 쪽으로 이동하면 거기가 바로 소문 요란한 신압구정의 패
션가 '로데오 거리'이다. 현대백화점 건너편의 패화도가 돈 많
은 젊은 마나님들의 패션가라면 로데오 거리는 부유층 미혼녀
들의 패션가이다. 그 로데오 거리가 압구정로와 만나는 지점에
오면 당신은 길 건너 갤러리아백화점이 양쪽으로 몸을 쪼개어
서 있는 것을 보게 된다. 거기서 압구정로를 따라 역 방향으로
이동하면 당신은 처음 출발 지점이었던 현대백화점으로 다시
오게 된다. 현대백화점에서 중국성, 만리장성, 갤러리아백화점
을 거쳐 다시 현대백화점으로 이어지는 이 장방형의 동선—압
구정 문화의 공간은 바로 이 긴 네모꼴의 울타리 안에 있는 소
비문화의 안마당이다. 당신은 우선 압구정이라는 소문난 공간
의 울타리 지형도를 완성한 것이다.

　　그런데 그것은 보이지 않는 울타리이며 그 울타리 안의 네
모 공간도 통과세가 부과되지 않는 자유 통행의 땅이다. 울타
리 지형도만으로 압구정을 알았다고 생각한다면 그것은 착각
이다. 누구나 그 울타리를 넘어 압구정의 안마당을 지나다닐
수 있다. 그러나 그곳은 깃발 없는 성채, 군대도 문지기도 성곽

도 없고 성곽을 둘러싼 해자垓子도 존재하지 않는 사통팔달의 열린 공간이면서 굳게 안으로 잠겨 있는 닫힌 공간이다. 어떻게 하나의 공간이 열려 있으면서 동시에 잠겨 있을 수 있는가? 이 공간의 모순—압구정 문화의 소문은 우선 이 공간 모순으로부터 나온다. 압구정의 네모 공간 속에서 당신은 이곳저곳을 기웃거리고 그 많은 풍요의 골목들과 골목의 낯설고 예쁜 기호들을 구경할 수 있을지라도 당신은 그 공간에서 이루어지고 있는 문화의 주인이 아니다. 압구정의 문화는 당신을 밀어낸다. 무엇보다도 당신은 그 문화권의 일원이 되는 데 필요한 압구정의 기호학과 압구정의 게임 규칙을 모르기 때문이다. 젊은 남자아이들의 짧게 쳐올린 무스 머리와 여자들의 초미니 '똥꼬 치마'는 압구정 기호학의 첫 장 첫 줄에 불과하다. 일본 패션 잡지에서 곧바로 튀어나온 듯한 젊은 여자들이 긴 다리를 포개고 앉아 오후 느지막이 시작되는 압구정의 축제를 위해 커피잔을 들어올릴 때 당신은 경이의 눈으로 그들을 창밖에서 구경할 수는 있어도 그 커피점 안으로 들어가 그들과 어울릴 수는 없다. 당신이 비록 머리를 짧게 깎았다 하더라도 당신이 입고 있는 바지는 압구정의 주파수에 맞지 않고, 당신이 설혹 짧은 가죽치마를 입었다 해도 당신의 갈색 구두는 압구정의 기호학에 어긋난다. 당신은 '토털 패션'으로 불리는 압구정의 기호 체계 바깥에 있는 것이다. 당신은 문밖의 사람이다.

당신이 압구정의 공간 안에서도 여전히 '문밖의 사람'임을 다시 한번 절감케 되는 것은 그 문화가 절정을 이루는 '압구정 축제'의 차별성과 특이한 게임 규칙 때문이다. 압구정 문화는 먹고 마시고 즐기는 축제의 문화이다. 그것은 1년에 한두 번 열리는 축제가 아니라 매일 밤 벌어지는 축제이다. 매일 축제에 참여하자면 우선 당신에게는 막대한 자금력이 있어야 한다. 그러나 지불 능력만으로 당신이 그 축제에 낄 수 있는 것은 아니다. 압구정 축제는 커피점에서 시작되어 야채 점심, 로바다야키의 저녁, 록카페로 이어지고 '부킹'이라는 이름의 짝짓기를 거쳐 한밤의 사육제로 끝난다. 이 축제의 모든 단계를 지배하는 것은 카니발 또는 가면무도회의 게임 규칙이다. 카니발과 가면 파티의 규칙은 모두가 가면을 써야 하고 아무도 상대의 가면을 벗기지 않으며 가면 속의 얼굴을 확인하지 않는다는 것이다. 압구정의 축제에 참여하는 남녀들은 아무도 제 이름을 말하지 않고 묻지 않는다. 토털 패션 자체가 압구정 카니발을 위한 가면이다. 그 가면은 그 너머에 진짜를 감추지 않은 가면, 가면 그 자체로 진짜인 그런 가면이다. 아니, 압구정 카니발의 남녀들은 토털 패션의 기호, 그 가면을 씀으로써만 진짜가 된다. 그러므로 여자가 육체 공간을 열어 남자를 받아들일 때에도 '어디서 무엇 하는 아무개'라는 통성명이 필요치 않다. 그들은 압구정의 기호 체계 속에서 압구정 축제의 게임 규칙을 지킨다는 사실만으로 압구정 문화의 '진짜배기'임을 이미 서로 확인하고 있기 때문이다. 당신이 이 게임 규칙 앞에서 머뭇거리며 상대의 이름을 알고 싶어하거나 '내일 또 만날 수 있을까요'라는 식의 1960년대 혹은 1970년대 어법을 쓴다면 그 순간 당신은 가짜임이 들통난다. 당신이 기억에 매달리고 진짜에 대한 향수를 털어버리지 못하는 한 당신은 압구정의 카니발에 낄 수 없는 가짜이다. 당신은 축제의 바깥에 있어야 한다.

　이것이 압구정 문화의 변별성, 그 차별의 기호학이며 게임 규칙이다. 그러나 압구정 문화를 유별나게 하는 것은 압구정의 축제 자체가 지닌 유토피아적 차별성이다. 지상의 축제는 긴 노동과 땀의 계절 끝에 온다. 압구정의 축제는 노동의 결실도 땀의 결과도 아니다. 그러므로 그것은 지상의 축제가 아니라 이미 천국의 축제, 유토피아의 축제이다. 지상의 축제는 인간에게 먹을 것을 주기 위해 온몸이 찢기고 패이고 겁탈당한 자연에 감사하고, 다음해에도 또 그 다음해에도 계속될 생산의 죄와 자연의 희생을 보속하기 위해 치르는 공동체의 속죄 의식이다. 그러나 압구정의 축제는 감사의 대상이 없는 축제, 생산과 소비의 죄가 철저히 잊혀져 단 한순간도 기억되지 않는 순수 망각의 축제이다. 그것은 누구에게 감사해야 할지 모르는 사육제이다. 이 망각의 공간에서 대학 1년생 압구정 문화족은 야채 점심을 먹고 100만원짜리 수표를 만원권 내듯이 낸다. 이 압구정의 신인류들에게 '만족의 연기'란 없다. 모든 욕구, 모든 욕망은 즉각 충족되어야 하고 그 충족을 가능하게 하는 모든 수단을 그들은 갖고 있다. 만족의 연기가 영원히 연기된 곳, 모든 욕망이 즉각적 충족을 보장받는 영토—그곳은 이미 유토피아이다. 근대화와 자본주의 30년의 역사 끝에 우리는 마침내 우리의 도시 공간 속에 하나의 유토피아를 갖게 된 것이다. '자본주의의 천국'에 이르는 서울의 마지막 계단이 끝나는 곳, 거기에 압구정이 있다.

2 계급문화의 공간, 압구정 디스토피아

그러나 압구정은 유토피아가 아니다. 그곳이 유토피아가 아니라는 가장 확실한 증거는 유토피아를 찾아 달려온 당신이 압구정에서 구역질을 느낀다는 사실에 있다. 마네킹처럼 혹은 패션 잡지의 모델처럼 차려입은 압구정의 미녀에게서 당신은 인간의 육체가 도달할 수 있는 비참의 최대치를 보고 전율한다. 당신은 그 육체에서 혼이 증발해버린 화려한 망각의 자루, 혹은 움직이는 검정색 변기를 보기 때문이다.

프랑스혁명이 터졌을 때, 그 소식을 접한 영국 시인 윌리엄 워즈워스는 날아오르는 혼의 환희를 느끼면서 이렇게 노래했다. "그날 아침 살아 있다는 것은 축복이었고/ 더구나 젊다는 것은 천국이었다." 우리의 도시 일각에 실현된 압구정 유토피아를 보면서 당신은 그곳이 우리가 그토록 열망해온 지상의 낙원, 우리가 도달하기 위해 버둥거렸던 그 축복의 땅임을 확인할 수 있는가? '압구정의 오후에 살아 있다는 것은 축복이고/ 젊다는 것은 천국이다'라고 당신은 노래할 수 있는가? 당신은 그러지 못한다. 왜냐면 압구정은 유토피아가 아니기 때문이다. 거기가 유토피아라면 그것은 당신이 도망치고 싶은 유토피아, 가고 싶지 않은 나라, 반납하고 싶은 구토의 천국이다. 그곳에는 우리가 두려워하는 모든 것, 실패한 모든 것, 갖고 싶지 않은 모든 것들이 뭉쳐 있다. 그곳은 욕망의 해방구가 아니라 욕망의 포로수용소이다. 그곳은 풍요의 땅이 아니라 풍요의 외관 속에 궁핍과 빈곤이 지독한 악취를 풍기는 거지의 나라이다. 무엇보다도 그곳은 우리가 자본주의 실천 30년의 끝에 이룩한 '계급문화의 천국'이다. 압구정은 우리 사회의 정치경제적 모순이 남김없이 그 추악한 몰골을 드러내고 있는 모순의 디스토피아이다.

사람들은 압구정 문화를 가리켜 계급문화라고 말하기를 꺼려한다. 자본주의사회에 계급은 없다라는 가르침이 그들의 머릿속에 깊이 박혀 있어서 계급문화를 보면서도 그것을 계급문화로 인식하지 않기 때문이다. 모든 계급문화와 마찬가지로 자본주의적 계급문화 역시 계급 차별성을 추구한다. 자본주의 사회의 상부 계급은 삶의 양식과 소비 행태를 통해서만 그 차별성을 주장하는 것이 아니라 그 삶의 양식에서 길러진 특이한 감성 구조와 미학과 취향을 통해서도 그 변별성을 추구한다. '남들과 뭔가 달라야 한다'라는 차별 욕구만으로 계급문화가 형성되는 것은 아니다. 계급문화는 한 계급이 자신의 경제적 역량을 통해 차별성을 추구할 때 나타난다. 압구정은 바로 이 같은 차별화 문화의 본보기이다. 특이한 변별의 기호학과 게임 규칙, 아무나 쉽게 흉내낼 수 없는 금력의 과시는 압구정의 신인류들이 행사할 수 있는 차별화의 수단이고 무기이다. 그러므로 당신은 압구정의 공간을 자유 통행하면서도 그 문화 속으로 들어갈 수는 없다. 열려 있으면서도 닫힌 압구정의 이 공간 모순은 계급 이동의 기회가 열려 있으면서 동시에 닫혀 있는 이 시대 계급구조의 특성과 사회의 정치경제적 모순을 그대로 반영한다.

압구정의 신세대 젊은이들은 이 차별화의 문화를 어디서 배웠는가? 그들은 배운 것이 아니라 그 문화 속에 성장한 세대이다. 계급문화는 그들의 경험이고 세계이며, 그들의 스타일이고 자연이다. 경제적 궁핍은 그들의 경험 밖의 것이다. '돈이 없다'라는 것은 그들이 알아들을 수 없는 먼 나라 얘기이다. 그들이 좋아하는 청결하고 깨끗한 용모와 환경, '물 좋은' 남녀, 흰색의 정갈한 승용차—이 취향은 그들이 만들어낸 것이 아니라 자기네 삶의 양식이 길러준 감성의 자연스러운 결과이다. 그들이 새로운 외래 패션을 추구하는 것도 그것이 그들의 삶이었기 때문이다. 그러므로 그들은 어느 날 갑자기 압구정에 나타난 신인류 '오렌지족'이 아니라 이미 오래전부터 형성되어온 우리 사회 계급문화의 산물이다. 그들이 신압구정의 로데오 거리와 록카페와 패션 가게를 누비고 현시적 소비와 향락문화에 젖는 것은 압구정의 새로운 풍속도가 아니라 그들을 길러낸 부모 세대의 계급문화를 그들이 자연스레 복사하고 있는 것에 지나지 않는다. 이 복사와 모방을 통해 그들은 기성세대가 이룩한 계급문화를 시각적으로 돌출시키고, 압구정 공간에 그들만의 집단적 문화 기지를 형성함으로써 세상의 주목을 받게 된 것이다.

"사람들은 살기 위해서가 아니라 죽기 위해 도시로 온다"는 릴케의 한 구절은 적어도 1960년대 서울에는 해당되지 않는 말이었다. 사람들은 살기 위해서, 잘살아보기 위해서 "잘살아보세, 잘살아보세"를 노래하며 1960년대의 서울로 몰려들었다. 잘살기 위해 우리는 플라톤의 빈녀貧女처럼 풍요의 신을 유혹했고 자본주의적 풍요의 애무에 우리의 몸을 맡겼다. 그 애무 속에서 사람들은 육체가 굶주림을 추방했을 때에만 거기 건강한 정신, 건강한 혼이 깃들일 것이라 믿었다. 압구정의 환락문화는 이 믿음에 가해지는 싸늘한 복수이다. 복수의 여신은 검정부츠와 똥꼬 치마 차림의 미녀의 모습으로, 무스 머리에 흰 차를 탄 젊은이의 모습으로 압구정에 나타나 서울 공화국 주민들의 위대한 성취를 비웃고 있다. 누가 감히 오렌지족만을 손가락질할 것인가. 로바다야키와 노래방과 왜색문화의 얼빠진 모방이 압구정의 젊은 세대를 위해서만 들어온 것은 아니다. 그들이 로바다야키를 알기도 전에 이미 그곳을 드나든 것은 그부모들이고, 그들에게 현시 소비와 환락과 망각을 가르친 것은 기성세대이다. 대학에 들어가지 못하면 인간 취급을 하지 않는 사회, 가혹한 비인간적 교육과 전도된 가치 체계는 '돈밖에 가진 것이 없는' 졸부들로 하여금 아이들 손에 뭉텅이 돈을

쥐어주어 유학留學 아닌 유학遊學의 길에 오르게 했고 그 아이들은 돌아와 압구정에 파리를, 로스앤젤레스를, 뉴욕을 차린 것이다. 그뿐인가. 압구정의 패션과 춤사위와 곡조, 그 문화를 퍼뜨리는 것은 우리의 대중매체이다. 지금 압구정 문화는 압구정 공간에만 있지 않다. 압구정의 디스토피아는 그 어두운 나락의 입을 점점 크게 벌리며 우리에게 다가오고 있다. 서울의 마지막 통로처럼.

『압구정동: 유토피아 디스토피아』, 현실문화연구, 1993

문화의 몰락과 비평의 위기
— 이 시대의 문학비평은 무엇인가

1

'책의 해'란 것이 성대하게 선포되고 축사가 낭독되고, 책 읽기의 중요성에 대한 사설이 도하 각 신문에 오르내리는 나라의 시민으로 살아본다는 것은 분명 축복의 일종이다. 책 읽기를 적어도 '정책'으로 내세울 만큼 과감했던 나라는 일찍이 동서고금에 없었고, 책이라는 이름의 잉크 묻은 구식 매체를 향해 수많은 헌사와 찬양, 각종의 계획을 이처럼 한꺼번에 쏟아낼 수 있는 나라도 많지 않다. 이 기세로 나간다면 1993년을 기점으로 해서 우리는 세계적 독서 국가의 대열에 낄 수도 있을 것 같다는 생각이 듦직하다. 1993년 말께에 가면 만나는 사람마다 "그래 요즘 무슨 책을 읽고 계십니까"라고 묻는 것이 "요새 재미가 어떻소?"를 밀어낸 새로운 인사법으로 올라서는 어법 혁명을 우리는 목격하게 될지도 모른다. 만약 상황이 그 정도로까지 발전하게 되면 전 세계는 '한강의 문화적 기적' 또는 '한강의 문화혁명'을 경이의 눈으로 바라보게 될 것이다. 아니, 거기까지는 안 가더라도 국민 1인당 독서량이 지금의 배가 되고 그 독서의 질이 자랑할 만한 것이 되기만 해도 그것은 기적일 것임에 틀림없다.

　20세기 말에 기적을 말할 줄 아는 희귀한 능력을 가진 사람의 믿음의 체계 속에서라면 몰라도 지금 우리가 사는 이 땅에서 그런 문화적 기적이 발생할 가능성은 말할 것도 없이 제로이다. 무엇보다도 그것은 기적의 범주에조차 들지 못하는 망상, 지렁이가 날개 달고 등천할 궁리를 해보는 것과 진배없는 허황된 생각이기 때문이다. 이것은 냉소주의가 아니다. 또 '책의 해'를 제정하고 국민적 독서문화의 진작을 위해 애쓰는 사람들의 성의에 차가운 물사발을 끼얹기 위한 발언도 아니다. 나는 문화 정책의 중요성을 인정하는 사람이며 독서문화가 위기에 봉착했을 때는 어떤 '운동'을 벌여보는 것이 손놓고 앉아 있는 것보다는 훨씬 고귀한 노력이라는 점도 기꺼이 인정하는 사람이다. 내가 지적고자 하는 것은 책 읽기를 위축시키는 각종의 강력한 문화적·교육적·정치경제적 장치들을 골고루 갖추고 있는 나라에서, 그리고 그런 현실 장치들 자체의 제거와 개선을 향한 노력은 뒷전으로 밀어놓은 나라에서, 세월의 어느 한 토막을 잘라 책의 영광에 바치는 행사 일정을 꾸며보며 들뜬다는 것은 문제적 현실에 대한 바른 인식도 아니고 문제의 정확한 규정도 아니라는 점이다. 그러므로 그것은 문제에 대한 처방이나 대응이 되지도 않는다. 독서에 관한 한 우리를 세계의 빈곤국 명단에서 탈출하지 못하게 하는 요인들을 근원적으로 지적, 분석, 노출시키지 않으면서 '책의 해'에 기적 같은 효과를 기대한다면 그것은 오히려 위선이고 희극이며 전도된 사고양식이라 해야 할 것이다.

나는 지금 '책의 해' 그 자체를 문제삼고자 이 글을 쓰는 것이 아니다. 독서문화만이 현재 위기 국면에 도달해 있는 것이 아니라 문화 자체가 외설성과 상업주의에 포위되어 몰락의 위기에 직면해 있다. 독서문화의 위기는 문화 자체의 질적 타락에 대한 '하나의' 지수에 불과하다. 그것은 타락의 다른 지수들과 함께 우리 문화의 몰락을 알리는 한 징후이고 그 몰락하는 문화 현실의 일부이다. 이 같은 문화적 몰락은 다른 어떤 요인보다도 인문학의 전반적 위축과 인문문화의 위기에서 초래되고 있다는 것이 이 글의 문제의식이며, 문학비평은 이 위기에 정면 대응해야 한다는 제언을 내놓고자 하는 것이 이 글의 목적이다. 인문문화적 가치의 위기와 이것이 초래하는 문화의 몰락은 비평, 특히 '문학비평'이 맡아야 할 사회적 소임의 방기와도 깊이 관계되기 때문이다. 문학비평의 사회적 소임이란 무엇보다도 한 문화의 인간학적 혹은 인문문화적 가치를 보존, 계승, 발전시키는 기능과 역할을 말한다. 문학비평은 문학의 한 부문 영역이면서 동시에 문학이라는 형태의 예술적 창조행위와 수용행위에 대한 비판적·반성적 사색이다. 그러나 문학의 생산과 수용, 그것의 유통과 향수의 제 과정은 정치경제적 국면들과 광역문화의 여러 기제(예컨대 교육, 언론, 출판)들을 포함하기 때문에 문학비평은 적어도 문학예술의 창조와 수용에 관계되는 문화의 넓은 국면들까지도 비판과 반성의 대상으로 삼아야 한다. 비판은 단순한 '반대'가 아니고 반성은 복고적 '퇴행'이 아니다. 문학비평이 수행하는 광의의 문화적 비판과 반성은 한 문화가 창조하고 보존하고 발전시켜야 할 가치들을 부단히 정의하고 확인하는 인문문화적 사색행위이다. 이 점에서 문학비평은 인문문화의 신경중추 가운데 하나이다. 그러므로 문학비평은 그것이 수행하는 많은 작업들 중에서도 한 문화의 건강성 여부를 끊임없이 진단하고 병적 징후를 감지하며 그 진단의 결과를 사회에 보고해야 하고, 이 과정에서 불가피하게도 '처방'을 모색해야 한다. 이것이 인문학의 한 갈래이자 사회문화적 제도로서의 문학비평이 수행해야 할 사회적 기능이다. 우리의 문학비평은 문화적 몰락의 여러 징후와 현실에 대한 관심을 확대하고 발언권을 넓혀야 하며, 그럼으로써 비평 자체의 사회적 소외를 방지해야 할 시점에 와 있다.

지금 이 시대에 어떤 것의 '소임'을 얘기하는 데는 위험이 따를 수 있다. '사명'이라는 말과 마찬가지로 '소임'도 어떤 문맥에서는 우리 시대의 '광기의 사전' 혹은 '악당의 사전'에 올라 있는 어휘이다. 이런 어휘들을 경계하도록 요구하는 문맥에는 상당한 타당성이 없지 않다. 누가 무슨무슨 사명을 띠고 있다라든가 더구나 무슨무슨 '역사적' 사명을 띠고 있다고 말하는 식의 어법이 얼마나 광포한 정치적 광기를 배태한 것일 수 있는가를 반성할 줄 알게 된 것도 우리 시대의 인문학적 성찰의 결과 가운데 하나이다. 그러나 그 성찰도 한계의 미덕을 지녀야 한다. 모든 사회는 정치 공동체이고 공동체는 사명과 책임과 소임, 기능과 역할을 개인과 제도에 할당하는 '운명의 집단적 관리 체제'이다. 문학과 마찬가지로 문학비평도 이 운명공동체와의 관계에서 자신의 기능과 역할을 정의하는 사회적 제도이며 그렇게 정의된 기능과 역할이 소임이라는 것이다.

공동체를 위한 인문학의 사회적 소임은 인문문화적 가치의 옹호이다. 그러나 서구 인문학의 경우 지난 30년간 진행된 인문학 내부의 강력한 일부 작업 경향들은 오히려 이 인문문화적 가치들의 확인과 옹호보다는 그것들을 도괴시키는 데 더 많이 공헌함으로써 인문학의 사회적 입지를 크게 약화시켜왔다. 이 경향은 문학비평에도 확산되어 비평을 사회로부터 소외시키고 인문문화의 위기를 심화하는 내적 요인이 되고 있다. 이 위기의 가장 병적인 부분은 인문학의 자기 해체, 인간 증오, 허무주의, 무정부주의적 회의론이다. 이것은 인문학의 극단주의적 자기'반성'의 한 결과이다. 문명과 역사, 인간의 일에 대한 성찰은 인문학의 과제임에 틀림없고, 인간의 일을 반성하기 위해 인문학이 먼저 자기 기반부터 반성해야 한다는 생각은 고결한 것이다. 그러나 인문학적 반성과 성찰의 지혜가 인간으로 하여금 그 한계를 알게 하고 오만을 경계하게 하는 데 있는 것이라면 극단주의적 반성은 이미 그 극단주의 때문에 반성 아닌 오만의 한 형태가 되고 한계를 망각한 성찰은 지혜 아닌 위험 그 자체가 된다. 인문문화적 가치의 위축을 강요하는 외부 환경 속에서 인문학이 제 스스로 자기 존립의 근거를 해체함으로써 적대적 환경에 영합하고 투항하는 병리적 자멸주의—이것이 인문학의 위기를 몰고 온 인문학 내부의 패배주의적 경향이다. 이 서구적 경향은 근자 우리 국내에도 비판적 점검의 절차를 거치지 않은 채 유입되고 있다. 제 스스로 회의에 빠진 인문학은 인문문화의 가치 옹호라는 사회적 소임을 감당할 수가 없다. 가치와 소임이라는 것 자체가 회의와 부정의 대상이 되기 때문이다. 오늘날 문학비평이 그 인문학적 기능을 다시 확인하고 인문문화의 옹호에 나서야 한다는 적극적 요청은 회의와 무정부주의가 공동체의 문화적 건강성을 유지하지 못한다는 반성, 말하자면 인문학의 '극단적 반성에 대한 반성'에서 나온다. 인문학적 기능을 되살리기 위해 문학비평은 인문학 내부의 자멸주의적 경향을 체포해야 하고, 인문문화의 옹호를 위해서는 사회의 비인간적 적대 환경에 모든 방법으로 대응하지 않으면 안 된다.

나는 지금 새삼스레 대학의 교양교육이 강화돼야 한다고 주장하거나 인문학과 과학 사이의, 이미 그 적절성이 상실된 지 오랜 갈등론을 되새겨보려는 것이 아니고 인문교육이 과학기술교육보다 더 중요하다는 식의 순진한 인문주의자의 목소리를 내려는 것도 아니다. 인문문화적 가치의 중요성을 주장한다고 해서 그게 일방적으로 인문주의가 되는 것은 아니다. 이를테면 비판력, 상상력, 심미적 감수성 등은 중요한 인문문화적 가치들이지만 인문학의 모든 갈래가 이런 가치들에 고른 관심을 갖고 있는 것은 아니며, 과학이라고 해서 이런 가치들에 모두 적대적인 것도 아니다. 문학비평은 인문학 내부에서 그 독자성이 확립된 분야는 결코 아니지만 위에 든 것과 같은 인문문화적 가치들 모두에 가장 고르게 민감하다. 문학비평이 인문문화의 신경중추라는 앞서의 표현은 바로 그런 의미의 것이다. 가치에 대한 이 균형 있는 민감성이야말로 문학비평의 가장 큰 힘이며, 이 힘은 사회적으로 사용될 필요가 있다. 그 힘의 사회적 사용이 포기될 때 문학비평의 소외가 발생한다. 지금 우리의 문제는 인문문화적 제 가치의 유지에 가장 민감한 이해관계를 가져야 할 문학비평이 그 가치들의 몰락 앞에서 이상할 정도의 둔감증과 무력증을 보이고 있다는 사실이다. 비평의 이런 둔감증과 무력증 자체도 이미 문화의 퇴락을 알리는 한 징후일 것이며, 이것이 비평의 위기이다.

2

인문학의 위축과 인문문화의 위기가 우리의 문화적 몰락을 초래하고 있다는 진단은 프랑스 지식인들이 흔히 빠져드는 것과 같은 지적 과장의 산물이 아니다. 그것은 진단이기에 앞서 이미 우리의 현실이며, 현실이므로 어느 누구에게도 금시초문의 정보가 아니다. 독서의 경우, '책을 읽자'라는 요란한 캠페인에도 불구하고 독서문화에 극히 적대적인 것이 우리의 현실 구조이고 환경이다. 책 읽기의 습관이 몸에 배고 책을 통한 사색과 경험의 세계에 결정적으로 입주하게 되는 때가 중고등학교 시절인데 그 고교생들이 재학 3년간 단 한 권의 책도 읽을 수 '없게' 되어 있는 것이 우리의 너무도 잘 알려진 현실이다. 이것은 우리가 '현실'이라 부르면 현실이 되고 '현실이 아니다'라고 말하면 현실 아닌 것이 되는 그런 주관적 구성물이나 '기호적 현실'이 아니라 엄존하는 객관적 현실이다. 소설책을 들고 다니는 고교생은 교사와 부형들로부터 '문제아'로 낙인찍히고 뺨 얻어맞고 책은 '압수'당한다. (몇 년 전 서울대학 단과대 수석 합격생 하나는 중학 2학년 때 소설 한 권 읽은 것이 독서의 전부라고 말한 일이 있다. 이 고백에 대한 어떤 교수의 반응은 "그렇게 해서 대학 들어가면 뭣 하나?"라는 것이었다. 그러나 기성세대는 그 학생의 고백을 어른들의 세계에 대한 비판으로 읽어야 한다.) 독서 경험이라고는 교과서와 참고서 읽은 경험뿐인 젊은이들, 책 읽기의 습관은커녕 '책 읽을 권리'까지 철저하게 박탈당한, 그래서 독서의 중요성이나 즐거움의 체득 기회를 영영 놓쳐버리는 젊은이들을 양산해놓고 '책 읽는 국민이 되자'고 목청을 높이는 것은 자가당착이라 부를 수준에도 못 미치는 문화적 추문이다. 독서의 습관은 하루아침에, 대학에 들어가기만 하면 저절로 생겨나는 것이 아니고 독서 세대는 단시일에 길러지지 않는다. 대학 들어오기 전에 이미 책의 세계에 살아보지 않은 사람은 대학 들어와서도 책을 읽지 '않'고 책을 읽지 '못'한다. 그의 머릿속에서 독서란 지루한 장례식과도 같은 것이 되어 있기 때문이다. 이 때문에 입시위주 교육은 대학을 준비하는 교육이 아니라 대학에서의 수학 능력을 오히려 박탈하는 교육이라는 아이러니가 발생한다. 미래의 독서 세대를 길러낼 현실적 방도가 강구되지 않고 교육개혁이 이루어지지 않은 상황(교육개혁을 현장에서 실천해보려던 교사들은 모두 쫓겨나 아직도 길바닥에 있다)*에서는 '책의 해'가 백번 되풀이되어도 그 실질적 효과를 기대할 수 없을 것이다.

젊은 세대의 독서권 박탈과 독서 경험의 궁핍화는 문학과 문학비평에 직접적 이해관계를 갖는다. 문학 독자가 길러지지 않고서는 문학 자체의 존립이 위협받기 때문이다. 그러나 문학비평이 이 현실에 관심을 갖고 대응해야 하는 이유는 단순히 그런 직접적 이해관계 때문이 아니다. 독서 경험의 궁핍화가 몰고 오는 것은 바로 비판력, 상상력, 감수성 같은 인문문화적 가치의 붕괴이다. 이 가치들은 문학비평 자체의 가치들이기에 앞서 문화의 초석이 되는 기본 가치들이다. 기본 가치이기 때문에 그것들은 이를테면 '과학'에 적대적이지 않고 '기술 입국'의 방해 요소가 아니다. 오히려 과학다운 과학은 인문문화적 가치 위에서 꽃피고 그 가치의 유지에 공헌한다. 과학사에 이름을 남긴

---

* 이 글이 씌어지던 해(1993년) 연말에 전교조 교사들의 복직이 결정되어 다수의 교사들이 '선별 복직'의 조건으로 1994년 봄부터 교단에 복귀했다.

저명 과학자들이 빼어난 상상력과 감수성의 소유자들이었다는 사실은 결코 희귀 정보가 아니다. 그들의 이 시인적 자질은 어디서 길러지고 배양되고 강화되었는가? 그 배양의 토대는 인문문화적 가치들이다. 인문문화적 가치의 옹호가 인문주의자의 관심보다 큰 것이 되는 이유도 그 때문이고 그 가치의 옹호가 기술유일주의의 협소성을 넘어서는 까닭도 거기에 있다.

오늘날 대학에서 직업교육주의와 전문기술주의의 단기적 효과에만 집착하는 일부 교수들(특히 젊은 연배의)이 "셰익스피어를 왜 가르치는가?"라는 질문을 공공연히 제기하고 "누가 신문 읽을 줄 모르나? 대학에서 국어는 왜 가르쳐"라며 불만을 토로하는 것은 기술주의의 협소한 세계관(사실 그것은 세계관도 아니다)이 어떤 위험수위까지 확산되어 있는가를 보여주는 사례이다. 기술은 반인간적인 것이 아니고 기술교육이 반드시 괴물을 길러내지는 않는다. '생존을 향한 경쟁'이 어느 때보다도 치열해지고 있는 지금의 국제 환경에서 기술교육과 기술 개발에 반대할 정도로 혼자 딴나라에 사는 '인문주의자'는 없다. 입시위주 교육과 마찬가지로 기술유일주의 교육이 갖는 위험을 지금 이 시점에서 구태여 지적해야 하는 이유는 그 교육이 인간 존재와 삶의 전체성을 '부분성'으로 대체하고 부분적 가치를 전체적 가치로 확대하는 가치 전도의 파편화된 교육이라는 데 있다. 인간과 삶의 '전체성에 대한 감각'을 무디게 하거나 박탈하는 교육은, 구태여 생체 비유를 빌리자면, 전신은 마비되고 한두 개의 국소 기관만 왕성하게 활동하는 생체 조직을 만들어내는 일과도 같다. 그러나 오늘날 이 '부분성의 전면적 가치화'가 일으키는 위험은 개인 차원의 문제로 국한되지 않는다. 지금의 도시 지역 아이들은 밤하늘의 별을 쳐다볼 겨를도 없지만 매연 자욱한 도시의 밤하늘에는 보려야 볼 별이 없다. 그 하늘에는 죽어가는 물고기 눈동자 같은 것들이 그저 몇 개별의 이름으로 남아 있다. 그것들은 불모의 땅에 간신히 고개 내밀고 헐떡이는 몇 포기 이 지상의 꽃들에 대한 하늘의 상응물이며, 경이의 대상이 아니라 죽음의 눈동자이다. 이 별꽃들의 궁핍과 비참, 한때 찬란하던 별들의 축제가 종언을 고하고 지상의 꽃들이 숨쉴 수 없게 된 궁핍한 세계가 '삶의 전체성'에 대한 근대산업과 문명의 둔감증에 연유한다는 사실을 여기서 꼭 지적해야 할 것인가? 생태계의 전면적 균형 상실이 생명의 전체성에 대한 인간의 감각 파괴와 상실에 직결된다는 얘기를 되풀이해야 할 것인가? 생태계의 균형은 전체성의 가치와 관점을 떠나서는 유지되지 않는다. 지금 인간이 맞고 있는 집단적 위기는 '부분과 전체의 관계'에 발생한 병적 불균형의 위기이며 부분성의 가치가 전체의 가치를 대체하는 데서 오는 위기이다. 그러므로 문학비평이 이 위기에 개입하여 정당한 발언권을 행사하는 것은 문학비평의 직접적 이해관계 때문이 아니다. 그 위기를 초래하는 현실구조의 개혁과 변개를 위해서는 무엇이 '지켜야 할 가치'인가에 대한 문화의 반성과 질문이 있어야 한다. 문화는 '반성의 능력'이기 때문에 문화이다. 기본 가치에 대한 반성 없이는 문화의 몰락과 인간 자체의 절멸을 막을 길 없고 가치가 퇴락한 문화에서는 과학도 기술도 문학예술도 '전도된 가치'에 지나지 않게 된다. 그 전도된 가치 속에서는 과학과 기술, 예술과 교육이 '무엇 때문에 있는 것인가'라는 총체적·반성적 질문이 던져지지 않는다. 부분성의 패러다임 속에서는 그 질문에 대답할 길이 없기 때문이다. 그리고 그 질문에 대답하지 못하는 문화, 그것을 질문으로 제기하지 않는 문화는 어떤 의미에서도 '문화'가 아니다. 여기서 우리는 인간과 삶의 총체성이 '지금 이 시점에서' 우리가 관심 두어야 할 최대의 인문문화적 가치라는 주장과 함께, 이 가치에 대한 감각의 둔화, 파괴, 상실이 지금 우리의 문화적 몰락을 알리는 병적 징후라는 진단에 이르게 된다.

　　문학비평이 '외설문화'의 팽배 현상에 대해 비판적 점검과 발언을 해야 하는 이유도 거기에 있다. 지금 우리 문화는 각종의 '외설산업'에 포위되어 있다. '건강한 문화'라는 것이 반드시 도덕주의나 보건학적 문화론의 개념이 아닌 이상 외설의 사회적 효용을 전면 부인할 필요는 없고, 현실적으로도 외설을 멸균 처리한 사회는 존재하지 않는다. 외설은 인간의 삶의 일부이며 외설을 박멸하려 드는 사회는 오히려 건강한 사회가 아니다. 문제가 발생하는 것은 외설과 상업주의의 결탁이 외설산업으로 발전하고 이 외설산업이 문화의 구석구석에 침투하여 모든 창조적 잠재력을 잠식하고 파괴할 때이다. 지금 우리는 그런 지점에 와 있다. 외설비디오 가게에서부터 외설만화, 개인 컴퓨터의 외설프로그램과 외설통신, 외설소설, 텔레비전의 외설성 광고, 외설신문, 외설잡지에 이르기까지 각종의 외설산업이 번성해 있고, 문화의 모든 국면이 이 산업의 폭격 앞에 속수무책으로 노출되어 있다. 또 외설성의 확산으로 말하면 외설산업에만 그 전적인 책임이 있다고 말할 수 없다. 정가와 재계, 연예계의 뒷골목 이야기를 폭로하는 것으로 주업을 삼는 잡지, 신문들은 굳이 외설산업이라 부를 수는 없다 해도 밀실 엿보기, 개인사와 사생활 벗기기 등 '외설적 투명성'의 상품화를 전략으로 삼는다는 점에서 그 성격이 기본적으로 외설적이다. 한때 사회적 '공론'지로서의 기능과 역할을 담당하던 언론사 월간지들도 이런 폭로성 잡지로 변신한 지 오래이다. 정보 중에서도 최하급의 쓰레기 정보에 해당하는 외설성 폭로물에 독서 대중의 관심을 묶어두고 사회의 비판적 창조적 사색을 마비시키는 이 종류의 잡지들은 독서문화의 전반적 위기와 관계없을 것인가.

그러므로 문학비평이 외설문화 현실 앞에서 발언해야 하는 까닭은 단순히 어떤 외설소설가가 '작가'로 행세하고 외설소설이 '문학'의 이름으로, 그것도 '도덕주의적 위선에 대한 고발'이라는 이름으로 자기변명을 시도하는 사태 때문만이 아니다. 산업화된 과잉의 외설문화는 '부분성의 물신화와 그 전면적 가치화'를 수행한다. 이 부분성의 물신화는 심미적 감수성을 파괴하고 전체에 대한 감각을 마비시켜 인간의 이미지를 파편화하고 왜소화한다. 자기 이미지의 파편성과 왜소성은 자기 증오를 촉발하고 자기 증오는 타인에 대한 증오, 생명 경시, 사회적 파괴행위 등에서 그 표출 형식을 구한다. 유년기에서부터 고등학교까지의 교육과정에서 '심미적 감성교육'이 중요한 이유는 그 교육이 인간 증오에 대한 방어력을 길러주기 때문이다. 이 점에서 본다면 고등학교에 이르기까지 감성교육이 철저히 경시되고 위축되어 있는 우리의 현행 교육 실정과, 초등학생 때부터 '교육'이라는 이름 아래 아이들을 학원으로 과외 공부방으로 내몰아 그들의 유년을 박탈하는 학부모들의 행태 자체가 이미 외설문화의 창궐을 조장하는 온상이다. 유년을 빼앗긴 지금의 아이들은 별과 얘기할 틈이 없고(별이 보이지도 않는데다가) "별의 언어, 나무의 언어"(옥타비오 파스)를 배울 겨를이 없다. 정서의 가장 큰 힘은 그것이 '부분과 전체에 대한 균형 있는 감성'이라는 데 있다. 별과 얘기해본 아이만이 "우주의 아이"(가스통 바슐라르)이며 자신이 생명의 큰 연쇄 고리 속에 있다는 것을 '가슴으로' 안다. 전체에 대한 감수성이 없는 아이들이 자라 인간과 코끼리, 바다고둥과 산호초와 지렁이와 질경이, 토끼풀이 생명의 '총체성' 속에 있다는 설득을 가슴으로 받아들일 것인가? 전체에 대한 감각이 없는 아이들이 자라 '민족 통일'을 얘기하고 계급사회의 인간 적대성에 대한 비판력을 키울 수 있을 것인가? 문학비평이 외설문화의 폐해에 대응해야 하는 중요한 이유는 이런 것이다. 외설산업은 우리가 인문문화의 최대 가치라고 부른 '인간과 삶의 총체성'을 파편화하여 '증오의 문화'를 확대한다. 문학은 때로 증오하는 인물을 보여주기도 하고 혐오주의자의 매력을 그리기도 하지만 그 작업은 증오의 문화를 위한 것이 아니라 에로스의 문화를 위한 것이다. 문학의 에로티시즘은 예술 일반의 그것과 마찬가지로 인간을 '끌어당기는' 창조적 힘이지 과잉 외설의 경우처럼 인간을 '밀쳐내는' 파괴력이 아니다. 그 가장 기본적이고 고전적인 의미에서의 에로티시즘은 삶과 생명의 전체성에 대한 그리움이고 그것을 향한 운동력이다. 이 때문에 외설과 달리 에로티시즘은 인문문화의 중요한 가치 속에 포함되고 이 가치를 확인하는 문학은 근본적으로 외설주의의 반대편에 서 있다.

세칭 '마광수 사건'이란 것이 터졌을 때 마광수의 소설이 외설이냐 문학이냐라는 신문기사의 문제 제기를 놓고 문학비평이 공개적 토론을 벌인 일은 전무했다. 이 침묵은 마광수 소설에 대한 평단의 대체적 견해를 표현하는 것이었다. 작가의 구속에 항의한 사람들도(내가 알기로는) 외설 시비와 구속, 외설과 표현의 자유를 별개의 문제로 분리하는 것이 그 대체적 입장들이었다. 외설산업의 인간 파편화라는 관점에서 말한다면 외설과 비외설 문학에 대한 초보적 구분법은 문학(소설)이 일관된 사건 전개와 인물의 이야기 등 전체적 플롯을 갖고 있는 반면, 외설의 경우는 성기와 성행위 장면 묘사의 파편적 연속(섹스, 섹스, 섹스)일 뿐 인간에 대한 이야기로서의 총체적 구도와 조망을 갖지 않는다는 것이다. 외설소설의 '고전' 가운데 하나인 『패니 힐Fanny Hill』이나 현대의 외설 영화와 소설들에서 보듯 실제로 순수(?) 외설소설의 최대 관심사는 총체적 '사건 서술'이 아니라 파편적 '장면 묘사'이다. 인간의 고뇌 어린 이야기가 끼어든다는 것은 성기와 성행위라는 부분성을 확대하고 팽창시키는 데는 전혀 달갑잖은 불청객이기 때문이다. 또 밀실과 침대만이 유일한 우주인 외설소설에서 전체성의 구도는 필요하지 않고 창밖의 세계를 내다볼 필요가 없다. 물론 이 초보적인(하지만 매우 기본적인) 구분법만으로는 외설/비외설이 적절히 가려지지 않을 경우도 있다. 현대의 외설소설들은 비록 초점은 성행위의 묘사에 둔다 하더라도 이야기(플롯)라는 실타래를 조미료처럼 끼워넣을 줄 알게 되었기 때문이다. 서사가 아니라는 점에서 외설소설은 '소설'이랄 수 없지만 현대의 외설산업은 서사적 요소를 끌어들임으로써 '소설'의 형식으로 외설을 산업화한다. 그러나 이 경우에도 부분성의 확대 여부와 섹스 대상이자 소비 품목으로서의 인간(특히 여성)의 물건화 여부는 여전히 외설/비외설의 중요한 판별 기준이 된다. 또 에로티시즘의 경우와는 달리 외설소설은 외설영화처럼 어느 경우에도 창조적 사색이나 심오성을 필요로 하지 않는다. 진부성, 천박성, 반복성은 외설산업 생산물의 특징이다.

온 문화가 외설산업에 포위되어 있는 마당에 '청계천 작가' 아닌 대학 교수까지 나서서 외설문화의 확산을 거드는 일은 '도덕주의적 위선에 대한 고발'이라는 변명으로 호도하기 어렵다. 외설성 저작으로 위선을 고발한다는 것은 무매개적 모방으로 어른을 놀라게 하는 어린아이들 수준의 것이다. 어른의 세계에서 그것은 고발도 비판도 아니다. 이 점에서 마 교수에게 책임이 없지 않다. 그러나 이 대목에서 우리는 '미풍양속'이나 '표현의 자유' 같은 주제들과는 좀 다른 문제를 생각해볼 필요가 있다. 그것은 외설문화의 확산이 정치문화의 외설성과 더불어 사회 전체에 인간의 왜소화와 파편화를 통한 무의식적 자기 증오와 인간 증오를 심화시키고 있지 않는가라는 문제이다. 법이 외설산업의 범람 속에서 유독 한 개인을 구속 대상으로 결정하고, 이에 대한 사회의 암묵적·공개적 지지 또한 없지 않았다는 사실은 법 적용의 형평성 문제를 떠나 우리 사회가 어떤 형태의, 이름 붙이기 어려운 자기 증오를 갖고 있다는 반증은 아닐 것인가? 자기도 모르게 왜소화하고 파편화한 인간, 전체적 인격으로서의 자기 존재보다는 부분성에 의해 자기 값어치를 지탱해온 사람들의 자기 증오가 한 사람의 희생양을 필요로 했던 것은 아닌가? 그렇다면 문제의 '구속' 사건은 퍽 상징적이라 할 성격을 지닌 사회적 희생제의의 한 형태가 된다. 왜소성에 대한 증오는 희생양을 찾고 이 희생양은 일시적 증오의 표적이 되며, 이 희생제의와 함께 사회의 자기 증오는 일단 그 표출구를 얻는다. 그러나 이 제의가 치러지는 순간 사회는 무언가 중요한 '정화淨化'가 이루어졌다는 안도감 속에서 다시 외설문화에 탐닉할 수 있게 되고 부분성의 존재에 대한 불만은 한동안 망각된다.

바로 이 점—외설산업이 부분성의 물신화를 수행하고 사회의 자기 증오를 심화하면서 동시에 그 증오의 상징적 해소

방법을 제공한다는 사실은 문학비평이 주목해야 할 흥미로운 현상이다. 어쩌면 이것이 현대 외설산업의 사회적 기능일지 모른다. 부분성의 축제와 인간 파편화의 책임은 결코 외설산업만의 것이 아니다. 그 가장 기본적이고 본질적인 차원에서 인간 왜소화와 파편화는 근대적 산업과 생산양식, 현대적 소비문화와 인간의 사회적 존재방식에서 연유한다. 그러나 현존의 생산/소비 양식 이외의 양식을 '상상'할 수 없는 사회의 개인들은 기존의 사회적 존재방식을 유지하고 정당화해야 한다. 이것이 이 사회에서의 생존의 절대명령이다. 그러나 이 절대명령에 복종하면 할수록 자기 존재의 부분성에 대한 현대인의 증오와 불만은 심화되어 '존재의 불안'으로 발전한다. 여기서 존재의 불안이란 개인의 사회적 운명에 대한 불안이 아니라 존재의 부분성에 대한 불만에도 불구하고 그 불만을 해소할 방법의 부재에서 오는 불안이며, 모순을 느끼면서도 그 모순의 집단적·사회적 해결방식은 주어지지 않는 데서 발생하는 불안이다. 그러므로 사회는 그 불안을 '상징적으로' 해소할 어떤 형태의 희생제의를 끊임없이 필요로 하고, 집단적 증오의 표적이 되어줄 희생양을 요구한다. 외설산업은 우선 그 도덕적 결함이 가장 현저하게 드러나는 산업 분야이기 때문에 속죄양의 공급을 강요받기 쉬운 대표적 분야의 하나이다. 이렇게 취택된 희생양은 표면상 외설문화의 모든 '책임'을 지고 처벌되지만 상징적 차원에서는 사회의 집단적 자기 증오에 표출구를 제공하는 것이 그의 기능이다.

그러나 이 정화 의식, 또는 정화의 제의성은 현실적으로는 아무것도 정화하지 않는다. 그렇기 때문에 그것은 '상징적'이다. 상징적 희생제의의 기능은 현실을 정화하거나 개조하는 것이 아니라 현실 현상을 '유지하는' 것이다. 상징제의의 사회적 가치는 한 사람의 속죄양을 처벌함으로써 만인의 죄를 불문에 붙인다는 데 있다. 그것은 사회적 모순의 현실적 해결방식이 아니라 상상적 해소방식이며, 현실 모순이 누적되어 '풀 길 없어' 보이는 사회일수록 이 해소방식에 자주 호소한다. 상징제의는 현실을 개조하지 않고도 무언가 중요한 개조가 이루어진 듯한 만족감을 공급하고 존재의 불만과 불안을 일시적으로나마 해소하며 현실 모순의 현실적 해결을 연기할 수 있게 한다. '책의 해' 축제도 이런 종류의 제의성을 갖고 있다고 말한다면 과장일 것인가? 그것은 교육개혁을 서두르지 않고는 독서문화를 진작시킬 방법이 없는데도 그 개혁을 미루어온 사회의 상징적 행사는 아닌가? 관심을 확대하면 이런 상징적 제의는 현대적 삶을 지배하는 상품문화와 소비문화의 기본 성격이자 기능이 되어 있다는 사실을 포착하기 어렵지 않다. (이 글에 주어진 지면의 경제학을 고려해서 소비문화론은 펴지 않기로 한다.) 지금 우리 문화는 몰락의 여러 징후들을 가지고 있을 뿐 아니라 그 몰락의 현실을 감추는 상징 절차들도 갖고 있다. 한 층위에는 몰락하는 현실이 있고 그 현실 위에는 그것의 개조를 연기하는 상징적 현실이 또하나의 현실로 존재한다. 이 이중의 현실에 대응하는 일, 그것이 지금 문학비평의 사회적 과제이다.

3

전체성 또는 총체성이라는 가치는 오늘날 서구 인문학(주로 철학과 문학비평)의 몇몇 문맥에서 악당 사전에 올라 있는 문제적 범주이다. 전체성에 대한 최초의 조직적 비판은 역설적이게도 비판이론의 한 갈래인 프랑크푸르트학파 이론가들의 손에서 한편으로는 '계몽 이성의 도구적 타락'에 대한 비판의 일환으로, 다른 한편으로는 루카치적 총체성 개념에 대한 비판으로 전개되었다. 이들의 관심은 계몽 이성이 자본주의의 목적 합리적 도구 이성으로 전락하여 새로운 전체주의의 시녀가 되었다는 것과 이 전락은 스탈린식의 전체주의와도 무관하지 않다는 점을 지적하고, 루카치의 예술적 총체성론은 하나의 '환영'에 불과하다는 주장을 펴는 데 있었다. 이 통찰의 앞부분은 프리드리히 하이에크, 칼 포퍼 등에 와서 자본주의 비판 부분은 제거된 채 사회주의적 전체주의와 낙원주의 비판에 원용되고, 이어 제2차세계대전 종전 이후 서구적 전통에 대한 전면적 반성이 서구 지식인들 사이에 지적 유행이자 과제가 되면서 매우 강력한 비판적 관용어로 확립되게 된다. 이 관용어의 내용은 서양 형이상학과 이성중심주의에 대한 비판, 목적론적 진보사관의 거부와 비판 등등의 작업과 연결되어 복잡한 양상을 띠게 되지만 총체성의 가치를 결정적으로 악당 사전에 올려놓는 주된 혐의는 그것의 폭력성("정치적 전체주의를 가져온다")이라는 것이다.

'인간' 또는 '인간 주체'라는 범주도 총체성과의 밀접한 연관 속에서 나란히 악당 사전에 올라 있다. 1950년대에 레비스트로스가 "과학의 과제는 인간을 발견하는 데 있지 않고 해소하는 데 있다"라는 선언과 함께 구조인류학의 '과학적 방법'을 선포한 것이 현대 지성사에서 '인간' 범주가 겪게 된 수난의 시발점이다. 구조주의의 이 인간 해체는 방법론적인 것이었지만, 토도로프의 항변("구조주의는 반인간주의가 아니다")에도 불구하고 그 방법론과 반인간주의는 분리할 수 없는 것이었다. 인간

주체의 개념을 '언어의 효과'로 대체하고, 의미 발생의 기원을 주체로부터 언어구조로 이동시킴으로써 현대비평 담론에 반인 간주의의 토대를 마련해준 것은 구조주의이기 때문이다. 그후 '인간 주체'는 해체론, 후기/탈구조주의, 정신분석, 알튀세적 마르크시즘, 포스트모더니즘 등을 거치면서 부르주아적 인본주 의 내지 자유주의적 개인주의의 '신화적 토대'라는 혐의로 더욱 해체되고 이데올로기적 구성물, 동질적 자성identity의 신화, 균 열의 봉합 이미지, 이질의 메시지들이 통과하는 매듭 또는 정 신분열증적 중심부, 복제된 기호 등등의 날카로운 기소장들에 연타당해 마치 심문관 앞에 끌려나간 방어 불능의 창녀처럼 자 신이 일찍 역사에 존재했다는 사실 자체가 스스로 부끄럽고 믿 을 수 없는 '가련한 추문'이 되기에 이른다. '주체'의 이 수난사 를 관통하는 주된 혐의는 그것이 존재하지 않는 허구이면서도 형이상학의 비호를 받아 권력의 중심부에 너무 오래도록 앉아 있었다는 것이다.

총체성과 주체에 가해진 이 치열한 규탄의 맥락에서 본다 면 내가 앞에서 논해온 인문문화적 가치, 전체에 대한 감각, 인 간과 삶의 총체성, 부분과 전체의 관계, 생명의 전체성 등의 용 어와 주장은 그 유효 시효가 지나고 장례식까지 끝난 지도 한참 된 '시체의 목록'에서 유령을 불러내는 일이나 다름없다. 나의 '인간학적 가치'라는 용어도 인간주의적 가치의 지칭과 무관한 것이 아닌 이상, 그 역시 '구풍의 철학' 또는 '낡아빠진 인간주 의'라는 지적을 면하기 어렵다. 그렇다. 내가 이 글에서 수행하 고자 한 일의 하나는, 우리의 비평사에서는 결코 죽은 일이 없 지만 지난 30년 혹은 40년간의 서구적 담론의 몇몇 계보들 속 에서는 거의 폐기 처분된 몇 가지 가치들을 회생시키려는 것이었다. 그것들의 회생이야말로 정확히 비평 자체의 회생이기 때문이다. 서구의 현대비평 30년사를 되돌아보면 그 토론의 활기와 치열성에서 우리가 배울 것이 많고 그동안 제시된 각종의 현란한 통찰들 중에 지속적 가치를 지닐 만한 것들도 있다. 그러나 그 많은 통찰과 언술들 가운데 가장 좋은 것은 이미 역사 오랜 고전적 진술들이고, 가장 새로워 보이는 것일수록 쓸모없는 것들이라는 누군가의 말은 전면적으로 옳지는 않으나 타당성 있는 지적이다.

비평의 회생이란 무엇인가. 이 글의 서두에서 말한 서양 인문학의 극단주의적 자기반성이란 한계 경험적 '균열의 무한 추구'와 '분열을 향한 열정'의 산물이다. 이 열정은 어떤 안정의 원칙, 어떤 고정성도 허용하지 않으려는 반형이상학적 치열성이라는 점에서는 그 비판적 가치를 인정할 만한 것이다. 그러나 치열한 비판이란 모든 대상에 대한 무차별적 균열을 추구하는 것이 아니다. 이를테면 총체성의 범주에는 여러 종류의 것이 있는데 이것들이 모두 총체성이라는 이유로 배격되고 비판되어야 하는 것은 아니다. 그중에는 위험한 형이상학적·목적론적 전제와 상정을 깔고 있는 것도 있고 그렇지 않은 것도 있다. 인간이 지상에서 종의 절멸을 기도하지 않고 자신의 일에 의미를 부여하기 위해서는 불가피하게 설정해야 하는 방법적 총체성도 있고 생태계의 전체적 균형으로서의 총체성도 있다. 방법적 총체성은 분명 인간주의(이것은 인간중심주의와 다르다) 이데올로기의 산물이다. 그러나 인간주의를 이데올로기로 규정하는 것은 비판이 아니라 자명한 것의 무의미한 재진술에 불과하다. 그게 인간의 신화라는 사실은 새로운 진리가 아니다. 그러나 그 신화를 떠나 인간의 생존과 역사, 그의 일은 불가능해지기 때문에 인간은 그 신화를 유지한다. 그 신화가 아니라면 평등과 자유의 가치가 무슨 소용일 것이며 인권의 근거가 어디 있을 것인가. 또 생태계의 전체성은 예술적 총체성과 마찬가지로 형이상학과는 관계없을 뿐 아니라 형이상학 깨듯이 달려들어 깰 수 있는 가치가 아니다. 그게 깨기 힘든 막강하고 견고한 가치여서 그런 것이 아니라 '너무도 깨어지기 쉽고 연약한 것'이기 때문에 그러하다. 내가 인간과 삶의 총체성이라 부른 것도 그런 연약하고 바스러지기 쉬운 가치이다. 그것은 연약하기 때문에 인간이 지키고 보존하지 않으면 안 되는 가치이다. 균열의 열정이 총체성을 어떤 견고성, 권력과 폭력, 강제와 억압에 무차별적으로 연결시킨 것은 그 열정의 과잉이고 무분별이며 오류이다. 분별을 일차적 과제로 삼는 비평은 무분별이 야기한 이런 오류를 제거함으로써만 회생할 수 있다. 이미 서구 비평 자체가 이 방향에서 회생의 방도를 강구하고 있다.

비평의 회생이란 또 무엇인가. 서구 인문학과 비평의 몇몇 갈래들이 지난 30년간 수행해온 자기 해체가 궁극적으로 도달한 지점은 정신분열증과 치매증이다. 이것은 인간 해체의 결과이고 이성 비판의 결론이다. 인간 해체의 정치적 동기는 때로 부르주아적 인본주의와 자본주의의 자유주의 인간 이데올로기를 격파한다는 것인데 이것의 전략은 요약하자면 인간을 정신분열증과 치매증 환자로 만듦으로써 자본주의가 어떤 방법으로도 통제할 수 없는 존재로 만들자는 것이다. 그러나 이 방법은 그 주장자들 외에는 아무도 따르는 사람이 없어 자본주의 격파의 실질적 방법으로서는 효과가 제로이고, 주장자들 자신도 언어적 로고스를 상실한 분열증이나 치매증 환자와는 달리 고도의 언어 논리를 구사하고 있어 우선 솔선수범의 믿을 만한 본보기가 되지 않는다. 그러므로 이 계열의 비평은 자본주의 격파는커녕 자본주의의 '엄마 품 같은 풍요' 속에서 마음놓고 자기도취적 언어유희에 빠진 유아적 퇴행으로 전락하거나 인간 분열을 이론적으로 수행함으로써 자본주의사회의 인간 파편화를 옆에서 거드는 동조자의 지위로 몰락한다. 자본주의적 현실을 깨기 위해서는 인간 자체가 깨어져 분열증 환자가 되어야 한다는 논리는 인간이 일시에 집단 자살함으로써 악의 문명에 종지부를 찍자는 주장과 마찬가지로 그 기발성이 놀랍도록 무책임하다. 비평의 회생은 이런 도착증적 기발성에서 벗어나는 일이다.

1970년대에 들어 이런저런 유럽산 이론들을 도입하기 시작한 미국 학계는 지난 20년간 원산지 어디보다도 왕성한 '비평의 열대우림'을 만드는 데 성공하고 연간 수십 종의 저널과 수백 종이 넘는 비평 상품들을 출판하여 국내외 시장을 석권하고 있다. 영국 비평가 데이비드 로지가 근년 '비평 산업'이라 부른 이 활기는 산업에 걸맞은 '인기스타 제도'까지 갖추고 있어 일단 '스타'가 된 이론가에게는 대학의 초청이 쇄도한다. 그러나 이 산업의 고객은 철저하게 대학 교수들 아니면 강사, 대학원생들일 뿐 대중 독자는 거의 전무하다. 그들의 비평서나 연구서는 보통의 독자들로선 단 한 페이지도 읽을 수 없는 용어와 개념으로 차 있고 기묘하게도 바로 이 특징 때문에 비평 상품이 된다. 비평은 대중의 삶과 극단적으로 유리되고 철저하게 사회로부터 소외되어 있다. 이 소외 속에서의 활기는 무엇을 말하는가? 각종의 이론적 입장과 논리들이 맞부딪쳐 설전을 벌이는 '문화 전쟁'의 광경은 우리로서는 부럽기도 한 바 없지 않지만 이 전쟁은 앞서 내가 지적한 상징제의 성격을 다분히 지니고 있다. 그것은 현실에 아무 영향도 주지 않고 그 누구도 다치지 않으면서 수행되는 전쟁, 현실적 영향이 없으므로 마음 놓고 몰입할 수 있는 싸움, 그러면서도 무언가 중요한 일을 하고 있다는 자족감의 공급을 받으며 현실에서는 불가능한 전쟁을 종이 위에서 전개하는 대리전쟁인 것이다. 문학비평, 특히 강단 비평과 이론은 전문성을 가질 수 있고 또 가져야 하지만 이 전문성은 비평이 인간의 사회적 삶과 단절해야 할 이유도 구실도 되지 않는다.

이상의 간략한 요약은 서구 비평의 위상에 대한 본격적 점검이 아니라 우리의 비평이 이 시점에서 무엇을 가치로 삼아야 할 것인가에 대한 우회적 참고사항으로 제시된 것이다. 여기에는 근년 들어 서구 비평의 경향을 무비판적으로 따라가고 받아들이려는 국내 추수주의에 대한 경계가 들어 있다. 우리는 서구 비평으로부터 방법적 치밀성을 배울 필요가 있지만 우리의 문화 현실이 다르고 사회적 요구가 다르므로 비평의 가치와 위상, 그 사회적 기능도 달라야 하는 것이 당연하다. 단언컨대 서구 비평은 지금까지의 상태를 더 유지할 수 없는 단계에 와 있다. 그쪽에서는 지금 탈출구를 모색하고 있는 터에 우리가 때늦게 거기 입구를 구하고자 고개를 디민다는 것은 우습지도 않은 모멸의 자화상을 그리는 일일 것이다. 문학이 하는 일은 인간 파괴가 아니라 존재의 긴장 포착이다. 존재의 긴장이란 분열과 통합 사이의 긴장이다. 인간을 특정의 정의 속에 화석화하는 것이 존재의 긴장에 대한 전체주의적 맹목이라면 극단적 분열의 정열 또한 인간을 '분열 존재'로 고정화하는 또하나의 맹목적 상투어구이다. 이 두 개의 맹목은 모두 인간을 파괴한다.

인문문화의 궁극적 가치는 존재의 긴장을 유지하는 데 있고, 비평의 과제는 그 가치를 옹호하는 데 있다. 부분과 전체, 분열과 통합 사이의 긴장을 붙들기 위해 비평은 지금 이 시점에서 전면적 폐기의 위기에 처한 '전체에 대한 조망'을 유지해야 한다. 이 글이 우리의 교육 현실과 외설문화 등에서 점점 심화되고 있는 '전체에 대한 감각의 마비'를 문화적 몰락의 징후로 진단하고, 그 감각의 둔화를 비평 자체의 위기로 규정한 것은 그런 이유에서이다. 비평은 문화 가치를 위협하는 우리 사회의 좀더 직접적이고 절실한 삶의 현실에 개입할 때가 되었다. 비평의 사회적 소외를 막기 위해서도.

창작과비평 1993. 봄

문화, 이데올로기, 일상의 삶
— 비판적 문화론의 현대적 전개: 루이 알튀세와 앙리 르페브르

1

비판이론이 문화에 대해서는 무슨 말을 하는가? 호르크하이머와 아도르노, 마르쿠제의 작업을 제외한다면 비판이론 내부에는 어떤 문화론이 있는가? 이것은 오늘날 비판이론이 당면하고 있는 위기와 관련해서 도전적으로 제기되고 있는 수많은 질문들 가운데 하나이다. 비판이론은 자본주의 생산양식이 지난 1세기 동안에, 혹은 더 구체적으로 지난 반세기 동안에 확산시키고 심화시킨 삶의 양식으로서의 문화를 제대로 이해하고 이에 대응했는가? 현실 사회주의는 자본주의적 문화를 극복하는 '사회주의적 문화'라는 것을 만들어내었는가? 소련, 동구의 멸망 이후 우파 지식인들이 던지는 질문 중의 하나는 소련이 사회주의 70년의 시행 끝에 무슨 '문화'를 남겼는가라는 것이다. 사회주의적 삶의 양식? 사회주의적 법률? 프롤레타리아 문화? 부르주아적 삶과 구별되는 사회주의적 삶의 방식, 규범, 형식과 내용은 무엇인가? 로마제국이 로마법을 남기고 자유 부르주아지가 시민법을 남겼다면 소련은 무슨 법을 남겼는가? 구소련의 문화 정책 담당자들이 그토록 강조했던 '프롤레트쿨트'는 지금 어디에 있는가?

이런 종류의 질문들은 그 대부분이 역사적 통찰과 진지성의 결핍을 미덕으로 하는 질문들이긴 하나 다른 한편으로는 자본주의 체제 내부에서 그 체제의 모순과 맹목을 비판해온 이론가들에게는 마르크시즘의 비판적 사고가 지녀온 그 자체의 특수한 맹목에도 눈 돌리도록 하는 자극성을 갖고 있다. 마르크시즘의 이 비판적 맹목은 마르크스의 자본주의 분석과 자유주의 비판이 지닌 찬연한 광휘의 어두운 그림자이다. 그것은 마르크스적 통찰의 부재에서 오는 맹목이 아니라 오히려 그 통찰의 눈부심에서 연유하는 맹목이다. 이를테면 마르크스적 계급 분석의 광휘가 마르크스 사후 100년 동안 비판이론 체계 내부에 국가와 정치권력의 역할에 관한 일정한 맹목을 자리잡게 한 것과 마찬가지로 경제 토대에 대한 집착(특히 우리의 경우 이집착은 현실 인식의 절대적 필요성과 사회과학적 상상력의 빈곤이 맞물려 괄목할 만한 수준에 도달했었다)은 문화, 이데올로기, 도시와 일상의 삶, 언어, 매체와 정보 등의 영역들을 비본질적 '지엽 말단'의 문제로 간주하게 하는 맹목을 생산함으로써 현대적 삶의 현실에서 극히 중요한 위치를 차지하게 된 이들 영역을 후기 자본주의의 통합적 패권의 몫으로 헌납하는 결과를 낳게 되었다. 여기서 다시 이런 질문들이 제기된다. 비판이론의 고전적 전통 자체가 현대적 삶의 불행과 불만을 다루어내기에는 이미 너무 낡은 연장들만을 갖고 있는 것은 아닌가? 그게 아니라면 마르크스 이후의 비판이론이 역사적 자본주의의 변화에 주목하면서 자신의 이론적·실천적 능력을 발전시키는 데 충분한 활력을 갖지 못했던 것인가?

마르크스의 마르크시즘 자체는 역사적 산물이며 그의 모든 텍스트는 역사적 텍스트이다. 역사의 특정 순간을 관찰, 분석, 비판의 대상으로 삼았던 그 마르크스에게 그가 살아보지 않은 세계를 분석·기술하지 않았다는 책임을 둘러씌우는 것은 극히 비역사적인 태도이다. 자기 소유의 승용차를 몰고 출근하는 현대의 노동자를 '예견'하지 못한 것이 마르크스의 책임인가? 그것을 예견하지 못한 것은 신도 마찬가지이고 자본주의도 처음부터 그런 계획을 갖고 있었던 것이 아니다. 이론가로서의 마르크스의 책임은 자기 당대의 자본주의 현실을 극명하게, 그 이전의 누구와도 다른 방법으로 분석해내는 일이었다. (예컨대 '노동'의 범주는 그의 손에 와서야 정당하고 중요한 분석의 대상이 되었다.) 그러므로 『공산당선언』에서 그가 노동계급의 항구한 궁핍화를 주장한 대목은 그가 살았던 역사적 현실의 분석에서 나온 것이지 20세기 후반을 위해 준비된 '예언'이 아니다. 마르크스의 예언이 빗나갔다고 말하는 사람들은 마르크스가 점쟁이 또는 점성술사로서의 능력을 발휘하지 못했다고 생각하는 그들 자신의 해괴한 오류를 마르크스의 오류로 전가하고 있다. 그것은 마르크스의 역사적 텍스트를 역사적인 것으로 보지 않는 데서 발생하는 오류이며, 오늘날 마르크스에 관한 많은 비판이 이 같은 오류에서 헤어나지 못하고 있다는 것은 역설적으로 마르크스적 역사주의의 타당성과 필요성을 오히려 입증한다. 마르크스의 자본주의 분석이 계룡산 점쟁이나 로널드 레이건의 백악관 점성술사들의 작업과는 다른 것이었듯이, '만약 자본주의가 적응력과 위기 대응력을 발휘한다면'이라는 식의 가정법은 마르크스적 현실 분석의 몫이 아니었다. 그런 가정법을 가정법 아닌 하나의 역사적 가능성으로 고려하게 되는 것은 자본주의의 변화가 역사적으로 현실화하는 시기에 와서의 일이며 따라서 이 변화한 시기의 현실 인식과 분석은 마르크스 이후의 이론가들에게 넘겨지는 과제이다.

마르크스 이후의 제2세대, 제3세대, 제4세대 비판이론가들은 자본주의의 변화가 부과한 새로운 이론적 과제들을 성실히 떠맡아 수행해왔는가? 이 질문에 제대로 답하기 위해서는 지난 100년 동안 비판이론이 거둔 성공과 좌절의 역사를 기술해야 할지 모른다. 긴 얘기를 단숨에 요약하면 마르크시즘의 1세기가 거둔 최대의 성과는 자본주의의 변화를 '강요'한 데 있다. 후기 자본주의로 알려진 현대 자본주의의 현실적 변화는 마르크스의 분석에서 드러난 계급사회의 경제사회적 모순에 대한 적극적 대응의 결과이다.[1] 20세기 중반 이 적극적 대응이 채택한 일련의 전략들 중에서 가장 중요한 것은 주식 분산과 경영 분리를 통한 사기업의 공기업화, 사회주의적 복지국가 개념의 도입, 대중적 소비 능력의 증대를 통한 만족의 공급, 국가기구와 권력의 역할 강화이다. 미국을 예로 들면 전기 자본주의가 전면적 파탄의 위기로 몰렸던 1930년대 공황기에 프랭클린 루스벨트는 자본주의의 이 같은 궤도 수정을 단행함으로써 그 위기를 벗어남과 동시에 후기 자본주의라는 형태의 새로운 역사적 자본주의가 발전해나갈 길을 열었다. 루스벨트의 '강력한

---

1) 마르크시즘과 사회주의의 도전에 대한 자본주의의 대응력에 관해서는 미국이 아직 대공황에서 완전히 벗어나지 못하고 있었던 1935년 칼 베커가 『만인은 자기 자신의 역사가』라는 책에서 일찌감치 주목한 바 있다.

정부'론은 기본적으로 자본주의적 발상이 아니다. 그가 예컨대 그의 선임자 캘빈 쿨리지식의 고전 자본주의적 최소정부론('가장 적게 다스리는 정부가 최선의 정부이다')에 매달려 있었다면 공황기의 실업자들을 구제하기 위한 실업수당 제도의 도입, 정부에 의한 적극적 고용 창출과 경제 영역에의 개입, 팽창예산 등의 비자본주의적 정책은 불가능했을 것이다. 미국적 후기 자본주의의 문맥에서 보면 국가 기능의 강화는 계급사회의 기본 모순을 풀지 않으면서 국가/계급/집단 간의 갈등의 정도를 조절하고 사회적 모순을 다른 모순들로 은폐·대체·연기하는 역할의 강화이다.

자본주의의 역사적 변화를 강요한 비판이론의 이 성공담은 그러나 동시에 '사회혁명'을 연기시키는 효과를 가져옴으로써 마르크시즘의 정치적·경제적 실천에 연속적 좌절의 순간을 몰고 오게 되는데 이것이 제2차세계대전 이후 선진 자본주의권에서 마르크시즘이 경험한 좌절의 역사이다. 서구의 경우 마르크시즘은 성공함으로써 좌절한 것이다. 제2차세계대전 이후 비판이론가들은 '여전히 자본주의이면서 그러나 달라진 자본주의'의 사회 운용방식을 포착하는 데 기민하지 못했다. 그들은 한편으로는 자본주의의 필망이라는 마르크스적 분석에 매달리고 다른 한편으로는 현실 사회주의의 존재에 기대어 자본주의의 연명 능력에 대응할 이론적·실천적 준비를 갖추지 못했던 것이다. 이는 자본주의의 지속적 성장은 불가능하다는 제2차세계대전 이전 마르크시즘의 공식 입장이 종전 이후에도 오랫동안 비판이론가들을 마비시켜놓고 있었다는 사실에서 단적으로 드러난다. 자본주의가 위기 대응력을 발휘하고 금융 제도의 개편과 다국적기업, 기술혁신, 전 시민의 부르주아지화라는 선전 전략 등으로 지속적 발전의 계기를 만들어가는 동안 비판이론은 마르크스적 분석의 광휘에 눈멀어 자본주의 세계의 현실 변화를 다층적으로 포착하지 않는 특수한 맹목에 빠져 있었다. 비판이론이 이 맹목에서 깨어나 현실의 여러 층위들에 주목하면서 이른바 '비판이론의 현대적 전개'에 착수한 것은 종전 이후 20년이 지난 1960년대의 일이었다.

비판이론 내부에 이런저런 문화론이 등장하는 것은 마르크시즘의 현대적 재전개라는 움직임의 일부로서이다. 비판이론의 새로운 전개가 필요하게 된 현실적 사정은 두 개의 질문으로 요약될 수 있다. 첫째, 자본주의의 명백한 모순과 거듭된 위기에도 불구하고 그것의 지속적 성장을 가능하게 한 조건은 무엇인가? 둘째, 자본주의적 생산력의 증대와 발전에도 불구하고 어째서 이 생산력의 발전이 자본주의적 생산관계를 소멸시키지 못했는가? 고전적 마르크시즘의 이론 체계로는 이 두 개의 대표적 질문들에 대한 만족스러운 해답이 얻어지지 않는다. 왜냐면 '자본주의의 지속적 성장은 불가능하다'라는 것이 마르크시즘의 고전적 진단이고, '생산력의 발전은 그 발전을 옭아매는 사회관계(생산관계)를 필연적으로 폭파시켜 사회 변화를 가져온다'라는 것이 또한 마르크시즘의 이론적 입장이기 때문이다. 그러므로 자본주의적 생산력이 지속적 성장을 보였다는 사실과, 생산력 발전에도 불구하고 생산관계는 폭파되지 않았다는 현실적 상황은 현대의 비판이론이 당면하는 딜레마임과 동시에 해명하지 않으면 안 되는 문제들이다. 사회적 모순이 엄존하면서도 그 모순이 사회 변화를 가져오지 못한 까닭은 무엇인가? 비판이론적 문화론은 이런 난제와 역설에 도전하는 여러 각도로부터의 이론적 시도 가운데 하나이다. 영미권(근자 영미 지역에서 활발히 전개되고 있는 '문화연구'는 1950~1960년대 영국에서 시작되었다)을 제외하고 프랑스에 국한한다면 이 문제들에 대한 문화론적 해답의 모색은 대표적으로 두 갈래 방향에서 진행되었는데, 그 하나는 알튀세에 의한 이데올로기론의 제시이고 하나는 앙리 르페브르의 손에서 전개된 '일상의 삶la vie quotidienne' 또는 일상성의 이론이다. 세번째 갈래로 들 수 있는 것이 장 보드리야르의 소비사회론인데, 여기서 보드리야르는 다루지 않기로 한다. 르페브르의 제자였던 보드리야르가 마르크시즘적 분석의 틀을 사용한 『소비사회론』을 낸 것은 1975년인데 이 저술 이후 그는 포스트모더니스트로 변신한다.

알튀세적 모색은 자본주의가 그 생산과 지배의 체제를 끊임없이 '정당화'하고 '재생산'하는 능력을 '문화의 층위'(이데올로기)에서 확보하고 있지 않는가라는 인식에서 출발한다. 모든 역사적 지배 체제는 그 체제를 정당화하는 사상적·도덕적 헤게모니의 확보 없이는 오래 지탱하지 못한다는 그람시의 명제가 주목받게 된 것도 이 맥락에서이다. 이 헤게모니는 달리 표현하면 체제 재생산의 능력이다. 자본주의의 지속적 발전을 가능케 한 조건의 하나가 자본주의적 사회관계를 재생산하는 문화적 기제에 있는 것이라면 문화 영역은 계급이나 경제 하부의 부수적 효과로 환원되지 않는 자율적 실천 영역일 것이고 따라서 이 영역은 독자적 분석과 이해의 대상이 된다. 한편 르페브르의 경우는 현대적 '일상의 삶'이 자본주의의 변한 부분과 변하지 않은 부분을 동시적으로 공존시키면서 사회혁명을 지연시키는 영역이라 규정하는 데서 그의 문화론적 모색을 출발시킨다. 일상의 세계는 자본주의적 삶의 '변화'를 가장 잘 보여주는 곳이면서 동시에 자본주의의 '변하지 않은 부분'(사회관계)을 가장 잘 은폐하고 있는, 드러내기와 감추기, 자유와 억압의 이중 기제가 작동하고 있는 영역이다.

2

이데올로기에 대한 '비판 작업'은 마르크시즘의 이론 족보 내에서 결코 새로운 것이 아니다. 마르크스의 마르크시즘은 사실상 이데올로기 비판으로부터 출발한다고 말할 수 있을 정도로 그의 논저에서 이데올로기 비판이 차지하는 공간과 비중은 매우 크다. 마르크스의 손에서 확립된 이데올로기 비판은 두 가지 방법론적 특성을 가지고 있는데, 하나는 고전철학의 방법적 원칙을 보존하여 '허위의식'으로서의 이데올로기와 '과학적 지식'을 엄밀히 구분(이 구분의 고전철학적 뿌리는 플라톤의 '지식$_{episteme}$'/'의견$_{doxa}$'의 분리이다)하는 것이고 또하나는 이데올로기가 허위의식이긴 하나 이 의식의 내부에 들어 있는 부분적 진리 또는 '진리의 계기'를 끌어내어 보존·지양시키는 변증법적 비판(마르크스의 종교 비판은 그 대표적 사례이다)의 방법이다. 이데올로기와 지식(진리), 이데올로기와 과학을 분리한다는 비판적 측면에서는 알튀세도 마르크스적 방법을 따르고 있다.[2] 알튀세적 마르크시즘의 특성을 이루는 과학적 마르크시즘론 자체가 마르크스의 초기 논저에 들어 있는 이데올로기

---

2) 그러나 알튀세는 이데올로기에 대한 초기 마르크스의 견해가 '마르크시즘적인 것이 아니'라는 관점을 유지했다. 이에 대해서는 그의 「이데올로기와 이데올로기 국가 장치」(1968) 참조.

의 잔존물들을 걸러내어 이 잔존물들이 마르크스의 후기 저술에 연결되지 않도록 하자는 '엄밀한 분리의 정열'에서 출발하고 있다. 알튀세에게 마르크시즘의 '탄생의 순간'은 마르크스의 초기 저술에 있는 것이 아니라 그가 과학적 마르크시즘이라고 보는 마르크스의 후기 저술에 있다.[3] 이론가 마르크스의 탄생과 마르크시즘 과학의 탄생은 동시적이지 않다. 알튀세에게 이 비동시성은 이데올로기와 과학의 비동질성이기도 하다.

그러나 이데올로기와 과학의 분리라는 알튀세의 작업은 과학적 실천으로서의 '이론 층위'에 해당하는 것이지 사회를 구성하는 한 실천 차원으로서의 이데올로기 층위에 적용되는 것이 아니다. 이 구분은 중요하다. 알튀세에 관한 다수의 논의들이 이 구분을 지키지 않음으로써 막심한 혼란과 오해에 빠져 있기 때문이다. 이미 잘 알려진 것처럼 사회라는 구조적 총체를 구성하는 영역(알튀세의 '실천 차원')들을 경제, 정치, 이데올로기, 이론(과학)의 네 층위로 분할하고 각 층위는 상호 긴밀히 연결되면서도 동시에 상호 환원되지 않는 독자성과 자율성을 갖고 있다고 보는 것이 알튀세의 사회구성체론이기 때문에 이데올로기 층위의 실천방식은 과학 층위의 것과 다를 뿐 아니라 양자는 서로 환원되지 않는다.[4] 쉬운 예를 들면 과학은 개구리와 두꺼비를 놓고 어느 쪽이 옳다/그르다, 좋다/나쁘다 식의 이데올로기적 판단을 내리지도 않고 내릴 수도 없지만 문학은 예컨대 '개구리는 참신하다/두꺼비는 음흉하다'라는 인

---

3) 알튀세가 『마르크스를 위하여』에서 개진한 이 부분 논의에 대해서는 도정일, 「알튀세의 마르크시즘」(『세계의문학』 1989년 가을호) 참조.
4) 도정일, 같은 글 참조.

간적 이데올로기의 구도 속에서만 유효하게 작동한다. 가스통 바슐라르식의 통찰을 빌려 말하면 '떡방아 찧는 토끼'는 과학의 달 속에는 없으나 문학 이데올로기의 달 속에는 '엄존'한다. '남편은 하늘이다'라거나 '남자 그늘이 30리'라는 속언에서 과학은 서 말 닷 되분의 운명론적·가부장제적 이데올로기를 끌어내고 비판할 수 있지만 그 속언들이 남성중심사회의 우주에서 지니는 경험적·현실적 위력은 또다른 '힘의 세계'—별도의 은하, 별도의 현실을 구성한다. 이데올로기가 힘이 되는 이 별개의 현실, 그것이 알튀세가 말하는 이데올로기의 층위이고 이 층위에 접근하여 그것의 작동 양태를 분석해보려는 것이 그의 이데올로기론이다.

이 이데올로기의 세계를 포착하기 위해 알튀세는 이데올로기에 대한 새로운 정의를 내린다. 그에 의하면 이데올로기란 "삶의 체험"이고 "개인들이 그들의 실제 존재 조건과 맺고 있는 상상적 관계의 표현"이다.[5] 이 정의는 매우 까다로운 것이어서 충분한 주의를 요한다. 우선 '실제 존재 조건'이란 개인들의 현실적 존재를 결정해주고 있는 사회적 생산관계를 의미하므로 이 정의의 핵심부에 도달하기 위해선 다음의 단계적 풀어쓰기가 유용하다. 이데올로기란, ① 개인들이 실제의 사회적 '생산관계와 맺고 있는 관계'의 표현인데, ② 이 '관계'는 실제 생산관계와의 '실제 관계'가 아니라 '상상적 관계'이므로, ③ 이데올로기는 실제 생산관계의 '잘못된' 표현이 아니라 그 실제 생산관계에 대한 '상상적' 관계의 (진솔한) 표현이 된다. 여기서 드

5) 알튀세, 「이데올로기와 이데올로기 국가 장치」(1971년 영역판 『레닌과 철학, 기타 에세이』), 162쪽.

러나는 것은 '이데올로기는 현실 사회관계의 왜곡된 표현'이라는 마르크시즘의 전통적 이데올로기관이 알튀세의 정의에서는 배격되고 있다는 점이다. 이것이 이데올로기에 대한 알튀세적 정의의 새로운 부분, 곧 그 핵심부이다. 바꿔 말하면 알튀세에게 이데올로기란 현실의 잘못된 표현, 몽상, 허위의식이 아니라 현실에 대한 개인들의 상상적 관계가 뒤틀림 없이 그대로 표현된 것이다. 이데올로기의 특징은 '나는 이데올로기이다'라고 말하지 않는 데 있다. 이 경우 '말하지 않는다'란 허위의식을 숨기기 위해서가 아니라 자신이 이데올로기임을 의식하지 않기 때문이다. 이 점에서 이데올로기 일반은 무의식과도 같다.[6] '나는 무의식이다'라고 말하지 않는 것이 무의식이듯 이데올로기도 자신을 이데올로기라고 말하지 않는다.

　　마르크스에 기원을 두는 고전적 이데올로기의 정의는 이데올로기가 곧 허위의식이라는 것으로 요약될 수 있는데 이런 관점은 루카치를 거쳐 뤼시앵 골드만에 이르기까지 지속된다. 이 경우 이데올로기는 삶의 현실에 의해 '결정'되고 그 현실의 모순을 '반영'하는 의식consciousness이자 의식의 내용이며, 진리 또는 현실을 가리는 장막이고, 부분적 진리가 통과하는 '필터'이다. 허위의식, 장막, 필터로서의 이데올로기는 실체가 없는 몽상이고 환영이며 그 자체로서는 어떤 '생산적' 능력도 규정력도 갖지 않는다. 그것은 오직 하부 모순에 의해서만 생산·유지되는 비진리이고 사회관계(실체)의 변화에 따라 자동적으로 소멸할 '그림자'이다. 그러나 이데올로기가 하부 모순의 단순한 효

---

6) 같은 글, 161쪽. 프로이트와 라캉으로부터의 영향을 보여주는 알튀세의 이 부분 이데올로기론에 대해서는 별도의 논의가 필요하다.

과로서의 허위의식이고 비진리에 그치는 것이라면 사회구성원들이 그 허위의식과 비진리, 현실의 왜곡된 반영에 그토록 매달려 있게 되는 이유가 무엇인가? 왜 그들은 이데올로기의 바깥으로 탈출하지 못하는가? 이런 질문은 알튀세가 이데올로기 층위의 독자성을 인정하는 그 특유의 사회구성체론을 만들어가는 과정에서 진지하게 검토하지 않으면 안 되었던 문제들이다. 이 검토의 결과 그가 도달한 결론은 이데올로기가 구성하는 상상적 관계는 단순히 허위의식으로만 환원될 수 없는 새로운 사회적 현실이라는 것이었다. '새로운 사회적 현실'이라 함은 이데올로기의 세계 자체가 새롭다는 뜻이 아니라 이데올로기 층위를 '대상'으로 한 과학적 분석의 결과 얻어진 새로운 현실 인식, 다시 말해 새로운 지식이다. 그러나 알튀세의 이데올로기론에서 궁극적으로 중요한 것은 그가 이데올로기를 하부의 수동적 반영 수준 아닌 상부의 독자적 '생산 층위'로 파악한 점이다. 이데올로기를 독자적 실천의 층위─그 자체의 작동법과 실천의 대상, 생산의 결과물을 가진 자율적 차원으로 인식한 것이 알튀세적 이데올로기론에서 가장 혁신적인 부분이다.

　　사회를 구성하는 여러 실천 차원들 가운데 경제 층위가 물질적 생산을 담당하고 이론(과학)의 층위가 지식을 생산한다면 이데올로기 층위는 무엇을 '생산'하는가? 그의 주저인 『마르크스를 위하여』에서 알튀세는 이데올로기가 기존의 관념(과학적 개념과 구별되는 이데올로기로서의 관념)을 재료로 해서 새로운 이데올로기적 관념들을 생산한다고 말한다. 그러나 이데올로기에 대한 방대한 후속 연구들을 촉발시킨 그의 유명한 발제 에세이 「이데올로기와 이데올로기 국가 장치」에서 그는 이데올로기 층위가 담당하는 생산적 기능이 기존의 사회경제적 '생산의 조건을 재생산'하는 데 있다는 분석을 내놓음으로써 '재생산'을 이데올로기 층위의 특징적 생산 기능으로 규정한다. 모든 사회관계와 사회구성체들은 특정의 지배적 생산양식의 산물이기 때문에 그 생산양식의 지속을 가능케 하는 '조건'들을 끊임없이 재생산하지 않으면 안 된다. 다시 말하면 '생산의 조건들을 재생산'하지 않고서는 생산 자체의 지속이 불가능하다. 그러므로 모든 사회구성체는 생산 조건의 유지를 위해 노동력, 생산수단, 생산관계를 지속적으로 재생산해야 한다. 여기서 특징적으로 '생산관계의 재생산'을 담당하는 영역—그것이 이데올로기의 층위이다. 이데올로기 영역은 공장/업체의 밖에서 교육(학교)을 통한 노동력의 재생산이라는 기능 일부를 담당하지만 그것이 특징적으로 수행하는 것은 기존의 생산관계를 재생산하는 일이다.

우선 이데올로기의 층위는 사회구성원(개인)들을 '사회적 주체로 탄생'시킴으로써 사회관계를 재생산한다. 이데올로기가 사회적 주체를 생산하고 탄생시킨다는 말은 모든 사회적 개별 주체(개인)들이 단순히 생명을 받고 태어난다는 사실로 '주체'가 되는 것이 아니라 특정의 이데올로기적 문화질서에 '편입'됨으로써 주체가 된다는 의미이다. 이 질서 속에 태어나는 인간은 생물학적·자연적 존재가 아니라 그를 둘러싸고 있는 문화질서—이미 그의 탄생 이전부터 존재하면서 그의 사회 환경을 만들고 있는 문화의 법에 의해 주체로 규정받는 이데올로기적 존재이다. 이 기존의 문화질서는 이미 특정의 생산양식에 기초한 지배 이데올로기의 그물망이고 상징질서이며 현실적 생존과 언어(담론)의 지평이다.[7] 그것은 개인이 주체임을 인정("너는 아무개이다")받고 주체로 호명("어이, 아무개")되어 주체로서 살고 활동하는 세계이기 때문에 이 세계에서의 개인이란 시종 '이데올로기적 주체'이다. 이데올로기적 주체는 이데올로기의 은하에서 주체로 구성된 다음 그 은하를 지탱하는 존재이므로 그에게 그 은하의 '바깥'이란 없다. 그에게 이데올로기는 무의식이고 자연이며 그 너머 아무것도 없는 지평이다. 그것은 인간이 태어나 사물의 질서를 배우고 명칭(차이), 금기, 관계, 명령을 익혀 마침내 '복종'할 줄 아는 '주체'로 소환되는, 그래서 사회적 주체로 탈바꿈하는 소환, 인정, 변신의 장소이다. 인간은 문화적 상징질서라는 이름의 이데올로기 영역에 의해서 사회적 주체로 구성되고 생산된다. "모든 이데올로기는 구체적 개인들을 주체로 구성해내는 기능(그러나 이데올로기는 이 기능을 부정한다)을 가지며 이 점에서 주체 범주는 또한 모든 이데올로기를 구성한다."[8]

사회적 주체를 탄생시키고 만들어내는 구체적·물질적 기구들을 알튀세는 "이데올로기 국가 장치"라고 부른다. 이 이데올로기 국가 장치에는 가족, 교육 장치(공사립 각급 학교), 종교 장치(각종 교회들), 법률 장치, 정치적 장치(제도와 정당), 노조, 매체(신문, 방송, 텔레비전), 문화 장치(문학, 예술, 스포츠) 등이 포함된다. 이것들이 '이데올로기' 장치인 까닭은 그 기능과 작동법이 폭력에 의존하는 강제와 억압의 방법이 아니라 유연하고 다양한 이데올로기적 방법이기 때문이다. 이 작동법의 차이 때문

---

7) 자크 데리다의 "텍스트 바깥은 없다"라는 언명을 연상시키는 이 표현은 알튀세가 라캉을 논하는 대목(『레닌과 철학, 기타 에세이』, 208쪽)에서 쓴 말이지만 알튀세 자신의 이데올로기관에도 해당한다.
8) 알튀세, 「이데올로기와 이데올로기 국가 장치」, 171쪽.

에 이데올로기 장치들은 강제와 폭력을 동원하는 다른 국가 장치들—알튀세가 "억압적 국가 장치"(정부, 경찰, 군대, 법원)라고 부르는 국가기구들과 구별된다. 이데올로기 장치들은 '일차적으로' 이데올로기를 가지고 작동하며 필요한 경우에 '이차적으로' 억압을 동원한다. 벌주기, 무릎 꿇리기, 추방(파문), 배제와 선택, 검열, 위협 등은 이데올로기 장치들이 사용하는 이차적 억압의 방법이다. 반면 폭력을 동원하는 억압적 국가 장치들은 일차적으로 강제와 억압의 방법을, 이차적으로 이데올로기(충성, 단결, 이탈 방지를 위한 설득과 우애, 가치 주입)의 방법을 사용한다. 이데올로기 장치들이 사적 영역이라면 억압적 국가 장치들은 공적 영역이다. 이데올로기 장치들은 억압적 국가 장치들보다 수가 많고 다양하며 그 장치들 사이에 갈등과 모순도 있을수 있다. 그러나 이런 차이에도 불구하고 이데올로기 기구들과 억압 기구들이 모두 '국가 장치'인 까닭은 지배계급이 장악하고 있는 국가권력이 이들 두 종류의 기구들을 동시에 장악하고 있기 때문이다. 또 억압적 국가 장치들이 엄격한 통일성을 유지하는 반면 이데올로기 장치들은 일견 그 다양성과 다수성 때문에 내적 조화와 통일성을 가지지 못하는 것 같아 보인다. 그러나 그 다수의 이데올로기 장치들에는 지배 이데올로기가 일관해서 관철·실현되고 있기 때문에 이 관철에 의해 이데올로기 국가 장치들 사이의 모순이 조화되고 통일성이 확보된다.

이데올로기 국가 장치들과 억압적 국가 장치들은 이처럼 지배 이데올로기에 의한 조화 속에서 자본주의적 생산관계의 재생산을 위한 일종의 분업적 기능을 담당한다. 자본주의 생산관계는 착취관계이다. 그러므로 착취관계를 지속시키기 위해서는 그 관계의 유지와 정당화에 종사할 착취의 수행자, 착취의 대행자, 전문 직업인, 기술자, 이데올로기와 지식인이 필요하고 이들에 의해 착취관계로서의 생산관계가 끊임없이 재생산되어야 한다. 이 재생산을 위해 억압적 국가 장치들과 이데올로기 국가 장치들 사이에 일정한 분업적 기능과 상호작용이 전개된다. 그 분업적 기능이란, 착취의 생산관계를 재생산하는 데 필요한 '정치적 조건'들을 억압적 국가 장치들이 확보해주고, 이데올로기 국가 장치들은 그 확보된 조건 위에서 생산관계를 재생산한다는 기능이다.[9] 이것이 억압적 국가 장치들과 이데올로기 국가 장치들 간의 기능적 관계이고 양자 사이의 '조화'이다. 이 지점에 이르면 국가권력, 지배 이데올로기, 억압적 국가 장치, 그리고 이데올로기 국가 장치들 사이의 관현악이 그 전모를 드러낸다. 지배계급은 국가권력을 장악하고, 국가권력은 억압적 국가 장치들을 유지하며, 억압 장치들은 생산관계의 재생산에 필요한 정치적 조건들을 확보하고, 이 확보된 조건들 위에서 이데올로기 장치들은 착취관계를 재생산한다. 또 지배 이데올로기는 억압 장치들과 이데올로기 장치들 사이에 조화를 부여하고 다양한 이데올로기 장치들 사이에도 조화와 통일성을 준다. 여기서 그람시의 명제를 수정한 알튀세의 명제가 등장한다. "어떤 계급도 이데올로기 국가 장치들에 대한 헤게모니를 행사하지 않고서는 오랜 기간 국가권력을 장악하지 못한다."[10]

여러 이데올로기 국가 장치들은 이데올로기 속에서 주체를 구성하고, 이데올로기 자체도 그렇게 구성된 주체에 의하여 지속적으로 지탱된다. 예컨대 정치 이데올로기 장치들은 개인들을

---

9) 같은 글, 149~150쪽.
10) 같은 글, 146쪽.

간접(의회) 또는 직접(파시즘) '민주주의'라는 이데올로기와 정치적 국가 이데올로기에 복속시키고 매체 이데올로기 장치들은 애국심, 국수주의, 자유주의, 도덕주의를 매일처럼 시민들에게 쏟아붓는가 하면 종교 이데올로기 장치들은 삶과 죽음('인간은 한 줌 재에 불과하다'), 탄생과 결혼, 사랑, 도덕에 관한 이데올로기를 끊임없이 주입하고 상기시킨다. 예술 이데올로기 장치, 스포츠(이것의 국수주의적 역할은 매우 중요하다) 등도 각종의 이데올로기를 주입, 확산, 심화시킨다. 그러나 현대 자본주의의 경우 이 같은 주체 생산과 생산관계 재생산의 기능을 담당하는 이데올로기 장치들 중에서 가장 중요하고 지배적인 것은 교육 장치와 가족(둘 중에서도 특히 교육)이라고 알튀세는 생각한다. 중세 봉건사회에서는 교회가 지배적 이데올로기 장치였다. 현대 자본주의 사회에서는 교회가 한때 지녔던 지배적 역할이 여러 다른 이데올로기 장치들로 분산되고 기능도 분화되었다. 이런 분화에도 불구하고 과거의 교회에 비교할 만한 강력한 이데올로기 기구 역할을 수행하는 것이 지금의 교육 이데올로기 장치들이다. 교육 장치들이 갖는 가장 강력하고 보편적인 이데올로기는 교육기구가 '이데올로기를 벗어난 중립적 환경'(예컨대 '교과서는 이데올로기를 담고 있지 않다')이고 학교가 '양심'과 '자유'의 장소이며 여기서는 자유롭고 자율적인 주체를 길러낸다는 관념이다. 그러나 실제로 학교가 수행하는 것은 지배 이데올로기에 포장된 기술과 지식(프랑스의 경우 불어, 산수/수학, 자연사, 과학, 문학)이거나 순수 형태의 이데올로기(윤리학, 시민교육, 철학) 교육이며, 일정한 교육 기간(중학, 고교, 대학)이 끝나면 소규모 기술자, 사무직원, 중간관리자, 각종 소부르주아에서부터 착취 수행자(자본가, 관리자), 억압의 수행자(군인, 경찰, 정치인, 행정가), 직업적 이데올로그(현대적 '사제'라 할 각 분야 기술자)들을 생산하여 사회로 내보낸다. 착취당하는 자와 착취하는 자는 다 같이 교육 이데올로기 기구를 통해 생산된다. 이 점에서 학교는 복종을 재생산함과 동시에 착취당하는 능력과 착취하는 능력을 재생산한다. 현대의 '학교와 가족'이라는 장치는 과거의 '교회와 가족'이라는 장치를 대체하고 있다.

3

알튀세가 이데올로기의 충위에서 진행되는 재생산의 기제를 분석함으로써 자본주의의 연명 능력에 대한 통찰을 제시함과 동시에 비판이론이 주목해야 할 새롭고 중요한 대상 영역들을 분석의 시야 속으로 끌어넣었다면 앙리 르페브르는 또다른 영역에서 비판이론의 관심을 확장한다. 그 영역이란 르페브르가 "자본주의의 손에서 생산"되고 자본주의의 손에서 "철저히 식민화"되었다고 보는 "일상적 삶"의 영역이다. 일상성에 대한 르페브르의 오랜 관심과 연구는 그가 필생의 과제로 삼아온 비판이론적 '사회 기획'의 일부일 뿐 지금까지의 90년 생애에 70권이 넘는 저술을 내놓은 이 노이론가의 유일한 관심사는 아니다. 그러나 아무도 거들떠보지 않던 일상성의 범주를 비판이론에 도입하여 관심을 촉발시킨 사람은 르페브르이고, 이 진부해 보이는 '산문적' 범주(헤겔은 일상을 "세계의 산문"이라 불렀다)를 통해 비판이론의 관심 영역을 넓히면서 동시에 새로운 개념과 연구 방법의 개발 필요성을 이미 1960년대부터 역설해온 사람도 르페브르이다. 비판이론의 현대적 전개에서 르페브르가 차지하는 중요성도 거기에 있다. 그가 장장 30년이나 몸담고 있던 프랑스 공산당에서 1958년 탈당한 것은 당내 스탈린주의자들과 작별한 것이지 마르크시즘과 결별한 것이 아니다. (그의 표현대로 하면 "나는 당의 오른쪽 문으로 나가지 않고 왼쪽 문으로 나갔다.") 오히려 그 탈당 이후부터 그는 마르크시즘을 현대적으로 '다시 생각'해보기 시작한 사람이다. 마르크시즘을 현대적으로 '재사고'해본다는 것은 그의 경우 마르크스적 사상을 지식의 '순수한' 대상으로 삼는 일이 아니라 마르크스가 남긴 이론과 개념, 어휘들을 계승하고 '보충'하면서 그것들을 현대적 상황과 현실에 맞추어 '재전개'하는 일이다. 일상의 삶이라는 범주는 이런 의미에서 그가 마르크시즘에 보탠 새로운 어휘의 하나이고 개념의 확장이며 이론의 새로운 전개에 해당한다.

   마르크시즘의 현대적 전개가 필요하다는 생각은 오늘날 너무도 자명해 보이지만 그러나 그 자명성 때문에 오히려 많은 경우 잘못된 주장들이 나오곤 한다. 그 틀린 주장들은 '마르크스 이후 세상은 많이 변했고 고전 마르크시즘은 이 변한 세계를 설명하지 못한다'라는 것에서부터 '마르크스의 진단과는 달리 자본주의는 망하지 않았다. 그러므로 마르크시즘은 시대착오이다'에 이르기까지 여러 종류에 달한다. 마르크시즘이 시대착오라면 그 이론의 현대적 전개란 무의미한 일일 것이다. 그렇다면 마르크시즘의 지속적 타당성, 그 현대적 전개의 필요성은 어디에 있는가? 가장 간단한 답변은 역설적이게도 '자본주의가 지속하는 한 마르크시즘도 지속한다'라는 것이다. 그러나 이 답변은 문제의 소재를 분명하게 제시하지 않는다. '자본주의는 망하지 않고 지속되어왔다'라는 말은 두 가지 사실을 혼도한다. 첫째, 자본주의는 끊임없는 위기 속에서 부단히 자기를 수정하고 변화시킴으로써 지속된 것이지 '변함없이' 지속된 것은 아니다. 둘째, 자본주의가 많은 변화에도 불구하고 '여전히' 자본주의라면 그것은 자본주의가 변한 부분과 변하지 않은 부분을 동시에 가지고 있다는 얘기이다. 그렇다면 변한 것은 무엇이고 변하지 않은 것은 무엇인가? 자본주의의 변화에도 불구하고 마르크시즘이 여전히 현대적 타당성을 갖는다면 그 타당성은 자본주의의 변한 부분과 변하지 않은 부분에 대한 명석한 이론적 파악 위에서만 보장될 것이다.

마르크스에 따르면 사회 변화는 생산력의 증대와 발전이 그 생산력을 조직, 규제, 관리, 착취하는 사회적 생산관계를 폭파시킬 때 발생한다. 중세 봉건사회가 부르주아 사회로 변화·이행한 것은 부르주아적 생산력의 발전이 그 생산력을 옭아매는 봉건적 생산관계를 더이상 허용하지 않았기 때문이다. 마르크스가 자본주의의 변화를 필지의 것으로 본 것도 자본주의의 착취적 사회관계가 자본주의 내부의 생산력 발전에 의해 더이상 견디지 못하고 붕괴될 것이라는 변화의 법칙성에 근거한 것이었다. 그러나 현대적 관점에서 보면 자본주의의 특이한 역사적 발전 양태는 자본주의가 '생산력의 발전에도' 불구하고 '그 생산관계는 여전히 지속시키고 있다'는 사실로 요약된다.[11] 이것이 자본주의의 변한 부분과 변하지 않은 부분이다. 생산력의 발전은 금세기 후반 자본주의사회의 많은 부분에 여러 형태의 변화를 발생시킨 반면 자본이 생산력을 장악하고 있는 생산관계 자체는 변함없이 유지되고 있다. 다국적기업은 국적 분산과 기술혁

---

11) 앙리 르페브르, 『공간의 생산』(도널드 니컬슨스미스의 영역판, 블랙웰 출판사, 1991), 62쪽.

신에도 불구하고, 오히려 그 분산과 기술혁신에 의해 더욱 '순수한' 자본주의 생산관계를 유지한다. 자본주의는 변하면서 변하지 않은 것이다. 이 역설적 상황 전개는 어떻게 가능했는가? 르페브르의 경우, 마르크시즘의 지속적 타당성과 현대적 전개의 필요성은 이 긴절한 질문 속에 요약되어 있다. 자본주의는 변하지 않았기 때문에 그 생산양식이 일으키는 사회적 모순(오늘날 이 모순은 자본주의의 팽창과 함께 전 지구적인 것이 되었다)은 해소된 것이 아니라 유례없이 심화되고 있고 따라서 사회 변화의 필요성은 약화되기는커녕 더욱 절실해지고 있다. 그러므로 비판이론은 '사회 변화의 기획'을 내놓지 않으면 안 된다. 그러나 변화를 향한 새로운 기획은 자본주의의 변한 부분, 현대적 삶의 현실에 발생한 변화 부분의 적절한 관찰과 분석에 입각하지 않으면 안 된다. 이를 위해서는 마르크스의 이론, 개념, 분석 장치들의 계승뿐만이 아니라 마르크스의 역사적 한계 때문에 그의 이론 속에 '공백lacunae'으로 남아 있는 부분들을 채우고 보충할 필요가 있다. 이 점에서 마르크스의 마르크시즘은 순수한 인식의 대상이 아니라 현실 연구와 발견을 위한 도구이며 이 방법적 도구의 유효성은 그의 이론을 현대적으로 재전개할 때에만 확보된다고 르페브르는 주장한다. 그가 자본주의적 생산양식의 지속적 발전이라는 부분을 심각하게 고려할 필요성이라든가 현대 자본주의를 국가적 생산양식의 관점에서 파악하는 새로운 국가론(국가 역할의 강화)의 필요성을 역설하는 것도 이런 문맥에서이다.

마르크스의 이론에 일련의 새로운 어휘와 개념들을 추가한다는 것은 우선 현대 세계를 '이해'하기 위해 필요하고, 둘째 그 세계를 '바꾸기' 위해 필요하다. 르페브르의 사회 기획 또는 그의 '문화정치학'에 등장하는 주요 개념과 어휘들은 이 같은 두 가지 목적—이해/변화라는 변증법적 방법과 전략적 구도에서 나온 것들이다. 그가 도입한 새 개념들 중에서 대표적인 것은 일상성, 사회적 시간과 공간, 국가적 생산양식의 경향 등이며 이 개념들 속에 문화, 언어, 미학, 철학, 법률, 논리와 변증법, 정보와 매체 등에 대한 새로운 사색들이 포함된다. 일상성 개념의 경우, 최근 우리 국내에서는 르페브르의 『현대 세계의 일상성』이 번역 출간되면서 이해와 변화라는 르페브르적 구도를 벗어난 소개와 읽기가 시도되고 있는데, 이는 이 저술의 의의, 목적, 방법에 대한 이해의 부족에 연유한다.[12] 르페브르가 일상성을 연구 대상으로 한 것은 현대 세계의 일상성을 미화, 수락, 추인하기 위해서가 아니라 그것을 바꾸기 위해서이다. 일상의 삶이라는 개념은 "일상을 수락하기 위한 것이 아니라 오히려 그 반대, 곧 일상을 변화시키기 위한 것이다." 그것은 바꿀 수 있고 변화 가능하며 그것의 변화는 '사회 기획'의 중요한 일부이다. 혁명은 단순히 정치 제도나 정치 종사자들을 바꿈으로써만 이루어지는 것이 아니다. 혁명은 이미 자본주의에 의해 문자 그대로 식민화되어 있는 '일상의 삶'을 바꾸지 않으면 안 된다.[13]

---

12) 르페브르의 『현대 세계의 일상성』은 박정자 번역으로 출간(세계일보사, 1990)되었다. 이 국역판에 르페브르의 논저에 대한 친절하고 자세한 소개가 덧붙여졌더라면 좋았을 것이다.

13) 일상성에 대한 르페브르 자신의 간명한 논의로는 「좌파의 문화정치학을 위하여」가 있다(케리 넬슨·로렌스 그로스버그 편, 『마르크시즘과 문화해석』, 맥밀런 출판사, 1988, 75~88쪽). 인용은 르페브르의 같은 글, 80쪽.

르페브르의 이 언명은 그의 일상성 연구의 방법과 목표를 요약해주고 있다. 우선 방법적 측면에서 그는 비판이론이 일상의 삶에 주목해야 하는 주요 이유로서, ① 일상성은 자본주의의 손에서 생산된 새로운 현실이고, ② 제2차세계대전 이후 일상의 삶은 중산층에게는 사회적 실천이, 빈곤층에게는 선망의 대상이 되었고 거대 다국적기업들이 경제 영역에 등장하게 된 것도 일상의 삶에 의해서이며, ③ 일상성은 자본주의적 생산양식의 확장 양태이자 사회 관리의 양태이고, ④ 제2차세계대전 이후 사회 변화를 향한 좌파의 희망이 무산된 것은 광고와 매체, 기술 계층에 의한 일상적 삶의 철저한 관리, 조작, 프로그래밍에 크게 연유한다는 점들을 제시한다.[14] 역사적으로 보면 플라톤에서 헤겔에 이르기까지 일상성은 철학의 관심거리가 되지 않았다. 철학의 이 편견을 수정하여 철학을 일상의 영역 쪽으로 접근시킨 것은 마르크스이다. 그러나 마르크스는 노동과 생산활동의 문제에만 집중했는데, 그 이유는 그의 시대만 하더라도 지금 같은 일상의 세계—교환가치와 상품 회로가 완성되고, 도시화, 시장, 돈과 소비, 매체와 광고에 의한 욕구의 생산과 만족, 여가활동·관광·스포츠·유행·화장과 육체 관리 등 일상을 조직·관리하는 프로그래밍이 존재하지 않은 세계였기 때문이다. 그러므로 현대의 비판이론은 마르크스에게서 발단하는 일상성에의 관심을 확장하여 그의 시대에는 없었던 새로운 차원으로서의 일상적 삶의 층위에 주목하지 않으면 안 된다. 현대의 노동자는 공장에서 노동만 하는 것이 아니라 노동 영역의 바깥에서 사회생활, 정치적 삶, 가족생활, 문화적 삶을 영위하

14) 같은 글 참조.

고 경험한다. 그는 소비하고 광고 메시지에 끊임없이 노출되고 사회적으로 프로그램된 욕구의 산출과 매개에 의해 관리된다. 그는 일상의 삶 속에 있다.

르페브르에 따르면 일상성은 세 개의 역사적 단계로 나눠볼 수 있다. 첫번째 단계는 일상적 삶의 성격과 리듬이 자연의 리듬과 구별되지 않던 시대, 현대적 성격의 도시가 아직 출현하지 않고 기계와 연장의 구분이 없던 시대, 종교와 사용가치가 지배하던 시대이다. 두번째는 제2차세계대전 이후로서 산업화와 도시화가 맹렬히 추진되고 교환가치가 사용가치를 대체하면서 상품, 시장, 기표, 화폐의 논리가 일상의 구석구석까지를 낚아채기 시작한 시대이다. 이 단계에 이르러 생산과 생산관계는 누가 무엇을 소비할 것인가를 결정하게 되고 욕구와 일상성이 프로그래밍되기 시작한다. 테크닉이 일상의 삶에 들어오고 다국적 거대 기업들이 세제, 의류, 신발, 음료와 식품 등등의 일상 소비재의 생산, 선전, 공급을 통해서 일상의 삶과 경제의 전면에 등장한다. 기술혁명이 사회혁명과 정치혁명을 대체하게 된 것도 이 단계에서이다. 사회혁명이 실종된 것은 이단계에 이르러 자본주의가 그때까지 장악하지 못하고 있던 일상의 영역을 완전히 포획하고 식민화한 데 연유한다. 새로운 기술 계급의 등장은 혁명의 무산과 깊이 관계된다. 테크노크라트 계급은 군부 및 정당 수뇌부와 정치권력을 분할·공유하고 광고와 매체를 통해 일상을 조작함으로써 자본주의적 일상을 생산하게 된다. 세번째 단계는 일상이 프로그래밍되기만 하는 것이 아니라 전적으로 그리고 집단적으로 '매개'되는 지금의 단계이다. 마케팅 기술은 생산과 소비를 10년 혹은 그 이상의 단위로 예측한다. 일상은 드디어 통제·조작되는 단계에서 관리와 행정의 대상이 되는 단계로 발전한 것이다. 계급별로 보면 일상은 지배적으로 중산층의 삶이다. 최고위 부르주아층은 '초일상'의 삶을 누린다. ('오나시스는 요트에 앉아 그의 유조선단을 지휘했다.') 그러나 하부 계급의 경우에도 자본주의적 일상은 매우 중요한데, 까닭은 이들이 그 일상을 흠모, 선망, 모방의 대상으로 보기 때문이다.

현대적 삶의 전면적 공간인 자본주의적 일상성은 그러나 그 성격이 단순하지도 동질적이지도 않다. 그것은 그 자체로서 자본주의적 생산양식이고 그 확대이며 동시에 사회 관리의 양태라는 복합성을 띠는 한편 모호하고 모순적이기도 하다. 생산양식이자 사회 관리의 양태로서 일상성은 '반복성'을 그 지배적 특징으로 갖고 있는데, 이 반복성('삶은 되풀이된다')이야말로 착취와 지배의 기초이며 인간과 세계, 인간과 인간의 관계이다.[15] '하늘이 무너져도' 슈퍼마켓은 열리고 사람들은 일상을 반복하기 위해 그 슈퍼마켓을 드나들어야 하고 자동차(자동차는 현대적 일상의 큰 부분이다)를 몰아야 하고 세제로 설거지하고 샴푸로 머리 감고 텔레비전을 보고 다음날 아침의 예정된 일상을 위해 잠자리에 들어야 한다. 월화수목금의 삶은 계속 돌아가고 주말은 어김없이 되풀이되고 주말의 일상도 반복된다. 이 반복성의 가장 무서운 힘은 그것이 '죽음'을 가리고 '죽음의 공포'를 눌러준다는 데 있다. 일상의 되풀이는 그 되풀이가 무한히 계속되고 연장될 수 있다는 믿음을 탄생시킨다. 현대적 삶의 비극성이 전면적으로 망각될 수 있는 것은 이 일상

---

15) '반복성'에 관한 르페브르의 논의는 『현대 세계의 일상성』『공간의 생산』 등에 산재되어 있다.

의 반복성에 의해서이며 이 비극성의 망각은 현대적 제도로서의 일상성이 거두고 있는 최대의 성공이다. 이 무관심과 망각 때문에 지구가 전면적 파멸의 위기에 몰리고 있다는 위기감이나 미래에 대한 두려움은 대다수 사람들에게는 전혀 실감되지 않는 추상적 얘기, 자기네와는 아무 관계없는 어느 먼 달나라 얘기로만 들린다. 인간이 그 자신의 생존 환경을 전면 파괴함으로써 그 자신의 묘를 파고 있는 이 비극적 시대의 비극성을 일상의 반복성이 유효하게 숨겨주고 있는 것이다.

그러나 동시에 현대적 일상의 삶은 극히 모순적이어서 손쉬운 체계화를 거부한다. 일상은 그것이 생산하는 욕구를 충족시킴으로써 만족을 공급하지만 동시에 박탈감과 결핍감을 발생시킨다. 그것은 깊고 모호한 불만, 알 수 없는 불안을 끊임없이 공급한다. 이 박탈감, 결핍 의식, 불만 때문에 일상은 지금의 현실과는 다른 어떤 것, 지금의 삶과는 다른 어떤 삶의 가능성에 대한 그리움과 열망을 탄생시킨다. 일상의 반복성조차도 그 속에 '차이'의 요소를 지니고 있다. 장막과도 같이 일상은 감추면서 드러낸다. 불만을 감추면서 동시에 드러내고, 만족을 보여주면서 동시에 박탈을 드러낸다. 이 점에서 일상의 이 모순성은 무엇보다도 자본주의 세계의 변한 것과 변하지 않은 것을 그 모호성 속에 드러내고 감추는 영역이며, 변하지 않은 현실과 변화에 대한 갈망을 동시에 지니고 있는 공간이다. 그러므로 거기에는 현실/가능성/불가능성이라는 삼각구조적 분석이 적용될 수 있고 긍정/부정/변화라는 변증법적 운동이 일어날 수 있다. 거기에는 변화를 향한 가능성이 배태되어 있고 이 가능성 때문에 현대적 일상은 자본주의적 생산관계에 철저히 장악되어 있으면서도 그 식민 상태를 깨고 나갈 수 있는 잠재력을 내포하고 있다. 르페브르의 관점에서 비판이론이 일상성에 주목한다는 것은 곧 이 같은 변화의 가능성을 포착하는 일이다.

4

비판이론의 현대적 전개라는 측면에서 볼 때 알튀세와 르페브르에게서 흥미로운 사실은 두 이론가가 모두 마르크스의 마르크시즘에 상당 부분 새로운 것을 추구하고 마르크시즘의 고전적 개념들을 확장하거나 수정하고 있다는 점이다. 이 글에서 다루지는 않았지만 알튀세의 사회구성체론은, 그것이 오히려 마르크스의 이론에 충실한 '과학적 마르크시즘'이라는 알튀세 자신의 주장에도 불구하고 마르크시즘의 현대적 재편이라는 강한 성격을 띠고 있다. 알튀세적 상부구조론이랄 수 있는 그의 이데올로기론 역시 고전적 이데올로기론으로부터의 이탈 위에서 구성되고 있다. 알튀세의 입장에서는 이런 수정과 이탈이 마르크시즘으로부터 이탈이 아니라 오히려 마르크시즘의 '과학성'에 충실하기 위한 것이고, 이 과학성을 위해서는 마르크스의 일부 개념들(알튀세가 비과학적이라고 판단하는)까지도 비판되고 폐기되어야 한다는 것이 그의 주장이다. 반면 르페브르가 시도하는 비판이론의 새로운 전개는 알튀세적 과학주의와는 다른 동기와 방법을 갖고 있다. 그의 경우 마르크시즘의 이론은 플라톤적 지식의 대상이 아니라 방법론이라는 것이 기본 입장(이는 『역사와 계급의식』에서의 루카치의 입장과 비교될 만하다)으로 고수되고 있다. 그는 마르크스의 이론을 완성 체계로 보지 않고 오히려 다양한 전개의 가능성을 지닌 '씨앗'으로 파악한다. 이 씨앗은 그 전개 과정에서 불가피하게 여러 형태의 모순과 조우하고 변화된 환경에 노출되며 다른 이론 체계들로부터의 도전에 봉착한다. 그러나 마르크스의 이론이 이론을 위한 이론이 아니라 뒤틀린 세상을 변화시키려는 이론인 이상 '세계를 바꾸어라'는 명령은 동시에 마르크시즘의 공백, 결손, 미발전 부분에 대한 부단한 보충과 수정을 명령하기도 한다는 것이 르페브르의 생각이다. 마르크시즘은 이 같은 보충과 수정을 거치면서 세계 변화라는 목표로 나아간다. 이것이 르페브르적 비판이론의 기획이자 '플롯'이며 서사적 총체 구도이다. 마르크스의 개념들에 기초하고 그 씨앗들로부터 출발하여 그것들을 발전·전개시킴으로써 세계 변화라는 목표를 지향하는 운동으로 파악된 것이 곧 르페브르식 비판이론이라고 할 때 이런 의미에서의 이론은 일종의 서사적 구도를 지닌다고 말할 수 있기 때문이다. 르페브르의 이론에서 엿보이는 이 서사성은 과학보다도 삶을 중시하는 그의 입장을 반영함과 동시에 알튀세의 과학주의와 선명한 대조를 이룬다.

이런 차이는 문화론으로서의 알튀세의 이데올로기론과 르페브르의 일상성 이론이 보여주는 실천방식의 상이성에서도 드러난다. 사회의 한 실천 영역으로서의 이데올로기 층위에 일종의 자율성을 부여하는 알튀세의 이론은 이미 지적한 대로 이데올로기와 과학을 엄격히 구분하는 그의 과학적 구도 속에서 이루어지는 것이지 양자를 융합하는 것이 아니다. 이데올로기 층위가 자율성을 인정받게 되는 것은 그 영역이 경제 영역이나 과학 영역과는 다른 실천양식을 갖고 있기 때문이다. 이데올로기는 이데올로기를 생산하지만 과학이 이데올로기를 상대할 때에는 그 이데올로기에 이론적 실천을 가하여 지식을 생산한다. 이 실천양식의 차이, 생산물의 차이 때문에 이데올로기와 과학은 별개 실천으로 구별되는 것이다. 그러나 이 구분 구도를 엄격히 유지할 경우 이데올로기 층위 '내부'로부터는 사회 변화를 향한 어떤 운동도 일어날 수 없다. 이데올로기의 질서 속에 사는 사람들은 바로 그 이데올로기에 의해 생산된 주체들이므로 그들에게 있어 이데올로기의 세계는 세계의 전부, 조화롭고 동질적이며 모순이 인지되지 않는 우주이고 따라서 이 동질의 우주에서 다른 세계, 다른 우주의 가능성을 생각한다는 것은 불가능한 일이기 때문이다. 그러므로 이 이데올로기의 세계 내부에서 변화의 씨앗이 싹틀 가능성은 없다. 변화는 오로지 과학 층위에서 생산된 지식이 이데올로기의 영역에 개입하여 이데올로기의 바깥을 보게 할 때에만 가능하다. 다시 말해 이데올로기적 주체들이 과학 영역에서 공급된 지식의 도움을 받아 자신들의 신념과 가치 체계, 질서가 '이데올로기'임을 알게 될 때에만 그들은 그 이데올로기의 바깥으로 탈출할 수 있고 변화를 생각해볼 수 있게 된다. 여기서 알튀세의 방법이 과학과 이론의 층위에 어떤 특권적 중요성을 부여하고 있는가가 드러난다. 그가 『마르크스를 위하여』에서 "이론 없이는 혁명적 실천도 없다"라는 레닌의 언명을 요긴하게 인용하는 까닭도 이런 문맥에 연유한다.

이미 짐작할 수 있는 일이지만 르페브르의 방법은 이와는 다르다. 그가 일상성의 세계를 복합적이고 모순적인 공간으로 파악하는 것은 그 일상의 공간이 동질성의 세계가 아니라 그 내부에 변화의 가능성과 잠재력을 안고 있는 세계라는 의미이다. 그는 현대적 일상이 만족과 안락을 제공하면서도 동시에 불만과 박탈감을 발생시킨다고 말하는데, 이는 바로 그 불만과 박탈감이 변화를 향한 열망의 탄생 지점이라는 것을 강조하기 위해서이다. 이처럼 일상은 자본주의의 손에서 생산된 새로운 현실이면서도 거기에는 그 현실을 부정하는 요소가 들어 있다. 알튀세의 이데올로기 층위가 자본주의적 생산관계를 재생산하는 동질성의 영역인 반면 르페브르의 일상은 자본주의적 생산양식이자 그 확장으로 파악된다. 자본주의적 생산양식이란 이미 그 속에 모순을 안고 있는 것이기 때문에 그 확장으로서의 일상 역시 모순을 안고 있다. 일상성의 모순에 대한 르페브르의 이런 인식은 현대의 일상이 자본주의적 생산력의 증대와 발전에 의해 초래된 많은 변화를 보여주면서도 동시에 자본주의의 변하지 않은 부분, 곧 그 생산관계의 지속이라는 부분은 감추고 있다고 진단하는 데서도 잘 나타나 있다. 그러므로 일상의 삶을 바꾼다는 것은 생산양식 자체를 바꾸고 사회를 바꾸는 일이다.

두 이론가의 이 같은 관심 영역의 차이와 방법의 상이성에도 불구하고(아니, 오히려 그 차이와 상이성 때문에) 그들의 이론적 성취는 비판이론의 현대적 전개를 위한 귀중하고 풍요한 통찰의 자원이 되고 있다. 알튀세의 이데올로기론은 그것이 등장하기 전까지 거의 논의의 대상조차 되지 않았던 문화적 현실, 특히 교육 영역의 이데올로기적 작동에 대한 지대한 관심을 불러일으켰고 에티엔 발리바르 등에 의한 프랑스 교육 현실의 분석과 비판을 촉발했다. 또 비판이론 내부에서 이데올로기 담론, 혹은 담론의 이데올로기에 대한 연구들이 쏟아져나온 것도 알튀세의 이데올로기론이 뇌관 역할을 했기 때문이다. 이 담론 연구 부분은 문학연구와 비평에도 곧바로 연결된다. 비판이론이 당면하는 현대적 상황이란 비판적 대응과 개입이 요구되는 지점의 증대를 특징으로 하는 상황이다. 그러므로 개입과 대응이 필요한 지점들을 자본의 논리에 방치함으로써 그 지점들이 식민화의 대상으로 포획되는 상황을 거부하는 작업이 비판이론의 현대적 전개이다. 오늘날 그런 지점들 중에서 가장 중요하게 부각되는 것은 문화의 영역일 것이다. 알튀세는 이데올로기 층위의 작동법에 주목함으로써 문화 영역에 접근했고 르페브르는 삶의 공간을 문제삼음으로써 문화에 접근했다. 그는 "일상의 삶을 벗어나서는" 오늘날의 문화를 생각할 수 없다고 말한다. 실제로 현대문화 현상은 욕구와 소비, 환경과 쓰레기, 광고와 매체, 욕망과 무의식, 육체와 여성과 상품, 여가와 관광, 모방과 유행 등을 포함하는 일상적 삶의 지평 안에서 전개된다. 또 이 삶은 지배적으로 도시 공간의 것이다. 르페브르는 오랫동안 사소하고 진부하고 비영웅적인 것으로 간주되어온 일상 세계에 주목해야 할 필요성을 환기시킴으로써 비판이론의 지도 속에 인식되지 않은 땅으로 방치되었던 광대한 한 영역을 개봉해 보이고 있다. 그의 공로는 일상성에 대한 정밀한 이론의 구성에 있다기보다는 새로운 문제의 소재 지점들을 제시해 보인 데 있을 것이다.

비판이론의 현대적 전개에 종사해온 사람들에게서 발견되는 한 가지 공통점은 마르크시즘 외부의 지적 전통, 이론, 통찰 등을 마르크시즘의 총체적 구도 속으로 부단히 흡수하고 통합한다는 점이다. 마르크시즘과 타 전통과의 조우는 현대적 상황에서 피할 수 없는 일이고 피할 필요도 없다는 것이 그들의 의견이다. 이를테면 비판이론과 정신분석의 만남은 그런 조우의 대표적 예이다. 과거 프랑크푸르트학파가 프로이트를 도입한 것이 비판 전통과 정신분석의 첫번째 조우였다면 알튀세에게서는 프로이트-라캉으로 연결되는 정신분석과의 두번째 만남이 이루어지고 있다. 알튀세가 '이데올로기 일반'을 무의식으로 파악하는 것은 프로이트와 라캉의 무의식 이론을 흡수한 결과이며, 이데올로기 층위에 대한 그의 분석도 라캉의 상징질서론을 상당 부분 흡수하고 있다. 르페브르의 경우에도 프로이트적 통찰의 흡수가 도처에서 이루어진다. 문명의 억압이 궁극적으로 그 문명의 파괴를 초래할 것이라는 프로이트의 고전적 통찰(『문명과 그 불만』)은 르페브르의 일상성 이론에 중요한 배경이 되고 있다. 이런 흡수/통합은 단순한 지적 조합주의나 절충주의를 지향할 때 흉물스러운 것이 되지만, 비판적 흡수와 통합이 지향하는 것은 절충론이 아니라 '문제의 새로운 구성'이다. 부단히 새로운 문제를 제기할 수 있는 능력 없이는 어떤 이론도 살아 있는 이론일 수가 없다. 살아 있는 이론이기 위해 현대적 비판이론은 타 전통들에 대한 일관된 배척보다는 그것들을 유용한 자원으로 전환(발터 벤야민의 '기능 전환')시켜 활력제로 삼는 전략과 지혜를 구사할 필요가 있을 것이다. 알튀세와 르페브르의 문화론을 자원으로 한 비판이론적 문화정치학의 향후 전개는 그런 지혜를 요구한다.

문화과학 1992. 여름

고슴도치와 여우, 그리고 두더지
— 비평적 문학교육의 필요성에 대하여

1

구미 지역을 놓고 얘기한다면 1960년대 이후 가장 왕성하고 활발한 토론과 치열한 설득력 경쟁, 지적 헤게모니의 장악을 위한 쟁투가 전개된 것은 정치학이나 사회학 분야가 아니라 (1970년대 이후 서구 정치학은 사실상 몰락했다) 단연 문학비평이론의 분야이다. 오늘날 '문학이론'이라는 이름으로 불리거나 그 범주에 들어가는 이론들은 40년 전 르네 웰렉 등이 고수하고자 했던 의미의 순수 문학이론theory of literature이 아니라 '비평이론critical theory'이다. 문학과 비문학 사이의 경계를 분명히 함으로써 문학의 고유재산을 주장하고 오염되지 않은 '문학 그 자체'의 이론을 정립해보고자 했던 형식주의적·본질론적 열정의 토대는 그 열정 자체의 진지성에도 불구하고 지난 30년간 거의 완전히 붕괴되고, 그런 토대에 근거한 이론으로서의 '문학이론'은 여러 비평이론들 중의 한 종류로 축소되는 위상 변화를 겪게 된다. 그러므로 1960년대 이후의 서구 비평사는 '문학이론'으로부터 '비평이론'으로의 전환사라 할 수 있고, 문학이론이 비평이론의 형태를 취함으로써만 '의미 있는 담론방식'으로 대접받게 된 변화의 역사라고 말할 수 있다.

이 변화를 가장 잘 요약해주고 있는 것은 오늘날 '문학이론literary theory'이라는 제목으로 편찬되는 모든 입문적 개요서들과 글 모음들의 내용 목차이다. 그것들은 예외 없이, 과거 형식주의 문학론자들이 '문학이론'으로부터 제외하고자 했던 이론들(웰렉의 용어로는 '문학 외적' 이론들)로 구성되어 있는데, 이사실은 지난 30년간 발생한 변화의 폭과 크기를 반영한다. 지금의 문학이론은 더이상 '문학 그 자체'만을 논의와 지식의 대상으로 삼지 않으며, 따라서 '문학이론'이라는 용어의 온존에도 불구하고 그것의 실질적 내용은 '비평이론'이다. 이 전환의 가장 두드러진 특징은 이론의 다학문적·학제적 잡종화이다. 현대 비평이론은 정확히 잡종교배의 산물이다. 지난 30년의 치열한 경쟁 끝에 오늘날 주요 비평이론으로 확립된 것들은 마르크시즘 비평, 구조/기호학적 비평, 해체 비평, 정신분석 비평, 해석학적 비평, 페미니즘 비평, 형식주의 등인데 이들 가운데 형식주의를 제외하면 전통적 의미에서 '순수' 문학이론이랄 것이 하나도 없을 정도로 현대 비평이론은 잡종화되어 있다. 마르크시즘 비평은 역사, 사회, 문화, 경제, 정치, 이데올로기에 관한 마르크시즘의 광역 이론들과 분리될 수 없고, 구조/기호학적 비평은 언어학, 기호학, 인류학, 문화 비평의 여러 발견, 통찰, 방법들과 연결되어 있다. 해체 비평은 데리다의 해체론(해체론 자체가 잡종이다)과 구분하기 어려울 정도이고, 정신분석 비평은 프로이트와 라캉의 정신분석학에, 해석학은 가다머,

리쾨르 등의 해석학과 역사학에, 페미니즘 비평은 마르크시즘, 정신분석, 해체론, 문화연구에 연결되어 있다. (이 다종의 이론들은 어떤 통합적 메타 이론으로도 환원될 수 없는 것들이기 때문에 '비평이론'이라는 단수 용어로 지시할 수 없지만 이 점을 염두에 두면서 이 글의 목적상 총칭 단수 명사를 사용키로 한다.)

현대 비평이론의 성격을 특징짓는 이 잡종성과 오염의 원칙은 일부 문학 연구자들에게 혐오감을 주기에 충분하다. 그들의 눈에는 비평이론이 문학 외적 영역들로부터 얻어온 특정의 모형과 방법, 문제틀, 용어들을 문학에 들이대어 문학의 고유 영역을 훼손하고, 결과적으로는 문학을 얘기하는 것인지 사회학, 정신분석, 철학을 얘기하는 것인지 알 수 없는 괴물 같은 담론들을 생산하는 것으로 보일 수 있다. 그러나 이런 시각이 반드시 타당한 것은 아니다. 순수/비순수는 오늘날 '문제'로 규정되지도 않는다. 현대의 문화, 사회, 역사적 현실은 비평의 관심 확대를 불가피한 것이 되게 했기 때문이다. 우리에게 중요한 것은 현대 비평이론이 제기한 새로운 이론적 이슈와 문제들이 유효하고 적절한 것인가, 비평 담론들의 성과가 문학이론적 설득력을 갖는가, 비평이론의 교육학적 유용성은 무엇인가 등등의 문제를 검토해보는 일이다. 이것은 단순히 외국 비평이론들을 무조건 수용해야 한다거나 밖에서 정의된 문제들을 '우리의 문제'로 곧장 이식하자는 차원의 얘기가 아니다. 문학 현상을 연구하고 가르침에 있어 이론에 대한 요청은 필수적인 것이다. 그 요청이 서구에서는 강해야 할 이유가 있고 우리의 경우는 사정이 다르다고 말할 수는 없다.

지금 이 글은 서구의 현대비평사를 요약하거나 이론의 폭발을 가져온 배경 요인들을 검토하기 위해서가 아니라 현대비

평의 성과들을 우리의 학부 문학교육에 활용하여 문학교육의
전반적 활성화를 도모해보자는 목적에서 씌어진다. 이론교육을
강화해야 할 필요성은 학부와 대학원 두 차원에서 모두 절실하
다. 그러나 현대비평에 관한 한, 본격적 이론교육은 우리의 학
부 차원에서는 사실상 불가하다. 현대 비평이론의 학제적 성격
은 매우 넓은 학문 영역들에 대한 학습, 어학적·논리적 훈련,
고도의 지적 집중 등을 요구하기 때문에 전문적 이론교육의 효
과적인 실시를 기대해볼 수 있는 곳은 학부가 아니라 대학원 문
학교육에서이다. 하지만 문학교육에서 기초적 이론교육이나 이
론적 문제에 대한 관심이 제고되어야 할 곳은 학부 차원이고,
비평이론적 통찰을 원용한 교육의 활성화가 우선적으로 시도되
어야 할 곳도 학부이다. 따라서 나는 대학원 이론교육의 방향에
관한 얘기는 다른 기회로 미루고 여기서는 학부 문학교육에 있
어서의 '비평적 교육'의 필요성에 집중하고자 한다.

　　내가 제안하는 '비평적 교육'이란 학부 문학교육에 비평 과
목을 대거 증설하여 '비평교육'을 강화하는 것이 아니라 현대비
평의 여러 관심, 문제, 쟁점들에 대한 지식과 정보를 원용하여
학부 문학교육을 활성화하는 교육이다. 비평적 교육의 초점은
비평이론 그 자체의 교육보다는 '문학교육의 비평적 활성화'를
시도하고 이 비평적 활성화를 '문학 과목 전반에 확대'함으로써
학부 수준에 적합한 이론교육을 실시하는 데 있다. 이 활성화는
왜 필요한가? 지금 우리의 학부 문학교육(주로 외국문학 계열 학
과, 특히 필자가 관련을 맺고 있는 영문학과의 문학교육을 지칭)은
유례없는 '적절성의 위기'를 맞고 있고, 이 위기가 그대로 방치
될 경우 문학교육은 조만간 그 정당성과 필요성, 존재 이유를 결
정적으로 상실할 수도 있는 난국에 내몰리고 있기 때문이다. 이

적절성의 위기를 타개하는 데는 여러 각도의 노력이 필요하지만, 비평적 교육방식은 그런 노력의 하나가 될 수 있다. 현대 비평이론의 교육적 효용과 유용성은 여기 있다. 말하자면 지금 우리의 학부 문학교육 현실은 비평이론적 접근을 '요청'하고 있다.

학부 문학교육이 적절성의 문제에 시달리고 있다는 사실은 추상의 수준에서 제기되는 이론적 이슈가 아니다. 그것은 오늘날 대학에서 언필칭 '문학교육'이란 걸 떠맡고 있는 사람이라면 누구나 알고 있는 경험 차원의 문제이다. 지금의 학부 외국문학 계열 학생들은 그 대부분이 '문학'을 공부해서 전문적 문학 연구자가 되겠다거나 창작활동을 해보겠다는 목적으로 대학에 들어오지 않았다. 그들의 대학 진학 목표와 어문학 계열 학과 선택의 이유는 우리 사회의 고용구조가 요구하는 학사증이나 따고 외국어 능력을 키워 자신이 원하는 분야의 사회 진출에 필요한 경쟁력을 확보해보자는 것이다. 학교와 학과에 따른 다소간의 차이는 있겠지만 전국 평균치로 따지면 90퍼센트 이상의 어문계 학생들이 이 목표 범주에 속한다고 말할 수 있다. 이는 우리 대학교육의 변화(대중교육 쪽으로의 방향 전환과 양적 팽창)에 따른 불가피한 현상이다. 그러므로 일단 이 현상의 불가피성을 인정하는 사람이라면 누구도 지금의 대학 현실 그 자체를 비난하거나 개탄하는 일만으로 능사를 삼을 수는 없다. 문제는 이 현실과 학부 문학교육 사이의 괴리―다시 말해 바뀐 현실과 이 현실을 반영하지 못하는 문학교육 사이의 거리이다. 지금 문학교육의 내용, 방법, 목표는 정확히 말해 학생들의 현실적 요구, 기대, 목표와는 서로 엇갈린 각도에서 '헛돌고' 있다. 학부 문학교육에서의 적절성의 위기란 바로 이 헛돌고 있는 교육의 위기를 지칭한다.

이 헛돌기를 발생시키는 요인은 여럿이지만 가장 큰 요인으로 꼽아야 할 것은 두 가지이다. 첫째는 현실적으로 문학 전공이 대학 진학의 동기가 아닌 학생들을 상대해야 하는 어문학 계열 학과들이 문학 전공자 또는 어학 전공자 위주의 교육 내용과 커리큘럼을 부과하고 있다는 점이고, 둘째는 문학 공부에 뜻도 소질도 흥미도 없는 학생들에게 문학적 경험의 중요성이나 인문학적 가치의 소중함을 배워 알게 하는 데는 지금 우리의 대부분 대학들이 채택하고 있는 커리큘럼, 동기부여의 방법, 교육 내용 등이 거의 적절성을 상실하고 있다는 점이다. 이 때문에 오늘날 학부 문학교육은 인문학교육의 아까운 기회를 허비하고 있고 이 손실은 명백히 문학교육의 위기를 조성하고 있다. 지금 대학의 문학 전공과목 강의 시간이 교수와 학생들에게 공히 '괴로운' 시간이 되고 있다는 사실은 교수들의 경험이 증언하는 바인데, 이는 교육 기회의 손실이 어느 정도인가를 단적으로 보여주는 것이다.

　(혹 그 괴로움을 실감할 기회가 없었던 사람들을 위해 약간의 일탈성 묘사를 허용해주기 바란다. 문학 전공과목의 경우, 강의실 앞줄에 앉은 몇 명의 학생들(십중팔구 여학생들)을 빼고는 교재 한 번 읽고 나오는 일이 없는 학생들, 교재 연구 없이 나왔다는 사실 때문에 막연한 죄책감을 느끼면서도 왜 예컨대 17세기 영시를 읽고 두꺼운 19세기 소설을 공부해야 하는지 스스로를 납득시키지 못해 원서 강독 시간이면, 마치 영문도 모르고 끌려온 암소처럼, 창밖으로 먼산 구름이나 쳐다보고 있는 학생들―그들은 괴롭고 따분하고 지루하다. 아무리 생각해도 그들로서는, 학점을 따야 한다는 한 가지 이유를 빼고 나면 자기네가 거기 나와 있어야 할 까닭이 없다. 그들의 온 신경은 교수의 질문을 피해 무사히 한 시간을 넘기는 행운 잡

기에 집중되어 있다. 운수불길해서 교수의 질문에라도 걸려든 학생은 어리둥절한 표정으로 멀뚱멀뚱 교수를 쳐다보는데, 그 쳐다보는 눈 좀 보소, 영락없이 얼음판에 미끄러진 황소 눈이라. 그 눈을 맞닥뜨리는 교수는 즐거운가. 평생 영시를 강의하다 은퇴한 엘리엇 전공의 노교수 한 분은 흥미 없어하는 학생들에게 엘리엇을 가르쳐야 했던 일이 교수 생활 말기의 '가장 큰 괴로움'이었다고 토로한 적이 있다.)

그러나 우리가 학부 문학 강의실의 이런 현실을 개탄하거나 성급하게 문학 전공교육의 폐기론을 꺼낼 필요는 없다. 분명한 입장부터 밝히라면, 나는 오히려 대학에서 문학교육을 포함한 인문학교육이 지금보다 훨씬 강화되어야 한다고 주장해온 사람이다. 내가 지적고자 하는 것은 지금 우리의 문학교육 방식과 커리큘럼으로는 문학교육다운 교육의 효과를 기하기 어렵고 학생들의 현실적 요구 앞에서 인문학적 교육의 성과를 거두기 어렵다는 것이다. 이것이 '적절성의 위기'라는 문제제기의 핵심적 이유이다. 나는 학생들이 전적으로 면책받을 수 있다고는 보지 않지만, 오늘날 대학 문학교육의 위기에 대한 책임은 대학 자체와 문학교육 담당자들에게 있다고 생각한다. 문학 전공을 목표로 하지 않는 학생들이 문학 계열 학과에 진학하는 것은 지금 우리의 대학교육 현실과 사회구조상 학생들이 책임질 문제가 아니며(학생들이 전원 문학 전공자가 되겠다고 나선다면 그야말로 큰일이다), 왜 문학 공부에 관심이 없느냐고 따지는 일도 전혀 각도가 맞지 않다. 오히려 그 학생들에게 문학교육의 방식을 통한 인문교육을 효과 있게 실시하고, 관심없어하는 학생들에게 관심을 유발하여 문학교육의 성과를 얻도록 해줌으로써 학부 인문학교육의 기회를 충분히 살리는 일은 교육 담당자들의 책임이다. 적절성의 위기를 타개할 책임은 학생들에게 있는 것이 아니라 문학 교수들에게 있는 것이다.

이 위기 타개의 요청은 교육 담당자들에게 여러 가지 시급한 과제를 부과한다. 적절성의 위기 문제는 무엇보다도 학생들이 필수 문학 과목의 커리큘럼과 교육 내용으로부터는 자기네 인생 운영에 필요한 정보를 얻을 수 없다고 판단하는 데서 발생하는 것이므로, 교육자의 책임은 이 판단의 오판성을 지적하는 일로 끝나거나 대학의 현실에 전적인 책임을 돌려버리는 일로 끝날 수는 없다. 오히려 그가 해야 할 일은 문학교육 그 자체에 대한 반성적 점검을 통해 현행 교과목의 설계 자체에 문제는 없는가, 교육의 방법에는 개혁의 필요성이 없는가, 문학교육의 목표는 재조정돼야 하지 않는가 등등의 질문을 진지한 교육적 현안으로 '문제화'하는 것이다. 내가 보기로는, 이 같은 반성적 문제화의 작업을 더이상 방치하거나 지연시킬 수 없는 시점에 우리는 와 있다. 대학 졸업자를 기다리는 우리의 현 사회 환경은 이미 10년 전의 환경과는 다른 것인데, 문학 교과목의 내용과 편성방식, 교육의 방법은 30년 전, 40년 전, 아니 해방 직후의 골격, 내용, 방법에서 별로 달라진 것이 없다. 이런 교육으로는 사회문화적 환경 변화를 반영하지도 따라가지도 못할 뿐 아니라 달라진 시대에서 새로운 변화를 유도하고 새 가치를 모색해야 하는 교육적 요구를 충족시킬 수가 없다.

문학교육의 활성화를 생각해보는 데는 무엇보다도 문학교육 위기가 문학 자체, 혹은 인문학 자체의 위기와 직결된 것이라는 인식이 필요하다. 지금의 젊은 세대 구성원들이 살고 있고 또 앞으로 살아가게 될 사회문화적 환경 속에서 '문학'이 차지하는 위상은 결코 큰 것이 아니다. 문학 교수들은 이 인정하고 싶지 않은 사실을 인정해야 한다. 신세대 구성원들의 눈을 끄는 유혹은 다양하고 다변적이며 그들의 관심은 문학 외부의 세계에 더 많이 쏠려 있고, 그들을 기다리는 사회 환경은 문학교육 자체의 중요성을 사실상 인정하지 않거나 기껏해야 잉여적 가치, 아니 여분의 주변적 가치로 축소시키고 있다. 이것은 문학의 위기임과 동시에 문학교육의 위기이다. 문학의 위기는 작가, 시인들의 나태의 결과가 아니다. 영상문화 시대의 본격적인 대두는 문학을 위축시키는 사회문화적 환경의 하나이고 극단적 상업주의가 진지한 문학에의 수요를 위축시키고 있는 것도 그런 환경의 일부이며 더 근본적으로는 인간의 해소/해체를 생존의 조건으로 삼게 된 현대적 삶의 양식이 그런 환경이다. 현대적 삶의 양식은 문학만을 위기로 몰고 있는 것이 아니라 인문문화적 가치 전반을 위협하고 있다. 그러므로 문학의 위기는 현대적 삶의 양식이 인문문화 전반에 걸쳐 조성해온 '더 크고 더 근본적인 위기의 한 측면'에 불과하다. 이런 인식은 문학/문학교육의 위기가 이 특정 역사시대의 사회적 현실과 분리시켜 생각할 수 없는 문제라는 사실을 알게 한다. 그 위기는 문학교육이 두더지 땅 파듯 문학의 내적 구조/형식을 파헤치고 분석함으로써만 대응할 수 있는 위기가 아니다. 정확히 말하면, 문학의 위상을 점점 위축시키는 사회적 환경 속에서 문학적 경험, 감성, 가치의 필요성을 가르치고 보존해야 한다는 것이 지금 문학교육의 문제이고 딜레마이다. 따라서 문학교육의 활성화란 이 딜레마를 돌파하는 문제이고 문학/문학교육/인문문화의 위기에 대응하는 문제이며, 달라진 사회 환경과 신세대 구성원들의 다양한 요구에 대한 유효한 인문학적 응답이 될 수 있도록 문학교육의 적절성을 회복하는 문제이다. 적절성의 회복이라는 과제는 말할 것도 없이 문학교육의 내용, 방법, 목표의 세 차원에 걸쳐 진행되어야 한다.

2

현대비평이 우리의 학부 문학교육 활성화에 기여할 수 있는 것은 이 세 차원 모두에서이다. 문학교육의 활성화가 교육의 내용, 방법, 목표의 재편과 조정을 요구한다면, 현대비평은 이 재편/조정 작업에 매우 유용한 자원이 될 수 있다. 앞에서 여러 차례 지적했듯, 문학교육이 '죽은 교육'이 되는 가장 큰 이유는 학생들이 학교교육 내용을 자신들의 살아 있는 관심사에 접맥시킬 연결 고리를 찾지 못하는 데 있다. 그렇다면 문학교육은 그 내용 면에서 학생들로 하여금 사회와 문화, 문명과 자연, 삶의 양식과 가치 등의 광역 문맥에 걸쳐 그들의 삶에 직결되고 그들의 운명에 영향을 주는 '생동하는 이슈'들을 발견하게 하는 교육이어야 하고, 방법의 차원에서는 문학교육을 통해 이 이슈들에 대한 인문학적 접근법과 대응방식을 익히고 모색하게 하는 교육이어야 한다. 또 지금의 학부 문학교육이 어차피 문학 전공자를 위주로 한 교육이 아닌 이상, 교육의 목표를 재조정하는 일도 필요하다.

이런 재편과 조정은 문학교육의 관심 확대와 접근법의 다양화를 요구하는데, 현대비평의 다학문적/학제적 성격과 접근법은 이 점에서 유용한 교육학적 자원을 제공한다. 역사학, 정신분석, 문화연구, 인류학, 언어학, 철학 등의 통찰을 활용하는 현대비평의 이 통합적 접근방식은 이를테면 문학/인문학/인간의 위기와 이 위기에 관련된 문제들에 주목하도록 학생들의 관심을 확대시키는 데 유용하고, 문제의 '쟁점성'을 날카롭게 부각시키는 데 유용하며, 흥미로운 설명방식들을 동원할 수 있게 한다는 점에서 유용하다. 비평이론의 이 효용은 자칫하면 문학 강의를 다학문적 잡동사니로 만들 우려가 없지 않지만, 중요한 것은 현대비평이 인접 학문 영역들로부터 다양한 통찰을 공급받아 문학과 현실을 연결시켜내는 '문학적 통로'라는 점, 따라서 문학교육은 이 통로를 마땅히 활용해야 한다는 점이다.

한 가지 예를 들어보자. 소설 시간에 입다물고 하품하는 연습을 하던 학생들도 소설 속에 깊이 각인되어 있는 남성중심 이데올로기와 여성 사이의 갈등이라는 문제로 화제가 옮겨지면 갑자기 눈을 반짝이며 긴장한다. 이 갈등을 눈에 띄게 드러내어 '문제화'하는 것은 말할 것도 없이 페미니즘 비평의 접근법이고 시각이다. 이 접근법의 유용성은 학생들 자신의 삶과 가치, 태도, 문화적 문맥에 밀접히 관련된 문제들을 소설 읽기와 연결하고 이 연결로부터 흥미와 토론을 유발시킨다는 데 있다. 이것이 말하자면 교육의 활성화이다. 동시에 그 시각은 소설 서사의 형식을 형식의 차원에서만 보는 것이 아니라 문화적 상징질서, 이데올로기(남성중심사상)와 역사(가부장제), 언어와 이성 등의 확대된 차원에서 보게 한다. 이것은 관심의 확대이다. 이를테면 페미니즘 비평이 "서양 소설, 민담, 로맨스에서 여성은 늘 욕망의 '대상object'으로 등장한다"라는 사실을 '문제'로 제기하는 순간, '대상 추구의 서사 형식'은 형식의 문제이자 동시에 형식 이상의 문제가 된다. 블라디미르 프로프가 처음 제시하고 그레마스가 공식화한 '기능자 모형actantial model'은 대상 추구의 민담구조 속에 심층적 항수恒數로 감추어져 있는 여러 기능들(주체에서 객체까지의)을 형태론적·공시적 형식/구조의 차원에서 기술해낸 유용한 접근의 하나이다. 그러나 이 공식화는 남성 주인공이 왜 반드시 추구의 주체$_{subject}$여야 하고 여성 주인공은 추구의 대상적 위치에 있어야 하는가에 대한 질문은 던지지 않는다. 이 질문은 사회관계, 상징질서, 이데올로기, 권력에 관계된 것이며, 페미니즘 비평의 중요한 성과 하나는 문학서사를 이 같은 광역 문맥 속에서 검토하도록 지평을 확대한 데 있다. (민담구조의 공시적 연구에 몰두했던 프로프가 후일 오이디푸스 신화를 분석하면서 '권력 승계방식의 역사적 변화'와 민담구조를 연결 짓는 통시적 연구에 손댄 것은 흥미로운 일이다.)

우리의 문학 연구자/교육자들 중에는 이데올로기라는 말만 들어도 '두드러기 반응'을 일으키는 사람들이 있는데, 이 거부반응은 정확히 형식주의적 편견이라 이름 붙이기도 어려운 매우 기이한 현상이다. 그 혐오증 자체가 결정적으로 냉전 논리와 분단 이데올로기의 역사적 산물이라는 사실이 그들에게 인식되지 않는다는 점도 문제지만, 더 큰 문제는 이데올로기 혐오증이 '이데올로기로 구성된 세계'의 이야기인 문학 자체에 대한 이해를 왜곡하고 협소화할 뿐 아니라 그 이데올로기로 구성된 세계에서 살아야 하는 학생들에게 문학에 대한 온당한 접근법의 하나를 봉쇄하게 된다는 데 있다. 이데올로기로 치자면 공산주의만 이데올로기인 것이 아니라 자유민주주의 자체가 이데올로기이고 인간주의 자체가 인간의 강력한, 그러나 개구리, 족제비, 얼룩말의 눈으로 보자면 우스꽝스럽기 짝이 없는 이데올로기이다. 조선조 500년의 역사는 '군사부일체'의 유교적 '삼위일체' 이데올로기가 권력구조를 형성하고 가부장적 상징질서를 이룬 시대이다. 조선시대의 사회관계는 사라졌으나 그 이데올로기는 살아남아(이것이 이데올로기의 큰 힘이다) 현대 한국인의 삶을 아직도 그 이데올로기의 장구한 중력권 속에 가두어놓고 있다. 페미니즘적 비평의 문학 접근법이 우리의 학부 강의실에서 흥미를 유발하고 적절성을 획득하는 이유는 그 때문이다. 따라서 문학 속에 침투해 있는 남성중심 이데올로기를 노출시켜 문학 그 자체가 어떻게 이데올로기 담론으로 직조되어 있는가를 보여줌으로써 학생들로 하여금 소설, 인간, 세계에 반성적·비평적 시각을 갖게 하는 것은 오히려 문학 강의의 당연한 몫이고 책임이다.

앞에서 이미 전제했듯이 나의 요지는 학부 문학교육에 현대 비평이론을 도입해서 본격적으로 가르치자는 것이 아니라 '비평적 교육방식'을 확대하자는 것이다. 비평적 교육방식이란 현대비평이 생산한 비평적 어휘, 개념, 문제틀 중에서 유용한 것들을 골라 학부교육에 활용함으로써 학생들에게 이론적·비평적 시각을 공급하고, 이 방법으로 문학교육을 활성화하는 교육방식이다. 이 비평적 교육은 기초 이론 과목에서뿐 아니라 소설, 시, 희곡 등 문학교육의 거의 모든 분야들로 확대될 수 있다. 교육이 근본적으로 비평적 훈련이라는 데는 재론의 여지가 없고, 무슨 과목이건 일단 그것이 대학교육 과목인 이상 거기 이론적 활동이 개입한다는 것도 새삼 지적할 일이 못 된다. 『오디세이아』를 읽히는 문학 교수는 '오디세우스가 우여곡절 끝에 마침내 집으로 돌아왔다'라는 서사 줄거리를 가르치는 것이 아니라 '이것은 귀향의 서사이다'라는 메타 언술의 생산법부터 가르친다. 이런 메타 언술은 추상적 개념화이기 때문에 이미 이론 차원의 것이다. 그러나 내가 말하는 비평적 교육의 구체적 내용은 이 같은 기본적 이론활동보다는 현대비평의 이론적 쟁점, 비평 범주, 접근법 등을 장르론, 시대 연구, 작가론, 작품론, 기초 이론 등에 연결지어, ① 이 시대의 살아 있는 문제들을 문학의 관점에서 정의해내고 그 문제들에 대한 문학비평적 접근을 시도함과 동시에, ② 과거와 현재, 텍스트의 생산과 수용, 읽기와 해석 등의 여러 층위에 개입된 '이해관계의 충돌'을 보게 하는 교육 방법이다. 이해관계의 충돌을 보게 한다는 것은 '갈등'을 보게 하는 것이며, 이 점에서 내가 의미하는 비평적 교육은 현대비평의 자원 활용과 이 활용을 통한 갈등교육의 시도라는 두 측면을 갖고 있다.

대학 차원에서 실시되는 문학교육은 무엇보다도 학생들에게 텍스트를 읽히고 그로부터 어떤 형태의 메타 담론(해석/비평)을 생산하게 하는 교육이다. 이 점에서 대학 문학교육은 읽기의 훈련이고 교육이다. 그러나 텍스트 읽기란 아무렇게나 되는 대로 읽는 변덕술의 발휘가 아니고 백지 상태에서 출발하는 순진무구한 행위도 아니다. 미국 비평가 로버트 스콜즈는 저서 『텍스트의 힘Textual Power』(1985)에서 학생들의 텍스트 읽기가 비평적 차원으로 발전하는 데는 읽기reading - 해석interpretation - 비평criticism의 수순을 거친다고 정식화하고 있는데, 우리의 교육 경험은 이 정식이 잘못된 것임을 알려준다. 대학 차원에서의 읽기란 (극단적인 현상학적 읽기가 아닌 이상) 일단은 '읽기를 가능하게 하는 조건의 공급' 위에서 진행되는 읽기이다. 읽기를 가능하게 하는 조건이 이론적·비평적 어휘(개념)이다. 이 어휘는 읽기에 앞서서 읽기를 안내하고 길을 터준다는 점에서 읽기행위의 길잡이이고 선행 단계이다. 그러므로 학생들의 읽기가 해석행위의 최종 지점이랄 수 있는 비평적 단계에 도달하기 위해서는 비평 어휘(개념)-읽기-해석-비평의 수순을 거친다고 말해야 한다. 예를 들어 신비평적 읽기('세밀한 읽기')는 텍스트를 무작정 꼼꼼하게 읽기만 하면 된다는 전제에서 출발하는 것이 아니다. 그것은 시 텍스트를 우선 '작품'의 개념으로 그것도 여기저기 구멍난 작품이 아니라 물샐틈없이 '잘 짜여진 예술적 온전체'이자 '잘 빚어진 항아리' 같은 존재론적 위상의 것으로 보아야 한다는 전제에서 출발하여 이 전제에 충실한 읽기를 유도하고 그 전제의 약속을 만족시키는 읽기(비평)를 생산한다. '항아리'(작품)의 은유로 대표되는 이 전제는 신비평적 읽기를 가능하게 하고 신비평적 비평을 생산하게 하는 조건, 말하자면 신비평의 비평적 어휘(이 경우 '은유'는 이미 인식의 한 형태가 된다)이다.

특정의 읽기를 가능하게 하는 이런 어휘/개념들을 우리는 비평적 범주라 부를 수 있다. 비평적 범주들은 어휘와 개념의 형태로 던져질 수도 있고 명제의 형태로 제시될 수도 있다. 어휘로 제시될 경우에도 그것은 이론적 문맥에서 단절된 단순 어휘가 아니라 반드시 어떤 명제들을 함축하는 어휘이다. 고전시학의 '플롯' 개념이나 '서사' 개념은 '플롯은 우연성을 배제한다'라거나 '플롯이란 사건의 질서 있는 배열이고 이 배열질서는 필연성을 따른다'라는 이론적 명제를 함축하고 있다. 모든 비평적 어휘와 개념은 이런 식으로 어떤 형태의 일관성 있는 명제들을 내포한다. 명제를 거부하는 데리다식의 해체론적 비평 범주들도 궁극적으로는 명제적 일관성의 요청을 벗어나 있지 못하다. 이론이란 무엇보다도 이 같은 비평적 범주들의 생산 체제이며 그 범주들을 일정한 명제들의 묶음 속에 종속시키는 일관성의 체계이다.

비평적 교육이 현대비평을 자원화한다고 할 때 그 자원화의 첫번째 의미는 새로운 비평적 어휘, 개념, 명제, 설명방식들을 현대비평으로부터 공급받아 문학교육에 당대적 관심을 반영한다는 것이다. 예컨대 '텍스트'라는 어휘는 '작품'이라는 전통적 개념을 대체하게 된 현대비평의 비평적 범주이고 이론적 이슈이다. '학생들에게 무엇을 읽히는가?'라는 질문이 이론적 문제로 던져졌을 때 이에 대한 답변은 시, 소설, 희곡이 아니라 신비평을 포함한 전통적 이론의 어휘로는 '작품'이고 현대적 어휘로는 '텍스트'이다. 작품과 텍스트는 다른 범주이다. 그러므로 시, 소설, 희곡을 '작품'으로 읽힌다는 것과 '텍스트'로 읽힌다는 것은 이미 출발점에서부터 다른 접근법을 공급하는 일이고 다른 결과를 기대하는 일이 된다. 이론 층위의 반성적 문제에 우리가 관심을 가져야 하는 이유는 이런 데 있다. '작품'이라는 비평 어휘는 '문학작품은 유기적 완전체이다'라는 명제를, 또는 '문학작품은 총체화의 방법으로 읽어야 한다'라는 명제를 함축한다. 그러나 '텍스트'가 내포하는 명제는 '텍스트는 완전하지 않다'라거나 '텍스트는 분열되어 있다'라는 것이다. 구조시학적 관점에서 보면 '작품'은 의미의 생산자, 기원, 통제자로서의 작가/저자의 존재를 내포하는 개념이지만 '텍스트'는 의미의 기원을 인간 아닌 의미작용significance의 구조에 두고 있는 개념이다. 비평 범주의 이 같은 차이는 당연히 읽기의 절차, 과정, 결과에 결정적 차이를 가져오게 한다. 현대비평에서 '읽기' 그 자체가 뜨거운 이론적 이슈가 되게 된 것은 이런 사정 때문이다. 텍스트라는 어휘는 결국 읽기의 대상, 주체, 과정, 결과에 대한 이론적 이슈가 되게 되고 이 쟁점이 일련의 새로운 접근법들과 논의방식을 요구하게 되면서 의미와 해석, 의미작용, 의미 기원, 주체(작가/저자/독자), 해석, 담론, 이데올로기, 권력 등의 문제가 새로운 비평적 범주로, 또는 이론적 이슈로 제기되게 된다. 또 '텍스트'의 확대된 개념 속에는 문학작품만이 아니라 모든 담론, 글쓰기, 이데올로기, 기호 체계가 포함될 수 있다. 현대비평이 언어학, 역사학, 정신분석, 철학, 인류학의 학제적 공간에 위치하면서 그 관심 영역을 넓히지 않으면 안 되었던 사정의 일단도 여기 있다.

'플롯'이라는 문학의 전통적 범주나 '서사'에 대한 전통적 개념이 현대비평에서 문제되게 된 것도 비슷한 맥락에서이다. 소포클레스의 고전비극 『오이디푸스 왕』은 형식 면에서는 서양문학사에서 가장 '완벽한 플롯'을 구현한 작품이라는 이유로, 내용 면에서는 인간 운명의 아이러니라는 보편적 주제를 다루고 있다는 이유로 서양문학 계열 학과에서는 필수 고전 중의 고전이 되어 있다. 고전시학이 제시한 핵심적 비평 어휘들, 예컨대 '인지anagnorisis'와 '반전peripeteia' 등의 개념은 여전히 유용하기 때문에 이런 어휘를 『오이디푸스 왕』의 형식 층위에서 익히게 한다는 것은 중요한 일이다. '플롯'이 함축하는 고전적 명제는 앞에서 보았듯 '우연성의 배제'이다. 이 고전적 범주로 『오이디푸스 왕』을 읽을 때에는 서사질서의 필연적·개연적 전개라든가 부분과 전체 사이의 유기적 관계에 주목하는 총체적 관심이 유지되고 그 결과 '플롯 형식의 완벽성'이라는 판단이 나올 수 있다. 그러나 완전성 또는 완벽성을 받아들이지 않는 '텍스트'의 개념으로 읽으면 그 작품의 플롯구조는 '구멍난' 것이거나 아니면 서사질서의 합리적 통제 자체가 구멍, 침묵, 틈새, 분열, 우연성을 은폐하는 형식적 정교성임이 드러난다. 현대비평의 이런 관점이 지니는 중요성은 '플롯'이라는 문학적 범주 자체를 무용지물로 만드는 데 있는 것이 아니라(극단적 파괴론자들의 주장에도 불구하고 '플롯'은 무용지물이 되지 않는다)

플롯 짜기가 성취하는 심미적 효과와 수사적·이데올로기적 효과의 관계, 서사와 욕망(정신분석 비평에서 서사란 욕망의 산물이다), 서사와 인간 역사(역사는 '필연에서 자유로 나아가려는 인간의 집단적 서사'라는 제임슨의 주장) 등 전통적 문학이론들이 결코 문제삼지 않았던 '문제들'로 비평의 관심을 확대한 데 있고 현대비평이 생산한 이 새로운 문제들이 많은 경우 적절성과 유효성을 갖는다는 데 있다.

내용의 차원에서도 『오이디푸스 왕』이나 오이디푸스 현상에 대한 전통적 접근법은 운명과 자유의지, 아이러니, 이중성, 신의 길과 인간의 오만, 주인물의 성격 결함 같은 것에 집중되어 있다. 근친상간과 살부殺父의 주제들도 오이디푸스에게 떨어진 비극적인 '운명적 신탁'의 한 요소로서만 접근된다. 현대비평이 나왔다고 해서 이런 전통적 주제 접근법들이 일시에 의미를 상실하는 것은 아니다. 그러나 근친상간이나 살부의 모티프들은 이런 접근법에 매여 있기에는 너무 중요한 것들인데도 정작 과거의 문학이론들로부터 이 문제에 접근할 어떤 유용한 비평적 범주도 얻을 수가 없다. 현대 정신분석 비평, 레비스트로스의 구조론적 신화 분석, 르네 지라르의 인류학적 비평 등에 와서야 우리는 몇 개의 흥미로운 접근 범주들을 갖게 된다. 정신분석 비평이 현대비평에 기여한 중요한 개념의 하나인 '의미의 사후 부여Nachträglichkeit'라는 역성인과逆成因果적 범주('과거를 바꿀 수 있다')를 갖다대면 오이디푸스의 성공과 몰락은 전연 색다른 해석을 얻게 된다. 레비스트로스의 오이디푸스 신화 분석은 구조주의적 방법의 과용이라는 문제에도 불구하고 이 신화가 '현실에서는 풀 수 없는 모순의 상상적 해결'이라는 명제 하나를 던지고 있는데, 이 명제의 비평적 유용성은 프로이트의 '꿈'과 마찬가지로 문학도 그 명제의 적용이 가능한 세계의 하나라는 데 있다. 르네 지라르는 오이디푸스 현상을 '모방 욕망'과 '희생 제의'라는 범주에 연결시켜 희생양을 필요로 하는 사회적 폭력 기제로서의 신화라는 시각으로 『오이디푸스 왕』을 읽어낸다. 이 읽기는 인류학적 접근이어서 흥미로운 것이 아니라 '운명'의 차원에서 처리되던 오이디푸스의 몰락을 '사회적 요구'의 차원으로 이행시켰다는 점에서 흥미로운 것이다. 이런 접근법은 서양문학의 모태인 신화에 대해서도 '집단 이데올로기로서의 신화'라는 비판적 시각을 가질 수 있게 한다.

3

학부에서의 비평적 문학교육은 현대비평의 이런 다양한 자원들을 활용하는 교육으로만 끝나지 않는다. 자원 활용의 문제는 어떤 자원을 무슨 기준에서 선택할 것인가라는 심각한 (그리고 진정한 의미에서 교육적인) 문제를 동시에 제기한다. 비평적 교육을 통한 문학교육의 활성화라는 것이 지금 우리의 관심사지만, 학부생들의 귀를 잡아끌기 위한 흥미의 제공만이 활성화가 아닌 이상 '무어든 좋다, 흥미롭기만 하면'이라는 텔레비전의 원칙(?)이 자원 활용의 논리를 지배할 수는 없기 때문이다. 비평적 교육의 '비평적'이란 말은 무엇보다도 '비판적'이라는 의미를 갖고 있다. 그러므로 비평적 문학교육은 현대비평으로부터 유용한 자원을 얻어오되 그 '유용성'이 흥미 이상의 다른 기준에 의해서도 판단되고 학부생들의 비판력 함양에 기여한다는 의미에서의 '유용성'이 되게 해야 한다는 측면을 갖는다. 이 측면에서의 요구에 부응해보려는 것이 '갈등교육'으로서의 비평적 교육이라는 개념이다.

갈등교육은 우선 현대적 비평 범주, 이론적 이슈, 설명방식, 독법들 사이에 개입하는 '이해관계의 갈등'을 학생들에게 드러내고 보여주는 것을 목적으로 한다. 이 '갈등 보여주기'는 방법적 절차상 '선택'을 선행한다. 우리의 오랜 습관과 구래의 교육방식에 의한다면 가용 자원의 '선택'은 일단 교육 담당자인 문학 교수의 몫이고 그는 자신이 판단해서 선택한 자원을 강의실에 들고 들어가기만 하면 된다. 그러나 여기 제안된 '갈등교육'의 방식은 교수가 선택한 것을 학생들에게 '부과'하기보다는 선택 과정 자체에 피교육자들이 '참여'하게 함으로써 학생들 스스로가 판단하고 선택하게 하며 왜 특정의 자원을 선택했는지 스스로 설명할 수 있게 하는 방법이다. 이를 위해서는 무슨 이해관계, 가치, 동기들이 왜 서로 충돌하며 어떻게 경쟁하고 있는가를 보여주는 일이 필요하다. 충돌의 사단을 이해하는 일은 선택과 비판의 선행 단계이다. 말하자면 갈등교육은 문학 담론과 교육 그 자체에 개입되는 갈등의 드라마를 보여주고 옛것과 새것 사이의, 또 새것들 사이의 충돌을 드러내어 '왜 충돌하는가'를 우선 알게 하는 교육이다. 여기서 '흥미'는 우선적 기준이 아니지만, 갈등의 드라마는 불가피하게 흥미롭다. 여러 독법들 사이의 치열한 경쟁을 본다는 것은 그 자체로 흥미로운 일이기 때문이다.

현대비평이 여러 경쟁적 독법들 사이에 전개되는 유례없는 갈등의 무대라는 것은 주지하는 바와 같다. 이 갈등은 한편에서는 전통적 읽기의 방법들에 대한 거부와 도전이라는 측면을, 다른 한편에서는 현대적 독법들 사이의 경쟁이라는 양상을 띠고 있다. 도전의 측면에서 보면 현대비평은 전통적 읽기의 방법들을 와해시키려는 집요한 동기와 책략들을 갖고 있고, 경쟁의 측면에서는 서로 설득력 확보를 위한, 또는 읽기의 절묘한 재주부림을 과시하기 위한 방법적 경쟁을 벌이고 있다. 예컨대 반응-비평 계열의 피시Stanley Fish는 윌리엄 블레이크의 시「호랑이」에 대한 읽기와 해석 가운데 경쟁력/설득력을 가진 것이 최소한 12가지 이상이라는 점을 들어 하나의 독법을 지향하는 신비평적 읽기의 방법과 이론을 뒤엎고(물론 신비평적 독법을 뒤엎은 것은 피시 혼자만이 아니다), 해석학적 비평 계열의 허시E. D. Hirsch는 "누구도 부정할 수 없는 저자의 의도적 의미"를 텍스트 해석의 안정 원칙으로 내세움으로써 읽기의 무정부주의에 맞선다. 마르크시즘 비평 계열에서는 제임슨이 여전히 총체화의 중요성에 주목하는 반면 알튀세, 마슈레 등은 '텍스트가 말하는 것'의 해석이 아닌 '말하지 않은 것'(이데올로기)의 읽어내기를 비평적 독법으로 내세우는 이른바 '징후 독법론'을 제시하고, 정신분석 비평 쪽에서는 텍스트에 '드러난 의미(의식)와는 분명히 다른 드러나지 않은 의미(무의식)'에 대한 비평적 관심의 중요성을 환기시킨다. 물론 해체 비평도 이 쟁론의 강력한 경쟁자이다. 데리다의 독법은 모든 텍스트가 '통제된 의미 차원'과 '통제되지 않은 차원'으로 찢어져 있어 균열을 봉합할 총체적 읽기란 불가능하다는 접근법에 기초하고 있다.

이 경쟁과 갈등의 양상을 가리켜 우리는 현대비평의 무용한 이론적 열정이라는 말로 제쳐버릴 수 없다. 해석의 정치학은 해석권을 장악하는 자가 세계를 지배한다는 권력 현실의 이해관계 위에 서 있다. 현대비평이 세계를 '텍스트화'한 것은 비판의 소지를 갖지만 그 세계가 특정의 몇몇 독법들에 지배되어왔다는 사실을 감안한다면 '텍스트로서의 세계'를 읽는다는(이를 테면 기독교 신화는 '타락과 구원의 서사'이고 기독교 세계관은 불트만이 '신화적 모형'이라 부른 그 서사틀로 세계를 '읽는' 일이다) 현대적 발상은 충분히 근거가 있다. 현대비평적 독법의 폭발은, 마치 아비 크로노스의 성기를 잘라 지중해에 내던지는 제우스의 반역처럼, 전통적 독법들을 '거세'하려는 강한 충동에 지배되고 있다는 점에서 해석 정권의 교체라는 갈등 국면을 지니고 있고 해석권의 장악이라는 패권적 이해관계도 갖고 있다. 동시에 거기에는 경쟁 체제의 유지를 통해 어느 이론도 읽기에 대한 독점적 권위를 가질 수 없게 함으로써 의미/해석의 영역을 권력 분산의 한 국지적 모형으로 만들려는 이해관계도 개입되어 있다. 이 점에서 현대적 독법의 폭발은 정치문화적 다원주의나 다문화주의의 이해관계와 무관하지 않다.

그러나 이런 얘기는 학부 차원의 비평적 갈등교육이 현대비평의 복잡한 이론과 독법들에 개입하는 갈등의 자세한 국면들을 모두 다루어야 한다는 의미로 제시되는 것이 아니다. 더 기본적으로, 갈등교육이 보여주어야 하는 것은 읽기의 행위가 순수하고 순진무구한 것이 아니라는 점이다. 읽기가 순수하지 않은 이유는 무엇보다도 읽기를 안내하는 비평적 범주들 자체가 순수하지 않기 때문이다. 이것은 읽기에 앞서서 읽기를 위해 공급되는 어휘, 개념, 명제들의 차원 자체가 이미 갈등과 충돌의 영역이라는 것을 보여주는 일이 된다. 비평적 범주들은 그것들을 생산한 이론의 이해관계에 종속되어 있고 이론의 이해관계는 역사적·사상적 이해관계에 연루되어 있다. 고전시학의 비평 어휘들은 무질서를 통제하는 일이 무엇보다도 시급한 정치적·사상적·교육적 요구였던 시대의 현실적 이해관계에 연결되어 있고 신비평의 어휘들은 신비평의 존재론적 이해관계를 담고 있다. 이왕 오이디푸스 얘기가 나온 김에 한번 더 그 예를 들면, 『오이디푸스 왕』과 『안티고네』에 매료되었던 헤겔은 '국가와 가족 사이의 갈등'이라는 시각에서 이 작품들을 읽어냈는데 이 읽기는 '정신의 발전 단계와 이성의 자기 구현'이라는 헤겔적 명제에 안내된 것이고 이 명제는 헤겔을 지배한 19세기적 통합 추구의 이해관계에 연결되어 있다. 그러나 현대 정신분석 비평의 범주를 갖다대면 『오이디푸스 왕』은 '나는 나이다'라고 말하는 오이디푸스의 발화가 동시적으로 '나는 내가 아니다'를 의미하는 '분열의 담론'이 되는데 이 경우 정신분석 비평의 읽기를 안내하는 어휘는 '분열/균열'이며, 이 분열 범주는 '인간은 분열되어 있다'라는 정신분석 비평의 명제를 함축한다. 이 명제는 19세기적 관심 아닌 20세기 서구의 특수한 지적 동기―'찢어진 인간'을 보려는 균열 추구의 이해관계에 연루되어 있다.

그러므로 특정의 비평 범주를 선택한다는 것은, 명시적 단절 선언이나 범주 기능의 방법적 전환이 수반되지 않는 한, 그 범주에 연결된 이론적·현실적 이해관계들을 수용하거나 따르는 일이 된다. 바꿔 말하면 특정 범주를 선택한다는 것은 다른 범주를 배척하는 일이며, 이 선택과 배척 사이에는 특정의 가치와 이해관계를 둘러싼 갈등이 끼어든다. 읽기의 경우, 예컨대 신비평적 어휘를 거부하는 다른 방식의 독법이 대두할 때 신비평적 읽기와 그것을 거부하는 독법 사이에는 의미, 해석, 비평의 권리를 둘러싼 충돌―곧 갈등이 발생한다. 상이한 독법들 사이에는 이처럼 읽기를 선행하는 비평 어휘의 공급에서부터 읽기의 최종적 결과인 비평에 이르기까지 시종 이해관계의 충돌이 개입한다. 비평적 갈등교육의 기능은 바로 이 충돌하는 이해관계들 사이의 드라마를 보여주고 가르침으로써 경쟁적 가치들 가운데 학생들이 무엇을 선택해야 할 것인가를 숙고할 수 있는 능력과 기회를 주는 데 있다.

갈등교육의 방식은 우리의 문학교육 현실에 들이닥친 이 시대의 이해관계―곧 '다원주의'의 요구에 대한 정책적 대응방안의 하나이다. 지금의 문학 교수는 어떤 특정의 독법을 학생들에게 강요하고 그로부터의 이탈 케이스에 대해서는 중징계를 내릴 수 있었던 그런 '호시절'에 살고 있지 않다. 그는 읽기를 개방해야 한다. 이 개방의 문제는 이 시대 해석의 정치학이 도달한 합의이고 이 합의에 붙여진 문화적 명칭이 다원주의라는 것이다. 이 점에서 읽기의 개방 여부는 더이상 개인적 선택사항이 아니다. 그것은 다원주의라는 이 시대의 자유주의적 가치, 이 시대의 정치적 이해관계를 전면 무시하지 않는 한 누구도 거부할 수 없는 현실이고 환경이다. 그러나 문학교육이 다원주의의 원칙을 따를 때 봉착하는 가장 곤란한 문제는 모든 읽기의 등가성을 인정해야 하는 데서 오는 평가의 희생―곧 상대주의의 문제이다. 문학교육은 문학적 생산물과 해석방식에 대한 질의 문제, 목적의 문제를 제외할 수 없고 평가 작업을 포기할 수 없다. 이것이 인문학으로서의 문학교육이 과학교육과 다른 점이다. 생물학이라면 개구리와 두꺼비 사이에 어떤 우열관계도 둘 수 없고 서열을 따질 수 없지만, 문학교육은 질과 우열의 문제를 따지지 않으면 안 된다. 또 모든 독법이 모두 평등하게 중요하고 가치 있는 것은 아니다. 그러므로 다원주의의 요구 앞에서 문학교육은 어떤 형태의 정책적 대응을 모색해야 한다.

갈등교육은 여러 독법들의 해석 생산권을 인정하되, 그 독법들이 어떤 감추어진 가치와 이론적 상정 위에서 나온 것이며 무슨 이해관계에 따르고 있는가를 노출시킴으로써 학생들로 하여금 '가치의 경쟁'을 보게 하는 교육, 그렇게 노출된 경쟁 가치들 가운데서 학생들이 스스로 어떤 가치를 선택하게 하고 왜 그 가치를 선택했는가를 스스로 정당화할 수 있게 하는 교육이다. 이 '선택의 정당화'는 갈등교육이 시장 바닥에 아무렇게나 물건 진열하는 식의 무원칙한 갈등의 전시로 끝나는 것이 아님을 의미한다. 경쟁 가치들로부터 학생들이 어떤 가치를 선택하고 그것을 정당화하기 위해서는 정당화의 원칙이 또 필요하다. 가치 선택이 궁극적으로 기대야 할 정당화의 근거는 '역사와의 대면'이라는 원칙이다. 그 대면이란 '인간은 왜 역사를 만드는가'라는 질문, '어떻게 만들어야 하는가'라는 질문, '그런데 지금 우리는 어떤 역사를 만들어놓고 있는가'라는 질문과의 대면이다. 대중적 문학교육의 차원에서 이 질문들은 '왜, 무엇 때문에, 무엇을 위한 문학교육인가'로 요약된다.

마지막으로 우리는 비평적 교육이 학부 문학교육의 목표를 재조정하는 데도 어떻게 기여할 수 있는지에 주목할 필요가 있다. 학부 문학교육이 더이상 전문적 문학 연구자만을 배출하기 위한 교육이 아니라 대중적 인문교육의 하나라는 사실을 염두에 둘 때, 그 교육 목표를 재검토하고 재설정하는 일은 중요한 현안이 아닐 수 없다. 나는 이 새로운 교육 목표가 인문문화적 가치의 계발, 보존, 전승이라는 전통적 목표의 확인 외에, ①비판적 시민교육, ②문화적 능력의 고양 교육이라는 두 개의 축을 가져야 한다고 생각한다. 우선 대중적 인문교육의 일환으로서의 문학교육이 설정해야 하는 목표는 인문교육에 대한 사회적 요구로부터 동떨어진 것일 수 없다. 오늘날 우리 사회의 가장 절실하고 긴요한 요구는 민주적 사회체제와 민주적 가치를 유지하는 일, 다시 말해 해방 이후 최근까지 우리에게 희생과 낭비와 투쟁을 강요했던 정치 독재, 전근대적 권위주의, 파시즘, 군사문화 등의 재발을 방지해야 한다는 요구이다. 이것은 현단계 우리 사회의 역사적 요구이며, 따라서 대학의 문학교육도 이 요구를 놓치지 않는 교육이어야 한다. 이것은 문학교육이 노골적인 정치교육이 되어야 한다는 뜻이 아니라 '비판적 시민'의 양성교육이어야 한다는 의미이다. 비평적 교육은 문학교육의 영역에서 이 같은 비판력을 길러줄 수 있는 교육방식이다. 현대비평을 지배하는 강력한 동기 중의 하나는 독재, 파시즘, 패권주의, 인종차별주의, 성차별주의, 제국주의, 식민주의 등에 대한 비판과 저항이기 때문에 그로부터 우리는 다수의 유용한 비판적 시각, 용어, 논의방식들을 공급받을 수 있다.

'문화적 능력'이라는 말은 '문화적 문맹'에 대한 반대개념을 담기 위한 것이다. 이 용어는 미국 비평가 허시가 근자에 제안한 '문화 해독력cultural literacy'의 개념과 유사한 데가 있지만, 나는 허시의 주장이 담고 있는 보수주의적 동기와는 관계없는 '문화적 능력'이라는 용어를 사용코자 한다. (허시의 '문화 해독력'의 개념 자체는 그 전환 가치를 검토해볼 만하다.) 지금의 대학 인문학부 신입생들은 우리 문화뿐 아니라 세계문화에 대해서도 거의 문맹인 상태로 대학에 들어와서 대부분 그 상태를 크게 벗어나지 못한 채 졸업한다. 포스트모더니즘이라는 유행어에 대해서는 어디서 들은 바 있는 학생도 '계몽주의'나 '근대'라는 용어 앞에서는 그 이해의 정도, 정의와 설명의 능력이 거의 제로이다. 근대나 근대 이념에 대한 거의 아무런 이해도 없는 학생들을 상대로 바로 그 근대적 이념의 산물인 대학교육이 실시되고 있고, 그 이념의 성질이 무엇인지에 대한 이해의 성취 없이 그들은 졸업한다. 근대에 대한 이해가 없으므로 일반 대중 아닌 대학생들 사이에서도 포스트모더니즘이란 것이 유행어 이상의 차원에서 이해되고 비판될 길이 없다. '문화적 능력'은 대학교육의 수준을 거친 사람이라면 필수적으로 갖추고 있어야 할 국내외적 문화 이해력과 소통의 능력을 가리키는 것이다. (학부생들에게는, 자기 아버지 이름은 모르는 한이 있어도, 대학생이기 때문에 결코 몰라서는 안 될 이름, 용어, 개념들이 있다.) 이 이해력과 소통 능력 없이는 '문화 공동체'가 성립하지 않고 '지식인 사회'가 만들어지지 않으며 문화적 소통이 근거할 '공통의 토대'가 확보되지 않는다. 비평적 교육은 문학교육의 취약 지점인 이 문화적 능력의 함양이라는 부분에서 중요한 기능을 수행해낼 수 있다.

내가 말하는 문화적 능력은 문화 해독력의 개념 외에 '국어의 지적 구사 능력'이라는 의미에서의 '담론 능력discursive competence'을 포함한다. 한 언어의 습득력은 그 언어권에 태어난 사람이면 누구나 갖고 있는 자연적이고 생래적인 언어능력linguistic competence이다. 그러나 이런 의미에서의 언어능력은 특별히 고등교육이라는 형태의 지적 훈련과 가공 과정을 요하지 않는다. 대학의 인문교육은 이 자연적 언어능력을 가공하여 지적 담론의 생산 능력으로 발전시키는 교육이다. 훈련의 끝에 달성되는 언어의 지적 구사력이 '담론 능력'이다. 이 능력이 반드시 대학교육을 거쳐야만 습득된다고 말할 수는 없다. 그러나 학부 인문교육이 그 능력의 함양을 목표로 하지 않는다면 그것은 교육이 아니며, 그 능력 길러주기를 교육의 목표로 삼아야 한다는 점에서 학부교육은 '대학교육'이다. 그러므로 학부 문학교육은 그 교육의 수혜자들에게 특별한 수준의 언어 구사력, 또는 지적인 담론의 생산력과 이해력을 길러주어야 한다. 학부생들에게 소설 줄거리 요약 발표를 시켜보면 "그래서 그 여자가 남자를 '딱' 만났걸랑요. 그런데 걔가 '딱' 뭐라고 말하는 거예요. 그 소리를 '딱' 들은 기집애가 있잖아요, '딱' 돌아서서 가는데 걔가 '딱'⋯" 하는 식이다. 텔레비전 개그와 만담에 물들고 만화에 중독되고 친구끼리의 다방 잡담에 길든 이 '대학생'에게 '딱'자를 떼도록 훈련시키는 데는 몇 주일이 걸리고, 요약이 필요로 하는 추상명사의 습득과 개념화의 기술을 터득게 하는 데는 몇 달, 아니 몇 년이 걸린다. 텍스트 요약에서 메타 언술로 전환하게 하고 그로부터 어떤 수준의 지적 담론을 생산하는 단계에 이르도록 하는 데는 문학교육의 모든 분야에서 비평적 훈련이 필요하다. 앞서 우리가 논의한 비평적 어휘란 이 경우 지적 담론을 수행하는 데 필수적인 개념적 도구가 될 수 있다. (대학원에서의 교육 경험으로 얘기하면 비평적 훈련을 받은 사람과 그렇지 않은 사람의 메타 담론 생산 수준에는 상당한 차이가 난다.)

이 지적 담론 능력과 비판력 사이에는 밀접한 관계가 있다. 내가 과거 어떤 다른 글에서 지적한 바 있지만, 문법구조를 무시한 비문非文의 생산 능력에 관한 한 우리나라 학부생들은 단연 세계적 수준에 있다. 잘못된 정보의 선택 능력을 '바보의 능력'이란다면 비문의 생산 능력은 '문화 문맹의 능력'이다. 문화 문맹은 지적인 담론을 생산하지 못하고 그런 담론을 이해하지 못하며 더욱 나쁘게는 이성적 담론에 적대적이다. 이 적대성은 파시즘의 온상이고 군사문화의 토양이다. (여기에 '이성중심주의' 운운의 주석을 달지 말기 바란다. 이성중심주의에 대한 비판도 파시즘의 형태를 취할 수는 없다. 이성 비판이 가장 이성적인 담론의 형태로 제시되지 않는 한 아무도 눈여겨보지 않는다.) 문화의 진정한 힘은 파시즘과 우중주의를 막아내는 데 있고, 지적 담론 능력은 그런 힘의 한 원천이다. 문학교육은 그 힘을 길러주어야 한다.

4

정치사상사 연구에 탁월한 업적을 남긴 아이자이어 벌린 Isaiah Berlin은 1950년대에 쓴 『고슴도치와 여우』라는 에세이에서 인간의 지적·예술적 성향을 구분하기 위한 모델로 "고슴도치형"과 "여우형"이란 것을 제시한 적이 있다. 고슴도치와 여우의 모형은 벌린이 고대 그리스 시인 아르킬로코스가 남긴 조각 글의 한 구절인 "여우는 자질구레한 것들을 많이 알지만, 고슴도치는 한 가지 큰 것을 안다"로부터 발전시킨 것이다. 아르킬로코스의 말 자체는 신탁 비슷한 애매성을 가지고 있어서 그가 고슴도치와 여우 중 어느 쪽의 지혜에 더 호의를 둔 것인지 얼른 결정하기가 쉽지 않다. 일단 그 말은 여우란 녀석이 제아무리 많이 안다고 날뛰어봐야 그 재주란 '논 팔아 떡 사먹는' 식의 잔꾀일 뿐 그가 '큰 것'을 모르고 있는 한 결국은 고슴도치의 지혜를 당하지 못한다는 얘기로 들린다. 하지만 반대 해석이 아주 불가능한 것은 아니다. 읽기의 이해관계에 따라 그것은 고슴도치가 큰 것 하나 알되 작은 것들의 차이와 소중함은 놓쳐버리는 미련퉁이라는 비난으로 들릴 수도 있다. 그러나 이 종류의 애매성을 놓고 성급하게 해석학적 비결정성의 차원으로까지 내달릴 필요는 없다. 문장의 통사적 구조에 최소한의 감각을 가진 사람이라면 이 경우 오독을 방지할 조건들이 이미 아르킬로코스의 발화(영어 번역을 기준으로 할 때) 내부에 들어 있다는 것을 알기 때문이다. 의미의 불평등 분배를 수행하는 양보사('알지만')의 존재는 문장의 전후 두 부분이 동일한 의미 비중을 갖고 있지 않다는 것, 후치 문장에 더 많은 무게가 실려 있다는 것을 해석의 조건으로 제시한다. 그러나 벌린의 관심은 고슴도치냐 여우냐의 어느 한쪽에 투표하려는 것이 아니다. 그의 흥미는 고슴도치와 여우로 대표되는 지혜의 대립 모형이 작가, 저술가, 사상가들, 크게는 인간 일반의 지적·예술적 성향을 대별하는 두 개의 아주 다른 성질을 기술하는 데 유용한 비유적 양분 구도로 쓰일 수 있다는 것이고, 비유의 남용 가능성을 엄격히 경계하면서 그 유용성을 활용하자는 것이다.

벌린의 규정에 따르면, '고슴도치형'의 사고 성향을 가진 사람들은 하나의 중심적 비전과 중심적 세계관을 가지고 있어서 만사를 이 중심 비전에 따라 느끼고 생각하고 이해한다. 그들은 또 분명하고 일관성 있는 단일 보편 체계를 갖고 있다. 이 체계는 그들의 존재와 언어를 조직하고 그것들을 의미 있게 하는 원칙, 바꿔 말하면 의미의 조직과 공급 체계이다. 반면 '여우형'은 하나의 목표 아닌 다수의 목표를 좇고 분산된 사고를 수행하며 여러 다른 경험과 가치들을 여러 층위에서 포착, 파악, 추구한다. 그들의 사고와 경험은 어떤 하나의 포괄적이고 통일성 있는 내적 비전에 연결되거나 거기에 들어맞는 것이 아니며 그들이 추구하는 목표도 어떤 하나의 도덕적·심미적 원칙에 반드시 연결되어 있는 것이 아니다. 고슴도치형이 구심성의 사고 유형이라면 여우형은 원심적 사고 형태이다. 이들 두 유형 사이에는 거대한 균열이 존재한다. 벌린의 생각으로는 이 두 가지 유형이 유럽 지성사를 비교와 대조의 도표 속에 담아 분류해볼 수 있는 한 가지 흥미로운 관점을 제공한다는 것이다. 그의 대조표에 의하면 단테는 고슴도치이고 셰익스피어는 여우이다. 플라톤, 루크레티우스, 파스칼, 헤겔, 니체, 입센, 프루스트는 각각 조금씩의 차이는 있지만 모두 고슴도치형으로 분류될 수 있고 헤로도토스, 아리스토텔레스, 몽테뉴, 에라스뮈스, 몰리에르, 괴테, 푸시킨, 발자크, 조이스는 여우형에 속한다. 도스토옙스키가 매우 철저하게 고슴도치형이었다면 톨스토이는 성질상 여우형이면서 스스로는 고슴도치형이라 믿었던 사람이라는 게 벌린의 진단이다.

비유의 남용과 양분 구도의 위험성에 대한 벌린의 경계를 염두에 두면서, 나는 그의 고슴도치와 여우에다 '헤겔의 두더지'를 변용 첨가하여 현대비평, 문학교육, 문학연구에 관한 비유 구도 하나를 만들어보는 것으로 이 글을 끝내고자 한다. 이 약간 변용된 두더지란 역사가 어디까지 와 있는지도 모르고 땅굴만 파다가 땅이 무너져서야 무너진 줄 아는 두더지이다. 고슴도치가 하나의 큰 목표를 알고 있고 여우가 많은 방법을 갖고 있다면 이 두더지는 자기가 왜 그토록 열심히 땅굴을 파야 하는지, 그리고 왜 꼭 한 가지 방법으로만 파야 하는지 모른다. 그는 성실성의 좋은 모형이지만 배운 대로만 하는 우직성의 패러다임이다. 그에게는 고슴도치의 중심적 비전도, 여우의 방법적 자원도 없다. 고슴도치가 강력한 하나의 목표를 갖고 있고 여우가 분산된 이해관계를 좇는 반면 두더지는 단일 목표도 잡다한 이해관계도 갖고 있지 않다. 현대비평의 교육학적 원용이라는 문제에서 우리가 최종적으로 생각해봐야 할 것은 고슴도치, 여우, 두더지의 비유 모형이 암시하는 목표, 방법, 태도 사이의 관계이다.

현대비평은 과거의 문학이론이 제공하지 못했거나 그 이론
들로서는 생산할 수 없었던 다수의 새로운 범주들을 내놓고 다
수의 새로운 이론적 문제들을 생산했다. 새로운 범주들은 새로
운 읽기를 가능하게 하는 조건이라는 점에서 중요하고, 새로운
이론적 쟁점들은 지금까지 반성적 검토가 가해지지 않았던 문
제들을 의식의 표층으로 끌어올려 담론화함으로써 비평의 관심
을 확대하고 문학적 논의를 풍요롭게 한다는 점 때문에 중요하
다. 여러 가지 과오에도 불구하고 현대비평의 명백한 공로 중의
하나는 문학에 관한 논의들을 유례없이 풍요화했다는 점이다.
'비평이론의 폭발'이라는 말은 이 풍요성에 붙여지는 양가적 표
현이지만, 현대비평의 이 왕성한 작업이 아니었다면 20세기 후
반의 문학 담론은 몰락과 쇠퇴의 궁지로 몰렸을지 모른다. 비
평적 문학교육의 자원 공급원이 현대비평으로 확대되고 다변
화될 수 있는 근거도 거기에 있다.

그러나 이 풍요성에 붙여져야 할 궁극적인 중요성은 논의
의 왕성함 그 자체보다는(왕성하기로 치자면 '참새 담론'도 왕
성하다) 그 풍요성이 지니는 역사적 의미에 있다. 현대비평이
문제로서 제기하고 쟁점화한 이론적 이슈들 가운데 상당수
는 20세기 후반이라는 이 특정의 역사시대가 안고 있는 미해결
의 문제들, 현실적 모순과 딜레마, 이론적 대응이 필요한 관심
사들에 연결된 것들이다. 따라서 현대비평의 교육적 원용이라
는 문제는 방법적 자원의 활용으로만 그치는 것이 아니라, 비
평이론적 이슈라는 형태로 제시된 역사적 미해결의 문제들 자
체에 주목하는 일과 연결되지 않으면 안 된다. 테리 이글턴이
지적했듯 이론의 폭발은 역사의 현단계가 안고 있는 미해결의

문제들이 그만큼 많다는 사실과 직결된다. 인간/문학/인문학의 위기는 이 시대에 결정적으로 심화되고 미해결로 남아 다음 세대의 고민거리로 넘겨지는 문제들 중의 하나이다. 현대비평은 명백히 이 위기에 대한 대응이고 반응이다. 그러나 현대비평의 모든 이론과 방법들이 '인간의 해소'라는 위기에 대한 비평적 대응인 것은 아니다. 그중에는 위기에의 대응이라기보다는 위기를 착취하고 심화하는 데 더 기여하는 것들도 있다. 현대비평의 자원화 문제가 방법적 자원 활용의 차원에 국한될 수 없는 이유는 이것이다.

'여우'의 비유 모형은 무엇을 위한 '방법'인가라는 질문은 제쳐놓고 방법의 다양화에 매달리는 맹목성을, '고슴도치'의 모형은 비전의 중요성을 앞세워 방법의 빈곤을 초래하는 궁핍성을 각각 유형화한다. '두더지'는 맹목과 궁핍을 다 가지고 있으면서 그걸 문제삼지 않고 의식하지 않는 무의식의 모델이다. 이 비유 구도를 실질화할 구체적 내용을 여기 제시할 수는 없지만, 현대비평에서는 이 세 가지 유형의 작업과 이론가들이 모두 발견된다. 그러나 이 비유의 유용성이 커지는 것은 문학의 연구와 교육이라는 문제에 그것을 연결했을 때이다. 학부 문학교육에서 우리가 유의해야 할 것은(대학원에서의 전문적 문학교육에서는 더욱더) 고슴도치, 여우, 두더지를 각각 길러내는 일이 아니라 그 세 가지 위기를 뒤집어 고슴도치의 목표, 여우의 방법, 두더지의 성실이라는 세 가지 가능성으로 바꿔내는 일이 아닐까? 이 작업의 결과 자칫하면 우리는 절충의 천재, 조합의 대가—고슴도치의 머리, 여우의 손, 두더지의 발을 가진 괴물 '고슴여우지'를 갖게 될지도 모른다. 그러나 고슴여우지가 고슴도치의 눈으로 여우의 자원을 유용하게 전환해내

고 거기다 두더지의 부지런함까지 갖춘다면 우리가 그를 박물
관에 보낼 이유는 없지 않겠는가.

현대비평과 이론 1993. 가을·겨울

(부기―이 글을 구상하는 도중 나는 시카고 대학 영문과의 제럴드
그라프 교수가 나의 갈등교육론과 유사한 제안을 내놓은 글 한 편을
보게 되었다. 그러나 그의 제안은 갈등교육의 목적과 원칙을 고려하
지 않는 '다원론'에 비중을 두고 있어 서로 각도가 맞지 않았다.)

시인은 숲으로 가지 못한다

1

눈 내리는 밤의 아름다움을 말할 수 없고 비 오는 날의 서정을 말할 수 없게 된 시대에 눈과 나무, 비와 숲의 아름다움을 노래하는 시 작품들을 쓰고 읽고 가르친다는 것은 적절한 일인가? 아니, 그것은 도대체 가능한 일이기나 한가? 산성비와 산성눈이 내리는 시대의 독자가 그간 아무 일도 없었다는 듯이 예전처럼 행복하게, 딸꾹질 한번 하지 않고 이를테면 로버트 프로스트의 시 「눈 오는 밤 숲에 머물러」를 읽으며 즐거워할 수 있을까? 프로스트의 시는 아름답다. 시의 화자는 동짓달 그믐밤 말을 몰아 눈 내리는 숲을 지나다가 문득 발길을 멈춘다. 눈발 속의 숲이 너무 아름다워 그냥 지나칠 수 없었기 때문이다. 삶의 가장 신성한 순간처럼 "숲은 아름답고 어둡고 깊다." 그러나 화자는 그 아름다움에 매혹되면서도 세상과의 약속을 상기하고 "잠들기 전 갈 길이 멀다, 잠들기 전 갈 길이 멀다"며 다시 말

머리를 돌린다. 화자는 그렇게 떠나지만 그가 떠남으로써 남기는 미련의 공간, 그 눈 내리는 숲은 독자를 유혹하여 그곳으로 달려가게 한다. 그러나 프로스트의 이 평이하고도 아름다운 시는 오늘날 서정적 텍스트로서의 적절성을 거의 '완전히' 상실하고 있다. 지금의 독자는 눈 내리는 숲으로 달려가지 않는다. 산성눈 내리는 지금 이 세계의 어느 숲이 아름다울 것이며 누가 그 숲에 취해 발길을 멈추는가? 시인 자신이 눈을 피하기 위해 여름 해수욕장의 파라솔만큼이나 큰 우산을 쓰고 외출해야 하는 시대에 어느 독자가 맨머리로 눈 내리는 숲을 향해 달려갈 것인가. 달려가기 위해서는 그에게 하나의 특별한 조건, '제정신 아님'이라는 조건이 필요하다. 이 조건을 감수하지 못하는 독자에게는 눈 오는 숲은 매혹의 장소가 아니라 그가 될 수록 멀리 떨어져 있어야 하고 도망쳐야 할 대상이다. 눈 내리는 숲은 독자를 '배제'한다.

독자의 현실 정서와 시인의 문학적 정서 사이에 발생한 이 곤혹스러운 괴리야말로 오늘날 문학이 대면하게 된 심각한 문제의 하나이다. 시인이 노래하는 눈의 서정은 독자가 현실세계에서 눈에 대해 지니고 있는 현실적 정서(두려움)와는 먼 거리에 있다. 두 정서는 일치하지 않고 양자 사이에는 의지할 만한 공감의 가능성이 존재하지 않는다. 한 세대 전까지만 해도 시인들은 자연 대상들에 대한 개인적 정서를 시의 텍스트로 조직해냄에 있어 이 같은 근본적 괴리를 염려하지 않아도 되었다. 그들의 개인적 정서와 독자 일반의 정서 사이에는 양자 소통을 가능하게 하는, 최소한 의지할 만한 공통의 정서구조가 있었기 때문이다. 이 공통의 정서구조는 시인과 독자가 모두 자연으로부터 항구한 미적 정서의 공급을 보장받고, 양자 모두 자연과의 관계에서 안정된 감성 체계를 확보할 수 있었다는 사실 때문에 가능했다. 그러나 이런 공통의 정서구조는 오늘날 가능하지 않다. 그 구조의 모태인 자연 자체가 지금 불구의 형태로 존재하기 때문이다.

현실 정서와 문학적 감성 간의 이 괴리는 시인과 독자 사이의 정서적 간극일 뿐 아니라 시인 자신의 정서 세계에 발생한 감성 분열과 상상력의 파탄을 의미한다. 누가 오늘날 프로스트처럼 눈 오는 밤 숲의 유혹을 노래할 수 있는가? 모더니스트의 시대까지도 작가, 시인들은 버지니아 울프처럼 "별의 언어를 옮겨 쓰는 세계의 은자"에게서 자신들을 발견하고, 나무를 돛 삼아 항해하는 한 척의 배라는 서정으로 이 행성을 그려볼 수 있었다. 나무들은 아름답고 나무가 있는 세계의 강물은 푸르러 그 강에 들어갔다 나오는 백조의 날개가 푸른 잉크빛으로 물들지 모른다는 행복한 서정을 그들은 펼칠 수 있었다. 모더니스트의 시대까지 갈 것 없이 불과 얼마 전까지만 해도 우리 시인들은 "풀잎 하나가 우주를 들어올린다"(정현종)는 빛나는 상상력을 풀잎의 감성에 실어 세상으로 띄워보내지 않았던가. 그러나 나무들이 질식하고 숲이 죽어가는 지금 이 시대의 시인에게 그런 상상력은 가능하지 않다. 우주를 들어올리기는커녕 제 무게 하나도 추스르지 못하는 병든 풀잎을 시인은 보고 있기 때문이다. 그 풀잎 자라는 소리를 듣기 위해 시인은 풀밭으로 가지 못한다. 농약 끈적한 풀밭에 앉아 풀잎의 숨소리를 들어야 하는 왜곡과 변태를, 그 비참을, 그가 무슨 수로 견딜 수 있으랴. 풀밭은 시인을 배제한다. 비의 서정을 풀기 전에 지금의 시인은 비 오는 날 비 때문에 죽어가는 숲을 생각해야 한다. 비는 시인을 배제한다. 푸른 강 대신에 그에게는 '똥물'이 있고 '똥통'이 된 지구가 있다. 그 똥물을 보며 똥통 속에서 그가 푸른 강을 말하기 위해서는 그에게도 하나의 특별한 능력—그가 강으로부터 배제되었음에도 불구하고 여전히 강과 함께 사는 듯이 생각하는 환각의 능력이 필요하고 감성 분열의 능력이 필요하다.

그러나 자연의 궁핍화 현상으로부터 파괴적 영향을 받게 된 것은 시인과 독자만이 아니다. 심미적 정서의 항구한 공급원이었던 자연 대상들이 정서 체계로서의 힘과 가능성을 거의 완전히 박탈당했다는 사실은 무엇보다도 '자연과의 교감'에 의존하는 정서교육, 특히 문학교육에 매우 심각한 문제를 제기한다. 시인들은, 이를테면 최승호가 한때 그랬던 것처럼 '똥이 된 세계'를 노래할 수도 있고 박남철처럼 그 세계를 향해 욕설의 시를 날려보낼 수도 있다. 그러나 문학교육, 특히 초중급 학교에서의 문학교육의 경우에는 사정이 다르다. 교사는 아이들에게 '얘들아, 지금 우리가 사는 세상은 똥이란다'라고 말할 수 없다. 그는 여전히 아이들에게 별과 얘기하는 즐거움을 말해야 하고 나무의 언어를 번역해낸 고금동서의 문학 텍스트들을 읽혀야 한다. 그는 아이들이 나무와 숲과 풀잎의 숨결에 귀기울이게 해야 하고, 조이스 킬머처럼 "지빠귀 둥지 머리에 이고/ 두 팔 높이 들어 기도하는 나무"를 보게 해야 하며 비 오는 날에는 비와 생명의 큰 순환에 대해 말해야 한다.

그런데 그 아이들의 머릿속에는 "비 맞으면 안 돼"라는 어머니의 당부가 깊이 박혀 있다. 그런 아이들을 상대로 비의 서정을 말하고 그 서정을 담은 작품을 읽히고, 비와 함께 숨쉬는 세계의 삶을 얘기할 때 교사는 아이들이 느낄 정서의 혼란과 괴리를 무슨 수로 메우는가? 아니, 그는 이 경우 시적 정서 자체의 부적절성이라는 문제를 어떻게 처리할 것인가. 바깥 세계야 어찌되든 막무가내로 "이건 아름다운 시야, 그렇지?"라며 비가 두려운 아이들에게 우격다짐으로 비의 시를 외우게 할 것인가. 그럴 수 없다. 한 아이가 일어나 "우리 엄마가 비 맞으면 안 된다고 했는데요"라며 어린이다운 언어로 문학작품과 현실의 맞지 않음을 고발하고 나선다면? 아이들은 잠자코 있을 때에도 결코 잠자코 있는 것이 아니다. 자기들 내부에 발생한 혼란을 처리할 수 없어 아이들은 갑자기 딸꾹질을 시작할지 모르고 교사 역시 (그가 교사다운 교사라면) 자기 언어가 일으킨 이상스러운 혼란의 효과 앞에서 아이들보다 더 심한 딸꾹질을 하게 될지 모른다. 문득 교사는 현실세계의 비가 일으키는 두려움의 정서에 그 자신 특별히 '둔감'하지 않고서는 비의 서정을 담은 시 텍스트를 아이들에게 읽힐 도리가 없다는 곤혹스러운 문제에 직면한다. 정서교육을 담당한 문학 교사가 오히려 현실정서에는 가장 둔감해야 한다는 괴이한 모순 앞에 그는 노출되는 것이다.

이 낭패스러움, 이 처리 곤란한 딸꾹질의 대두는 문학과 문학교육이 오늘날 자연 생태계의 재난을 외면할 수 없게 된 절박한 사정의 일단을 말해준다. 자연에 발생한 재난은 곧바로 문학의 재난이며, 자연의 수난은 곧장 문학 자체의 수난이다. 그 가장 본질적인 차원에서 문학과 자연은 서로 별개의 우주에 있는 것이 아니다. 문학예술은 궁극적으로 삶과 생명에 대한 긍정이고 이 긍정은 자연이 보장하는 생명의 큰 테두리 속에 있다. 그 테두리가 무너지고 생명의 큰 사슬이 깨어져나가는 순간 문학 또한 존립 불가능의 위기에 직면한다. 지상에서의 삶 자체가 위협받는 시간에 문학이 저 혼자만의 안전을 보장받을 동굴은 없다. 자연에 발생한 궁핍과 박탈, 왜곡과 파괴는 문학 자체의 궁핍화이고 그 가능성의 박탈이며 죽음의 예고이다. 이런 사실은 오늘날 생태계의 재난 앞에서 문학교육이 그 내용과 방법, 목표를 재검토할 필요가 있다는 사실뿐 아니라 '페다고지의 혁명'이라 부를 만한 어떤 새로운 문학교육 프로그램의 개발 필요성을 제기한다.

2

우리는 그 새로운 문학교육의 프로그램이 어떤 구체적 내용과 방법을 지녀야 할 것인지 잘 알지 못하며 새로운 페다고지의 세목들을 여기 나열할 수도 없다. 문학은 생태학 그 자체도, 환경보존운동 그 자체도 아니다. 문학이 생태학적 관심의 제고와 자연보호를 위한 운동의 유용한 수단으로만 그치는 것은 아니기 때문에, 문학교육의 목적 또한 자연보호라는 목적과 반드시 모든 점에서 일치해야 하는 것은 아니며 환경운동에 기여할 수 있는 문학의 방법적 유용성을 강화하는 데만 그 목적이 한정되어야 하는 것도 아니다. 그렇다면 자연의 큰 수난 앞에서 문학교육이 그 내용과 방법, 목표에 어떤 형태의 전환을 모색할 필요가 있다고 할 때 그 모색은 무엇의 모색일까?

현대적 산업 문명이 자연 파괴를 초래하고 자연 파괴는 역으로 문명의 약속 자체를 한순간 웃음거리로 만들어놓았다는 사실은 문학적 의미에서 아주 고전적이랄 아이러니이다. 근대문명의 약속이란 인간이 근대적 생산, 분배, 소비방식의 확대를 통해 삶의 행복과 안정을 극대화한다는 약속이다. 이 행복

의 약속이 오늘날 어떻게 대재난으로 반전했는가를 이해하는
데는 무슨 이론의 도움이 필요치 않다. 그 대재난은 지금 숨쉴
수 없는 공기, 마실 수 없는 물, 믿을 수 없는 땅의 모습으로 우
리 앞에 있기 때문이다. 구태여 그리스적 의미의 '복수Nemesis'
개념을 빌려오지 않더라도 이 재난은 인간이 자연에 가한 착
취, 파괴, 왜곡의 결과가 인간 자신에게로 되돌아와 그에게 복
수하고 있는 형국 그대로이다. "인간은 죽기 위해 도시로 온
다"라는 라이너 마리아 릴케의 말은 '인간은 죽기 위해 문명을
만들었다'로 바꿔놓을 수 있다. 인간이 더 잘 살기 위해 추진한
일의 결과가 그를 죽음으로 몰아넣고 있다는 것은 분명 아이러
니이며, 이 모순을 어떻게 풀어나갈 것인가가 지금 세계사적
문명의 단계에 던져진 숙제이다. 문학은 오로지 문명사적 숙제
를 풀기 위해서만 존재하는 것은 아니다. 그러나 문학은 인간
의 근대적 삶의 양식이 자연과의 관계에서 일으킨 모순으로부
터 전혀 자유롭지 않다. 그 모순은 무엇보다도 인간과 자연의
관계를 인간이 결코 감당할 수 없는 '적대적 관계'로 바꾸어놓
고 있기 때문이다. 근대적 삶의 양식 자체가 역사적 산물이므
로 그것이 자연과의 관계에 초래한 이 적대적 모순 역시 역사
적 성격의 것이다. 그러므로 우선 이 모순의 '역사성'을 인식하
고 그 모순으로 인해 인간/자연의 관계가 적대화되고 있다는
사실을 인지하는 일은 이 시대 문학과 문학교육에 극히 중요한
거시적 차원의 인식, 혹은 '큰 사색'의 내용이 될 수 있다.

　　근대적 삶의 양식이 인간과 자연의 관계를 적대화하는 역
사적 모순을 일으키고 있다고 할 때의 그 '근대적 삶의 양식'이
란 구체적으로 무엇인가. 그 표현은 '근대적 생산과 소비'의 두
방식을 포괄하기 위한 것이다. 이 글이 구태여 언급할 필요가

없는 부분이지만, 문학적 관심에서 말한다면 근대적 생산방식은 '자연의 품위에 대한 적극적 멸시'를 그 특징적 운용 원리로 갖고 있다. 이 원리는 어떤 의미에서도 가이아 여신의 품위를 존중하지 않는다. 근대산업의 눈에 비친 그녀는 생명의 모태가 아니라 언제 어디서건 착취, 겁탈, 왜곡이 가능한 명청이이며 산업의 호출과 명령 앞에 24시간 대기하는 도구적 노예이고, 쥐어짜기에 따라 석탄에서부터 다이아몬드 또는 곰 발바닥에 이르기까지 무엇이든 내놓아야 하는 식민지적 벙어리 자원 창고이다. 그녀의 몸뚱어리는 산업의 목적에 따라 이리저리 동원되고 조직, 해체되고 재조직될 뿐 아니라 산업폐기물 처리장을 제공하기 위해 자기 내장까지도 내놓아야 한다. 생산의 모든 영광과 업적은 인간이 개발한 '테크네'(기술)의 것이지 가이아의 것이 아니다. 인간은 더이상 자연에 감사하지 않는다. 그가 찬양하고 감사할 대상이 있다면 그것은 명청한 가이아가 아니라 인간 자신의 빛나는 기술이다. 가이아는 다만 거기에, 산업의 무한 착취 대상으로서, 기술이라는 이름의 팔루스phallus적 조직원리 또는 헨리 애덤스가 '다이너모Dynamo'라고 부른 힘의 침투를 기다리며 소리 없이 대기하는 벙어리 처녀, 아니 창녀로서만 존재한다.

　　근대적 생산방식이 그려놓은 이 손상된 가이아의 초상은 근대 특히 현대의 소비방식에 의해 더욱 파손된다. 생산만이 자연을 멸시한 것이 아니라 근대 이후 인간의 소비방식도 자연을 능멸해온 것이다. 근대 생산방식은 이미 그 내부에 생태계의 한계를 고려하지 않는 일련의 소비 법칙들을 전제하고 있고, 이 법칙들은 대중 소비 시대의 전개와 함께 '자연의 품위에 대한 최대 능멸'을 특징으로 하는 특정의 역사적 소비 행태를 출현시키게 된다. 우리는 이미 이 소비 행태가 어떤 방식으로 가이아를 똥통, 오물 폐기장, 쓰레기통으로 만들어왔는가를 소상히 알고 있다. 무엇보다도 우리 자신이 가이아를 쓰레기통으로 만들어온 능멸의 주범이기 때문이다. 미국 시인 웬델 베리의 지적처럼 오늘날 소비자는 그 누구도 과다 소비의 죄에서 면제되지 않는다. 소비문화라고 불리는, 석유 문명 말기의 그 흥청거리는 축제 속에서 현대인은 역사상 유례가 없었던 무서운 '소비의 공룡'이 되어 있다. 이 '다이노사우루스'를 행복하게 하는 것은 그의 무지—중생대에 절멸한 그 공룡처럼, 어느 순간 그가 이 지상에서 절멸할 수 있다는 가능성에의 무지이다. 그러나 과거의 공룡과는 달리 지금의 공룡은 그 절멸의 조건을 스스로 만들고 있고 제 손으로 무덤을 파고 있다.

　　문학이 근대산업과 소비 행태에 의한 자연 파괴를 역사적 모순으로 인식해야 하는 가장 중요한 이유는 자연과 인간, 자연과 문명을 상호 적대관계에 서게 하는 이 모순이 궁극적으로 인간 파괴를 초래하기 때문이다. 마르쿠제 등이 강조했던 것처럼 자연이 노예화될 경우, 그 자연의 불가피한 일부인 인간 자신도 노예화의 운명을 피하지 못한다. 인간에게 착취 대상으로만 파악되는 한 자연은 그 인간에 대한 모든 호의를 회수한다. 근대적 생산/소비 방식은 인간의 삶과 가치 체계로부터 자연을 제외하고 그 품위를 조롱했다는 점에서 그 이전의 삶의 양식들과 가장 현저하게 구분된다. 인간에게서 배제당한 자연은 역으로 인간을 배제한다. 시인은 눈 내리는 숲으로 가지 못하고 아이들은 비를 겁내고 농사꾼은 땅을 믿지 못한다. 하이데거가 잘 표현했듯 수력발전용 댐이 들어선 라인 강은 그 강에 내려와 물 마시던 "사슴의 라인 강"이 아니다. 사슴이 마시지 못하는 물은 인간도 마실 수 없다. 강은 사슴을 배제하고 인간을 배제한다.

그러나 이 대목에서 우리는 인간과 자연 사이의 상호 배제적 갈등관계에 주목하는 일이 반드시 문명 그 자체에 대한 문학의 전면 부정이나 거부를 의미하지 않는다는 사실을 지적하지 않으면 안 된다. 이 점은 문학이 자연 파괴를 이 시대의 역사적 모순으로 인식하는 일 못지않게 중요하다. 근대산업으로 대표되는 문명에 자연 파괴의 전적인 책임을 둘러씌우고 나면 이로부터 흔히 애꿎은 노자의 이름을 빌려, 혹은 무슨 '동양 사상'의 이름으로, 아주 간단하고 손쉬운 결론 하나가 제시되는데, 그것은 문명을 포기하는 길만이 문제의 근본적인 해결책이라는 주장이다. 문명의 전면 포기란 입에 올리기는 쉬워도 실천 가능성은 제로에 육박하는 순수 아이디어이다. 가능성도 실효성도 없는 생각에 매달리는 것은 그 자체가 무책임하고 순간적인 병리적 위안의 추구에 불과하다. 우리가 문명을 비난할 수는 있어도 인간이 현재 이룩해놓은 삶의 단계는 그 문명 없이는 동서양 어디서건 단 하루도 지탱되지 않는다. 동구 밖 개천에 구태여 '다리를 놓을 필요가 없었던' 그 노자의 시대로 인간은 되돌아갈 수 없다. 그 시대로 되돌아가려면 우선 지구상의 현재 인구 가운데 4분의 3은 사라져야 한다. 그러므로 '과거로의 회귀'라는 불가능한 프로그램을 가지고 문명에 대한 전면적 거부를 제의하는 일은 문학과 문학교육이 취택할 만한 사색 내용이 되기 어렵다. 우리의 시인, 작가들 중에는 이 방향으로의 모색을 자연 파괴의 문명에 대한 문학의 대안적 사색이라고 여기는 사람들이 없지 않다. 그러나 이 생각은 과거 미화와 향수에 매달리고 현실성 없는 비전을 문학적 가치로 제시한다는 점에서 극히 비역사적이다. 비역사적 비전으로 역사적 모순에 대응한다는 것은 이미 인간이 성취한 사회적 삶의 발전 부분과 변화한 사회관계를 전면 삭제하자는 제안이며 이는 문명의 숙제를 처리함에 있어 문학의 참여방식을 결정적으로 시대착오적인 것이 되게 한다. 따라서 '과거로 돌아가자'라거나 '노자의 시대는 좋았는데, 보라, 지금은 망했다'라고 말하는 회고성 어법이 문학적 사색 내지 문학교육의 주조를 이룰 수는 없다.*

현대 문명이 안고 있는 모순은 역사의 특정 시기에 특정의 생산/소비 방식에 의해 형성된 것이라는 의미에서 역사적 모순이며, '극복 가능한 모순'임이 전제된다는 의미에서 모순이다. 과거를 향한 회귀론이나 문명 거부론의 중대 오류는 이 역사적 모순의 역사성('바꿀 수 있음')을 탈역사적 항구성으로 대

---

* 그러나 이 말은 기억의 보존양식으로서의 '과거'의 중요성을 부인하는 것이 아니다. 개인사에 있어서나 집단적 인류 역사에서 '행복의 시대'를 상기하고 그 기억을 보존하는 일은 중요하다. 이 경우 기억으로서의 과거는 '돌아가야 할 지점'이 아니라 '잘못된 현재'의 '잘못되었음'을 비춰 보는 거울이고, 그 잘못된 현재적 현실원칙의 역사적 성격('바꿀 수 있음')을 드러냄으로써 그것을 타넘으려는 순수한 부정의 힘이다. 이 힘의 작용 방향은 과거가 아니라 미래이다. 파괴되기 이전의 자연을 기억하는 일도 같은 성질의 것이다. 그 기억은 자연 파괴를 진행시키는 현실원칙에의 부정이고 파괴된 자연을 지금 여기에, 또는 가까운 미래에 회복하기 위한 힘이라는 점에서 소중한 것이지 과거로 회귀하려는 충동이기 때문에 소중한 것은 아니다. 개인사의 경우에도 자연과의 찬란한 교감이 가능했던 시절의 유년의 기억을 문학이 소중히 여기는 까닭은 유년으로 되돌아가자는 퇴행 충동 때문이 아니라 그 기억이 현재적 삶에서 보존되어야 할 가치의 한 지표가 되어주기 때문이다.

체하고, 문명/자연의 관계를 어떤 경우에도 바꿀 수 없는 영원한 적대적 대립관계로 '고정'하는 데 있다. 그 적대관계에 항구불변의 고정성이 부여되면 인간의 상상력은 자연/문명 사이의 '비적대적 관계'를 생각할 수도 상상할 수도 없게 된다. 문명이 모든 경우에 적대적으로 자연에 대립하고 자연 역시 모든 경우에 문명과 맞서는 것이라면 문명과 자연이 화해하는 새로운 삶의 양식을 역사 과정 속에서 모색한다는 것은 처음부터 불가능한 시도가 되고 만다. 이 경우 문명의 재편 가능성을 향한 인간의 상상력은 봉쇄되고 문명/자연 사이에 존재하는 지금의 적대관계를 '바꾸기 위한' 모든 구상은 무의미해진다. 마찬가지로, 인간이 문명 속에 살아야 하는 존재이고 문명은 반드시 자연을 배제하는 것이라면 인간은 어떤 방식으로도 자연과의 조화로운 전체성을 회복할 길이 없게 될 것이다. 그러므로 문명 거부라는 배제의 논리는 우리가 지금까지 역사적 모순이라고 부른 것에 대한 극복의 방법도 방향도 되기 어렵다. 인간과 자연을 적대적 관계에 서게 하는 역사적 모순 자체가 인간의 삶에서 자연을 제외하는 배제의 논리에서 나온 것인데, 문명 거부론은 기이하게도 그와 동일한 논리를 구사하고 있는 것이다.

오늘날 인간이 그 자신의 자연을 회복하고 가이아의 품위를 되찾는 일은 반드시 문명 부정이나 거부를 전제하지는 않는다. 문명이 자연에 대해 대립적 성질을 갖는다는 것은 부인할 수 없지만 대립성이 반드시 적대성이어야 하는 것은 아니다. 이 관점에서 말한다면, 생태계의 전면적 위기라는 모순 앞에서 문학이 생각해볼 수 있는 극복의 모색 지점은 '문명의 재편'을 통한 자연 회복이라는 것이다. 이 지점이야말로 인간/자연에 대한 문학의 적극적 사색과 문학교육의 방법론적 전환이 요청되면서 동시에 가능해지는 장소이다. 문화적 활동으로서의 문학은 문명사회의 제도(생산, 유통, 수용의 모든 측면이 개입되는) 가운데 하나이며, 특히 문학교육은 학교라는 제도적 장치를 통해 수행된다는 점에서뿐 아니라 그 자체가 '장치apparatus'라는 의미에서 문명의 일부이다. 그러므로 '문명의 재편'이라는 문제가 인간과 자연을 서로에게 되돌려주기 위한 시대적 과제로 제기될 때, 그 재편 작업은 문학교육이라는 문명 장치에도 당연히 요청된다. 문학과 문학교육은 우선 제도이자 장치로서의 자기 재편을 통해 문명의 재편에 참여하는 것이다.

문학과 문학교육의 자기 재편이라는 문제는 많은 사람들에게 애매한 제안으로 들릴 것이 분명하다. 그러나 그것은 애매하지 않다. 작은 일로 여겨질지 모르지만 구체적 사례 하나를 든다면, 지금 이 글이 실리고 있는 『녹색평론』이 재생용지에 인쇄되고 표지에 비닐 코팅을 하지 않는 것은 이 매체가 문명의 재편에 참여하는 한 방식이다. (『녹색평론』이 문학 전문지가 아니라는 사실은 이 경우 중요하지 않다.) 좀더 큰 차원으로 올라가서, 문학교육이 생명의 전체성이라는 가치를 교육 프로그램의 중요한 재편 내용으로 확립할 때 이 확립행위는 문학교육 자체의 방법과 목표에 큰 영향을 줄 뿐 아니라 자연 배제의 논리를 강화하는 교육 전반에도 영향을 줄 수 있다. 현대 교육의 명백한 맹목 하나는 자연의 배제이고 이 교육은 자연 멸시에 익숙한 인간을 배출한다. 그러므로 문학교육이 생명의 전체성에 발생한 위기를 말하고 그 가치의 중요성을 강조하는 것은 자연 멸시의 교육에 대한 비판과 교정으로서의 의의를 갖는다. 문명의 개편은 분명 사회관계와 구조의 재편을 요구하지만 사회적 생산양식과 소비의 영역에 모든 경우 개입하는 것이 문학교육의 일차적 역할은 아니다. 교육은 인간을 재편한다. 그러나 현대 교육은 인간을 재편한다기보다는 기존의 사회관계에 적응하고 그 관계를 재생산할 기능적 인간을 길러내는 데 목표를 두고 있다. 이런 교육으로부터 생산된 개인들은, 특별한 각성의 경험을 갖지 않는 한, 지금의 문명이 당면하고 있는 위기와 모순에 대응할 흥미, 능력, 관심을 갖기 어렵다. 문학교육이 개입할 구체적 지점은 이런 데 있다. 그러나 그 개입을 위해 문학교육은 우선 교재, 커리큘럼 등의 재편을 포함한 그 자체의 내용과 방법부터 재편하지 않으면 안 된다. 이 재편 작업에는 각급 학교에서 문학교육을 강화하는 문제가 포함되어야 하고 문학교육 담당자를 교육하는 대학/대학원 교육의 개편도 강구되어야 한다.

3

이미 앞에서 지적했듯 문학교육이 자기 재편에 관심을 갖는 것은 문학을 가져다 생태교육의 보조 수단으로 삼기 위해서가 아니다. 문학교육의 인문교육적 목표는 인간이 자기 시야에서 '인간'을 상실하지 않게 하는 데 있다. 오늘날 이 목표는 인간이 자연과의 전체적 관계를 회복하는 문제와 직결되어 있다. 생명의 전체성이라는 가치가 다시 문학교육의 중심적 테마가 되어야 하는 이유도 거기에 있다. 문학의 오랜 전통 속에 살아 있는 그 테마는 전체를 위해 부분이 희생되어도 좋은 전체주의적 전체성이 아니며 부분이 전체를 대체하는 물신주의도 아니다. 구태여 말하자면, 그것은 전체가 부분에 봉사하고 부분이 전체를 지탱하는 관계로서의 전체성이다. 테마로서의 이 전체성은 자연 속에서의 인간의 존재방식에 관한 문학의 가장 오래된 주제 가운데 하나이고, 자연과 인간의 관계에서 발생한 적대성이 주목되면서부터는 가장 현대적인 문학적 주제의 하나가 되었다. 오비디우스의 『변신』에 나오는 '피타고라스의 가르침'은 "친구여, 닭을 잡아먹지 마라/ 그 닭은 그대의 할머니일지도 모르므로"이다. 이 대목을 피타고라스적 윤회 사상의 문학적 표현이라고만 해석하는 것은 그 진술이 현대 독자에게 던지는 감동을 완전히 놓치는 일이 된다. 윌리엄 포크너의 소설 『내려가라, 모세여』에서 주인공 아이작 매캐슬린은 "인간의 싸움치고 신의 축복을 받을 만한 것이 일찍이 이 세상 어디 있었다면 말야, 그건 인간이 암사슴과 새끼 사슴을 보호하느라 싸운 싸움일걸세"라고 회고한다. 우리가 말하는 전체성의 가치란 이 늙은 주인공 매캐슬린의 가치이다. 오비디우스가 퍼뜨리고자 했던 어떤 가치가 2000년을 건너뛰어 현대 작가의 손에서 다시 확인되고 있는 것이다. "농사꾼이 한 해 농사에서 거두는 참다운 성공은 그가 땅심을 지켜낸 일"이라는 웬델 베리의 한 구절도 그 오랜 가치의 현대적 확인이다. 문학교육이 문학의 전통 속에서 이런 가치들을 거듭 확인, 발굴하고 살려내는 것은 문학 텍스트를 단순히 환경운동의 보조 문서로 쓰는 일 이상의 것이다.

정서교육으로서의 문학교육의 목표는 생명에 대한 외경과 생명 현상의 전체적 관계에 대한 감성을 기르게 하는 것이다. 이 목표는 자연 멸시의 패러다임을 교정한다. 예술적 감성은 예술가만을 위한 것이 아니다. 그 가장 근본적인 의미에서 감성은 '존재의 대상화'에 대한 정서적 저항이고 그 대상의 '도구화와 파편화'에 대한 거부이다. 문학은 이를테면 의인화, 알레고리, 감성 이입 등의 방법으로 모든 객체 대상들을 주체로 바꿀 수 있다. 문법적으로 말하면 이 방법들은 언제나 목적어의 위치에 있어야 하는 벙어리 대상들에게 생명과 언어를 부여하여 주어의 위치에 서게 한다. 근대적 문명의 패러다임 속에서 자연은 언제나 도구화한 객체이고, 추구, 착취, 소유, 조작의 대상이다. 이 객체와 대상으로서의 자연은 그 자체의 권리와 품위, 그 자체의 생명과 언어를 갖지 못한다. 감성교육으로서의 문학은 예컨대 '개구리가 말하기를' 또는 '나무가 그러는데'라는 어법으로 모든 자연 대상들을 대상의 자리에서 주체의 자리로 옮겨놓음으로써 그것들에 감성을 부여하고 이 방식으로 인간의 감성 자체를 강화한다. 대상의 위치 이동은 단순한 동화적 감성 이입 장치로만 그치지 않는다. 그것은 동시에 인식 위치의 이동이고 세계관과 관점의 이동이다. 이 이동은 인간으로 하여금 타자와 타자적 존재의 고귀함을 알게 하고 그것의 관점, 가치, 언어를 배우게 한다. 문학교육은 문학의 여러 장치들이 지닌 이 같은 힘과 가능에 충분히 주목하고 그것들을 감성교육의 장에 끌어들일 필요가 있다.

　　이론교육으로서의 문학교육은 인간의 사고를 경직된 불변 범주들로부터 벗어나게 하는 유연성의 강화를 목표로 한다. 이 유연성이야말로 우리가 문학적 사고라고 지칭하는 것의 가장 본질적인 성질이다. 그것은 예컨대 '인간은 주체이고 자연은 객체이다'라는 식의 범주화에 저항하고 그 위험성을 경고한다. 현대 이론가들이 요란하게 주장하는 이른바 '탈카테고리'는 3000년 전 그리스신화에서부터, 더 구체적으로는 2500년 전 비극 시대부터 문학이 해온 작업이다. 이론과 비평의 관점에서 말한다면 세계문학의 가장 중요한 텍스트는 소포클레스의 『오이디푸스 왕』이다. 이 비극작품이 이론적 견지에서 '가장 중요한 텍스트'인 까닭은 현대비평의 관심사항들 가운데 가장 핵심적인 것들이 그 작품에 담겨 있기 때문이다. 그것은 플라톤적 철학에 대한 경고이자 인간의 순수한 자성identity 추구가 빠져들 수 있는 재난의 극화이며, 인간과 자연의 관계를 근본적으로 다시 생각하게 하는 강력한 텍스트이다. 순수 자성의 추구는 근대 이성과 문명이 인간의 이름으로 자연을 멸시할 때 동원한 논리이고 욕망이기 때문에 이론적 문학교육이 예컨대 소포클레스의 텍스트 같은 것을 대학원 교육의 '기본 도서 목록'에 포함시키는 일은 우선 문학적 사색을 위해 중요하고 그 사색의 현대적 긴요성을 되살리기 위해 중요하다. 그러나 이런 작업을 위해서는 문학교육을 담당하는 대학/대학원 문학 계열 학과들의 커리큘럼 재편이 필요하다.

어떤 사람들은 문학과 문학교육이 생태계의 문제에 관심을 갖는다는 것은 문학의 본질 영역을 떠난 일이라 생각할지 모른다. 이런 사고의 밑바닥에는 '환경문제란 언젠가 해결될 일시적 문제이다. 일시적 문제에 매달리는 것은 문학의 본질 작업이 아니다. 그 문제가 해결되고 나면 문학은 무얼 할 것인가'라는 생각이 깔려 있다. 이 생각은 잘못된 것이다. 소포클레스의 비극, 오비디우스의 운문신화집 등 세계문학의 고전들은 예외 없이 역사적 순간에 인간이 대면해야 했던 당대적 모순들을 다룬 것이다. 그러나 이 사실 때문에 그 작품들이 훼손되지는 않는다. 오히려 그 작품들은 당대적 모순에 대한 문학적 대응이었기 때문에 지금도 살아 있다. 우리 시대의 당대적 모순들 중의 하나는 인간과 자연 사이의 적대관계이다. 문학이 문학의 방법으로

이 모순에 대응하는 것은 문학의 비본질적 작업이 아니다.

이 시대의 시인들은 숲으로 가지 못하고 아이들은 눈을 겁내고 문학 교사는 텍스트의 부적절성 앞에 고민한다. 별빛 사라진 밤하늘은 아이들에게 가장 '흐리멍덩한 것'의 경험적 표본이다. 그러나 인간의 삶과 자연 사이에 일어난 이 모순과 괴리를 직시하게 하고 아름다움이 박탈된 세계의 궁핍을 보게 하는 일이야말로 문학교육의 과제이다. 오늘날의 문학교육은 불가피하게 궁핍과 박탈, 괴리와 모순에 대한 교육이 되어야 하고, 자연의 고통이 어떻게 인간 자신의 고통이 되는가를 가슴으로 '느끼게' 하는 교육이 되어야 한다. 이 관점에 설 때, 프로스트의 시 「눈 오는 밤 숲에 머물러」도 다시 그 적절성을 회복한다. 그것은 이 시대의 독자에게 그가 잃어버린 세계의 아름다움을 환기시키는 시, 그 상실의 아픔을 느끼게 하는 시로 읽힐 수 있기 때문이다. 이 아픔을 향한 독법의 전환―이것이 이 시대 문학교육의 일이다.

녹색평론 1993. 5·6월

시인은 숲으로 가지 못한다
ⓒ 도정일 2016

초판 인쇄 2016년 2월 16일
초판 발행 2016년 2월 24일

지은이 도정일
펴낸이 염현숙
책임편집 김형균 | 편집 이경록 강윤정
디자인 고은이 최미영 | 마케팅 정민호 나해진 박보람 이동엽
홍보 김희숙 김상만 이천희
제작 강신은 김동욱 임현식 | 제작처 미광원색사(인쇄) 경원문화사(제본)

펴낸곳 (주)문학동네
출판등록 1993년 10월 22일 제406-2003-000045호
주소 10881 경기도 파주시 회동길 210
전자우편 editor@munhak.com | 대표전화 031) 955-8888 | 팩스 031) 955-8855
문의전화 031) 955-3576(마케팅) 031) 955-2679(편집)
문학동네카페 http://cafe.naver.com/mhdn

ISBN 978-89-546-3974-3 03810

www.munhak.com